현대소설론 강의

현대소설론 강의

이상우

역락

권두언

소설을 잘 알고 쓰려면

우리는 인간에 대한 재미있고 유익한 이야기를 만나기 위해 소설을 읽는다. 그러므로 ≪현대소설론 강의≫는 긴 세월을 두고 소설이 어떻게 변화·발전해 왔는가를 잘 알려주어야 하므로, 마땅히 그 강의가 재미있어야 한다고 생각하는데, 실상 재미가 있을 리 없어서 어떻게 하면 더 재미있게 할 수 있을까 하고 늘 고민하고 있다. 우리의 목표는 소설을 잘 아는 일인데, 그걸 알자면 이것저것 따져 보아야 하니까 골치가 좀 아플 수밖에 없다.

재미있는 소설을 가르치는 일을 하니까, 사실 필자 보고, 직업 중 얼마나 좋은 직업을 택했느냐고 말하는 사람을 가끔 본다. 그러나 취미로 소설을 읽는 것이 아니라 직업으로 하자니 그게 결코 쉬운 일이 아니다. 미인(美人)을 뽑는 데도 어떤 기준이 있어야 하듯이, 소설을 달 항아리처럼 잘 빚었는가를 살펴보려면 어떤 원칙에서 봐야지 기분 나는 대로 함부로 말할 수 있는 것이 아니다. 평가 방법에 따라 그 기준을 잘 알아야 하는데 그냥 재미로만 보아서는 쉽게 알아질 수가 없다. 그래서 소설이 뭔지를 알려면, 머리를 써서 연구 좀 해보라고 권하고 싶다.

소설은 허구다. 소설은 어떤 사실을 있는 그대로 쓴 글이 아니라, 작가가 상상력을 총동원해 있을 수 있는 일을 담아야 하는데, 그걸 서툴게 하면 안 된다. 진짜 경험했거나 본 것처럼 꾸며야 하는데, 그렇게 꾸민 솜씨를 보고 우린 재미있다고 말하는 것이다. 그걸 사실로 착각하거나, 소설을 순전히 꾸민 것으로만 보아, 거짓말을 담은 글로만 생각하는 사람은 소설의 가치를 영

모르는 사람이다.

신문이 일어난 사실(fact)만을 보도하는 글이라면, 소설은 개연성 있는 사실, 즉 진실(reality)를 담아야 하므로 소설 속에는 한 차원 높은 이야기가 담겨 있다고 보아야 한다. 그리고 소설은 단순한 형태에서 점차 복잡한 형태로 발전해 왔다. 이야기를 좀 더 새롭고 재미있게 만들고자 하는 노력을 항상 경주해야 하므로 날로 그 기법이 새로워지지 않을 수 없다. 일찍이 T. S. 엘리엇이 "전통과 개인의 재능"이란 글에서 역설하였듯이, 소설 창작은 타고난 재능만으로 되는 것이 아니고, 소설 속에 있는 전통과 관습을 먼저 잘 알아, 그것을 창작에 잘 이용할 줄 알아야 한다.

우리가 현대소설을 잘 알고자 할 때, 우리는 우선 고전으로 알려진 작품들을 잘 찾아 읽어야 한다. 그런데 이 세상에 있는 소설들 중에서 무엇이 잘 쓴 소설인가를 알아보기가 어려울 뿐 아니라, 내용 중심으로만 소설을 보지 않고 형식 중심, 즉 어떤 방식으로 사건을 얽어 짰는가를 통해 소설을 보면, 이 세상의 소설들이 다 다른 것 같지만 어찌 보면 서로 닮은 데가 있어서 몇 개가 있을 뿐이다, 형식이 같은 그걸 따로 따로 다른 것으로만 본다면, 마치 숲속에 갇혀 나무 하나를 제대로 보지 못하거나 오히려 혼란스럽게 받아들이는 꼴이 되고 말 것이다.

이 책을 엮는데 이 세상의 여러 소설 중 몇 가지로 한정해서 예시하느냐 마느냐를 놓고 망설였지만, 그것엔 각각 장단점이 있을 것이므로, 그냥 널리 개방해 보기로 했다. 이 점을 이해해주어 차근차근 작품들을 잘 읽어주면 좋겠다.

이 책은 이어령이 엮은 '한국 단편소설 100선', 이청준의 초기 창작집인 '별을 보여드립니다', 박완서의 '단편소설 전집 6권', 그리고 최근에 펴낸 황석영의 '한국 명단편 101'에 수록된 작품들을 주로 다루었다. 그 중에서도 김유정의 『동백꽃』과 황순원의 『소나기』, 이청준의 『눈길』, 김승옥의 『무진기행』 등은 이들이 어찌 같고 다른 소설인지를 잘 알아야 하는데, 그럴려면 우리 모두는 머리를 좀 써야 한다. 특히 소설 쓰는 법은 소설 속에 있다. 고로 이 저술은 소설을 잘 알거나 쓰고자 하는 모든 사람들에게 좋은 길잡이가 될 것이므로, 아무쪼록 이 책의 기법 이론과 그에 따른 소설 작품들을 차근차근 잘 읽어주길 바란다.

많은 어려움 속에서도 이 책의 출판을 쾌히 허락해 주신 역락출판사 사장님과 잘 쓰지 못한 원고를 꼼꼼히 보아주신 편집부 여러분께 이 자리를 빌려 감사의 뜻을 전한다.

2019년 새해 아침

저자 삼가

차 례

Ⅳ. 배경

Ⅴ. 이미지와 원형

Ⅵ. 삽화와 상관물

Ⅶ. 서술과 시점

Ⅷ. 심리학적 이해

Ⅸ. 테마

Ⅹ. 신화와 기호학

Ⅰ. 총론

1 소설 이야기의 발생
2 소설을 잘 알고 가르치자
3 소설 읽는 방법의 대전환
4 소설 공부가 어려운 이유
5 소설은 재미있고 유익한 이야기

1. 소설 이야기의 발생

우리는 어려서부터 많은 소설을 접하며 살아왔다. 그냥 형, 누나가 읽으니까 나도 따라서 읽었다. 호기심에 끌려 읽은 것도 있지만, 책 읽기를 좋아하는 나의 모습을 보시고 부모님이 그걸 기특하게 여기시는 것 같았는데, 그래서 누구나 문학청년, 문학소녀라는 소리를 들어가며 성장하게 되는가 보다.

꽤 이름이 알려진 한 작가와 얘기를 나눌 기회가 있었다. 평소에 소설을 잘 쓰시는 분이기에 선생님은 언제부터 소설 쓰기로 맘먹었느냐고 물었다. 아마 이 분은 중학생 때부터 글 쓰는 재주가 남달랐다는 소리를 듣고 자랐을 것이고, 일찍이 소설가의 꿈을 가졌으리라는 생각을 가졌었고, 그런 답이 나오리라 생각했는데, 그런데 그게 아니어서 좀 놀랐다.

그는 군대를 마치고 취직도 못 해, 집에서 빈둥대며 놀고 있을 때가 있었단다. 그때 멀리 부산에 사는 한 여자 친구로부터 선생님은 글을 잘 쓰시는 남다른 재주가 있으신 것 같은데, 그쪽으로 한번 공부해 보시면 어떻겠느냐는 편지를 받았단다. 아닌 게 아니라 그런 쪽으로 칭찬을 많이 들은 바도 있어, 그럼 나도 소설을 한번 써볼까 하는 생각을 갖고, 서점에 가서 이것저것 소설책들을 사 들고 와, 읽어보았다고 한다. 그러고 보니, 이런 이야기는 나도 쓸 수 있겠다는 생각이 들어, 소설 공부를 본격적으로 하게 됐는데, 그것이 오늘날 '소설가'란 직업을 갖게 됐노라고 했다.

이 말을 듣고서, 그에게 소설 쓰는 재능이 있음을 알아본 부산의 여자분도 대단했지만, 그가 소설을 쓰기 위해 남의 소설을 먼저 많이 읽어보았다는 일에 필자는 감동했다. 소설 쓰고 싶은 욕구는 남이 쓴 소설을 먼저 읽어본 경험에서 생겨난다. 나도 이렇게 쓰면 되겠구나 하는 생각을 가질 때 소설 쓰기는 시작된다. 소설은 아무나, 아무런 공부 없이 쓸 수 있는 글이 아니다. 시나 수필이 그렇듯이, 소설은 소설 자체의 관습적 원리에 따라 써야 한다.

가끔 듣는 얘기로, 자기는 이제까지 안 해본 일이 없단다. 내가 지금까지 살아온 이야기를 소설로 쓴다면 몇 트럭이 될지도 모른다는 것이다. 이처럼 많은 사람들은 자기 얘기를 소설로 남기고 싶어 하는데, 그러나 이렇게 얘기하는 사람은 참으로 순진한 사람이다. 아무 거나 쓴다고 다 소설이 되지 못할 뿐만 아니라, 그것이 언어에 값하는 글이 되기 위해서는 많은 문장을 갈고 다듬는 일을 거쳐야 하기 때문이다.

전성태의 『존재의 숲』을 보면 이런 이야기가 나온다. 주인공인 '나'는 정치가의 성대모사를 잘해서 남을 웃기는 '코미디언'이란 직업을 가진 사람이다. 그런데 '나'는 요새말로 뜨지를 못했다. 남을 어떻게 해서 웃겨야 하는지를 잘 모르던 '나'는 고민 끝에 어느 점(占)집을 찾아가게 되었고, 그 점쟁이는 '나'의 코미디를 가만히 들어보더니, '캄캄한 삶'을 살아보아야 한다면서 재미있는 이야기를 하려면 먼저 남의 이야기를 재미있게 듣는 일이 필요하다고 해서, 어느 깊은 산골짜기에 들어가 살아본다는 이야기인데, 거기서 '나'는 '여꼴댁'이라는 여인네와 그녀의 아들에 대한 이야기를 동네 할머니들로부터 듣게 된다. 이 이야기에서 필자는 '인간은 이 세상에 태어나 고민하다 병들어 죽는다'는 어느 철학자의 말이 생각난다. 재미있는 이야기를 하려면 먼저 인간이 근원적으로 무엇을 욕망하며 사는가를 새삼 생각해봐야지, 자기 신세타령이나 연민만을 늘어놓아서는 안 될 것이다.

소설 이야기란 궁극적으로 주인공이 어떤 결핍이나 돌발사로 인해 생긴 욕망(desire)을 이루어내기 위해 취하게 되는 행동(action)들의 나열이다. 그런데 소설론에서 흔히 말하는 사건(accident)이란 주인공의 행동 중에서 다음 행동을 이끌어가게 만드는 또 다른 중요한 행동, 예컨대 주인공이 어떤 장애에 부딪쳐 심한 갈등을 겪게 되고, 그로부터 벗어나려는 또 다른 행동이 뒤따르게 되는데, 이런 일련의 행동들을 가리켜 특히 '사건', 또는 '돌발사'라고 말하는 것이다. 우리가 이야기의 줄거리를 말하려고 할 때, 보통 그 행동들을 다 이야기하기보다는, 일어난 사건을 중심으로 살피게 되어서, 소설의 구성 요소로 주인공의 '행동'보다는 어떤 일이 일어났던가 하고 '사건'들을 더 따져 묻게 된다.

성석재의 『조동관 약전』이란 소설이 있다. 작가는 일명 '똥깐'이란 별명을 가진 '조동관'에 대한 이야기를 독자에게 들려주고 있는데, 우선 그의 행동에는 원인을 알 수 없다. 즉 그가 무엇을 '욕망'하고 있는지를 조금도 알 수가 없다. 그는 '조씹다니'란 별명을 가진 그의 형인 '조은단'과 함께 온갖 불량한 행동을 다하는 사람이다.

> 똥깐은 이란성쌍둥이의 동생으로 태어났는데 죽을 때까지 형 은관과 대략 일천 회 이상의 드잡이질을 벌렸다. 그 드잡이질은 똥깐의 타고난 체격에 담력과 기술, 자잘한 흉터를 안겨주었고 그가 은척 역사상 불세출의 깡패로 우뚝 서는 바탕이 되었다. … (중략) …
>
> 똥깐은 성장함에 따라 아무도 건드릴 수 없는 개 망나니짓으로 명성을 쌓아가기 시작했는데 열다섯 살 때부터 외상 안 주는 집 깨부수는 일은 다반사요, 외상으로 밥 먹고 외상으로 반찬 먹고 외상으로 오입하고 외상으로 차 마시고 게트림하고 외상으로 만화 보고 외상으로 다른 아이들을 두들겨 팬 뒤 외상으로 약을 사주었다. 그 중에서도 읍내 사람들의 뇌리에 동관을 결정적으로 똥깐으로 각인시킨 일은 이른바 '역전 파출소 단독 점거 사건'이다.
>
> — 성석재의 『조동관 약전』에서

이 소설에는 주인공인 '나(똥깐)'가 왜 그런 드잡이질과 망나니짓을 마구 하게 되었는지 그 이유를 알 수 없다. 똥깐은 타고난 체격에 담력과 기술을 타고났다고는 하지만, 그렇다고 누구나 그런 짓을 마구 하게 되는 것은 아니다. '나'는 배고프니까 밥을 먹고, 힘이 넘치니까 여자와 섹스를 즐길 뿐이다. 이 소설의 '나'는 동물처럼 본능대로 행동한다. 더 나은 삶을 살고자 하는 무슨 생각이나 노력하는 모습이 전혀 안 보인다. 호랑이가 배가 고파야 먹이 사냥을 위해 슬슬 움직이듯이, '나'는 본능적 욕구 충족을 위해 행동할 뿐이지 남다른 인간의 모습이 안 보인다는 것이다. 인간은 나무처럼 하늘을 향해 자꾸 뻗어가는 존재다.

이 소설의 '나(똥깐)'는 '홍길동'이나 '심청이'처럼 고소설에서나 볼 수 있는 인물 같다. 놀부는 악하기 때문에 못된 행동만을, 흥부는 착하기 때문에 착한 행동만을 보여준다. 지금은 착하든 악하든 어떤 행동을 자기 맘대로 할 수 없다. 그러므로 재미있게 꾸몄다고 하는 '나'의 행동에는 현실감이 없다. 그런데 이런 웃기는 인물은 그의 대표작 『황만근은 이렇게 살아 있다』에도 나온다. 우리가 잘 알고 있듯이 『황만근은 이렇게 살아 있다』는 '국내 최고의 권위와 역사를 자랑하는' 제33회(2002년) '동인문학상' 수상 작품이다. 이 이야기는 동네 아이들로부터 어른들에 이르기까지 모두 '바보'라고 부르는 '황만근'을 주인공으로 하고 있는데, 그는 군청에서 주최하는 <농가부채 탕감 촉구 전국 농민 총궐기 대회>에 이장의 말만 듣고, 그 먼 곳을 평소 몰던 경운기를 타고 동네에서 유일하게 참석했다가 행방불명이 된 사람이다.

시골 마을에는 동네 궂은일을 도맡아 하는 이 같은 인물이 하나쯤 다 있는데, 그가 왜 그런 바보가 되었는지는 작가의 설명이 없다. 그냥 바보처럼 행동하니까 '동네 바보'가 된 것이다. 그는 황 씨 집성촌에서 태어났는데, 그의 아버지는 전쟁 중에 재수 없게도 유탄에 맞아 그냥 죽었고, 그의 이름은 '만근'이인데 이는 마을을 둘러싼 만근산(萬根山)에서 유래했다고 한다. 그리고 그는 넘어지기를 잘 했는데, "사람들은 동네에서 툭, 소리가 나면 홍시 떨어지는 소리, 아니면 황만근이 넘어지는 소리라고 여겼다." 이 소설엔 이 같은 그의 명명(命名)이나 습성에 대한 이야기가 길게 나오는데, 이런 이야기는 그를 희화하는 데는 효과를 줄지 모르지만, 현대소설의 유기적 형식을 이루는 데는 장애 요소일 뿐이다. 재미있는 이야기를 찾는다고 해도 바삐 살아가야 하는 현대인은 결코 이런 사람을 만나기 위해 소설을 읽지 않을 것이다. 이야기 속의 내용은 독자가 알 필요가 있는 것이어야 한다.

요즈음 김애란의 『달려라, 아비』가 참 재미있다고 하는 말을 들은 바도 있고, 이 소설은 2005년도 '한국일보 문학상'을 받기도 한 작품이어서 한번 읽어 보기로 맘먹고 그녀의 작품집을 구했다. 그런데 이 단편집의 표제작으로 되어 있는 이 작품을 직접 읽어보고 실망이 컸는데, 한마디로 말해서 이 소설은 소설의 문법을 잘 따르지 않은 것이어서, 유익하거나 재미있는 소설이 결코 될 수가 없었다.

> 내가 씨앗보다 작은 자궁을 가진 태아였을 때, 나는 내 안의 그 작은 어둠이 무서워 자주 울었다. 그러니까 내가 아주 작았던 시절—조글조글한 주름과, 작고 빨리 뛰는 심장을 가지고 있었던 때 말이다. 그때 나의 몸은 말(言)을 몰라서 어제도 내일도 갖고 있지 않았다.

> 말을 모르는 몸뚱이가, 세상에 편지처럼 도착한다는 것을 알려준 것은 나의 어머니였다. 어머니는 나를 어느 반지하방에서 혼자 낳았다. 여름날이었고, 사포처럼 반짝이는 햇빛이 빳빳하게 들어오고 있었다. 그때 윗도리만 입은 채 방안에서 버둥거리던 어머니는 잡을손이 없어 가위를 쥐었다. 창밖으로는 어디론가 걸어가고 있는 사람들의 다리가 보였고, 죽고 싶다는 생각이 들 때마다 어머니는 가위로 방바닥을 내리찍었다. 그렇게 몇 시간이 지난 뒤, 어머니는 가

위로 자기 숨을 끊는 대신 내 탯줄을 잘라주었다. 막 세상 밖으로 나온 나는, 갑자기 어머니의 심장소리가 들려오지 않았기 때문에 정적 속에서 귀가 먹는 줄 알았다.

그때 아버지가 어디 계셨는지는 기억나지 않는다. 아버지는 항상 어딘가에 계셨지만 그곳이 여기는 아니었다. 아버지는 언제나 늦게 오거나 오지 않았다. 어머니와 나는 펄떡이는 심장을 맞댄 채 꼭 껴안고 있었다. 어머니는, 발가벗은 채 심각한 얼굴을 하고 있는 내 얼굴을 큰 손으로 몇 번이나 쓸어주었다.

—김애란의 『달려라, 아비』에서

현대소설에서 누가 이야기를 하는가, 즉 서술자(narrator)의 선택은 매우 중요하다. 같은 이야기라도 누가 이야기를 들려주느냐에 따라 더 재미가 있거나 더 사실적인 이야기로 들릴 수도 있고, 없을 수도 있기 때문이다. 이 소설은 『무진기행』처럼 '나'의 내면세계를 잘 드러낼 수 있는 시점의 소설인데, 아무리 허구의 이야기라도 이 소설처럼 어머니 뱃속의 '나'에 대한 이야기를 얘기할 수 있는 사람은 '엄마'밖에는 아무도 없다고 본다. 그리고 '나'는 아버지를 한 번도 본 적이 없다. '나'가 태어나기도 전에 아버지는 왜 그랬는지 모르게 미국으로 도망갔기 때문이다.

이 소설의 제목을 보면 주인공은 '아버지'인 것 같기도 한데, 이 소설은 '나'가 아버지, 어머니, 할아버지, 딸 중에서 누구의 얘기를 들려주려 한 것인지 알 수가 없다. 이는 2013년 중앙일보 신춘문예 당선작인 김덕희의 『전복』처럼, 이 사람 저 사람 얘기를 다 긁어 모아놓고 있는데, 단편소설을 이렇게 쓰면 안 된다. 『달려라, 아비』란 소설은 할아버지의 욕망을 욕망하지 않은 '엄마'를 주인공으로 해서, 씩씩하게 딸을 키워가며 택시를 잘 운전하고 있는 '엄마 이야기'로 다시 써야 할 것 같다.

한국의 어느 원로 작가가 이 소설을 두고 좀 특이하게 쓴 소설이라고 말한 적이 있는데, 이 말을 '잘 쓴 소설이란 말'로 알아들어서인지, 이런 식으로 소설 이야기를 끌어가는 것을 참 많이 본다. 이 소설엔 이처럼 처음부터 상식에서 벗어난 '나(딸)'의 말과 행동을 보여주고 있는가 하면, 그 후에 발표한 김애란의 『칼자국』을 보면, 이 작가는 통합체보다 계열체의 이야기만 있는 소설을 쓰고 있다. 그래서 좀 이상해 보인다. 혹자는 김애란의 소설 속에는 작가의 '재치'가 빛난다고 말하지만, 작가의 재치가 작품의 우열을 가리는 기준이 된 예가 소설사엔 없다.

2. 소설을 잘 알고 가르치자

우리가 잘 아는 김유정의 『동백꽃』과 황순원의 『소나기』는 이야기의 전개 방식이 전혀 다른 소설이다. 김유정의 『동백꽃』을 논하기 전에, 여기서는 독자의 이해를 돕고자 주인공을 아예 점순이로 바꾸어 점순이가 성공한 이야기, 즉 점순이가 '주동인물(protagonist)'이라 한다면, 소작농의 아들인 총각은, 점순이로 하여금 갈등을 겪게 만드는 '반동인물(antagonist)'로서, 이들은 닭싸움 끝에 그만 점순이가 욕망하는 일을 이루게 되는 이른바 일종의 점순이의 성공담으로 바꾸어 살펴보고자 한다. 그런데 이 두 사람이 서로 겪는 갈등에 초점을 두어, 흔히 이런 분규의 발생과정을 가리켜 그 이야기가 ①발단→②전개→③위기→④절정→⑤결말의 순으로 전개된다고 가르치고 있다. 이는 전상국의 『외등』이나 서하진의 『농담』처럼, 주로 주인공이 '외적 갈등'을 겪는 유형의 소설에 딱 맞는 설명이다.

그런데 이 소설 속에 일어난 사건 중에는 위기(crisis)라는 것이 있다. '위기'란 무엇을 가리키는가? 그것은 이야기의 결말을 짓는데 꼭 따르는 하나의 결정적 사건이다. 『동백꽃』의 경우, 총각이 점순이네 닭을 죽인 일 때문에 두 사람의 갈등은 해소될 수 있었다. 그러면 절정(climax)이란 무엇인가? 이는 주인공이 겪는 갈등의 최고조에 이른 최고의 정점을 가리킨다. 점순이는 총각이 휘두른 작대기에 맞아 자기네 닭이 죽는 것을 보자, 머리끝까지 화가 났을 것이다. 그런데 사실 '절정'은 소설 이야기에서 그리 중요하게 나타난 사건이 아니다. 그것은 소설에 따라 겉으로 나타날수도, 않을 수도 있다. 점순이는 화가 났지만, 그걸 참고 곧 꾀를 내어 총각에게 무조건 앞으로 내 말을 잘 들으면, 닭 죽인 일을 없던 일로 해주겠다고 했던 것이다.

『동백꽃』은 사건의 인과관계가 비교적 명확하게 드러나 있어서 독자가 줄거리 파악이 쉽고, 갈등을 겪는 이야기가 재미가 있는데, 이런 소설을 손에서 떼지 않고 계속 읽게 했던 것은, 점순이가 마음먹은 일을 성공하느냐 실패하느냐를 끝까지 비밀로 했다가 결말에 가서야 그걸 알게 됐기 때문이다. 그리고 봄(春)은 여자의 치마 끝에서부터 온다는 말이 있듯이, 행동의 주체를 남자가 아닌 여자로 만든 점이 좀 특이하다.

그런데 『소나기』는 『동백꽃』과 같이 소년과 소녀가 갈등을 겪는 과정을 길게 서술한 것이 아니다. 이 소설은 주인공인 '소년'의 성격, 즉 이른바 '바보 콤플렉스'가 강조된 소설로서, 그가 시간의 흐름에 따라 자기가 그런 바보가 아니라는 것을 분명히 잘 보여준 이야기다. 결국 소년은 자기가 '바보'가 아니라, 매우 '용감한' 사람이라는 것을 잘 보여줬고, 소녀도 그 점을 잘 알게 됐기 때문에 소년을 무척 좋아하게 됐던 것이다.

다시 말해서 소년은 처음 소녀가 저 산에 올라가 보자고 했을 때, 아주 멀다는 핑계를 대고 망설였으나 나중엔 결국 산에 오르게 됐는데, 이는 소녀한테 촌놈(바보)이란 소리를 또 듣고 싶지 않아서다. 그래서 소년은 산에 오르는 들길을 소녀보다 더 힘차게 걸었을 뿐더러, 위험을 무릅쓰고 높은 벼랑에 올라 꽃을 꺾어 소녀에게 주었으며, 자기가 맛있다며 뽑아준 무를 소녀가 먹다 맵고 지리다며 버리자, 자기도 소녀보다 더 멀리 먹던 무를 던져버렸으며, 소녀가 보는 앞에서 소잔등에 올라타 여유롭게 풀피리를 불었던 일, 개울물이 불어 건너지 못하는 소녀를 거뜬히 업어 건넌 일은, 모두 소녀에게 자신이 '용감한' 사람이라는 것을 보여준 최고의 사건(event)들이다. 이처럼 『소나기』는 『동백꽃』처럼 사건들을 발단→전개→위기→절정→결말의 순으로 엮은 소설이 아니다. 다시 말해서 황순원의 『소나기』는 소년이 자기가 '바보'가 아님을 계속 반복해서 보여준 소설이다. 그러므로 이 소설의 재미는 '소년'의 성격, 즉 바보 콤플렉스에 빠진 소년이 그 극복 과정의 행동을 시간의 흐름에 따라 반복해서 잘 보여준 것에서 찾을 수 있다.

이를 증명이라도 하듯, 1960년대를 거쳐 1970년대에 이르러 미국의 존 D. 피츠제럴드와 로봇 C. 메레디트는 ≪소설작법(Structuring Your Novel), 1972≫에서, 이 세상에는 김동인의 『감자』나 김유정의 『동백꽃』 같은 플롯형 소설과 이청준의 『퇴원』이나 김승옥의 『무진기행』 같은 '내적 갈등'을 다룬 스토리라인형 소설, 이 두 가지가 있다고 했다. 그러니까 1952년에 발표된 황순원의 『소나기』는 이런 변화의 과정 속에 태어난 소설로서, 이 소설을 플롯형 소설로만 보는 오해를 낳게 되었다. 다시 말해서 황순원의 『소나기』를 플롯형 소설로 보느냐 스토리라인형으로 보느냐에 따라 '위기'나 '절정'이 달라진다고 볼 수 있다. 어떻든 간에 소설의 역사는 '외적 갈등'을 다룬 플롯형 소설에서 '내적 갈등'을 다룬 스토리라인형 소설 시대로 변해 왔다는 것을 알 수 있다.

사실 황순원의 『소나기』는 김유정의 『동백꽃』이나 전상국의 『외등』, 최근에 발표한 서하진의 『농담』처럼 쓴 소설이 아니다. 그런데 이것들처럼 사건을 처음부터 인과관계로 엮어 하나의 이야기를 만든다는 것은 그리 쉬운 일이 아니다. 그보다는 이청준의 『퇴원』이나 김승옥의 『무진기행』처럼, 사건을 시간의 경과에 따라 보여주되, 그것을 오이디푸스 콤플렉스나 외상(外傷)에 의한 주인공의 '내적 성격'과 관련 지워 펼쳐지는 소설로 변화·발전하게 되었다고 볼 수 있다.

그런데 이 사실을 간과한 채, 우리 나라 참고서가 『소나기』를 모두 『동백꽃』처럼 전개한 소설로 단정하거나, 풀이를 그렇게 한 것을 보고, 그렇게 천편일률적으로 모두 가르치고 있으니 이 얼마나 심각한 잘못인가? 그러므로 노스럽 프라이(N. Frye)가 강조했듯이, 중·고등 학교에서 문학을 가르치는 국어 교사나 문학비평가, 그리고 대학에서 문학이론을 가르치고 있는 교수들이 얼마나 중요한 자리에 있는가를 새삼 깨달아야 한다.

아마 김유정의 『동백꽃』이나 황순원의 『소나기』 중, 어느 소설을 더 좋아하느냐고 물으면, 그건 사람에 따라 달리 대답할 것이다. 왜냐하면 이 두 소설은 전혀 다른 방식으로 쓴 좋은 소설이니까, 둘 다 창작의 본보기로 삼아볼 만하다.

황순원의 『소나기』는 김유정의 『동백꽃』처럼 쓴 소설이 아니므로 읽는 방식이나 쓰는 방식이 서로 다르다는 것을 잘 가르쳐야 하는데 대한민국의 참고서가 이를 똑같은 방식으로 풀이해 놓고, 『소나기』를 발단→전개→위기→절정→결말의 순으로 전개된다고 가르치고 있다. 이런 일은 이청준의 『눈길』이나 김승옥의 『무진기행』도 그런 식의 전개된 이야기로 보는 것처럼, 하나의 난센스가 아닐 수 없다.

3. 소설 읽는 방법의 대전환

우리 속담에 "하룻강아지 범 무서운 줄 모른다"는 말이 있듯이, 복학생보다 대학에 갓 들어온 신입생들이 김유정의 『동백꽃』, 황순원의 『소나기』, 전상국의 『우상의 눈물』, 이청준의 『과녁』 등에 대하여 말들을 잘한다. 하지만, 이청준의 『병신과 머저리』, 최윤의 『하나코는 없다』를 거쳐 김승옥의 『무진기행』, 신경숙의 『풍금이 있던 자리』, 권지예의 『뱀장어 스튜』에 이르면, 이야기가 좀 길어지기는 했지만, 엉뚱한 얘기를 하면서 이건 소설이 아니다, 이건 말도 안 되는 이야기를 말한 것이라고 하는 것이다.

그런데 우리나라의 어느 평론가가 한국의 소설사는 1962년에 발표한 『무진기행』 이전과 이후로 나누어 써야 할 것 같다는 말을 한 적이 있다. 이는 『무진기행』이 종전의 소설과는 좀 다르게 쓴 것임을 의식하고 한 말일 것인데, 말하자면 종전의 소설이 주로 김동인의 『감자』나 김유정의 『동백꽃』처럼 '외적 갈등'을 겪는 사람의 이야기라면, 김승옥의 『무진기행』이나 이청준의 『퇴원』, 오정희의 『비어 있는 들』 등은 '내적 갈등'을 겪는 사람들의 이야기라는 점에서 무척 다른 소설이라고 본 것이다. 이런 내적 갈등을 잘 다룬 소설들이 1960,70년대 들어서면서 이청준과 김승옥, 오정희를 필두로 하여 박완서, 은희경, 김형경, 신경숙, 조경란, 전경린, 최윤, 권지예, 정미경 같은 여성 작가들 사이에서 크게 성공하게 되었던 것이다.

1968년 동인문학상을 받은 최인훈의 『웃음소리』가 무슨 이야기를 쓴 것이냐고 물었을 때, 학생들은 대답을 잘 하질 못한다. 그런데 우리가 지난 시간에 이문열의 『그해 겨울』이란 것을 공부해 잘 읽어 보았으면, 그 배운 지식을 살려 이 소설도 잘 읽을 수 있어야 하는데 그렇지 못하니, 이건 소설 교육이 무척 잘못된 것이리라. 그래서 우리는 지난 시간에 읽은 이문열의 『그해 겨울』이 ①떠남－②여러 가지 새로운 것들을 경험함－③돌아옴의 전개 패턴을 가진 소설임을 배웠는데, 최인훈의 『웃음소리』가 바로 그와 똑같은 전개 패턴의 소설임을 주지시키면, 그제야 신기한 듯 고개를 끄떡인다. 이처럼 이 세상의 소설들을 내용만 보고 모두 다른 것으로만 볼 때, 더욱 그런 일이 생긴다.

그러나 이 세상의 소설들을 가만히 살펴보면 주인공의 성격구성이나 사건을 끌고 간 플롯의 방식, 무슨 이야기를 하려 했는가를 살피는 주제의 파악, 심지어 사물의 묘사 방법이 서로 닮은 것들이 많이 있어서, 이것들을 따로 따로 읽을 것이 아니라 한데 묶어 하나로 볼 때, 즉 유형별로 나누어 읽을 때, 소설에 대한 지식을 더 많이 쌓을 수 있게 된다.

그래서 소설을 읽되 소설들을 유형별로 읽도록 권한다. 이처럼 어떤 기준에 따라 소설을 하나로 읽을 때, 이 세상엔 수백 가지의 소설이 있는 것이 아니라 단지 몇 개가 있을 뿐이다. 소설을 내용 위주로 본다면, 이는 마치 그 종류의 다양함 때문에 숲속에서 오히려 혼란을 느껴 나무 하나를 제대로 보지 못할 뿐더러, 나무들을 서로 비교 대조해 가며 제대로 볼 수 없게 되는 것과 같다.

『소나기』나 『동백꽃』은 모두 잘 쓴 소설이다. 그러므로 그것처럼 써보라고 말하면, 대뜸 요새 그런 소설 쓰면 '신춘문예'에 당선이 될 수가 없다고 말하는 사람이 있다. 이는 자기의 소재를 갖고 그와 같은 방식으로 사건들을 엮어 보라는 뜻이지, 그와 같은 내용의 글을 쓰라는 말이 아니다. 그러므로 소설을 잘 읽거나 쓸 줄 알려면 소설 유형에 대한 지식을 좀 알아야 하겠지만, 시 · 수필 · 희곡 같은 다른 장르의 글들만이 아니라, 심지어 음악이나 그림들을 많이 찾아 감상해 보아야, 시인이나 작가들이, 동일한 얘기를 서로 다른 방식으로 얘기하고 있다는 것을 알 수 있을 것이다.

소설은 소설에서만 그 방법을 배울 수 있기 때문에, 소설을 잘 알려고 하거나 창작을 꿈꾼다면, 세상에 잘 알려진 작가들의 작품을 먼저 많이 읽어봐야 한다. 그런데 작품을 읽은 경험이 별로 없거나, 있다 하여도 잘못 알고 있는 경우가 많아 문제가 좀 된다.

앞에서 살핀 전상국의 『외등』, 이청준의 『과녁』, 전상국의 『우상의 눈물』, 서하진의 『농담』, 한창훈의 『올 라인 네코』 등은 모두 『동백꽃』처럼 주동인물과 반동인물의 갈등을 겪는 일들을 잘 쓴 소설이라고 볼 수 있으며, 전상국의 『우상의 눈물』, 이청준의 『병신과 머저리』, 이문열의 『우리들의 일그러진 영웅』들은 황순원의 『소나기』처럼 아이러니컬한 인간의 실상을 잘 말한 소설들이다. 신경숙의 『풍금이 있던 자리』, 이문열의 『그해 겨울』, 정미경의 『나의 피투성이 연인』 등은 김승옥의 『무진기행』처럼 미망(迷妄)에서 새로운 각성에 이르는 이야기라면, 오정희의 『불의 강』, 편해영의 『저녁의 구애』, 김연수의 『일기예보의 기법』 등은 이청준의 『눈길』처럼 무지(無知)에서 새로운 앎(知)으로 나아가는 사건들을 잘 얽어 짠 소설들이다.

전상국의 『외등』에서 박종대(朴鐘大) 경사는 갈등을 겪는 주체, 즉 주동인물(protagonist)이고, 국회의원이나 표경철, 그리고 하암리 마을 사람들은 모두 주인공인 박종대 경사에게 갈등을 겪게 하는 인물, 즉 반동인물(antagonist)들이다. 박종대 경사는 본래 처음부터 의로운 일을 하고자 경찰에 투신했듯이, 갖은 유혹에 넘어가지 않고 자기 자리를 지켰다는 점에서, 어둠 속에서 어찌 살아야 할지 모르는 뭇사람들에게 밝은 빛을 던져 주는 '외등' 같은 존재가 아닐 수 없다.

4. 소설 공부가 어려운 이유

소설 중에는 최인호의 『별들의 고향』처럼 막힘이 없이 술술 읽히는 것이 있다. 그런 소설은 잘 읽혀 독자가 많다. 소설은 사람들이 왜 어렵다고 느끼는 것일까? 길이가 길어져서, 시간이 많이 걸려서 그럴까? 많은 작가들은 자기의 말을 독자적인 형식에 담았다고 생각하나 그러나 알고 보면 선배들이 그러한 형식을 이미 사용하고 있었다고 볼 수 있는데 이는 모든 작가가 관습적이기 때문이다.

그런데 우리가 설명문이나 일기문 같은 비문학적인 글은 잘 읽거나 쓸 줄 아는데, 시나 소설 같은 문학적인 글은 왜 읽거나 쓰기가 어려운가? 그것은 문학적인 글이 어떤 내용을 직접 전달하려는 글이 아니기 때문이다. 다시 말해서 문학적인 글은 직접 말하지 않고, 상상해서 이해할 수 있도록 그들의 언어를 바꾸어 놓아야 하는 문제를 갖고 있기 때문이다. 문학(소설)엔 직접 전달은 없다. 문학은 중요한 무엇을 설명하려는 것이 아니라, 그것을 느껴 알 수 있도록 표현해주어야 한다. 즉 작가는 주제나 자신의 심적 상태에 대한 어떤 정보를 직접 설명해서 알게 해 주지 않고, 정미경이 쓴 『내 아들의 연인』의 서두처럼, 묘사를 통해 그의 뜻을 간접적으로 알려야 한다. 흔히 보는 약(藥)에 대한 설명서와 다르게, 시나 소설에서는 직유, 은유, 의인, 상징 등을 즐겨 쓰는 것도 모두 그 때문인데, 문학적인 글은 설명하려고(telling)하지 말고 김승옥이 쓴 『무진기행』의 장면식처럼 보여주어야(showing) 한다. 설명은 간단명료해서 알아듣기 쉽게 해야 하지만, 문학적인 글은 함축적어야 한다.

김소월의 『금잔디』를 보자. 이 시는 새 봄을 맞아 님이 묻힌 산소의 잔디에는 어김없이 새싹이 돋아 나오는데 죽은 나의 임은 왜 다시 살아 돌아오지 않는가, 하고 새싹이 돋는 자연을 보니 더욱 임이 그리워지는 여인의 안타까운 마음을 노래한 시다. 이 시에서 시인은 임을 보고 싶다는 말을 직접적으로 한마디도 하지 않았다. 그의 대표작인 『진달래꽃』은 어떤 글인가? 떠나고 싶어 하는 임을 가지 말라는 말을 그녀는 막상 한마디도 하지 않았다. 오히려 사랑하는 임이 잘 가도록 돕겠다고 했다. 아무리 깊어가는 가을이지만 우리 학생들의 시 속에 "외롭다", "보고 싶다"는 말이 생경하게 나오는 것은 모두 낙선시켰던 기억이 새롭다. 이처럼 윤동주나 서정주의 시에서 보는 것처럼 문학에서는 상상해서 모든 것을 알 수 있도록 할 때, 그 문장을 우리는 잘 썼다고 말한다. 이제 작가의 그런 솜씨가 잘 나타나 있는 것을 여러 분야별로 나누어 살펴보기로 하자.

1) 의인법의 구사

의인법은 자연의 사물을 감정이나 인격을 불어넣어 마치 인간처럼 보는 하나의 기술인데, 어린이들이 동화나 만화영화를 재미있어 하는 것은 바로 이런 상상력을 자연스럽게 받아들이기 때문이다. 어린 손주가 호랑이나 사우르스를 갖고 놀기를 좋아하는데, 이것도 어린애일수록 모든 동물을 맹수로만 보지 않고, 그들도 인간처럼 말하고 생각할 수 있다면 얼마든지 인간과 서로 통할 수 있다고 보는 상상력이 풍부하기 때문이다.

> ① 무진에 명산물이 없는 게 아니다. 나는 그것이 무엇인지 알고 있다. 그것은 안개다. 아침에 잠자리에서 일어나서 밖으로 나오면, 밤사이에 진주해 온

적군들처럼 안개가 무진을 뻥 둘러싸고 있는 것이었다. 무진을 둘러싸고 있던 산들도 안개에 의하여 보이지 않는 먼 곳으로 유배당해버리고 없었다. 안개는 마치 이승에 한(恨)이 있어서 매일 밤 찾아오는 여귀(女鬼)가 뿜어내놓은 입김과 같았다.

— 김승옥의 『무진기행』에서

② 꽉 찬 가을이 유리문 저쪽에서 일렁이고 있었다. 굵다란 은행나무들이 이파리를 떨군 거리는 노란 카펫이 깔린 것처럼 보였다.

— 공지영의 『존재는 눈물을 흘린다』에서

③ 바람이 불어. 바람은 왜 불지? 난 바람이 싫어. 은수는 바람에 눈을 뜨지 못하는 승일이의 앞을 가로막아 뒷걸음질 쳐 바람을 막아주며 대답했었다. 바람은 그리워하는 마음들이 서로 부르며 손짓하는 것이란다.

— 오정희의 『바람의 넋』에서

④ 산의 움직임이 심상치 않습니다. 바람이, 북풍이 분명한 바람이 산의 이마를 쓰다듬고 지나갑니다. 바람의 손길 아래서 산은, 더 많은 바람을 불러 모으는 굿거리 동작으로 온 몸을 뒤척이고 있습니다. 아무래도, 오늘 밤 안으로 저 산이 비를 불러올 것 같습니다. 푸른 머리채를 휘저으며, 온 몸을 뒤척이며, 산이 기우제를 올리는 모양입니다. 저 빨래 건조대가 또 비를 맞겠군요.

— 김형경의 『담배 피우는 여자』에서

①에서 안개 낀 모습을 적군이 몰려온 모습으로, 흰 안개를 소복한 여인의 입김으로 본 데서, ②는 가을의 경치가 인간이 사는 창 너머에 가득 차 있는 모습으로 보았으며, ③은 바람을 인간의 손짓으로 본 데서, ④ 산 정상을 지나는 바람을 인간들의 어떤 행동으로 묘사했다.

2) 상징이나 비유의 언어

월남에 파병되는 우리 용사들의 어깨에 호랑이 견장을 모두 붙였듯이,

이는 우리의 용사들이 호랑이처럼 사나움을 잘 드러내준 표현이다. 흔히 상징은 추상적인 사물을 구체화하여 알기 쉽도록 해 주지만, 말로 설명하기 힘든 개념을 구체적인 것으로 나타내준다. 모든 색채는 각기 다른 상징적 의미를 갖고 있으므로, 작가는 이를 잘 알고 써야 한다.

그리고 시인 김광섭이 '사람의 마음'을 바람에 흔들리는 '호수의 물' 같다는 표현을 썼듯이, 비유는 추상적인 사물을 구체화하기도 하지만, 말로 설명하기 힘든 개념을 내가 잘 아는 구체적인 것으로 드러내 준다.

비유에는 두 가지가 있다. 피천득의 산문인 『수필』에서 '수필은 난이요, 학이다'처럼 두 사물인 A B를 A=B이다 식으로 보는 것을 '은유(隱喩)'라 하고, 서정주의 『국화 옆에서』처럼 두 사물을 …같은 이나 …처럼, …인양 같은 말을 붙여 두 사물을 서로 동일시할 때를 '직유(直喩)'라고 부른다. 진부한 것보다 참신한 은유나 직유를 쓰면 훨씬 문장이 아름다워지고 함축적이 된다.

① 외숙모가 서울 백병원에서 암 선고를 받던 날도 나는 외숙의 주변을 지키고 있었다. 그날 저녁 광주로 내려가며 그는 또 무슨 정신으로 하는 소린지 내게 이런 말을 하고 있었다.

"어서 혼례를 올려야지. 그때 또 쌀 한 짝 올리마."

외숙은 쌀이라는 것을 무슨 제물 같은 것으로 생각하고 있는 듯했다. 하기야 어머니만 해도 아직 바늘 쌈지와 쌀을 화폐처럼 생각하는 사람이다.

— 윤대녕의 『천지간』에서

② 손아랫사람으로부터 푸대접을 받았음에도 불구하고 마치 못만 얻으려다 망치까지 덤으로 얻은 사람처럼 수지맞았다고 생각하는 모양이었다.

— 윤흥길의 『산에는 눈, 들에는 비』에서

③ 아버지는 뚱한 얼굴로 "사람은 꼭 어데 갈 목적이 없어도 누구나 다 연맨

쿠로 그냥 날아댕기고 싶은기라. 내가 대표적인 그런 사람일런지 몰라도….”하고 말끝을 죽이며 벙긋 어설픈 미소를 띠어 보였다.

— 김원일의 『연』에서

④ 밤에 돌아다니는 계집들은 사내들한테는 익혀 놓은 음식이라고 그렇게 말을 해도 들어먹어야 말이지. 늦도록 싸돌아다니다가 아침에는 지가 무슨 당나라 소동성이라고 해가 머리끝에 와야 일어나고, 도대체가 갈상머리라곤 없는 년…

—은희경의 『새의 선물』에서

⑤ 인생이란 화려하지도 않고, 더군다나 장엄하지도 않으며 다만 뱀장어의 몸부림과 같은 격정을 조용히 끓여 내는 것인지도 모른다.

—권지예의 『뱀장어 스튜』에서

①은 흔한 쌀을 통해 외숙모님이 얼마나 나에게 고마운 분인가를 알게 해주고 있으며, ②는 잘못 생각하고 있는 것을 비유법을 써서 명확히 나타내고 있으며, ③은 누구나 훨훨 어딘가 떠돌고 싶은 것임을 말해주고 있다. ④는 은유를 써서 두 사물을 비교하였고, ⑤는 욕망을 가진 인간의 모습을 뱀장어의 꿈틀거림으로 나타내었다.

3) 완곡어법으로 말하기(에둘러 말하기)

우리는 평소에 말을 직접적이거나 노골적으로 하지 않고 에둘러서 말할 때가 있다. 예를 들어 어떤 사람이 죽었을 때, “아무개가 밥숟가락을 놓았대”라고 하거나, “그 사람 하늘나라로 돌아갔다는군.”이라고 직접 말하지 않고 빙 둘러서 말하는 경우다.

소설에서 인물의 성격이나 의식(감정)을 노골적으로 말하지 않고 편지나 일기를 통해 어떤 사실을 알리는 것도 작가가 직접적인 설명을 피하는 하나의 수단이다. 이처럼 우회적 표현을 쓰면 쓸수록 좋은 소설적 문장이 된다.

① "허, 참, 세상일두……."
마을갔던 아버지가 언제 돌아왔는지,
"윤초시댁두 말이 아니어, 그 많은 전답을 다 팔아버리구, 대대루 살아오든 집마저 남의 손에 넘기드니, 또 악상꺼지 당하는 걸 보면……."
남폿불 밑에서 바느질감을 안고 있던 어머니가,
"증손이라곤 기집애 그 애 하나뿐이었지요?"
"그렇지. 사내애 둘 있든 건 어려서 잃구……."
"어쩌믄 그렇게 자식복이 없을까."
"글쎄 말이지. 이번 앤 꽤 여러 날 앓는 걸 약두 변변히 못써 봤다드군. 지금 같애서는 윤초시댁두 대가 끊긴 셈이지…… 그런데 참 이번 기집애는 어린 것이 여간 잔망스럽지가 않어. 글쎄 죽기 전에 이런 말을 했다지 않어? 자기가 죽거든 자기 입은 옷을 꼭 그대루 입혀서 묻어달라구……."

— 황순원의 『소나기』에서

② 그녀에게는 아무 일도 일어나지 않았다. 하나님의 뜻인 것이다. 미래는 일종의 캄캄한 복도였고, 그 끝에 나 있는 문은 꽉 잠겨 있었다. "……읽은 것은 다 읽었어"하고 그녀는 곧잘 혼잣말을 했다.

— 플로베르의 『보바리 부인』에서

③ 지난 4월, 벚꽃이 만개했다는 소식에 봄 풍경을 촬영하러 남산을 찾아갔다가 목이 잘린 채로 앉아 있는 석불을 보고야 성진은 새삼 '맞아, 이런 게 바로 폐허의 풍경이었지'라고 생각했다……밑도 끝도 없이 전화해서는 과거의 자신은 죽었다는 등, 이제 완전히 새로운 사람으로 다시 태어났다는 등 이해하지 못할 소리를 늘어놓는 바람에 시계를 당장 돌려주겠노라고 호언하기는 했지만, 그새 다른 사람에게 판 것은 아닐까는 불안이 없진 않았다.

— 김연수의 『벚꽃 새해』에서

④ 잠긴 현관문을 열고 들어서면서부터 누군가 들어와 있다는 느낌은 더욱 심해졌다. 문이 열려 있거나 신발들이 흐트러져 있는 것도 아니었다. 달라진 것은 아무 것도 없었다. 아이는 배를 덮은 수건을 차 던지고 여전히 팔 벌리고 잠들어 있었다. 집안을 한 바퀴 휘둘러 본 후에야 정옥은 비로소 알 수 있었다. 그것은 집안에 희미하게 떠도는 담배 냄새였다. 천성적으로 강한 것보다는 약한 것에 더 마음 쏠리는, 남 아픈 걸 보면 글썽이지만 그 글썽임을 드러내지 않고 한 겹 거를 줄 아는 지혜로움, 늘 무심해 보이지만 한 겹 안쪽에 햇솜 같은 따사로움을 펼치고 있는 얼굴.

— 오정희의 『별사』에서

⑤ 일찌감치 삶의 이빨에 물어뜯긴 중학생과 달리, 죽음을 직시하는 말기 환자는 결코 희망을 포기하지 않았던 것이다

— 김연수의 『인구는 나다』에서

①은 소녀도 소년을 무척 사랑했음을 알려주는 대목으로, 이 사실은 두 사람만이 아는 비밀이기에 소년은 오랫동안 소녀에 대한 기억을 지울 수 없었을 것이다. ②에서는 주인공 '엠마'가 장래의 불투명함 속에서 자신이 얼마나 고독한 여자인가를 잘 보여주고 있고, ③에서는 별거 중인 여자가 갑자기 지난날 남자에게 선물했던 태그호이어 시계를 돌려달라고 지금 사진 찍느라 바쁜 그이에게 휴대폰으로 전화했다. 그런데 이 일은 사실 하나의 핑계로, 그녀가 그이와 다시 재결합을 원한다는 그녀의 말을 우회적으로 기술한 것이다. 그녀의 말이 그 남자의 마음에 닿을 수 있던 것은 '성진'이 오른 남산에 '목 잘린 부처'가 많다는 것과 관련이 있다. ④는 주인공인 '정옥이'가 낚시터에서 남편이 죽었다고 모두 말하지만, 자기는 그 사실을 부정하고픈 마음을 가진 여자임을 애둘러 표현한 것이다. ⑤는 죽기 전의 아버지가 아들인 인구의 바이올린 연주를 꼭 한번 보고 싶어 했음을 말한 것이다. 모두 아름다운 문장이다.

4) 아포리즘 잘 쓰기

아포리즘은 매우 간결한 표현으로 어떤 진실을 총체적으로 드러낼 수 있는 문구를 가리킨다. 그것들은 선과 악, 역사와 문학, 사랑하는 법과 행복하게 사는 법 등 인생에 대한 깊은 통찰에서만 나올 수 있는 것으로, 인생에 대한 새로운 각성을 통한 성숙을 이루게 하고, 고난의 시기를 극복할 수 있는 용기를 준다고 볼 수 있다. 셰익스피어나 세르반테스 같은 작가의 작품들이 오래도록 읽혀지고 있는 이유는 바로 그의 작품 속에 많은 이 같은 아포리즘으로 가득 찬 말들이 많기 때문이라고 해도 과언이 아니다.

> ① 절망이야말로 가장 순수하고 치열한 정열이다. 사람들이 불행해지는 것은 진실하게 절망하지 않기 때문이다.……절망은 존재의 끝이 아니라 그 진정한 출발이다.
>
> — 이문열의 『그해 겨울』에서

> ② 전에는 사는 일이 두려움뿐이더니 이제는 부끄러움뿐이다.
>
> — 오정희의 『새벽 별』에서

> ③ 죽느냐 사느냐 그것이 문제로다.
>
> — 셰익스피어의 『햄릿』에서

> ④ 진정한 사랑이 있는 곳에 지나친 수다는 없는 법이다.
>
> — 세르반테스의 『돈키호테』에서

> ⑤ 분명 삶에는 기습이 있다. 헤어 나오려고 온 몸을 부술수록 더 깊은 수렁 속으로 빠져 드는지도 모른다.
>
> — 신경숙의 『겨울우화』에서

①은 정말로 절망하게 되면 오히려 다시 살아보려는 욕망을 갖게 된다

는 인생의 역설을, ②는 젊어서는 내가 못하면 어떻게 하나 두려워서 못해 본 일이 많았는데, 나이들어 보니 그게 아니더라는, 오히려 후회가 된다는 말을, ③은 셰익스피어의 『햄릿』의 주인공인 '햄릿'의 말로, 내 아버지를 죽인 범인이 바로 숙부임을 확인했으면 숙부를 죽여야 되는데, 내가 결행하지 못하는 이유가 바로 여기에 있음을 말한 유명한 말이다. ④는 아내가 남편을 진정 사랑했다면 이러쿵저러쿵 말이 없어야 된다는 진리의 말이다. ⑤는 삶의 위기는 아무 예고 없이 닥쳐올 때가 많으니 언제나 대비해야 된다는 말이다.

5) 상관물이나 삽화 끌어들이기

① 아버지는 물기 맑은 풀잎에서 폴짝 뛰어오르는 한 마리의 청개구리를 손바닥에 올려놓았다. 아버지의 손톱만한 그 놈의 빛 고운 연초록 등판은 윤기가 쪼르르 흘렀고, 얇고 흰 뱃가죽은 놀람 탓인지 연신 팔닥거리고 있었다. 아버지는 말했다. 요 꼬마 놈은 매일 아침 하루도 쉬지 않고 높이뛰기 연습을 한단 말이야. 첫날은 반 뼘을 뛰지만, 이튿날은 한 뼘을 뛰거든. 다음날은 한 뼘 반을 뛰고 그 다음날은 두 뼘을 뛰고 그 다음다음 날은…… 아버지, 그럼 나중에 하늘에 닿겠네요? 아니지, 하늘에 닿아 보려고 뛰지만 결국 하늘에는 닿지 못하지. 왜냐하면 하늘은 끝이 없으니까. 그럼 죽을 때까지 뛰겠네요? 그렇지 죽는 날까지 매일 뛰지. 참 불쌍한 놈이네요? 아냐. 자기가 뛰고 싶어 뛰니깐. 왜 뛸까요? 그건 아버지도 몰라.

— 김원일의 『어둠의 혼』에서

② 세 쌍의 긴 다리는 바닥에 붙어버린 채로 몸통과 긴 더듬이만 간절하게 움직이고 있다. 벌레들이 싸 놓은 배설물은 마치 까만 채송화 씨앗들처럼 바닥에 흩뿌려져 있다.

그런데 씽크대 옆에 놓아둔 집을 들여다보는 그녀의 눈빛이 그만 꿋꿋해진다. 가운데 먹이 근처에 거의 다다른 암컷의 꽁무니에서 표면에 윤기가 잘잘 흐르는 길쭉한 유백색 주머니가 비어져 나오고 있는 중이다. 죽어 가는 상황에서도, 끈끈이 위에다 알을 낳을 수밖에 없는 암컷은 연신 더듬이와 꽁무니를 흔들어대고 있다. 꽁무니에서 쑥 빠져 나온 알주머니는 따끈따끈할 것만 같다. 그녀의 손이 다가간다. 엄지손톱을 밑으로 바퀴벌레집 한 채의 지붕을 아래로 꾹 누른다. 미세하게 톡, 알집 터지는 소리가 나고 잠깐 천장이 바닥에 들러붙었다가 떨어진다. 알은 흔적이 없이 사라지고, 알이 자라는 노란 액체가 번져 있다.

— 권지예의 『뱀장어 스튜』에서

③ 저만큼, 집이 보이는데, 저는, 집으로 바로 들어가질 못하고, 송두리째 텅 빈 것 같은 마을을 한 바퀴 돌고도……또 들어가질 못하고……서성대다가 시끄러운 새소리를 들었어요. 미루나무를 올려다보니 부부일까? 두 마리의 까치가, 참으로 부지런히 둥지를……둥지를 틀고 있었어요. 오래 바라보았습니다, 둘이 서로 번갈아 가며 부지런히 나뭇잎이며 가지들을 물어 나르는 것을.

— 신경숙의 『풍금이 있던 자리』에서

④ 무리에서 약간 떨어진 곳에 서 있는 두 마리 갈매기가 눈에 들어왔다. 한 놈은 고개를 들고 정면 먼 곳에 시선을 두고 있고 곁에 있는 놈은 그런 짝을 바라보고 있었다. 아무리 바라보아도 짝꿍이 눈길을 주지 않자 한 발 다가서서 부리로 짝꿍의 목덜미를 톡톡 건드렸다. 그러나 짝꿍은 고개를 한 번 비틀고는 한 걸음 옆으로 물러났다. 거절당한 갈매기는 잠시 고개를 숙이고 있다가 이번에는 아예 짝꿍의 눈앞을 막아섰다. 짝꿍은 좌우로 몇 번 고갯짓을 하더니 가볍게 바다를 향해 날아올랐다. 남자는 담배를 땅바닥에 비벼 껐다.

— 김형경의 『금강교』에서

①은 아들인 '갑해'가 남들이 '빨갱이 집'이라고 손가락질을 하는 짓을 아버지가 왜 그토록 일삼고 있는지를 잘 알게 해주는 상관물로 본다면, ②는 남편이 설치한 덫에 걸린 바퀴벌레를 보면서 그가 죽을 때까지 종족 번식을 위해 얼마나 애쓰는가를 보여주는 것으로, 아이를 낳고 싶은 그녀의 속마음을 잘 알려주는 하나의 상관물로 들어온 것이다. ③은 지금 열심히 그

들이 살 집을 짓고 있는 까치부부를 보고 있지만, 장차 자기와 결혼할 남자가 이 까치부부처럼 자기를 도와 열심히 살아줄 수 있을까를 생각하는 하나의 상관물이라 볼 수 있다. ④는 갈매기 두 마리의 구애(求愛)의 모습을 잘 보여주는 것으로, 이 여자의 속마음을 잘 드러내준 하나의 상관물이다.

5. 소설은 재미있고 유익한 이야기

1) 있을 수 있는 일의 이야기

당신은 소설을 왜 읽는가? 우선 재미있고 유익한 이야기를 만나기 위해서라고 대답할 것이다. 영화나 TV도 좋지만, 소설에는 인간에 대한 재미있고 유익한 이야기가 그 속에 들어 있다. 등잔 밑이 어둡다고, 인간인 우리는 사실 사람에 대해 모르는 것이 많이 있다. 남들은 무슨 일을 하며 어떻게 살아가고 있는지, 그리고 지금 내 소망대로 가치 있는 삶을 잘 살고 있는 것인지, 인간은 알고 싶은 것이 참으로 많은데, 소설은 본래 이에 대한 이야기를 재미있고 유익한 이야기를 들려주는 것을 그 사명으로 하는 글이다.

소설의 '재미'는 어디서 오는가? 우선 그 내용이 새로워야 하는데, 그러려면 하성란의 『곰팡이꽃』이나 천운영의 『바늘』처럼 우선 그 소재가 참신해야 할 것이다. 그런데 이 두 소설은 발표 당시 사건의 전개, 서술자나 주인공의 선택, 결말짓기에 좀 문제가 있어서 그네들의 대표작이 될 수 없다. 흔히 인간에 대한 새로운 이해나 지식을 쌓을 수 있는 소설은 이야기 가치가 높기 때문에 읽는 재미를 더해준다. 혹자는 불륜이나 섹스 문제를 다루면 무조건 재미있는 이야기가 되리라고 생각하나, 소설의 재미는 그런 소재거리에서 오는 것이 아니라, 그 형식을 유기적으로 잘 짠 솜씨에서 오는 것이다. 사실 소설의 재미는 그것이 거짓말이지만 어쩌면 진짜 있었던 일처럼 들려주는 작가의 솜씨에서 나타난다고 볼 수 있다. 소설의 기법이

날로 발전해 온 것도 사람의 이야기를 어떻게 하면 더 재미있고 감동적으로 실감나게 들려줄까 하는 작가의 노력에서 비롯된 것이다.

소설은 꾸며야 한다. 소설은 신문 기사나 역사(歷史) 이야기처럼 있었던 사실(fact)만을 말하는 것이 아니다. 그런데 소설이 어떤 진실(reality)을 들려주기 위해 꾸민 이야기로 보지 않고, 그냥 거짓말을 하는 글로만 보려는 경향이 있어 문제가 생긴다. 1960년대에 우리 소설이 잘못 읽혀 크게 사회문제를 일으킨 적이 있다. 남정현(南廷賢)이란 작가가 『분지(糞地)』라는 소설을 발표했는데, 북한이 이 소설을 당 기관지인 ≪통일전선≫에 전재(全載)하여, 지금 남한 땅은 이 소설처럼 미군에 의해 더럽혀지고 있으니 우리가 빨리 구제해야 된다고 이 소설을 예로 들어 말했던 것이다. 이 기지촌 이야기가 조선 땅에서 미군이 속히 물러가야 한다고 선전하게 되는 빌미를 북한에게 주었으니, 이 작가는 결국 적(敵)을 이롭게 한 것이 됐고, 고로 반공법(反共法)에 걸려 투옥되고 말았으나, 그는 일 년이 채 안 돼 무죄로 풀려나 일약 더 유명해졌다. '한국문인협회'에서 소설은 허구, 즉 꾸민 이야기이므로 이걸 사실(fact)인 것처럼 얘기하는 것은 소설이란 글이 무엇인지도 모르는 무식한 사람들이 하는 짓이란 진정이 판결에 영향을 준 것이다. 이는 1950년대 초기에 정비석(鄭飛石)이 쓴 『자유부인』이 있을 수 있는 얘기를 쓴 것이지, 그걸 사실로 받아들이는 것은 소설가의 상상력을 위축시키는 일이라는 주장과 같다.

2) 소설 이야기의 특징

이 세상에 남녀의 사랑 이야기를 다룬 소설은 참 많이 있지만, 그러나 그것들이 플롯의 방법이 다 다르기 때문이지, 만약 그 내용이 같다고 하면, 하나의 소설로 보아야 한다. 그러므로 소설을 내용 중심으로 애정소설이나 해양소설처럼, 그 종류를 나누어 보는 일은 소설 공부에 별로 도움이 안 된다.

소설은 긴 시간을 두고, 새롭고도 사실적인 이야기를 만들어 내기 위해 다양한 기법이 개발되어 왔다. 다시 말해서 단순한 사건의 얽어 짜기에서 벗어나 사건의 순서를 뒤바꾸어 놓거나 플래쉬 백(flash back)이나 연상에 의한 회상, 삽화들의 삽입이나 사건들의 논리적 관계, 즉 인과(因果) 관계를 교묘히 설정해 놓는 방향 등으로 발전해 왔다고 볼 수 있다. 그 결과 소설은 간단한 형태에서 복잡한 형태로 바뀔 수밖에 없었다.

소설을 알면 알수록 소설 읽기나 쓰기가 더 어렵다는 말을 흔히 듣는데, 이것도 플롯의 기본 패턴과 그에 따른 원리들을 잘 모르고 있기 때문이거나 부분적으로 알 뿐 종합적으로 아우르는 능력이 아직 부족하기 때문이라고 본다. 하나의 집을 짓기 위해서는 여러 기술이 종합되어야 하듯이, 소설 하나를 만들어내는 데도 고려해야 할 점이 여러 가지가 있다. 소설은 어디는 좋고 어디는 나쁘니, 한 부분만 손질한다고 쉽게 좋아지지 않는다. 그 이야기에 따라 잘못된 부분을 고치려면 소설 전체를 다시 써야 하는 어려운 수고를 거쳐야 할 때가 있다.

그러나 천리 길도 한 걸음부터라고 했듯이, 창작을 잘 하려면 짧은 이야기에서 긴 이야기로, 단순한 플롯에서 복잡한 형태의 이야기를 단계적으로 써 나가는 훈련을 여러 번 쌓고 나서, 그리고 이야기 내용에 따라 거기에 알맞은 어떤 플롯을 사용해야 할까를 잘 깨닫고 나서 써보도록 노력해야 한다.

김유정의 『동백꽃』이나 황순원의 『소나기』는 비교적 간단한 형태의 이야기다. 그러나 두 소설은 사건을 이어가는 방식이 아주 다른 소설이다. 흔히 이 두 소설을 잘 안다고 말하는데, 그럼 이 소설을 한 번 써 보라고 하면 쓰지 못하기가 십상이다. 우리는 줄거리나 주제에 대해서는 잘 알지만, 이 소설을 어떻게 전개했는가에 대해서는 잘 모르고 있다. 그도 그럴 것이 우리는 플롯에 대해서는 평소 깊이 생각하지 않고 소설을 읽어 왔으니 『동백꽃』 같은 이야기를 잘 알고 쓴다고 해도 『소나기』 같은 소설은 알거나 또 쓰지 못할 수 있다. 이 두 소설은 사건을 엮어 짜는 방식이 엄청 다른 소설이다. 독일의 비교종교학자 막스 뮬러(M. Muller) "한 종교만 아는 자는 아무 종교도 모르는 자"라고 말했듯이, 서로 비교 대조해 가며 두 소설을 알도록 공부를 해야 한다. 모두를 다 알기까지 공부하기는 힘들겠지만, 이것들은 한 번 알아 두면 평생 써먹을 수 있는 지식들이니 그걸 다 알기까지 기울이는 노력이 결코 소비적이라고 말할 수 없지 않은가.

3) 작가의 재능

소설을 잘 알기란 참으로 어렵다. 많이 읽다 보면 나도 이런 이야기를 쓸 수 있으리라는 자신감을 갖게 되어 소설을 쓰고 싶은 욕망을 갖게 된다. 나는 파란만장한 삶을 살아왔으므로, 내가 겪은 일들을 소설로 쓰면 몇 권의 소설이 되고도 남을 것이라는 말을 자주 듣는다. 그런데 아직 한 권도 못 썼다면 그 이유는 아마도 그 사람은 '무엇'을 쓸까보다 '어떻게' 써야 하는지, 그 방법을 모르고 있기 때문이 아닐까.

사실 우리 대부분은 '무엇(what)'을 쓸까보다 '어떻게(how)' 쓸까에 대해서 별로 관심을 두지 않는 경향이 있다. 어떻게 이야기를 쓰는가를 알려면, 기존의 좋은 소설들을 그 쪽에 관심을 갖고 잘 살펴보아야 한다. 그런데 대부분의 사람들은 소설을 줄거리 위주로 읽지, 그런 줄거리를 '어떻게' 전개했는가에 대해서는 별로 관심을 두지 않는 경우가 많다. 소설 형식, 소설 기법에 대한 지식을 외면한 채 소설을 내용 위주로 읽어온 것이다. 그러므로 이야기를 잘 쓰고 싶은 사람은 이제 내용 위주로가 아니라 그 형식을 탐구하면서 읽도록 그 태도를 바꾸어야 한다.

오랜 만에 한 학생이 습작을 써 가지고 연구실로 찾아와서는 잘 읽어봐

달라고 말하고는, 자리에서 금방 일어나려고 한다. 그런 학생을 붙들어 앉혀 놓고, 여기서 무슨 얘기를 하려 했느냐, 무슨 작품을 본보기로 해서 썼느냐 등에 대하여 물으면, 그런 것 없이 내가 경험한 일들을 내 방식대로 그냥 써 봤는데, 나에게 재능이 있는지 없는지 그것을 좀 알아봐 달라고 한다. 읽어보나마나 이 소설엔 재미있는 얘기가 없을 것이 뻔하다. 아무 얘기나 쓴다고 다 소설이 되는 것은 아니다. 내가 겪은 일들은 소재의 일부분일 뿐이다. 어떤 소재가 소설 형식에 맞도록 녹아져 있어야지, 마구 얽어만 놓는다고 소설이 되는 것이 아니다.

소설 쓰는 법은 소설 속에 있다. 고로 남이 어떻게 썼는가를 눈여겨보고, 나도 그렇게 모방해서 써야 한다. 흔히 글 쓰는 재능은 어머니 뱃속에서 태어날 때 갖고 태어나는 것으로 알고 있으나, 일찍이 영국의 T.S. 엘리엇은 '자기가 아무리 새로운 방법으로 썼다고 해도, 알고 보면 선배들이 이미 그와 같은 방식으로 글을 써 왔다는 것을 알 수 있다'고 말했다. 그래서 그는 전통적으로 이어져 오는 관습적 원리로서 어떤 것이 있는가를 잘 알고, 그와 같은 방법을 잘 이용할 줄 아는 것이 '작가의 재능'이라고 말했던 것이다.

말을 하되 문법에 맞도록 해야지 그것에 맞지 않으면 상대방이 알아듣지 못한다. 이와 마찬가지로 소설 이야기는 소설 문법에 따라 말을 해야지 아무렇게나 말 할 수 있는 것이 아니다. 소설 쓰기란 조그마한 초가집이 아니라 큰 빌딩을 세우는 일이라고 말하고 싶다. 모르고 쓰되, 알면서 다시 써 보는 부단한 작은 글쓰기가 있어야 훗날 바람이 불어도 쓰러지지 않는 튼튼한 건물을 지을 수 있는 날이 올 것이다. 그러니까 소설 기법이 뭔지 모르고 쓰기도 하고, 알면서 다시 써 볼 때, 어느 날 소설 문법에 잘 맞는 소설을 쓸 수 있는 사람이 되리라 본다.

4) 소설의 유형

이 세상에는 여러 종류의 소설들이 뒤섞여 있다. 그것들을 다 읽어보아야 이 세상에는 어떤 소설들이 있다고 말할 수 있는데 그럴 시간이 없다. 그러나 그것들을 따로 따로 읽다간 평생 읽기만 하다 끝날 것이다. 그러므로 유형별로, 즉 사건을 엮는 방법에 따라 그 종류를 구분하여 보면, 이 세상에는 수백 가지의 소설이 있는 것이 아니라 몇 가지의 소설이 있을 뿐이다.

우리는 중학생 때 '인수분해'에 대해서 배운 적이 있다. 인수분해 문제를 풀기 위해서 우리들은 아마도 기본 공식 다섯 가지를 먼저 배우고, 그 공식을 적용해서 문제의 답을 구할 수 있었다. 문제에 따라 3번 또는 5번 공식을 이용하기도 하고, 좀 복잡하다고 여겨지는 문제는 2번과 4번, 5번 공식을 동시에 사용해야만 답을 구할 수 있었다. 그러니까 수학문제집에는 많은 문제가 있는데, 그 중에 내가 풀어본 것이 시험에 나오면 답을 쉽게 쓸 수 있었지만, 생전 보지 못한 문제가 나오면 그만 손을 들어버렸던 기억이 생생할 것이다.

그러나 지금 생각해 보면 우리는 너무 요령이 없었다. 인수분해 문제는 수백 개가 있는 것 같지만, 그 문제들은 어떻든 간에 5가지의 공식 중 어느 것을 잘 적용하여 풀 수 있는 것들이다. 그러므로 이 세상에는 수백 개의 문제가 아니라 5가지 종류의 문제가 있다고 볼 수 있다. 우리가 5가지 유형의 문제를 익히는 방식으로 문제에 접근했더라면 5가지의 공식을 응용해서 문제를 훨씬 잘 풀 수 있었을 것이다. 그 시절 수학을 잘한 학생은 이 요령을 잘 터득한 학생인 셈이다. 소설만이 아니라 설명문이나 논설문을 읽는 데에도 이런 요령이 필요하다. 소설이나 논설문을 따로 따로 다른 것으로만 보고 읽어서는 그것들의 지식을 넓혀 갈 수 없다.

Ⅱ. 인물

1. 소설 속의 인물들

황순원의 『소나기』는 주인공이 소녀일까, 소년일까? 그걸 소설에 따라 쉽게 판별해 낼 수도 있지만, 다 그런 건 아니다. 『춘향전』의 주인공이 '춘향'인 것은 잘 아는데, 황순원의 『소나기』에서 주인공이 '소년'이냐, '소녀'냐 물으면 반반으로 갈린다. 왜 그럴까? 그런데 『소나기』는 소년이 소녀로부터 '이 바보야'란 소리를 듣고부터 자기가 바보가 아니라는 것을 증명이라도 하듯 애쓰는 '소년'의 모습들을 독자에게 계속 보여주는 이야기다. 따라서 주인공은 '소년'이지 '소녀'가 아니며, 아버지나 어머니는 주인공을 실감나게 보여주기 위해 들어온, 그 기능이 미미한 인물이다.

흔히 주인공을 '북극성'에 비유한다. 하늘에 수많은 떠돌이별들이 있지만, 그것들은 모두 북극성을 중심으로 해서 모두 질서 정연히 움직여서 서로 충돌하지 않기 때문이다. 소설 이야기도 주인공이 있으면, 이 주인공을 둘러싼 여러 부수인물들을 실감나게 잘 끌어들여야 한다.

'춘향'은 기생의 딸로 태어났기에 설움이 많은 여자로서, 그녀의 소망은 오로지 신분의 상승을 이루는 일인데, 이몽룡이 그 꿈을 이루게 하는 '구조자(helper)'라면, 변 사또는 그 꿈을 가로 막는 '적대자(antagonist)'라고 볼 수 있다. '향단'이나 '방자'는 타 인물에 비해 그 역할이 미미하지만, 구조자로서의 촉매 역할을 한다는 점에서 그들도 이야기 구성에 다 필요해서 들어온 것이지 괜히 쓸데없이 들어온 인물이 아니다.

〈표 A〉

여러 부수(附隨)인물들이 소설 속에 들어오되, 두 사람까지는 그런 대로 쉽게 주인공의 이야기를 잘 이끌어 갈 수 있지만, 세 사람 이상일 경우에는 좀 이야기가 복잡해지므로 신경을 많이 써야한다. 주인공 이외의 여러 부수인물이 소설 속에 들어 온 것은 한번 써먹기 위해 들어오는 것이 아니기 때문에, 이야기가 진행됨에 따라 독자의 뇌리에서 잊혀지지 않도록 틈틈이 소설 속에 나오도록 해야 한다. 이제 소설의 주인공 주변에는 어떤 인물들이 들어오는가를 위의 <표 A>를 통해 알아보도록 하자.

흔히 대비자(對比者)는 마치 그림그리기의 보색(補色)과 같은 존재로서, 즉 타 인물 특히 주인공을 돋보이게 하는 인물이다. 흥부는 악한 놀부와 대비될 때 그의 착한 성격이 잘 드러나듯이, 작가는 주인공을 돋보이게 하기 위해 그 인물과 대비를 이루는 인물을 끌어들인다. 오정희는 『별사』에서 주인공인 '딸(정옥)'을 잘 드러내고자, '친정어머니'를 대비시키고 있는데, 묘원을 찾는 어머니가 곱게 화장을 했으며, 양산을 쓰고 있다는 얘기는 어머니가 딸과는 달리 '죽음의식'이 별로 없다는 것을 알려 주고 있다. 즉 우리는 이런 모녀의 대비를 통해 묘원을 찾아가는 '딸(정옥)'의 마음이 얼마나 가슴 아픈 사연이 있었던가를 짐작해보게 한다. 집에 돌아온 '딸(정옥)'은 남편이 죽었다는 사실을 절대로 인정하고 싶지 않기에, 세탁소에 다녀온 나지도 않은 남편의 담배 냄새가 나는 것 같다는 환각에 빠진다.

매개자(媒介者)는 주인공에게 중대한 깨달음과 성숙, 그리고 새로운 욕망을 갖게 하는 데 큰 영향을 미친다. 이어령이 김승옥의 『무진기행』을 평하는 글에서 ≪무진≫을 가리켜 '죽은 욕망 불러일으킨 역유토피아'라 했듯이, ≪무진≫은 주인공 '나'에게, 그 동안 잊고 지내온 출세의 욕망을 다시 불붙게 한 장소다. 고로 '나'가 동창생 '조'의 사무실을 방문해서 그를 만났던 일은, 이 소설에서 빼놓을 수 없는 아주 중대한 사건(event) 중 하나다.

그리고 소설은 드러내고자 하는 사람을 직접 작가나 서술자가 말하지 않고 누군가가 대신해서 들려줘야 할 때가 있다. 이청준의 『이어도』나 김인숙의 『조동욱, 파비안느』에서 보는 것처럼 주인공이 이미 죽어버려 이 세상에 없을 수 있다. 『이어도』에서 주인공인 '천남석'은 이미 바다에 투신해버려, 그의 말을 독자가 직접 들을 수가 없다. 그의 실종은 사고사인가 투신자살인가? 그가 살아 있다면 이 문제는 쉽게 가려낼 수 있겠지만, 그는 이 세상에 없다. 그럴 경우, 평소 주인공과 남다른 친분이 있는 사람이 그 주인공에 대한 이런 저런 말을 주고받는 형식이 될 수밖에 없다. 다시 말해서 『이어도』의 '양주호' 편집국장이나 『줄광대』의 '나팔수'처럼, 선택적 서술자(selective narrater)가 등장하여 주인공에 대한 이런 저런 이야기를 들려준다. 즉 선택된 서술자는 대개 최근까지 그 주인공과 함께 생활했던 사람으로서, 주인공에 대한 여러 얘기를 들려주고 있어서, 독자는 그의 말들을 다 종합해봐야 주인공이 어떤 사람인지, 왜 그런 말과 행동을 하게 됐는가를 알 수 있다. 고로 이제 소설 이해를 위해서 독자는 서술자의 이야기를 가만히 듣고만 있지 말고, 함께 상당한 노력을 기울여야 한다. 그러자니 이청준의 『이어도』는 줄거리조차 이해하기가 어려운 소설이 되고 말았다.

대리자(代理者)는 흔히 드러내고자 하는 주인공이 어떤 사람인가를 대신해서 짐작케 하는 인물이다. 오정희의 『옛우물』에서 주인공 '나(여자)'는 "파마머리를 봉두난발로 불불이 세우고 두터운 겨울 코트를 입은 한 여자가 불붙이지 않은 담배 서너 까치를 한꺼번에 입에 물고 길 가운데 서서 두 팔을 내두르며 교통정리를"하는 모습을 유심히 바라보고 있다. 이 미친 듯 행동하는 여자는 바로 주인공 '나'의 대리자인 셈이다. 이 봉두난발한 여자는 차(車)를 타고 떠났으리라 여겨지는 남편을 애타게 찾고 있는, 그래서 미칠 것 같았던 지난날의 '나'의 모습 바로 그것이다. 작가는 주인공인 '나'의 내면(생각)을 직접 설명하지 않고, 이처럼 '나' 자신을 연상케 하는 이 대리자를 등장시켜 드러낸 것이다.

소설이 이처럼 내면세계를 보여주면서 누가 누구의 이야기를 들려주느냐의 문제, 즉 서술자(narrator)의 문제가 현대소설에서는 중요해졌다. 그만큼 현대로 오면서 허구의 이야기를 사실적으로 들려주도록 해야 할 필요성이 요구되었다고 볼 수 있지만, 오늘날 소설 이야기가 너무 길어지고, 소설이론이 꽤 어려워지게 된 것은 사실이다.

그런데 필자는 이 서술자의 문제를 다른 장(章)과 절(節)에서, 그리고 시점(視點) 이론을 논하는 자리에서 이미 자세히 논의한 바 있어서, 여기서 이만 줄인다.

2. 성격구성의 제 방법들

작가가 작중인물들, 그 중에서도 주인공(hero)에게 어떤 성격적 특성을 부여하는 일을 성격구성(characterization)이라고 하는데, 여기에는 직접적으로 한정하는 '설명적 방법'과 간접적으로 제시하는 '극적 방법'의 두 가지가 있다.

사람은 성격대로 행동하기 때문에 성격구성이 잘 이루어져야 한다. 그러므로 작가는 이 두 가지 방법 중, 특히 극적 방법을 잘 사용한다. 잘 쓴 소설은 인물의 성격과 행동이 마치 인과관계로 엮어져 톱니바퀴의 이처럼 잘 맞아 돌아간다. 그리고 인물의 행동은 성격에 따라 그냥 따라 나오는 것이기 때문에 현대로 올수록 점차 그 기법이 새로워지고 있어서, 소설을 처음 써보는 사람은 이 '성격구성'에 신경을 많이 써야 한다.

1) 설명적 방법-직접 한정

주지하듯이 『흥부전』은 인물의 성격이 뚜렷한 두 형제가 나오는 소설로, 아우 흥부는 흥부다운 착한 행동을, 놀부는 놀부다운 심술궂은 행동만을 보여준다. 이처럼 인물의 성격과 행동은 밀접한 관계가 있으므로, 작중인물들의 행동을 실감나게 보여주어야 하는 현대소설에서는 갖가지 방법으로 인물의 성격을 잘 구성해야 한다.

성격구성이 중요한 이유는 주인공이 성격대로 살아가도록 하기 위해서

다. 서술자가 인물의 성격을 직접 설명해 주는 방법은 "허생원은 계집과는 연분이 멀었다."(이효석의 『메밀꽃 필 무렵』)처럼 성격이 뚜렷하고 시간이 많이 걸리지 않아 주로 예전에 많이 쓰였으나, 점차 독자의 상상을 통해 왜 그런 행동을 하게 되었는지를 알 수 있도록 하게 되면서 작가가 직접 언급하기보다 간접적인 방법을 즐겨 쓰는 경향으로 소설은 변해 왔다. 이는 현대소설이 길어진 이유 중의 하나이기도 하다.

『홍길동전』이나 『단군신화』와 같은 이야기를 보면, 주인공이 서자(庶子)인 것을 흔히 볼 수 있는데, 이는 이야기를 꾸밀 때 주인공의 행위를 정당화하기 위한 가장 간단한 방법이 되기 때문이다. '길동'은 비범한 재주를 타고 났지만, 출신 성분 때문에 도저히 현재의 삶을 더 지속할 수 없었다. 길동의 아버지는 자기 자식이 겪는 이 설움의 말을 듣자 집을 떠나겠다는 아들의 요구를 더 이상 제지하지 못한다.

『단군신화』의 '환웅'이 서자인 것을 보고, 왜 우리의 조상을 적자(嫡子)가 아니고 서자(庶子)로 설정했는가 하고 의아해 하는 사람이 많은데, 이는 사실이 아니라 그가 누구나 가고 싶어 하는 하늘나라에서 신단수 나무 아래로 내려올 수밖에 없는 이유가 바로 그 점에 있다는 것을 말해주기 위해서다. 그러니까 이 건국신화는 우리가 하늘나라에서 내려온 신성한 조상의 자손이며, 호랑이보다 곰 쪽을 더 좋아하는 국민성을 갖고 있다는 상징적 의미로 해석해야 한다.

2) 극적 방법-간접 제시

흔히 현대소설은 읽기가 어렵다고 한다. 읽어도 무슨 얘기를 하고 있는지 모르기 때문에 재미가 없는 것이다. 주인공을 통해 무슨 이야기를 하려 했는가를 알려면, 주인공의 성격이나 직업 등을 잘 알아야 하는데 직접 이를 설명하기보다 추측해 보거나 상상해서 알 수 있는 극적 방법을 즐겨 쓰고 있어서 그 이해가 참으로 어렵다. 김승옥의 『무진기행』의 서두를 보자.

> 버스가 산모퉁이를 돌아갈 때 나는 '무진 Mujin 10km'라는 이정비(里程碑)를 보았다. 그것은 옛날과 똑같은 모습으로 길가의 잡초 속에서 튀어나와 있었다. 내 뒷 자석에 앉아 있는 사람들 사이에서 다시 시작된 대화를 나는 들었다. "앞으로 십 킬로 남았군요." … (중략) …
> 버스의 덜커덩거림이 좀 덜해졌다. 버스의 덜커덩거림이 더하고 덜 하는 것을 나는 턱으로 느끼고 있었다. 나는 몸에서 힘을 빼고 있었으므로 버스가 자갈이 깔린 시골길을 달려오고 있는 동안 내 턱은 버스가 껑충거리는 데 따라서 함께 덜그럭거리고 있었다.… (중략) … 햇볕의 신선한 밝음과 살갗에 탄력을 주는 정도의 공기의 저온, 그리고 해풍(海風)에 섞여 있는 정도의 소금기, 이 세 가지만 합성해서 수면제를 만들어낼 수 있다면 그것은 이 지상(地上)에 있는 모든 약방의 진열장 안에 있는 어떠한 약보다도 가장 상쾌한 약이 될 것이고 그리고 나는 이 세계에서 가장 돈 잘 버는 제약회사의 전무님이 될 것이다. 왜냐하면 사람들은 누구나 조용히 잠들고 싶어 하고 조용히 잠든다는 것은 상쾌한 일이기 때문이다…….
>
> — 김승옥의 『무진기행』에서

이 소설에는 서울에서 기차를 타고 무진으로 내려간 '나'는 하인숙을 만나, 옛날 하숙집에서 깊은 정을 통하고, 그 다음 날 조의 사무실에 들렀다가 돌아오는 길에 자살한 술집여자를 보았으며, 집에 돌아와 아내의 전보를 보고 밤새도록 하인숙에게 쓴 편지를 찢어 버린 채 부끄러움을 느끼며 3박4일만에 급히 서울로 급히 상경하는데, 왜 그랬는지 그 이유를 쉽게 알 수가 없다. 이를 두고 '나'를 파렴치한 인간으로 보려고 하는데, 이에 대한 올바른 해답을 찾으려면 우선적으로 '나'의 독특한 성격과 '나'에게 어떤 과거가 있었는지를 알아야 하는데, 끝까지 읽어보아도 그것에 대하여는 직접적인 언급이 한마디도 없다. 그런 점에서 이 소설은 종전의 소설과는 그 서술 방식이 다르다고 할 수 있다. 한때 필자는, 이 소설은 인간의 이야기를 아주 잘 쓴 것이니까, 그것을 알 때까지만 소설 공부를 해보라고 학생들에게 말한 적이 있다. 이제 작가들이 즐겨 사용하는 '극적 방법'에는 어떤 것들이 있는가를 살펴보자.

① 외모의 묘사

우리나라에서는 고래(古來)로 사람을 판단하는 단서로 '신언서판(身言書判)'을 들었다. 그 사람의 동작, 표정, 글 솜씨, 옷차림 등을 보면 그 사람의 됨됨이를 어느 정도 짐작해 볼 수 있다고 생각하는 편이다. 바꿔 말하면 외모가 그 사람의 성격 자체를 규정짓는다고 보는 것이다. 우리말에 '겉볼안'이라는 말이 있듯이, 그 사람의 겉을 보면 속도 알 수 있다고 생각하는 것이다.

> C여학교에서 교원 겸 기숙사 사감 노릇을 하는 B여사는 딱장대요 독신주의자요 찰진 야소꾼으로 유명하다. 사십에 가까운 노처녀인 그는 주근깨투성이 얼굴이라 처녀다운 맛이란 약에 쓰려도 찾을 수 없을 뿐인가, 시들고 거칠고 마르고 누렇게 뜬 품이 곰팡 슬은 굴비를 생각나게 한다.
>
> 여러 겹 주름이 잡힌 훌렁 벗겨진 이마라든지, 숱이 적어서 법대로 쪽지거나 틀어 올리지를 못하고 엉성하게 그냥 벗겨 넘긴 머리꼬리가 뒤통수에 염소똥만 하게 붙은 것이라든지, 벌써 늙어가는 자취를 감출 길이 없었다. 뾰족한 입을 앙다물고 돋보기 너머로 쌀쌀한 눈이 노릴 때엔 기숙생들이 오싹하고 몸서리를 치리만큼 그는 엄격하고 매서웠다.
>
> — 현진건의 『B사감과 러브레타』에서

기숙사는 우리가 다 알다시피 군대만큼이나 엄한 기율이 적용되는 곳이다. 이곳의 생활을 총책임 맡고 있는 기숙사 사감은 우리 어머니처럼 다정다감한 분이 아닌데, 작가는 사감의 모난 성격을 드러내기 위해 그녀의 외모를 과장해서 희화시키고 있다.

김승옥은 '하인숙'의 성격을 드러내기 위해 외모를 이렇게 묘사했다.

> 그 여자는 개성 있는 얼굴을 가지고 있었다. 윤곽은 갸름했고 눈이 컸고 얼굴색은 노리끼리했다. 전체로 보아서 병약한 느낌을 주고 있었지만, 그러나 좀 높은 콧날과 두꺼운 입술이 병약하다는 인상을 버리도록 요구하고 있었다. 그리고 카랑카랑한 목소리가 코와 입이 주는 인상을 더욱 강하게 하고 있었다.
>
> — 김승옥의 『무진기행』에서

'하인숙'은 한마디로 말해서 얼굴이 아주 잘 생긴 여자, 요새 말로 표현하면 섹시하게 생긴 여자이다. 그녀를 이렇게 성적 매력이 넘치는 여자로 설정한 것은 그녀가 시골에 묻혀 단조로운 삶을 살아갈 여자가 아니라는 것과 일맥상통한다. 작가는 이 사건에 맞는 어떤 인물이 들어와야 하는가를 명백히 밝혀야 할 필요가 있다. 자고로 일상에서 권태를 잘 느끼는 사람은 '아프로디테'처럼 얼굴이 잘 생기고 배운 것이 많아야 한다.

② 버릇, 습성의 제시

한 인물의 성격 부여는 인물 행위의 전제 조건일 수도 있고, 또한 그들을 쉽게 인지시키기 위한 작가의 노력일 수도 있다. 원래 '버릇'이 자아의식적인 것이라면, '습성'은 살아가면서 버릇이 굳어져 무심결에 얻어지는 자질들을 말한다.

최인훈의 『웃음소리』에 등장하는 주인공 '그녀'는 술집에서 일하는 호스티스다. 웃음을 파는 천한 직업에 종사하는 여자이기에 얼핏 행동이나 생각하는 것이 천박하거나 경솔할 것으로 생각되기 쉬우나 그녀의 손톱 다듬는 버릇을 보면, 그녀의 성격은 남다른 데가 있다.

> 얼굴에 피가 오르는 느낌에 스스로 화를 내면서 그녀는 백을 열고 화장용

줄칼을 꺼내 손톱을 다듬기 시작했다. 언제나처럼 그 작업은 마음을 가라앉혔다. 무료한 때, 또는 둘레가 시끄러울 때, 저쪽 말을 귀담아 듣고 싶지 않을 때, 또는 눈을 마주치기 싫을 때, 좋을 때, 또는 나쁠 때……어느 때건 손톱에 매달리는 버릇은 동료들에게 잘 알려져 있어서 그들은 그녀의 말보다도 그녀가 손톱을 손질하는 품을 보고 대답을 들었다.

—최인훈의 『웃음소리』에서

손톱을 다듬는 그녀의 버릇에서 쉽게 감지할 수 있듯이, 주인공인 '그녀'는 감정을 함부로 드러내지 않고 절제할 줄 아는 차분한 성격의 소유자다. 그녀가 술집의 1번 여자일 수 있었던 데는 바로 이런 차분한 성격의 소유자란 것과 무관하지 않다. 이런 성격을 가지고 있기에, 그녀는 추억의 장소인 P온천까지 가게도 되었지만, 여러 가지를 보고 듣는 과정에서 특별히 깨달은 바가 있어서 거기서 바로 죽지 않고 다시 서울로 돌아오게 된 것이다.

신경숙의 『풍금이 있던 자리』에는 주인공이 고향의 기차역에 내리거나 떠날 때 언제나 수돗물로 손을 씻는 일, 즉 하나의 '버릇'이 있었는데, 이제 이것이 하나의 '습성'처럼 굳어 있었다.

기차에서 내려 제가 맨 먼저 한 일은 역구내 수돗가에서 손을 씻었던 일입니다. 십 오륙 년 전에, 여학교를 졸업하고 이 고장을 떠나면서도 나는 그 수돗가에서 손을 씻었습니다. 그 이후로 이 고장에 내려오거나 다시 이 고장을 떠날 때마다 저는 그 수돗가에서 손을 씻었습니다. 그 무엇과 아무 연대감도 없이 이루어진 손 씻는 습관은 이번에도 예외는 아니어서 어느덧 저는 그 자리에서 있었던 것입니다. 그런데 불쑥 제 속에서 누군가 묻는 것이었어요. 너는 왜 이 고장을 떠나거나 도착할 때마다. 이 자리에서 손을 씻는 거지? 저는 그 질문에 답변을 할 수가 없었습니다.

—신경숙의 『풍금이 있던 자리』에서

주인공 '나'는 늘 기차역에서 이처럼 손을 씻었다. 이런 남다른 습성은 그 사람의 내면에 도덕적으로 깨끗한 삶을 살려는 욕구가 의식 깊숙이 깔려 있는 여자임을 단적으로 보여준다. 그러므로 '나'는 한 가정을 파탄에 이르게 하는 이 결혼을 쉽게 받아들일 수가 없었을 것이다. '나'가 지금 결혼하려는 사람은 '아메리칸 드림'을 이룰 수 있는 돈 많은 유부남이지만, 그는 언제 또 나를 배반할 수 있지 않은가? '나'가 이제 도회지에서의 삶을 청산하기로 맘먹게 된 것은 결코 우연히 내린 결정이 아니다.

③ 타인에 대한 행동

사람의 성격은 흥부나 놀부처럼 타인을 대하는 주인공의 행동을 보면 알 수 있다. 그 사람의 태도를 한 가지만 보는 것이 아니라 『소나기』의 '소녀'처럼 여러 번에 걸쳐 여러 가지를 종합해 볼 때, 소녀는 소년이 결코 바보가 아니라는 것을 더욱 정확히 판단 내릴 수 있었다.

권지예의 『뱀장어 스튜』에는 주인공인 '여자'가 여행지에서 입양된 동양아를 만나는 장면이 있다. 그런데 그녀는 그 입양아를 냉정하게 대하는 태도를 보인다. 왜 그랬을까? 뒤에 가서 밝혀지지만, 그녀는 일찍이 자기가 낳은 아이의 이름도 지어주지 못한 채 해외로 입양해버렸던 아픈 상처를 지니고 살아가는 여자였다. 사실 그녀가 프랑스에 남편을 두고도 한국에 돌아와 첫사랑 남자를 만났던 것도 오로지 아이를 또 낳아줄 남자를 찾아 헤맸기 때문이다. 아이를 낳고 싶어 하는 여자란 정보는 바퀴벌레 삽화에서도 잘 알 수 있다. 그러나 현재 살고 있는 프랑스의 남편도, 한국의 첫사랑 남자도 그녀가 지금 무엇을 욕망하고 있는 줄을 전혀 모르고 있다. 그러니 그런 내적 갈등을 겪고 있는 그녀가 안타깝기만 하다.

그런데 소설 중에는 『풍금이 있던 자리』의 '나'처럼, 처음엔 그이와의 결혼을 결심했다가 뒤에 가서는 결혼을 하지 않기로 성격이 바뀌는 경우가 있다. 이런 인물을 발전적 인물(developing character)이라 한다. 반면 '춘향이'처럼 주인공의 성격이 변하지 않는, 그래서 갈등을 겪어야 하는 붙박이 성격의 인물, 즉 고정적 인물(static character)이 있다.

편혜영의 『저녁의 구애』에 등장하는 주인공인 '김군'이나, 박완서의 『겨울 나들이』에 등장하는 주인공인 '그녀'는 이야기 진행됨에 따라 처음과는 다른 사람으로 바뀌는 것을 보여주는데, 이는 한 인물의 인상이 최초의 그것과 다르다는 것이 아니라, 한 인물에 대하여 보다 더 다각적인 판단을 내릴 수 있게 된다는 것을 말해준다. 그리고 김형경의 『담배 피우는 여자』, 신경숙의 『풍금이 있던 자리』, 은희경의 『그녀의 세 번째 남자』, 정미경의 『나의 피투성이 애인』 등은 이야기의 진행에 따라서 사고방식의 변화, 즉 사람이 달라지는 것을 체험하게 해준다.

인물의 성격이 붙박이로 고정되어 있지 않고 악마에서 천사로, 악인에서 선인으로, 아무것도 모르던 사람이 어떤 경험을 통해 사리를 제대로 분별할 줄 아는 사람으로 부단히 발전하는 발전적 인물이 있는데, 이처럼 성격이 발전하더라도 거기에 일관성이 있어야 한다. 다시 말해서 인물은 괴상한 성격의 소유자일 수도 있고, 매우 잔혹한 범죄 성향을 지닌 자일 수도 있으며, 미친 사람일 수도 있다. 그러나 그의 정신과 행동은 궁극적으로 일관성이 있어야 한다. 한 작품의 인물의 성격이 사리에 어긋나거나 얼토당토않으면 독자는 그 작품을 거부하게 된다. 이광수의 『무정(無情)』에서 끝 장면을 보면, 지금까지 선영이, 영채와 같은 여인과의 삼각관계 속에서 괴로움을 겪던 주인공 '이형식'이 그의 성격과 어울리지 않는 교육적 우국지사로 갑자기 변모되어 있는 것을 볼 수 있다. 그가 그답지 않은 행동을 하는 데서 작가가 인물을 얼마나 소홀하게 다루고 있는가를 알 수 있다. 이런 경우를 소설론에서는 '성격의 불일치'라고 부른다. 사실 작가는 인물을 마음대로 조종할 수 있는 것이 아니라, 인간의 본성에 대한 깊은 이해와 성찰을 바탕으로 하여 꾸며져야 한다.

④ 말씨(speech)를 통하여

사람마다는 고유한 화법을 구사하고 있다. 빠르게 그러나 제대로 갖추어진 문장으로 말하는 사람이 있는가 하면 어떤 사람은 느리나 정확하지 못한 문장으로 말하는 경우도 있다. 따라서 주인공의 '말씨'를 보면 그 사람의 교육 수준만이 아니라 신분과 정신 상태, 기질과 개성 등을 짐작할 수 있게 하는 면이 있다.

> "볏섬 좀 치워 달라우요."
> "남 조름 오는데 님자 혼자 치우시관."
> "내가 치우나요?"
> "20년이나 밥을 처먹고 그걸 못 치워!"
> "에이구 칵 죽구나 말디."
> "이년 뭘!"
>
> — 김동인의 『감자』에서

평안도 사투리에다 상스럽기 그지없는 말이 오간 이런 짧은 대화 속에서, 복녀 남편된 사람의 게으른 성격과 그의 교양까지도 짐작할 수 있게 한다. 그래서 그런 남편과 살아가는 '복녀'가 얼마나 찌든 삶을 살고 있을 것인가를 쉽게 떠올릴 수 있다.

그런데 같은 평안도를 배경으로 한 것이지만 이광수의 『무정』에서는 평안도 사투리가 전혀 나오지 않는다. 이를 보면 김동인은 말씨를 통하여 인물의 성격을 창조할 줄을 안 한국 최초의 작가였음을 알 수 있다.

이효석의 『메밀꽃 필 무렵』의 주인공 '허생원'은 무식한 장돌뱅이다. 그런데 다음과 같이 말한다.

> 이지러졌으나 보름을 갓 지난달은 부드러운 빛을 흐뭇이 흘리고 있다. 대화까지는 80리의 밤길, 고개를 둘이나 넘고 개울을 하나 건너고 벌판과 산길을 걸어야 된다. 길은 지금 긴 산허리에 걸려 있다. 밤중을 지난 무렵인지 죽은 듯이 고요한 속에서 짐승 같은 달의 숨소리가 손에 잡힐 듯이 들리며, 콩포기와 옥수수 잎새가 한층 달에 푸르게 젖었다. 산허리는 온통 메밀밭이어서 피기 시작한 꽃이 소금을 뿌린 듯이 흐뭇한 달빛에 숨이 막힐 지경이다. 붉은 대궁이 향기같이 애잔하고 나귀들의 걸음도 시원하다. 길이 좁은 까닭에 세 사람은 나귀를 타고 외줄로 늘어섰다. 방울 소리가 시원스럽게 딸랑딸랑 메밀밭께로 흘러간다. 앞장 선 허생원의 이야깃소리는 꽁무니에 선 동이에게는 확적히는 안 들렸으나, 그는 그대로 개운한 제멋에 적적하지는 않았다.
>
> — 이효석의 『메밀꽃 필 무렵』에서

무식하기 그지없는 허생원의 이 말은 너무 현학적이다. 그래서 자연스럽지 못하다. 독자에게는 허생원의 목소리가 들려오는 것이 아니라, 작가의 목소리가 들려온다고 하겠다. 이는 이효석이 서술자인 작가와 주인공인 허생원의 내적인 감각을 혼동하고 있는 경우라고 볼 수 있다.

⑤ 과거의 이력

요즈음 소설에서 과거를 추적하는 탐색담(探索談)을 흔히 볼 수 있는데, 그것은 자필 이력서(履歷書)에서 흔히 보듯이 그 사람의 '과거'가 한 인간의 인간됨을 보장하는 중요 관건이 되기 때문이다. 전상국의 『실반지』처럼 한 인물의 과거는 그 인물의 성장 과정과 출신 성분, 그리고 정신적 외상 등을 알려 주는 중요한 정보원이 된다. 작가가 일기, 수기, 서간 등의 여러 형식을 통해 한 인물의 과거를 알려주는 형식을 취하는 것도 이러한 정보 때문이다.

이청준의 『병신과 머저리』에는 '형'이 쓴 소설 이야기가 삽입되어 있는데, 이것은 그가 노루사냥에 따라가 겪었던 자신의 과거의 일을 밝힌 것이다.

총알은 노루를 맞히지 못했다. 상처를 입은 노루는 설원에 피를 뿌리며 도망쳤다. 사냥꾼과 몰이꾼은 눈 위에 방울방울 번진 핏자국을 따라 노루를 좇았다. …(중략)… 나는 어스름이 내릴 때에야 비로소 일행에서 떨어져 집으로 되돌아왔다. 그리고 나는 곧 굉장히 앓아누웠기 때문에, 다음날 그들이 산을 세 개나 더 넘어가서 결국 그 노루를 찾아냈다는 이야기는 자리에서 소문으로만 들었으나 몇 번이고 끔찍스러운 몸서리를 치곤 했던 것이다.

— 이청준의 『병신과 머저리』에서

우리는 지금 과거에 있었던 그의 노루사냥 이야기를 통해 동물 애호사상이나 인간의 잔인성의 고발을 듣고 있는 것이 아니다. 그래서 독자는 먼저 형이 병원 문을 닫고 엉뚱한 일에 매달리는 일에 주의를 기울일 필요가 있다. 그런데 이 소설의 주인공은 사실 '동생'이다. 형의 이야기는 그림을 그리지 못하고 있는 '병신 같고 머저리' 같은 동생에 대한 이야기를 하기 위해 들어온 것이다.

동생은 왜 그림을 못 그리고 있을까? 혜인의 말에 따르면, 형은 6·25 전쟁을 겪은 6·25 전상자다. 그래서 외과 의사인 형이 사람 병을 고치지 않고 엉뚱한 일에 매달렸는데, 동생은 이 땅에 진정한 민주주의를 실현하고자 4·19 혁명을 일으킨 세대였다. 지금 동생은 이를 위해 피 흘린 젊은이들 생각에 잠겨 있는 것이다. 이청준은 이런 동생을 잊지 말기를 알레고리로 표현했던 것이다.

⑥ 명명(命名)에 의하여

한 특정한 개인에게 적절한 이름을 붙여주는 것은 각 개인의 특수한 개성을 부여하는 일이 된다. 프랑스의 르네 웰렉(R. Wellek)이 ≪문학의 이론(*Theory of literature*, 1957)≫에서, "이름을 짓는 것은 성격 구성의 가장 단순한 형식이다. 명명(appellation)은 각자에게 일종의 생생화, 정령화, 개별화를 이루게 하는 것이다"라고 말했듯이, 명명은 흔히 그 인물의 성격을 어느 정도 암시해 준다.

김유정의 작중인물 중에서 비교적 뚜렷하게 부각되는 인물명이 '점순이'다. 점순이라고 하면 얼른 떠오르는 것이 까무잡잡하게 생긴 얼굴에 주근깨가 자욱하게 깔린 시골의 되바라진 계집애의 얼굴이 연상되는데, 이런 이미지 때문에 김유정의 '점순이'라는 이름은 매우 활력이 있는 인물, 입체적인 인간상으로 기억된다.

이청준의 『이어도』에서 주인공의 이름을 '천남석(千南石)'이라고 붙인 것은 매우 의미 있는 명명의 하나다. 그 이름은 '천리(千里) 밖의 남(南)쪽에 있는 돌(石)섬'을 환유한 것이어서, '천남석'은 곧 '이어도'를 가리킨다. 다시 말해서 천남석은 평소 '이어도'라는 섬은 실제로 없다고 부정했지만, 그 반대로 그는 그의 이름이 말해주듯 누구보다 이어도의 꿈을 자신이 의식 깊은 곳에 지니고 살아 온 사람이라 볼 수 있다. 그래서 그는 폭풍우가 몰아치는 공포의 밤에 상상 속에서 이어도를 보게 되었고, 그러자 물속으로 투신하게 된 것이다.

이처럼 작품 속에서 이름은 언어의 습관, 말의 의미, 또는 어감, 음색에서 풍기는 인상 등에 의해 인물의 성격, 작품의 분위기, 나아가 사건의 전개나 주제까지도 암시해 주는 경우가 있어 특히 주인공은 그에게 어울리는 이름을 붙이도록 해야 한다. 평소 전화번호부를 즐겨 뒤졌다는 프랑스의 소설가 발자크(Balzac)는 작중인물의 명명에 꽤 신경을 쓴 사람 중의 하나다.

3. 정체성의 이야기들

소설사가(小說史家)에 의하면, 현대소설은 대체적으로 세 단계를 거쳐 발전해 왔다. 즉 그 첫 단계는 사건 위주의 이야기가 중심을 이루던 시기, 두 번째 단계는 인물의 성격구성이 부각되던 시기, 세 번째 단계는 인물의 내면세계 탐구가 심화되던 시기를 거쳐 오늘에 이르렀다고 한다.

우리는 오랫동안 크고 작은 전쟁을 겪느라 우리 선조의 유산을 제대로 다 갖추고 있지 못해, 이에 합당한 증거를 일일이 제시하기에는 좀 어렵겠지만, 전체로서의 소설들(novels as a whole)을 볼 때, 대체로 이 말에 동의를 표한다. 우리의 『단군신화』를 비롯하여 현진건의 『운수 좋은 날』이나 김유정의 『동백꽃』은 인물의 성격을 논하기 전에 그 사람에게 닥친 사건 위주의 소설 형태를 잘 보여주는 것이라면, 그 후에 발표된 이청준의 『과녁』이나 황석영의 『삼포 가는 길』, 전상국의 『외등』 같은 소설은 성격을 중시한 소설이다. 그리고 김승옥의 『무진기행』이나 최인훈의 『웃음소리』, 신경숙의 『풍금이 있던 자리』는 주인공의 내면탐구가 심화된 소설 형태라 볼 수 있다.

캐나다의 문학이론가인 노스롭 프라이는 ≪정체성의 이야기들(*Fables of identity*, 1963)≫이란 저서에서 "정체성의 상실과 그 회복의 이야기는 모든 문학의 기본틀이다"라고 말한 바 있는데, 노스롭 프라이의 이런 말도 시대나 소재의 변화에 따라 다양한 변주를 이루고 있어서, 마치 다른 종류의 소설들이 마구 발표되고 있다는 생각을 하게 된다. 사실 지금 우리 소설문단에는 다양한 내용의 소설들이 다양한 형태로 마구 쏟아져 나와 많이 혼재해 있어서 그 갈피를 잡기가 매우 어렵다고 보아야 한다.

다시 말해서 우리가 잘 아는 『동백꽃』, 『소나기』, 『눈길』, 『무진기행』 같은 이 네 소설은 모두 '정체성의 상실과 그 회복에 대한 이야기들'을 한 것이지만, 이들은 각기 그 시대의 특징을 잘 보여준다는 점에서, 그리고 사건들을 얽어 짜는 방식이 다르다는 점에서, 이제 현대소설을 잘 알거나 쓰려면 이 네 작품의 유형들을 많이 읽어 보는 것이 더 좋을 터인데, 그렇지 못해 '무엇'을 '어떻게' 쓰며 소설들이 변화・발전해 왔는가를 확연히 알기가 어렵다. 특히 소설을 쓰겠다는 생각을 가진 사람들이 소설을 읽어본 경험이 너무 없는 경우를 흔히 본다. 어느 작가를 좋아하는지, 그 작가의 어떤 작품들을 좋아하는가에 대한 얘기를 나누다 보면, 그 사람이 어떤 경향의 소설을 읽거나 쓰고 싶어 하는지를 대강 짐작해 볼 수 있다.

그런데 대개 그것들은 ① 『메밀꽃 필 무렵』이나 『동백꽃』처럼, 점차 갈등의 발생으로부터 벗어나서, 주인공이 목표한 일을 이루는 데에 성공 또는 실패하는 이야기, ② 『소나기』나 『우상의 눈물』, 박완서의 『꿈꾸는 인큐베이터』처럼, 인간의 외양과 실상이 차이가 있음을 말하는 이야기, ③ 『 눈길』이나 『내 아들의 연인』처럼 , 지금까지 잘못 알고 있었거나 무지(無知)에서 신지(新知)로 나아가는 이야기, ④ 『무진기행』이나 『나의 피투성이 연인』처럼 미망(迷妄)이나 환멸에 빠져 있던 자가 새로운 각성(覺醒)에 이르는 이야기 등, 이렇게 네 가지 방식의 이야기가 뒤섞여 발표되고 있다고 본다. ①과 ②는 인간의 '외적 갈등'을 다룬 소설이란 점에서, ③과 ④는 인간의 '내적 갈등'을 겪는 모습을 다루었다는 점에서 이런 구분을 해본 것이다.

이제 독자인 내가 접하게 되는 소설들을 따로 따로만 보지 말고 위의 네 가지 중 어디에 속하는가를 좀 더 자세히 살펴보자. 그리고 이 네 가지 중에 어디에도 속하지 않은 것을 모두 ⑤ 정체불명형으로 간주해 다시 써봐야 할 작품, 함량 미달의 작품으로 보는 것이다. 이제 이 방법에 대한 이해를 더 쌓고자, 각기 다른 하나씩을 살펴보자.

1) 갈등으로부터 벗어나 성공 또는 실패한 이야기

주인공이 어떤 목표를 세우고 일을 해 나가느라 갈등을 겪지만, 목표한 일을 성공적으로 잘해내거나 실패하고 마는 모습을 보이는 이야기는 이 세상에 참으로 많이 있다. 『춘향전』의 춘향이를 비롯해 김유정의 『동백꽃』에서 주인공이 마침내 성공을 거두는 이야기라면, 전상국의 『우상의 눈물』이나 이청준의 『과녁』은 주인공이 갈등 끝에 결국 실패하고 마는 이야기이다.

서하진의 『농담』은 '아내'가 남편과의 갈등 끝에 성공을 거두는 이야기로서, 아내는 남들이 제작한 옷을 파는 회사원이 되기보다는 옷을 직접 제작하고 싶어 한다. 그래서 아내는 어느 날 남편에게 회사에 사표를 냈다는 사실을 고백한다. 이 대분규를 필두로 여러 소분규를 거치는데, 아내는 이런 자기의 뜻을 남편이 잘 이해해주어 일을 잘 도와줄 줄 알았지만, 그러나 남편은 한사코 그 일을 반대한다. 그래서 두 사람은 갈등을 겪게 되는데, 그러던 아내는 여러 일들을 잘 참아내 마침내 디자이너의 꿈을 이루게 되었으니, 이 소설은 정체성을 상실한 사람이 정체성을 회복하게 된 이야기, 즉 성공담이다. 이 소설의 제목을 '농담'이라 한 것은 작가가 별생각 없이 붙인 것이 아니다. 아내가 남편에게 우연히 던진 '농담'이 그 일의 성공을 거두게 되었기에 이것은 일종의 아주 중요한 '위기'에 해당한 사건이므로, 작가는 이 작품에 그런 제목을 그렇게 붙였던 것이다.

한창훈의 『올 라인 네코』는 분규발생 과정형의 소설로, '위기'에 해당하는 대목을 맨 서두에 전개시킨 것으로, 많은 작가들은 이 형식에 능통하고 있어서 전체적으로 여자가 겪는 갈등을 발단→전개→위기→절정→결말의 절차를 잘 따라 이야기를 재미있게 전개하고 있다. 특히 이 소설은 정용준의 『내려』처럼 사건의 중간, 즉 '위기'가 소설의 맨 서두에 제시되고 있다는 점을 유의해주길 바란다. 그리고 여기서 실패담, 즉 정체성 상실의 경우에는 '성격적 결함', 즉 이청준의 『퇴원』이나 이문열의 『그해 겨울』처럼, 주인공이 나르시스트이거나 외상(外傷, trauma)으로 인한 경우가 많다는 것도 잘 알아두기를 바란다.

2) 외양(外樣)과 실상(實相)의 차이를 다루기

소설은 인간들이 어떤 삶을 사는 존재인가를 즐겨 말하는 장르의 글인데, 위선의 베일을 벗기고 싶은 작가는 사람이란 무엇보다도 겉과 속이 다르다는 것을, 다시 말해서 아이러니컬한 인간의 모습을 즐겨 말한다.

플로벨의 극찬을 받은 모파상의 『비계덩어리』는 이런 인간의 실상을 사실적으로 잘 보여주는 소설이다. 이 소설은 전쟁으로 피난을 가는 마차 안에 시장(市長)이나 의회의 의원, 공작·백작 같은 비교적 사회적 지위가 높은 사람들을 부울드시프 같은 '창녀'와 한 마차 안에 태워 놓고 있는데, 전쟁이란 극한 상황에서 그들 사이에서 발어지는 일들을 통해, 부르주아 계급에 속한 사람들의 위선적 허위의식을 잘 드러내고 있다.

이문열의 『우리들의 일그러진 영웅』은 흔히 전상국의 『우상의 눈물』을 패러디한 소설쯤으로 알고 있는데, 이 두 소설은 우선 하고 있는 이야기가 전혀 다를 뿐만 아니라, 이야기 전개 방식이 아주 다른 소설이다.

전상국의 『외등』은 박종대(朴鐘大) 경사가 겪는 분규를 중심으로 분규발생 과정형의 소설이라면, 이문열의 『우리들의 일그러진 영웅』은 외양과 실상의 차이를 시간의 흐름에 따라 전개한 스토리라인형 소설이다. 서술자인 '한병태'가 볼 때, 주인공인 '엄석대'는 반장감이 안 되는 학생이다. 담임선생은 엄석대가 공부를 잘 하거나 행동이 모범적이어서 반장을 시킨 것이 아니라 주먹을 잘 쓰기 때문이다. 이런 반장은 힘으로 학생들을 잘 통솔할 수 있기 때문에, 담임선생은 학급 관리에 여러모로 편리할 수 있다. 고로 담임선생이나 엄석대는 존경받아야 할 우리들의 진정한 대표자라 할 수 없다. 서울에서 새로 전학을 온 '한병태'가 볼 때 그것도 모르고 맹종하는 반 학생들이 이상해 보이지만, 어찌 보면 우리들 모두의 어리석은 모습을 보여주는 것이 아닐까? 엄석대는 '일그러진 영웅'이란 제목이 암시해주듯, 그가 지금 불쌍하게 살아가고 있는 것으로 보아, 주먹의 힘으로 자신을 위장한 채 살아간 인물의 한 전형이 아닐 수 없다.

여기에서 '알레고리'에 대한 설명을 좀 해야겠다. 작가는 인간에 대한 이야기를 직접 말하지 않고 그걸 알레고리(allegory)란 기법으로 말하길 즐기는 사람이다. 이청준의 『가면의 꿈』이나 『병신과 머저리』, 『당신들의 천국』 같은 작품은 이 시대에 잘 나가는 사람들이 얼마나 허위의식에 가득 차 있는가를 알레고리화한 소설이고, 『날개의 집』은 훌륭한 작가가 되기 위해서는 어떻게 해야 되는가를 그림 그리기에 잘 빗대어 말한 것이다. 특히 『비화밀교』는 왜 작가가 직접 말하지 않고 간접적으로 빗대어 말해야 하는가를 잘 말해준 작품이라고 보아야 한다. 이청준은 작가가 소설을 어떻게 써야 되는가를 정말로 잘 안 작가이기에, 그는 감옥에 한 번도 가지 않고 할 말을 다한 작가이다. 흔히 알레고리를 '확장된 비유'라 말하는데, 이 말은 문학에서 왜 비유를 잘 써야 하는지, 왜 직접적 진술(direct address)을 피해야 되는지, 왜 소설에서 알레고리 기법을 써야 하는지를 잘 말해주고 있다. 성삼문의 「태산이 높다 하되…」란 시조는 결코 등산가에 대한 얘기가 아니라, '사람이 노력하면 못할 것이 없다'는 얘기를 산 오르는 일에 빗댄 표현이다.

3) 무지(無知)에서 새 앎(知)의 세계로 나아가기

사람들은 어떤 일에 대해 다 잘 안다고 생각하지만, 막상 따져 보면 잘 모르거나 잘못 알고 사는 경우가 참 많다. 어느 해인가 학생들에게 백지를 나눠주고 글을 쓰게 했다. 글 쓰는 학생들의 입장을 생각해서 누구나 잘 아는 '어머니'에 대해 글을 써보라고 한 시간을 주었다. 그랬더니 어머니에 대한 이야기를 몇 줄밖에 못 쓴 학생들이 의외로 많았다. 그 이유를 알아보니, 그 중 한 학생은 어려서 일찍 어머니가 돌아가셔서 어머니에 대한 기억이 전혀 없단다. 이 학생이 한 시간 내내 겪었을 고통을 생각하면 난 지금도 이 학생을 똑바로 바라볼 수 없다. 이 학생을 포함해 많은 학생들이 어머니는 고마운 분이라고 직접 몇 마디로 설명을 하고 나니, 더 이상 쓸 거리가 없었던 것이다. 그런데 앞뒤로 빽빽하게 쓴 사람은, 어머니에 대해 설명을 하지 않고 고마운 행동을 한 어머니의 모습들을 자세히 묘사한 글이었다. 인물, 사건, 배경뿐만 아니라 여러 삽화나 상관물들을 끌어들여 진술하자니 앞뒤 빈틈이 없었다.

문학 작품은 직접 설명한 글이 아니라 묘사한 글이다. 이청준의 『눈길』이란 소설은, 둘째 아들인 '나'가 어머니가 어떤 분인가를 잘 알고 있다고 생각했으나, 그게 아니라 자신이 어머니에 대하여 잘못 알고 있었음을 새롭게 깨닫는 이야기이다. 어머니가 이(齒)가 아프다고 할 때, 내가 치과에 가자고 했더니 돈이 드는 병원을 한사코 사양하셨다. 그 당시 '나'는 그 일을 두고, 내가 돈이 없어 어려움을 겪을 때 보태준 적이 한 번도 없는 어머니가 취할 당연한 행동으로만 여겼다.

그런데 어머니는 예전에 경작할 논도 많았고 큰 집에서 부자로 살았는데 그 큰 집을 다 어떻게 모두 잃게 되었느냐고 아내(며느리)가 시어머니에게 묻자, 사실 그 논밭과 집을 큰아들 노름빚 때문에 다 팔아버렸건만, 어머니는 큰아들을 조금도 원망하지 않고, 그게 다 내가 그런 집에서 살 팔자가 못 되어서 모두 없어졌다고 말하는 것이 아닌가! 눈길에 찍힌 어머니의 발자취 이야기를 듣고서야, '나'는 자식을 길러준 우리 어머니가 어떤 분인가를 새삼 알게 되었다는 점에서, 이 소설은 참 좋은 소설, 창작의 본보기가 아닌가 한다.

4) 미망(迷妄)이나 환멸에 빠진 자가 각성하는 이야기

소설은 갈등 구조를 이루고 있다. 갈등은 작중인물들이 살아 숨 쉬는 인물처럼 보이게 하는 요소이다. 주인공이 겪는 갈등에는 위에서 보는 것처럼 외적 요인으로 인한 것이 있는가 하면, 내가 더 살아야 하나 이제 죽어야 하나, 이 사람과 결혼할까 저 사람과 결혼할까와 같이, 두 가지 이상의 상반된 욕망이 동시에 마음속에 생겨 그 선택의 어려움 때문에 고통을 겪는 경우가 있는데, 흔히 전자를 '외적 갈등'이라 하고, 후자를 '내적 갈등'이라고 한다.

20세기에 들어서면서 소설에 큰 변화가 일어났다. 지금까지 외적 갈등을 겪는 사람의 이야기를 주로 써 왔다면, 이제 이청준, 오정희, 박완서에 이르러 심각한 내적 갈등을 겪는 사람 이야기에 관심을 갖게 되었고, 김승옥의 『무진기행』이 1960년대 초에 발표된 것을 필두로 미망(迷妄)에서 각성(覺醒)에 이르는 이야기가 많이 나오게 된 것이다. 그것은 사람의 겉만 볼 것이 아니라 속을 봐야 한다는 판단에서 나왔다고 볼 수 있다.

1962년 말에 발표된 김승옥의 『무진기행』을 비롯해, 최인훈의 『웃음소리(1967년)』, 이문열의 『그해 겨울(1980년)』, 신경숙의 『풍금이 있던 자리(1993년)』, 최근 2000년도에 이르러 발표된 은희경의 『그녀의 세 번째 남자』, 권지예의 『뱀장어 스튜』, 정미경의 『나의 피투성이 연인』 등은 모두 주인공이 어찌할 바를 몰라 하던 끝에, 낯선 경험을 통해 새로운 각성에 이르는 주인공의 내면세계를 잘 보여주는 소설들이다.

신경숙의 『풍금이 있던 자리』에는 한 남자와 결혼을 할까 말까 내적 갈등을 겪는 주인공인 '나'란 여자가 등장한다. 주인공 '나'는 왜 그 남자와 결혼하지 않고 시골에 남아 혼자 살아가기로 결심하게 되었으며 그 후 '나'는 어떻게 살아갔을까. 이를 알기위해서는 이 소설의 맨 앞에 동물 삽화가 왜 들어왔으며, 까치의 집짓기 장면을 바라본 일, 역에서 손을 씻던 일, 스포츠센터를 찾아온 여자들의 사연을 들은 일, 눈먼 송아지를 본 일, 점촌 아줌마의 장례식 광경을 바라본 일, 아버지의 사냥 이야기, 칫솔을 돌려주기 위해 찾아간 새 엄마가 들려준 말 등을 살펴볼 필요가 있다. 이는 한동안 미망(迷妄)에 빠졌다가 큰 각성을 이룬 '나'의 모습을 잘 보여준 요인들이다. 신경숙은 이 소설을 처음 발표했을 때 왜 독자들이 내 소설을 좋아하는지 모르겠다고 회고한 적이 있는데, 이런 소설을 읽는 즐거움은 깨달음에 이르게 한 이 런 요인들을 잘 끌어들인 데에 있다.

4. 소설의 갈등 구조(좌담회)

지도교수 : 오늘 함께 논의키로 한 권지예의 『뱀장어 스튜』(제26회 이상문학상 수상작, 2002년)를 잘 읽고 왔겠지요? 요즘 날씨가 푹푹 찌는데, 더위를 이겨내는 가장 좋은 방법은 소설 읽는 재미에 푹 빠져보는 것입니다. 말하자면 이열치열(以熱治熱)이지요. 요즘 소설은 읽기가 매우 어렵다고 하는데, 읽은 소감을 각자 한마디씩 말해 주길 바랍니다. 누가 먼저 말해 볼까요?

이은영 : 저는 솔직히 말해서 이 소설을 통해 작가가 무슨 얘기를 들려주려고 했는지를 잘 알 수가 없었습니다. 프랑스에서 그림을 그리는 남편과 가난하게 살고 있는 한 여자가, 고국에 돌아와 첫사랑 남자와 깊은 섹스를 나누며 지내던 차, 빨리 돌아오라는 남편의 편지를 받고 말없이 프랑스로 돌아간다는 얘기인데, '나'는 한국에 오면 왜 그 문제의 남자를 자꾸 만나는지 그 이유를 알 수가 없었습니다.

지도교수 : '나(여자)'의 행동에 초점을 두고 소설을 읽었네요. 그 다음 누가 말해 볼래요?

김영수 : 저도 이야기가 산만해 보이고 쉽게 읽혀지지 않아, 읽는데 좀 지루한 느낌이 들었습니다.

박정은 : 저는 지난번에 읽은 제20회 이상 문학상 수상작(1996년)인 윤대녕의 『천지간(天地間)』에 비해, 이 소설을 더 재미있게 읽었습니다. 여자 주

인공의 내면세계를 잘 드러낸 이 작품이 너무 재미있어서 어젯밤엔 한여름의 더위도 싹 잊을 수 있었습니다.

지도교수 : 이 소설엔 프랑스에 살고 있는 화가인 '남편'만이 아니라, 첫 아이를 해외에 입양해 버린 아내인 '나', 아이의 존재에 대해 전혀 모른 채 섹스만 즐기는 한국의 첫사랑 '남자', 그리고 황혼이 되면 지금도 첫사랑의 한 남자를 잊지 못하고 있는 '친정엄마' 등, 여러 사람이 나오는데, 이 소설은 그 중에 누구의 이야기를 말하거나 들려주는 것일까요?

신진구 : 저는 프랑스에 살고 있는 남편 '화가'라고 봅니다. 그는 프랑스에서 그림을 그리며 아내와 살고 있지만, 한국에 온 아내가 지금 무슨 일을 하고 있는지, 그리고 왜 한국에서 빨리 돌아오지 않는가를 전혀 모르고 있습니다. 다시 말해서 그는 아내가 지금 무슨 고민 속에 살아가고 있는 줄을 전혀 모른 채, 아내와 살아가는 사람입니다.

지도교수 : 들어보니 남학생은 남편에, 여학생은 아내 편에 관심을 두고 이야기의 문제를 접근한 것 같은 느낌을 주는군요. 그런 개인적인 문제에서 벗어나, 이 소설은 문제의 남편을 둔 '나(아내)'의 이야기라고 보아야 할 것 같습니다. 즉 서술자(narrater)인 '나'가 주인공(hero)인 '나'의 이야기를 들려준 소설이 되겠네요. 그럼 '나'는 '나(아내)'의 무슨 이야기를 독자에게 들려주는 소설일까요?

김영수 : 이 소설은 서두에 피카소의 그림 이야기가 나오는데, 이 대목이 왜 나오는지 그 이유를 지금도 잘 이해가 안 됩니다. 프랑스의 남편은 거의 두 달 만에 한국에서 돌아온 아내에게 삼계탕을 끓여주는데, '나(아내)'는 남편이 바퀴벌레를 잡기 위해 부엌에 설치한 끈끈이 덫만 유심히 바라보고만 있는 장면은 무슨 의미가 담겨 있나요?

이은영 : '나'가 바퀴벌레의 알 낳는 모습을 유심히 바라보는 것은, 신경숙의 『풍금이 있던 자리』에서 집을 짓고 있는 까치부부를 유심히 바라보

는 것처럼, '나'가 지금 무엇을 꿈꾸고 있는가를 알려주는 단서가 된다고 볼 수 있습니다.

신진구 : 그보다는 남편이 아내에게 전에 그런 충격적인 사건이 있었음을 알게 되면서, 남편이 질투와 분노 때문에 겪는 갈등이 많았다고 봅니다. 이 소설은 그 점을 잘 들려주고 있는 것이 아닐까요?

지도교수 : 그런데 김영수 군의 말에는 일리가 있어서 동감합니다. 그녀는 그 남자 모르게 아이를 낳았으나, 친정어머니의 권유에 따라 그 아이의 이름도 지어주지 못한 채 일찍이 해외에 입양해버려서, 지금 그 아이의 행방을 전혀 모르고 있습니다. '나'는 이런 큰 상처를 입은 여인으로, 이제 다시 자기 아이를 낳아 잘 키우고 싶습니다. 이는 일종의 보상심리 때문이지요. 그러나 지금 살고 있는 남편도, 그녀가 다시 찾아 간 한국의 첫사랑 그 남자도 역시 섹스를 쾌락적으로 즐길 뿐 아이를 원하지 않아, '나'는 안타깝기만 합니다. 이 점은 이 소설이 요즘의 세태를 비판한 것임을 잘 알게 해주는데, 그러나 이런 '나'의 상처는 매우 커서 쉽게 낫지 않을 것입니다.

이 소설의 서두에는 피카소의 그림 이야기가 나오고, 프랑스에 살고 있는 여자가 신문에 난 동물원 이야기를 인용해 한국의 첫사랑 그 남자에게 편지로 알린 일, 프랑스의 남편이 설치한 끈끈이 덫에 걸린 바퀴벌레가 알을 낳는 광경을 유심히 바라보는 장면이 나오는데, 이 소설은 이런 많은 '상관물'이나 '삽화'를 즐겨 끌어들이고 있습니다. 우리는 김영수 군이 묻고, 이은영 양이 대답해 주었듯이, 그것들이 무엇을 뜻하는지를 잘 알아야 합니다. 이를 위해서 우리는 상상력(imagination)을 동원해야 하는데, 이런 '삽화'나 '상관물'은 주인공이나 서술자의 내면과 늘 관련이 있는 것입니다. 현대소설이 읽기 어려운 점은 바로 이 같은 상관물이나 삽화가 무엇을 뜻하는지를 잘 모르기 때문일 것입니다. 이걸 보며, 현대소설에는 직접 설명(direct address)하는 않는다는 말을 실감합니다. 그리고 부분과 전체, 다시 말해서 부분들을 보고 이야기 전체를 생각해 보거나, 반대로 전체를 염두에 두고 부분들을 살피는 일이 아주 중요합니다. 그러자면 작품을 한 번만이 아니라 두세 번 이상 읽어야 됩니다. 잘 쓴 소설은 '복잡성'과 '통일성'을 이루고 있다는 말을 한 적이 있었는데, 기억이 납니까? 전체와 부분을 아울러 볼 수 있는 눈을 가지라는 말의 또 다른 표현입니다.

박정은 : 저는 이 소설이 '나'라는 그녀가 아이를 새로 낳고 싶으나 그런 욕망을 채워줄 남자가 프랑스에도 한국에도 없어서 방황하는 '나'의 내면세계를 잘 다룬 소설이라고 보고 싶습니다. 그러므로 프랑스에 살고 있는 남편의 편지를 받고, 이제 돌아가는 '나'의 모습은 정말 처절할 수밖에 없지요. 지금 남편이 부르니, 달려갈 수밖에…….

지도교수 : 그 내면세계라는 것을 좀 더 구체적으로 말해 보면 뭘까요? 이런 갈등을 심리학에서는 무엇이라고 부르던가요?

신진구 : 아이 출산의 문제를 놓고, 갈등을 겪는 복잡한 감정의 세계가 아닐까요? 그러니까 '나'는 프랑스의 남자도 한국의 남자도 모두 피하고 싶은 것입니다. 그러니까 '회피-회피 갈등'이 되겠네요.

지도교수 : 잘 말했습니다. 신진구 군이 제법 그런 유식한 용어를 다 쓸 줄 알고……. 바로 그겁니다. 처음에 좋아하던 남자와의 관계 속에서, 즉 미혼모로 태어난 아이를 버리려고 했을 때는 아무 생각이 없었으나, 막상 그 아이가 크면서 겪을 고통을 생각하니…….

이 소설엔 친정어머니의 행동이나, 신문에 난 기사를 통해 알게 된 동물원의 이야기, 피카소의 그림 이야기나 바퀴벌레 이야기 등이 많이 나오는데, 그 이유는?

김영수 : 제가 볼 때 이것들은, 주인공인 '나'의 내면을 잘 드러낸 하나의 '삽화'나 '객관적 상관물'들이라 봅니다. 특히 고딕체로 인용되어 나오는 동물원 삽화는, 그녀가 한국의 첫사랑 그 남자를 왜 찾아가는지를 잘 말해주

고 있지만, 막상 그 남자는 그런 그녀의 속마음을 전혀 모르고 있습니다.

지도교수 : 좋아요. 이는 요즘 섹스를 종족 보존보다 쾌락의 수단으로 이용되고 있는 풍토에 대한 하나의 경종이라고도 볼 수 있습니다. 그런데 '나'의 속마음을 아무도 알아주지 못하고 있으니, 지금 프랑스에 돌아온다는 것은 '나'의 욕망이 하나도 해결하지 못한 채입니다. 다시 말해서 '나'는 한국의 남자도 프랑스의 남편도 모두 피하고 싶지만, 어쩔 수 없이 한 쪽을 택해야 합니다. 그래서 이 소설은 신진구 군이 말했듯이 회피-회피 갈등을 다룬 특이한 여자의 이야기라고 볼 수 있습니다. 그러니까 이 소설의 큰 틀은 정미경의 『나의 피투성이 연인』처럼, 내적 갈등의 발생과 그 해소 과정을 보여주는 것인데, 이런 '내적 갈등'을 잘 다룬 소설의 본보기를 든다면 어떤 것들이 있었지요?

김영수 : 김승옥의 『무진기행』, 이문열의 『그해 겨울』, 신경숙의 『풍금이 있던 자리』, 김형경의 『금강교』, 박완서의 『겨울 나들이』, 윤대녕의 『천지간』……

박정은 : 그리고 최인훈의 『웃음소리』, 은희경의 『그녀의 세 번째 남자』들도 여기에 속한다고 봅니다.

지도교수 : 박정은 양 말대로 이 소설의 '나'는 남편이 부르니 달려갈 수밖에 없지만, 그녀의 소망이 이루어진 것은 결코 아닙니다. 그 이유는 '나'의 외상(外傷)이 크기 때문이지요. 그런 점에서 이 소설은 정체성을 다시 회복한 이야기가 아닙니다. 하여튼 이 소설을 다 읽고 났을 때, 프랑스의 남편은 피카소처럼 지금의 아내를 누구보다 사랑한 사람이었고, 아내 역시 남편에 대한 변함없는 사랑의 감정을 느낄 수 있어서, 이 작품은 진정한 사랑이 무엇인가에 대해 다시 한 번 생각해 보게 합니다. 그리고 별 말 없이 프랑스로 돌아가는 '나'를 보니, 지금 갑자기 세르반테스가 그의 대표작 『돈키호테』에서 "진정한 사랑이 있는 곳에 지나친 수다는 없다"라는 말이 가슴에 와 닿네요.

5. 딸보다 아들을 선호하는 여자

세상을 살다보면 박완서의 『어느 시시한 사내 이야기』처럼, 어느 사람으로부터 "선생님은 아들 딸 중 누가 더 좋습니까?"라거나, 당신은 "친손주와 외손주 중 어느 쪽이 더 귀엽던가요?"와 같은 질문을 받을 때가 있다. 이런 질문을 무심코 받았을 때, 묻는 사람을 좀 이상하게 생각해 왔다. 자식이면 다 똑같지 더 좋고 덜 좋은 일이 어디 있는가? 장차 아들은 생각이 깊어서 함께 상의할 수 있는 대상이란 점에서 믿음직하고, 딸은 부드럽고 애교가 많아 화목한 분위기를 이루어 주어 좋고, 뭐 그런 거 아닌가!

그러나 현실은 그렇지 않은가 보다. 요즘 초등학교 교실에는 남·남 짝이 적지 않아 가끔 문제가 발생하는 일이 있다고 한다. 박완서의 『꿈꾸는 인큐베이터』에서 보여준 유치원 재롱잔치의 한 해프닝이 그 좋은 예가 된다.

> 손잡고 춤추던 아이들 중 한 쌍이 별안간 싸우기 시작했다. 누가 먼저랄 것도 없이 멱살을 잡더니 엎치락뒤치락 레슬링으로 변했다. 음악은 그대로 이어졌지만 춤판은 그냥 추는 아이와 레슬링을 구경하는 아이들로 갈라졌다. …(중략)… 선생님이 무대로 뛰어오르고, 싸우는 애의 가족인 듯싶은 사람들도 가세해서 아이들을 뜯어말렸다. 관람석이 시끌시끌한 웃음판이 되었다. 안 되겠다 싶었는지 음악이 멎고 아이들도 깔깔대며 무대 뒤로 사라졌다.
>
> "사내 녀석끼리 짝을 지어놓으면 저렇다니까."
>
> "그럼 어떡해요? 여자애가 모자라는 걸."
>
> "하필 포크댄스를 할 게 뭐람. 짝이 안 맞는 걸 번연히 알면서."

이런 수군댐으로 미루어 남자끼리 짝이 된 아이들이 춤을 추다 말고 싸움이 붙은 모양이었다. 선생님들이 무대 뒤에서 뭘 어떻게 수습했는지 포크댄스는 다시 계속됐다.

—박완서의 『꿈꾸는 인큐베이터』에서

이런 일의 발생은 우리 사회에 만연되어온 뿌리 깊은 '남아선호'에서 비롯된 것이리라. 우리는 텔레비전에서 딸을 낳았다고 해서 섭섭해 하는 할머니의 모습이나 배가 남달리 불룩하니 이번엔 틀림없이 아들이라는 진단에 환히 웃는 산모의 모습, 그리고 아들을 낳은 사람은 으레 직장에서 배가 터지도록 득남턱을 내야 되는 것을 보면, 남아선호는 아직도 우리네 의식 속에 뿌리 깊게 남아 있다고 보아야 할 것이다.

그런데 『꿈꾸는 인큐베이터』에서 문제의 발단은, '나(이모)'가 딸만 둘 낳아 기르는 잡지사의 한 기자로부터, 자기는 굳이 아들을 원하지 않는다는 말을 듣고서부터다.

"……참 몇 남매나 두셨습니까?"

"남매가 아니라 자매를 두었습니다. 초등학교 일 학년짜리 하고 오늘 꼬마 염소 노릇한 녀석하고 딸만 둘입니다."

"어머, 그럼 또 낳으셔야겠네요."

"아뇨, 둘이면 족합니다. 아이들도 건강하고 우리 능력도 그렇고, 지구 환경한테도 미안하고."

말씀은 그렇게 하셔도 속마음은 아니실 걸요. 남 다 있는 아들 자기만 없어 보세요. 얼마나 비참하고 섭섭한가. 물건이면 당장 훔치고 싶다는 옛말이 조금도 그르지 않죠.… (중략) … 나는 이 세상에 아들이 있고 없고 하고 인생의 행, 불행하고를 연관 지어서 생각해 본 적이 한 번도 없는 것 같은 남자를 만나 대단히 곤혹스럽고도 기분이 나빴다. 뭐 저런 족속이 다 있나 재수 옴붙었다 싶으면서도 그 남자를 행복한 채로 놓아주기가 싫었다.

—박완서의 『꿈꾸는 인큐베이터』에서

조카 재롱잔치를 보러 간 '나(이모)'는 여러 번의 중절 수술 끝에 아들을 낳은 경험이 있는 여자다. 그런데 '나'는 고생 끝에 아들을 낳고부터 세상 보는 눈이 달라지고, 시어머니나 시누이를 대하는 태도가 싹 달라졌었다.

> 나는 그 일을 성공적으로 저지른 후 공손한 며느리, 착한 올케에서 쌀쌀하고 무도한 여자로 표변했다. 나는 그들과 사사건건 불화했다. … (중략) … 내가 태중의 여아를 지우고 아들을 낳게 되기까지도 시누이의 도움이 컸다. 그러나 아들을 낳고 나서 나는 시뉘가 꼴도 보기 싫어 이사를 했다. 그렇게 의가 좋던 처남 매부지간도 교묘하게 이간질을 해서 뜨악한 사이로 만들어 놓고 말았다. 그렇다고 서로 초대하거나 방문하는 일이 전혀 없는 건 아니다. 나는 시누이 집을 방문할 때는 가장 좋은 옷을 입고 음식은 조금 먹고 말도 조금밖에 안 한다. 그리고 시누이 이름은 실수로도 안 부른다. 깍듯이 아가씨라고 부르고 집에 와서 남편한테는 누구 엄마라고 부른다.… (중략) … 아들을 낳음으로써 나는 내가 남자가 된 것처럼 당당해졌다. 정말이지 나는 그들 앞에서 더는 여자 노릇을 할 필요가 없었다. 아들 생각만 하면 나는 겁날 게 없었다. 아들은 나에게 있어서 후천적인 남성 성기였다.
>
> — 박완서의 『꿈꾸는 인큐베이터』에서

가부장적 사회에서 우리 어머니들이 남아를 선호한 까닭은 무엇인가? 자크 라캉의 말에 따르면 그것은 남근(phallus) 선망을 갖고 있는 어머니들이 아들을 남근과 동일시했기 때문이다. 사실 기죽어 살던 어머니도 아들만 낳으면 당당해지는 것을 흔히 볼 수 있다.

가부장적 사회에서 부(富)를 이루는 데는 노동력을 가진 아들이 더 필요했을 것이고, 그 모은 재산을 후대에 물려주기 위해서도 아들을 더 선호했는데, 남성이 지배하는 사회일수록 아내가 이런 남자의 요구를 충족시켜줄 필요를 느꼈을 것이다. 그래서 김향숙이 『감이 익을 무렵』에서 보여주었듯이, 아들을 가진 여자는 걸음걸이부터 달라지게 마련이다.

유치원 가방을 멘 남자아이는 깡충깡충 뛰며 선혜의 옆을 지나간다. 여성으로서의 자신감과 엄마로서의 행복감이 온몸에 베어든 젊은 엄마와 남자아이가 서늘한 대기 속에 남겨놓은 달콤한 향기. 보여 지는 모습의 아름다움 뒤엔 보이고 싶지 않은 뭔가가 있다고 믿는 선혜지만 젊은 엄마와 남자아이에게 이끌리는 맘을 누르지 못해 뒤돌아본다.

— 김향숙의 『감이 익을 무렵』에서

라캉의 주장에 따르면, 아들을 유독 좋아하는 엄마를 보고 자란 남자 아이는 엄마가 남근의 결핍을 메우고자 하는 욕망을 갖고 있다고 상상하고, 그런 엄마의 욕망을 충족시켜 주기 위해서도 엄마의 전부가 되고자 행동한다는 것이다. 한편 엄마 역시 어려서부터 어머니로부터 분리와 딸이라는 이유로 아버지의 거부[1]를 당하며 살아야 했기에, 누구보다 상실감을 맛보았던 적이 있다. 따라서 엄마는 자식에게 상처를 주지 않기 위해, 아이의 욕망을 또한 거부하지 못한다. 엄마와 유아(아들)와의 남다른 밀착관계는 바로 이런 아이의 욕망과 결핍을 완화시켜 주려는 엄마의 남다른 욕망이 상호작용하기 때문이다.

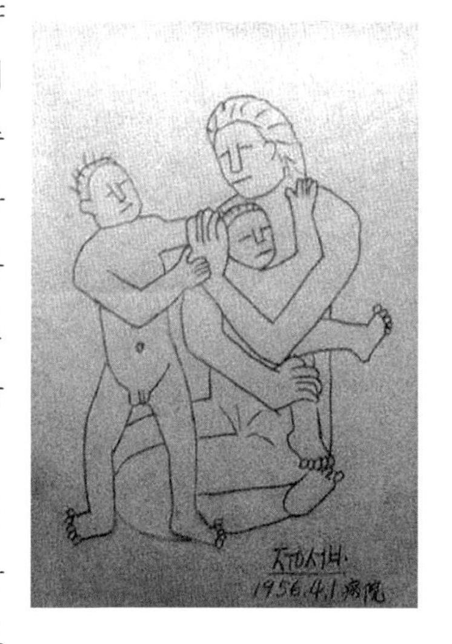

이중섭의 옆 그림은 60여 년이 지난 지금 1억 원을 호가하는 그림이다. 작품의 사인에 '1956.4.1 병원'이라고 적힌 것으로 보아, 이중섭이 숨지기 5개월 전(1956.9.6 사망) 병원생활을 하면서 그린 최후

1) 아버지는 밖에서 늘 바쁘게 일을 해야 하므로 여자 아이는 남자 아이보다 아버지와 함께 놀 시간을 충분히 갖지 못한다. 그리고 집에서 어린 딸과 인형놀이를 함께 해 줄 아빠는 그리 많지 않다. 한편 여자 아이가 아빠의 관심을 끌 때는 딸이 아닌 아들처럼 행동할 때다. 그런데 여자 동성애자를 많이 볼 수 있는 것도 이 때문이라고 한다.

의 작품으로 보인다. 이 그림은 자기 곁을 떠나 일본에서 아들과 살고 있는 아내를 그리워한 자신의 마음을 잘 드러낸 자화상이라고 볼 수 있는데, 엄마가 아이를 꼭 끌어안고 있는 모습에서 엄마와 아이의 밀착관계가 얼마나 공고한가를 짐작하게 해준다. 정신분열증으로 병원에 입원해 있을 때 이중섭은 "남덕(부인 이름)아, 네가 밉다"는 말을 자주 외쳐댔다고 한다.

그리고 어머니와 아들의 이런 밀착관계는 후에 어머니-아들-며느리 사이의 갈등을 유발케 하는 요인이 된다. 박완서의 『아직 끝나지 않은 음모』에서 어머니(삿갓재댁)는 아들(장석)이 며느리와 첫날밤을 치르는 초야에 갑자기 가슴앓이가 생겨, 아들이 엄마의 명치를 꾹꾹 눌러주어 가라앉히게 되는데, 그 후부터 엄마는 아들을 며느리와의 동침을 시키지 않고 자기 방에서 데리고 자기 시작하였다고 한다.

> 첫날 밤 장석이는 술이 곤드레가 돼서 신방에 들어 세상모르는 잠만 자다가 새벽녘에 깨어나 쪽도리 낭자를 내려주려고 주춤주춤 분희한테로 다가갈 즈음 밖에서 찢어지는 듯한 비명이 들리고 집안이 심상치 않게 술렁이기 시작했다. 그것이 삿갓재댁의 가슴앓이의 시작이었다.… (중략) …
>
> 갑자기 일어난 일에 일가친척들은 어쩔 줄을 몰라 결국 신방의 장석이를 불러낼 수밖에 없었다. 장석이 역시 처음 당하는 일이라 겁에 질려 쩔쩔매기만 하다가 "엄니, 워디가 어떻게 아프다요? 워디워디? 잉"하면서 삿갓재댁의 밋밋한 명치를 꾹꾹 눌러도 보고 쓱쓱 쓸어도 보는 것이었다. 그럴 때마다 삿갓재댁은 "고기여, 바로 고기여"하면서 눈을 스르르 감았다가 다시 꼬챙이로 찌르는 것처럼 외마디 소리를 지르기를 되풀이하다가 해가 높다란 연에야 그 몹쓸 가슴앓이는 아주 가라앉았다.
>
> 그 후 삿갓재댁은 영 아들을 며느리 방에 들여보내지 않고 혼인하기 전처럼 안방에서 데리고 잤고 몰래 좀 가까워지려는 낌새만 보이면 영락없이 가슴앓이가 도져 집안을 발칵 뒤집었다.
>
> —박완서의 『아직 끝나지 않은 음모』에서

홀어머니를 모시고 산 장석이 같은 아들이 효자일 때, 그런 아들은 어머니의 욕망을 욕망하게 될 것은 뻔하다. 마마보이로 자란 남자를 여자들이 결혼의 대상에서 금기시하는 것도 바로 이 때문이다.

전통적으로 우리 어머니들이 아들을 선호했는데 그 이유는 뭐니 뭐니 해도 아들이 있어야 가문의 대(代)를 이어갈 수 있다고 보기 때문일 것이다. 전상국의 『우리들의 날개』에서 그런 생각을 가진 우리 할머니의 전형을 볼 수 있다.

> 내가 초등학교 이학년 때 두호가 태어났다. 여덟 살 터울의 동생을 본 것이다. 두호의 출생은 우리 식구들뿐만 아니라 가깝고 먼 친척은 물론 이웃 사람들까지 떠들썩하게 했다. 칠대 독자 집안에 사내아이가 또 하나 태어난 이 경사야말로 결코 예삿일이 아니었던 것이다. 그러나 이런 뜻하지 않은 기쁨 뒤에는 으레 그 기쁨이 무엇인가에 의해 허물어져 내릴 것 같은 위구심이 일게 마련이다. 두려움은 두려움을 낳게 마련이고 드디어는 그 두려움의 뿌리를 뽑아 버리기 위해 신경을 곤두세우다 보면 처음의 그 기쁨이 형체도 없이 사라진 뒤이기 예사다.
>
> 우리 집의 경우가 꼭 그랬다. 그때 아직 정정한 모습으로 살아 계셨던 할머니는 둘째손자를 본 기쁨으로 동네 노인들 앞에서 덩실덩실 춤까지 추어 보였다. 하루에도 수십 번씩 안방을 들랑거리며 두호 기저귀를 갈아 채우면서 그 기쁨을 감추지 못했다. 그런 만큼 두호에 대한 할머니의 정성은 너무 극성스러울 정도였다.
>
> — 전상국의 『우리들의 날개』에서

대(代)란 무엇인가. 우리는 흔히 그것을 할아버지–아버지–아들(딸)–손주 사이에 같은 성(姓)을 붙이는 데서 찾아볼 수 있다. 엄밀히 말해서 후손이 있으면 바로 그게 대를 이어가는 것인데, 다양한 성씨란 것을 만들어 놓고 자식에게 아버지의 성을 붙이고는 그것이 대가 이어간다고 믿고 있는 것이다. 사실 사람이라는 한 개체의 최소단위를 만드는 데 있어서 아버지와 어머니의 기여도란 완전히 평등한 것이다.

자식에게 아버지의 성(姓)을 붙이는 것은 인류의 거의 공통된 문화로서 하나의 관습일 뿐이다. 우리나라와 달리 서양에서는 자기 부인에게까지 남편의 성(姓)을 붙이고 있는데 이것도 하나의 관습이다. 사람이 이름 외에 성씨를 갖게 된 것은 아마도 농경사회에 접어들어 토지를 소유하고 경작하면서부터였을 것이다. 이리저리 떠돌며 살아야 했던 수렵시대를 지나 정착생활을 가능케 한 농경시대에 이르러 토지를 개인이 소유해야 하는 문제가 등장하면서 그것의 유지, 전수 등에 관련된 상속제도의 필요성이 제기되면서 가부장제를 이끌어가는 남자들이 제 자식에게 자기 성을 붙이도록 한 것이리라.

박완서의 『길고 지루한 영화가 끝나갈 때』가 보여주듯이, 이제 시대가 변화하면서 아들보다 딸이 더 좋아진 것도 사실이다. 이제 남아선호는 많이 개선되어 가고 있지만, 가부장제가 얼마나 여성을 불행하게 만들었는가를 생각하면서 여성의 남아선호부터 고쳐져야 할 것이다. 아무리 여권 신장을 외쳐대지만 우리 어머니들이 딸보다 아들을 더 선호하는 현실은 퍽 아이러니가 아닐 수 없다.

Ⅲ. 플롯

1 소설은 한 차원 높은 이야기
2 스토리와 플롯의 관계
3 사건의 복잡화와 통일성의 유지
4 소설의 첫 발자국
5 결말짓기의 한 요령
6 낯설게하기와 모티프 분석

1. 소설은 한 차원 높은 이야기

내가 어렸을 때, 늘 재미있는 얘기를 많이 들려주던 사촌형 하나가 있었는데, 사실 토요일이 되면 늘 그 형이 기다려졌다. 그 형은 내가 해 보고 싶은 일들을 모두 다 해 본 사람 같았다. 고구마 밭을 지나다가 그걸 주인 몰래 발로 차 캐낸 고구마를 날로 먹거나, 가을이면 무 밭을 지나다 남몰래 뽑아 먹었던 일, 콩이 익을 때면 콩대를 꺾어다가 으슥한 곳에서 콩서리를 해 먹었고, 개울물을 막아 만들어 놓은 미나리 깡에서 수북이 자란 것을 낫으로 베어온 일 등, 형은 내가 해 보고 싶은 일들 중에 안 해 본 것이 없었다. 그런데 이런 일을 오늘날 했다간 큰일 난다. 주인으로부터 고발이 들어와 만약 절도한 사실이 드러나면 그 전에 남이 했던 일까지 모두 배상을 해야 하기 때문이다. 그만큼 세상살이가 각박해졌다고 볼 수 있는데, 필자는 우연히 오래 전 신문을 펼쳐보면서 세상에 참 이상한 일도 다 있구나 하는 생각이 드는 기사 하나를 보게 되었다.

짝사랑 청년이 무관심, 여고생 알몸 투신자살

14일 오후 6시쯤 전북 상주군 장계면 장계리 C교회에서 교회신도 李모(17・여고 2년)양이 평소 짝사랑하던 성경지도교사 姜모(19・도정업)군이 자신을 거들떠보지도 않는 것을 비관, 알몸으로 높이 20m 종탑에서 투신자살. 경찰에 따르면 李양은 이 달 초 친구 소개로 알게 된 강군을 짝사랑하던 중 이날 교회 기도실에서 마주 앉아 "하느님을 진심으로 믿는다면 내 모습을 이상히 여기지 않을 것"이라며, 스스로 옷을 모두 벗었으나 끝내 외면하자 종탑으로 올라가 투신했다는 것.(중앙일보, 1994.11.15)

이 기사를 보고 필자는 나르시스와 에코와의 사랑 이야기를 듣는 것 같았다. 신문은 그 속성상 이 세상에서 어떤 일들이 일어나고 있는가를 골고루 알려주는 것을 사명으로 삼는다. 신문사가 이런 일의 보도를 하나의 중요한 사건으로 보고 신문에 싣기로 했던 것도 이 때문이리라.

신문기사는 있었던 어떤 사실(fact)들을 육하원칙에 따라 기술(記述)한 하나의 이야기이다. 만일에 그걸 추측하거나 꾸며서 보도하면 큰일 난다. 그런데 소설은 '사실'을 다루는 글이 아니다. 일찍이 아리스토텔레스(BC 384~322)가 인간에게 '있었던 일을 다루는' 역사(歷史)와는 달리, 문학(소설)은 인간에게 '있을 수 있는 일'들을 우선적으로 재미있도록 꾸민 것이라고 말한 것도 이 때문이다. 소설에서 일어난 일들은 사실이 아니라 작가가 그럴듯하게 꾸며낸 것들인데, 독자 중에는 그걸 진짜 있었던 사실로 착각하는 경우가 있다. 작가는 가급적 그런 상황에서 일어날 수 있는 일을 최대한으로 상상력을 발휘해 추리해낼 수 있어야 한다. 꾸며낸 거짓말을 진짜 있었던 일처럼 얘기해야 하므로 어설프게 꾸며서는 안 된다. 그럴 때 그 꾸민 솜씨를 보고, 우리는 참 재미있게 소설을 잘 썼다고 칭찬하는 것이다. 고로 신문에 난 어느 이야기를 읽었다면, 작가는 이걸 소재로 해 리얼리티가 있는 이야기를 다시 쓸 수 있을 것이다.

신문 기사는 작품의 소재가 되는 경우가 있는데, 아마 작가라면 姜 군과 李 양이 처음 어떻게 만났으며 그 동안 두 사람이 어떻게 사랑을 나누어 왔는지, 그리고 李 양이 어디 출신이며, 강 군이 어디가 좋아 남달리 사랑하게 되었는가를 좀 더 자세히 기술하게 될 것이다.

사실 이 세상에는 김동리의 『까치소리』, 신경숙의 『그는 언제 오는가』,

유승천의 『희극을 찾아서』, 김형경의 『금강교』, 김인숙의 『숨은 샘』 등 한 남자와 한 여자의 짝사랑 이야기는 참 많이 있다. 일찍이 『삼국유사』에는 선덕여왕을 짝사랑한 '지귀(志鬼)'라는 청년의 이야기가 실려 있는가 하면, KBS에서 ≪TV는 사랑을 싣고≫란 TV프로그램이 장수했던 일, 융(C. Jung) 같은 심리학자는 아니마(anima), 아니무스(animus)를 통해, 이런 일이 왜 일어나는가를 심리학적으로 설명해 준 것을 보면, 이런 짝사랑 문제는 동서양을 가리지 않고 아주 오래 전부터 꽤 관심을 두어 온 문제였음을 잘 알 수 있다.

그럼 신문의 이야기와 소설의 이야기는 어떻게 다른가? 우리는 식구들과 이런저런 이야기를 매일 나누며 살아가는데, 왜 우리는 소설 이야기를 또 알아야 하는가. 박 대통령의 탄핵을 두고 왜 촛불 집회와 태극기 집회가 공존하게 되는지를 잘 모를 수 있다. 아마 그런 걸 다 알 때 소설의 가치, 나아가 그것을 쓰는 일에 매달리고 있는 소설가의 위상을 제대로 알 수 있을 것이다.

인간은 이야기를 참 좋아하는 속성이 있다. 흔히 신문의 이야기는 사실(fact)을 들려주는 글이라면, 소설은 리얼리티(reality)가 있는 이야기를 들려주는 글이라고 말한다. 소설은 인생의 진실, 즉 이야기 속에는 '리얼리티'가 있어야 한다. 소설가는 사실 같은 거짓말을 들려주는 척하면서, 우리가 지금 어떤 세상에 살고 있는지, 또는 인간이 어떤 삶을 살아가는 존재인가를 새삼 깨우쳐 주는 글을 쓰는 사람이다. 그런 점에서 소설가는 단순히 사실만을 들려주는 신문 보도 같은 이야기를 들려주기보다 한 차원 높은 이야기라고 보아야 한다. 만일 그 소설이 인간에 대한 새로운 이해를 일깨워주는 데 미흡하다면 결코 우리는 그 소설을 잘 썼다고 말할 수 없을 것이다.

이청준의 단편 『매잡이』란 소설엔 '민태준'이라는 소설가가 나오는데,

그는 죽으면서 소설가이며 친구인 '나'에게 그가 평소 늘 찾아가 만난, '매잡이'에 대해 취재한 비망노트를 송두리째 넘겨주면서, 꼭 이 사람을 한 번 직접 찾아가 만나보고, 그 사람에 대한 이야기를 소설로 잘 써 달라는 유언을 남긴다. 그래서 소설가인 '나'는 창원군 ××마을의 그 곽서방이란 매잡이를 직접 찾아가, 그가 마지막 숨을 거두는 장면을 지켜보게 된다. 그런데 그 곽서방이란 매잡이는 좀 특이한 사람이다. 그는 새를 잡되 그물을 쓰거나 총으로 쏴서 새를 쉽게, 그리고 많이 잡으려고 하지 않는 사람이었다. 그는 꼭 옛날 방식으로만 새를 잡는데, 그 잡은 새를 시장에 내다 팔아 돈을 많이 벌려고도 하지 않고, 새를 잡으면 오히려 동네 사람들을 불러모아 함께 술추렴을 했던 사람이다.

이를 보면서 우리는 지금 돈에 현혹되어 모든 가치를 돈으로 따지거나, 얼마나 인정이 메마른 시대에 살고 있는가 하는 생각을 해보게 된다. 직업도 돈을 더 많이 벌기 위한 수단으로 선택한다면, 진정한 '매잡이'의 모습도 이제 아마 이 사람으로 끝날 운명에 처해 있다. 그런 점에서 이 '매잡이'야말로 문학비평가 골드 만(G. Mann)의 말을 빌리면, 『병신과 머저리』의 동생처럼, 문제아인 셈인 동시에 우리가 지금 얼마나 '사용가치'보다 '교환가치'를 더 중시하는 시대에 살고 있는가 하는 생각을 하게 된다.

그러니까 이청준이 『줄광대』나 『매잡이』, 『병신과 머저리』 같은 소설에서, 돈을 잘 버는 의사나 변호사보다 돈을 못 버는 일에 매달리는 그림쟁이나 실패한 기자, 가면을 쓰고 다니는 판사들, 그림을 못 그리는 화가를 주인공으로 즐겨 다룬 이유가 어디에 있는가를 새삼 알 수 있다. 다시 말해서 이청준은 이 『매잡이』를 통해서, 소설이 사실만을 들려주지 않고, 진실을 들려주어야 한다는 말이 무슨 뜻인가를 새삼 일깨워주고 있다.

2. 스토리와 플롯의 관계

우리는 재미있고 유익한 이야기(스토리)를 만나기 위해서 소설을 읽는다. 그런데 그 스토리가 재미있기 위해 취하는 가장 손쉬운 방법은 다음의 『단군신화』에서 보는 것처럼, 사건의 시간적 순서에 따른 사건의 배열이다.

① 환웅은 환인에게 서자의 설움이 커, 인간 세상에 내려가 살고 싶다고 했다.
② 환인은 천부인 세 개를 아들에게 주어 그의 하강을 도와주었다.
③ 환웅은 태백산 아래 신단수 나무로 내려와 도읍을 정했다.
④ 환웅은 국토를 점차 넓혀나가 드디어 환웅천왕이 되었다.
⑤ 그때 곰과 호랑이가 환웅을 찾아와 그들도 사람이 되기를 원했다.
⑥ 환웅은 그들을 도와 쑥·마늘을 먹으며 굴속에서 햇빛을 보지 말라고 했다.
⑦ 곰은 이 고통을 잘 견디어 냈지만, 호랑이는 이를 견디지 못했다.
⑧ 곰은 3·7일 만에 웅녀가 되었지만, 호랑이는 사람이 되지 못했다.
⑨ 웅녀는 신단수 나무 아래에서 결혼할 수 있게 되기를 정성껏 빌었다.
⑩ 환웅이 잠시 한 남자로 변화해 짝이 되어 주었다.
⑪ 웅녀는 환웅과 혼례를 무사히 치렀다.
⑫ 웅녀는 잉태하여 건국 시조이신 '단군'을 낳았다.

이처럼 『단군신화』는 단군의 탄생담을 시간순서를 따라 동일한 이야기 구조를 세 번 반복하여 사건의 인과감을 더욱 느끼게 되었다. 다시 말해서 시간 개념이 들어 있는 사건이 들어와 반복되면, 하나의 이야기(story)를 플롯(plot)이 들어있는 이야기처럼 느끼게 된다. 『단군신화』는 I)환웅의 하강

이야기(①~④), II)곰의 변신 이야기(⑤~⑧), III) 웅녀의 단군 출산 이야기(⑨~⑫) 등, 이렇게 세 개의 독립된 이야기가 세 번 중첩된 형태다.

『단군신화』는 바로 이렇게 인과관계가 있도록 꾸며놓은 이야기인데, 이에 대해서는 일찍이 E. M. 포스터가 말한 다음과 같은 유명한 정의가 있다.[2]

> 스토리(story)를 시간적 순서대로 배열된 사건의 서술이라고 정의한다면, 플롯(plot)은 역시 사건의 서술이지만 인과관계에 중점을 둔 것이다. "왕이 죽고 다음에 왕비가 죽었다."는 것은 스토리이지만, "왕이 죽자 왕비는 슬퍼서 죽었다."고 하는 것은 플롯이다. 시간 순서는 그대로 가지고 있지만 인과성이 이에 첨가되어 있기 때문이다. 또 "왕비가 죽었다. 아무도 그 까닭을 몰랐는데, 결국은 왕이 죽은 슬픔 때문이라는 것을 알게 되었다."고 한다면 이것은 신비를 간직한 플롯이며 고도의 발전이 가능한 형식이다. 시간적 배열을 그만 두고, 허락되는 한도 내에서 스토리를 멀리 한 것이다. 왕비의 죽음을 생각해 보자. 이것이 스토리에 나오면 우리는 "그래서?"하고 묻지만 플롯에 나오면 "왜?"하고 묻는다. 이것이 소설의 두 가지 양상 사이의 근본적 차이점이다.

플롯을 이루는 수많은 사건들은 그 규모가 클 수도 있고 작을 수도 있겠지만, 하여간 그 하나하나가 플롯을 구성하는 하나의 서술단위가 된다. 소설은 사람에 대한 이야기를 들려주는 글인데, 사람에 대한 이야기는 소설가만의 전유물은 아니다. 철학, 문학, 역사학, 사회학, 종교학, 심리학, 인류학 등, 인문학의 여러 분야가 실은 모두 인간의 탐구를 목표로 하는 학문들인데, 점차 이들이 세분화, 전문화되다 보니, 이제 그들의 말을 서로 잘 알아듣지 못하게 된 것이다. 같은 예술 장르라도 인간에 대한 이해를 미술은 선(線)과 색채로, 음악은 소리로, 문학은 언어로 표현하는 것인데, 오늘날 그 벽이 너무 높아 서로 잘 알아듣지 못하고 있는 것이다.

소설 이야기는 역사처럼 진짜 있었던 사실의 기록이 아니라, 마치 그런

---

2) 김화영 편역, 롤랑 부르뇌프・레알 월레, 현대소설론(서울 : 현대문학, 1996), p.61.

일이 진짜 있었던 일처럼 느낄 수 있도록 잘 얽어 짜놓은 것이다. 그러니까 소설의 재미는 소재에서 오는 것이 아니라 언어를 다루는 솜씨에서 온다고 볼 수 있다. 그리고 지금도 플롯이 들어 있는 이야기를 만들기 위해, 작가들이 이 사건의 '결과'를 먼저 기술하고 '원인'에 해당하는 이야기가 나중에 나오는 것도 바로 이 때문이다

『삼국유사(三國遺事)』에 '경문왕'에 대한 이야기가 한 대목 나온다. 어느 날 자고 일어나 보니 한 쪽 귀가 당나귀 귀처럼 크게 자라나 있었다. 왕은 고민 끝에 이 귀를 가릴 수 있는 가죽 모자를 하나 만들어 쓰기로 하고선 한 박두장이를 궁궐에 불러들여 모자를 만들어 쓰기로 했다. 그리고 그에게 이 사실을 절대로 세상 사람들에게 알리지 말라는 엄명을 내렸다.

아마도 '작가'란 이 박두장이처럼 말하고 싶은 욕구가 남달리 강한 사람일 것이고, 이런 비밀스런 이야기를 듣고 싶어 하는 사람이 또한 많이 있어서 소설은 발전에 발전을 거듭해 왔고, 앞으로도 계속 발전해 나갈 것으로 본다. 그리고 '독자'인 우리는 소설책을 그냥 사서 읽지 않는다. 그 이야기를 만든 사람이 누구인지, 작품의 서두 정도는 대강 훑어보고 책을 산다. 조성기(趙星基)의 『우리 시대의 소설가』란 소설에서 말했듯이, 이제 작가는 자기 작품에 이름을 붙이고 하나의 상품으로서의 가치를 보증해야 한다. 고로 이야기를 똑같은 방식으로만 쓸 것이 아니라 늘 새로운 방식으로 써야, 유익하고 재미가 더 있어서 많이 팔릴 것이다. 이야기 기법이 날로 새로워지는 것도 이 때문이다.

이청준은 소설 아야기를 왜 다르게 써야 하는 문제를 직접 소설로 말해준 작가이다. 그의 『인문주의자 무소작씨의 종생기』를 보면, 늘 같은 방식으로 이야기을 하니까 그의 이야기를 지루해 하고 잘 듣지 않으려 한다는 것이다. 그리고 그의 대표작인 「비화밀교」, 『병신과 머저리』 등은 왜 작가가 알레고리 기법을 써야 하는가를 잘 말해주고 있다.

3. 사건의 복잡화와 통일성의 유지

우리 속담에 '구슬이 서 말이라도 꿰어야 보배다'라는 말이 있다. 이처럼 김유정의 『동백꽃』은 본래 이웃 가까이에 함께 살고 있는 처녀와 총각, 다시 말해서 사랑을 갈망하는 주인집 딸인 점순이와 그녀와 바람이 났다는 소문이 나면 큰일이 나므로, 그런 생각을 아예 갖지 않으려는 '나(총각)'가 함께 이웃에 살고 있었는데, 총각이 닭싸움 끝에 그만 점순네 닭을 죽이게 되는 일이 발생하여, 처음엔 원하지도 않는 점순이와의 사랑을 이루게 된다는, 일종의 기이한 총각인 '나'의 실패담을 쓴 소설이다.

여기서는 이제 독자의 흥미와 이해를 돕고자 이 이야기를 좀 바꾸어, 점순이가 총각과의 사랑을 이루게 된 점순이의 이야기, 즉 점순이를 주인공(hero)으로 한, 점순이의 성공담(success story)으로 바꾸어 살펴보려고 한다. 다시 말해서 점순이를 행동의 주체자인 주동인물(protagonist)로 보고, 그녀로 하여금 갈등을 겪게 만드는 총각을 반동인물(antagonist)로 설정하여, 두 사람 사이에 무슨 일들이 일어났는지를 나의 이야기로 살펴보려고 한다. 그럼 작가는 이 사랑 이야기를 어떻게 전개시켜 나갔는가를 보자.

① 발단 : '나'(점순이)는 성숙해지자, 이웃에 살고 있는 총각과 사랑을 나누고 싶었으나, 총각은 그런 '나'를 못 본 체하며 일만 했다. (대분규, 최초의 분규, 갈등의 발생)

② 전개 1 : 사건1: '나'는 일만 하는 총각에게 구운 감자를 남몰래 주었으나, 총각은 이를 받지 않았다. (소분규1, 사건의 복잡화, 갈등의 고조)

③ 전개 2 : 사건2: 사건1 때문에 화가 난 '나'는 총각네 암탉을 붙들어다 볼기를 팡팡 때려 주었다. 이를 본 총각은 작대기로 '나'의 울타리를 후려치며 겁을 주었다. (소분규2, 사건의 복잡화, 갈등의 더 고조)

④ 전개 3 : 사건3: 사건2 때문에 '나'는 총각네의 수탉을 몰래 꺼내와 또 닭싸움을 붙여 놓아 피를 흘리게 했다. 이를 본 총각은 자기네 수탉에게 고추장을 몰래 먹여보았으나 끝내 '나(점순이)'의 닭을 이겨내지 못했다. (소분규3, 사건의 복잡화, 갈등의 더욱 고조)

⑤ 전개 4 : 사건4: 사건3 때문에, 총각은 자기네 수탉에게 고추장을 더 많이 먹여보았으나 이번에는 아예 기운을 차리지 못하고 쓰러지자, 닭장에 넣어둔 채 산에 나무하러 올라갔다. (소분규4, 사건의 복잡화, 갈등의 더욱 고조)

⑥ 위기 : 사건5: 사건4 때문에, '나'는 총각네의 쓰러진 수탉을 몰래 꺼내다가 또 싸움을 붙여 놓고 즐거워했다. 이를 본 총각은 그만 작대기를 마구 휘둘러 '나'의 닭을 죽여 놓고 말았다. (소분규5, 결말을 짓게 된 결정적 사건의 발생, 갈등이 더욱 고조됨)

⑦ 절정 : 사건6: 사건5 때문에, '나'는 자기네 닭이 죽는 것을 보자 머리 끝까지 화가 났으나 그 대신 꾀를 내어 총각에게 이제부터 내 말을 잘 들으면 닭 죽인 일을 눈감아주겠다고 말했다. (소분규6, 갈등의 최고점)

⑧ 결말 : 사건7: 사건6 때문에, 총각은 그 후 '나(점순이)'의 말을 잘 들어, 두 사람은 아주 친해져 동백꽃이 핀 숲 속으로 함께 굴렀다. (소분규7, 모든 갈등이 해소됨)

이처럼 두 사람이 친해지게 된 일을, 사건들의 발생 중심으로 살펴볼 때, 본질적으로 소설은 주인공이 갈등(conflict)을 겪는 사람들의 얘기라고 볼 수 있다. 다시 말해서 소설이란 주인공이 어떤 욕망을 갖게 되지만 마음먹은 대로 일이 잘 되지 않자, 이 대분규(최초의 분규)로부터 '갈등(葛藤)'을 겪게 되는 모습들(소분규들)을 계속해서 세밀히 보여주고 있다. 만일 이야기를 더 연장하고 싶다면 이런 갈등을 겪는 일들을 계속 만들어 가면 된다. 사실 우리는 하루에도 이런 여러 가지의 갈등을 겪으며 살아간다고 볼 수 있는데, 이런 모습에서 오히려 진짜 살아 있는 인간의 모습을 보는 듯 하다.

그리고 작가는 소설의 이야기를 재미있도록 하기 위해 통일성(unity)을 이루도록 모든 사건을, ① 발단 : 점순이는 충각과 사랑을 나누고 싶었으나, 그는 못 본 체 했다.(대분규의 발생) → ② 전개 1,2,3,4…: 화가 난 점순이는 충각을 괴롭히기로 작정했다.(소분규들의 발생…사건의 복잡화와 갈등의 고조) → ③ 위기: 충각은 그만 점순네 닭을 죽여 놓았다. (결말에 이르게 한 결정인 소분규의 발생과 갈등의 고조) → ④ 절정: 점순이는 극도로 화가 났다.(점순이의 갈등이 정점에 이르게 한 소분규) → ⑤ 결말: 두 사람이 화합하게 되었다.(모든 갈등이 해소된 소분규)의 순으로 전개하고 있다.

<그림 A>

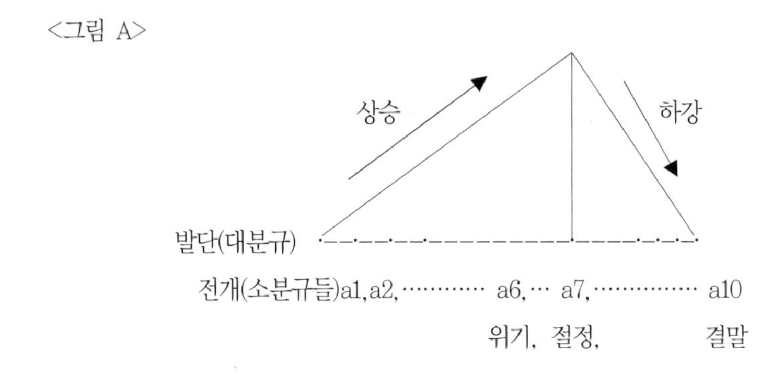

소설은 벌어진 일들을 이처럼 여러 단계에 따라 이어놓은 것인데, 작가는 이 패턴에 따라 사건들을 통일적으로 구성함으로써 작품의 짜임새를 공고히 한다고 볼 수 있다. 이런 갈등을 겪는 이야기를 종합해 도해하면 위의 <그림 A>와 같이 삼각형의 구조를 이룬다.

위의 전개 패턴은 네 칸의 신문의 '만화 이야기'처럼 기(起)–승(承)–전(轉)–결(結)의 4단 구성법이나 춘–하–추–동의 사계(四季)의 순환체계를 모방한 것으로, 흔히 이야기의 처음은 욕망을 가로막는 분규의 발생으로 인해 불안정한 특수 상황을 그려내고, 중간 단계에서는 안정된 상태를 향하여 자신을 변화시키는 새로운 행동을 보여주게 된다. 마지막 단계인 결말에 이르면 이제까지의 행동을 이끌어내게 했던 모든 힘은 사라지고 다시 안정된 상태에 이르게 된다.

흔히 장편소설은 마치 영화의 파노라마처럼 파란만장한 인생의 긴 삶을 보여준다면, 단편소설은 갈등을 겪는 인생의 한 단면을 보여주어, 인간에 대한 의미 있는 이야기를 들려주고자 한다. 그런데 작가는 이런 양식을 잘 이용해 많은 이야기를 만들어내고 있는 것이지, 마구 길게 또는 짧게 늘여놓은 것이 아니다.

4. 소설의 첫 발자국

작가는 이야기의 시작을 어떻게 끌고 갈 것인가를 심각하게 고민해 보아야 한다. 바삐 살아가야 하는 현대인은 그 첫 대목을 보고, 끝까지 더 읽어볼 것인가 아닌가를 결정지어야 하기 때문이다. 너무 사건이 복잡하거나 무거워도 안 되고, 퍽 인상적이어서 더 읽고 싶은 욕구를 자아내야 한다. 이 때문에 꽤 이름이 알려진 미국의 단편소설가인 에드가 앨런 포우(Edgar A. Poe)가 "소설 첫머리의 실패는 소설 실패의 첫걸음이다"라고 말했던 것이다. 우리나라의 김동리나 박완서, 임철우, 김훈 등의 소설 첫 대목도 인상적이지만, 요즈음엔 어느 낯선 곳으로 떠나는 이야기가 많다. 김유정은 『동백꽃』의 서두를 점순이의 닭싸움 이야기부터 끌어들이고 있다. 이는 이야기를 좀 더 재미있게 들려주기 위해서라고 볼 수 있는데, 구체적으로 작가들이 무슨 이야기로 시작하는가를 몇 가지 유형별로 살펴보자.

1) 주인공의 특이한 행동 제시

우리가 영화를 본 후 제일 기억에 남는 것은 주인공(hero)이듯이, 우리는 소설의 주인공을 결코 잊을 수 없다. 그래서 소설의 주인공을 가리켜 그 소설의 얼굴이라고 말하는가 보다. 따라서 주인공의 특별한 성격이나 행동양식, 생김새, 직업, 나이, 버릇 등을 알려주는 것을 제일 먼저 제시하는 경우를 흔히 볼 수 있다. 이청준은 『가면의 꿈』에서 맨 처음에 주인공인

'명식'에 대한 이야기를 이렇게 묘사하고 있다.

> 지연은 불을 끈 침실에서 남편 명식을 기다리고 있었다.
> 밤 열한 시.
> 정원을 가득 채운 달빛이 그녀의 방 창문 커튼으로 희미하게 젖어들고 있다. 외등을 켜 놓은 집안은 달빛 때문에 여름날의 대낮처럼 고요하다.
> 명식은 이층 6조 다다미방 한 칸을 서재 겸 평상시의 거실로 사용했다. 그러다가 이따금 밤이 깊으면 조심조심 발소리를 죽이며, 이층 나무계단을 걸어 내려오곤 했다.
> 그러나 명식은 지금 이층엔 없었다. 그는 외출 중이었다.
>
> — 이청준의 『가면의 꿈』에서

주인공인 '명식'은 정의사회 구현의 맨 앞에 서서 일하는 판사(判事)다. 그런 높은 지위의 남편이 근래 지친 몸으로 집에 돌아와서는 자기 방에 틀어박혀 있거나, 가면(假面)을 한 채로 외출하기를 즐기곤 한다. 이처럼 이 소설은 서두부터가 주인공의 이런 특이한 행동 제시로 돼 있어서, 독자로 하여금 끝까지 소설을 읽고 싶은 마음을 갖게 한다.

오정희의 『불의 강』은 남편이 회사에서 집으로 돌아오면, 집에 머물러 있으려 하지 않고 무슨 핑계를 대서라고 자꾸 바깥으로 나가려고 한다. 오늘 저녁 창틀에 매달려 있는 남편의 기이한 행동을 다음과 같이 묘사하고 있다.

> 창틀에 동그마니 올라앉은 그는, 등을 꼬부리고 무릎을 세운 자세 때문에 어린 아이처럼, 혹은 늙은 꼽추처럼 보인다. … (중략) … 그는 여전히 웅크린 채 창틀에 앉아 휘익휘익 휘파람을 불고 있다. 바람 때문에 공기의 진동은 내가 있는 곳에 채 닿기도 전에 소리의 형태를 쓰러뜨리고 사라져버려 나는 그가 어떠한 곡조를 휘파람으로 불고 있는지 알 수 없다.
> 등이 서늘해지자 나는 벽에 걸린 그의 잠바를 떼어 어깨에 걸치고 다시 앉

아 수틀을 집어 든다. 이내 손이 빨갛게 곱아들어왔다. 창을 닫아 달랄까 잠시 생각하다가 나는 고개를 흔들고 손을 엉덩이 밑에 깔아 잠시 녹인 뒤 다시 바늘을 잡았다. 소나무 가지 위에 나래를 펴고 외다리로 선 학의 자세가 아무래도 불안하고 부자연스러웠다. 실을 풀고 다시 놓아야 할 것 같았다.

그가 문득 이마에 잔뜩 주름살을 지으며 눈을 치떠 처마 밑을 올려다보았다.

"왜 그래요?"

— 오정희의 『불의 강』에서

이 소설의 주인공인 '아내'는 방에 앉아 수(繡)를 놓으면서 창틀에 매달려 있는 남편의 모습을 이렇게 묘사하고 있다. 처음에 왜 남편이 그토록 밖으로의 외출만을 꿈꾸는지를 몰랐으나, 독일의 에리히 프롬(E. Fromm)이 말했듯이, 남편은 자기가 기계의 부속품처럼 단순히 반복되는 삶을 사는 존재란 의식이 깊어, 그런 단조로움과 권태로운 일상에서 벗어나고 싶은 욕구가 남달리 강하기 때문이라는 것을 알게 되었으며, 그가 찾아가는 곳이 불(火)과 관련이 있음을 알고, '나'는 이제 그를 밖으로 나가지 않도록 하기 위해서는, 자기가 먼저 남편을 손수 구조해줘야겠다는 생각을 갖는다. 즉 불로 뜨거워진 남편을 식혀줘야겠다고 생각을 갖고 있는 '나'는 이제 자신이 강물이 되어야겠다고 마음속으로 다짐을 한다. 이 소설의 제목이 '불의 강'인 것은 바로 이런 뜻이 내포돼 있다.

2) 바깥 세계로의 '떠남'

김승옥은 『무진기행』에서, 서울에 살고 있는 주인공인 '나(윤희중)'가 승진 문제로 인한 갈등 끝에, 오래간만에 버스를 타고 고향 '무진'을 찾아가는 이야기로 시작되고 있다. 한번 떠난 자는 반드시 돌아오게 되는데, 이때 '사건 중간'에 뛰어들어 사건의 전후관계를 처리하는 경우를 흔히 본다. 흔히 주인공이 갈등 끝에 어딘가로 향해 떠나면 그곳에서 여러 가지의 새로운 경험을 하게 되고, 그 결과 새로운 깨달음을 얻고 돌아와 새 삶을 살게 되는 이야기는, 호머(Homer)의 『일리아드』 이후 오늘날에서도 흔히 쓰이는 양식이다.

> 버스가 산모퉁이를 돌아갈 때 나는 '무진 Mujin 10km'라는 이정비(里程碑)를 보았다. 그것은 옛날과 똑같은 모습으로 길가의 잡초 속에서 튀어나와 있었다. 내 뒷 자석에 앉아 있는 사람들 사이에서 다시 시작된 대화를 나는 들었다. "앞으로 십 킬로 남았군요." "예, 한 삼십 분 후에 도착할 겁니다." 그들은 농사 관계의 시찰원들인 듯했다. 아니 그렇지 않은지도 모른다. … (중략) … 광주(光州)에서 기차를 내려서 버스로 갈아탄 이래, 나는 그들이 시골사람들답지 않게 낮은 목소리로 점잔을 빼면서 얘기하는 것을 반수면(半睡眠)상태 속에서 듣고 있었다.
>
> — 김승옥의 『무진기행』에서

위의 '떠남'은 한 편의 영화 장면을 연상케 해주고 있어서, 주인공이 버스를 타고 찾아가는 '무진'이란 공간이 마치 대한민국 어딘가에 실재하는 곳이란 느낌이 들게 한다. 그런데 이처럼 한 장소를 찾아가는 주인공인 '나'는 과거의 추억과 더불어 거기서 어떤 일이 장차 발생하게 될 것인지 사뭇 독자를 궁금하게 만든다.

그런 점에서 박완서의 『겨울 나들이』는 제목부터가 겨울의 온천 여행이라는 점에서, 겨울이 주는 고통이란 느낌과 함께 평상시와는 퍽 다른 어떤 동기로 이루어지게 되는 여행이라는 느낌을 준다.

> 출가해서 삼 년째, 갓 돌 지난 첫 애를 두고 있는 딸은 처녀 때와는 또 다른 윤택하고 기품 있는 아름다움으로 소파에 단정히 앉아 있었다. 한창때구나 하는 찬탄과 동시에 섬광처럼 눈부시게 어떤 깨달음이 왔다. 그렇지, 꼭 저맘때였겠구나! 남편이 난리통에 첫 번째 아내와 생이별한 게 꼭 첫 번째 아내가 지금 딸만한 나이 때였겠구나 하는 깨달음은 나에게 얼마나 충격적이었던가. 더군다나 딸은 내 친딸이 아니고 남편과 첫 번째 아내와의 사이에서 난 딸이었

다. 딸은 엄마를 닮는 법이다. 남편은 딸을 통해 이북에 두고 온 당시의 아내의 모습을 되살렸음에 틀림없다. 나는 그 여자보다 훨씬 손아래지만 지금 옆에서 볼품없는 꼴로 늙어 가는데 그 여자는 남편의 가슴 속에 지금의 딸의 모습처럼 빛나는 젊음과 아름다움으로 간직돼 있었구나 싶자 질투가 독사 대가리처럼 고개를 드는 걸 느꼈다. 여자의 질투를 위해선 휘어잡을 머리채가 마련돼 있어야 하는 법이다. 그러나 나는 지금 누구의 머리채를 휘어잡을 수 있단 말인가. 나는 점잖게 예사롭게 굴 수밖에 없었고, 그건 여간만 고통스러운 게 아니었다. 발산시키지 못한 질투심은 서서히 여지껏 산 게 온통 허탈감로 이어졌다.

—박완서의 『겨울 나들이』에서

위에서 보듯이, 이 겨울의 온천 여행이 남편에 대한 불만(질투심) 때문에 이루어진 것이니 즐거울 수가 없다, 그녀가 돌아올 때엔 그만한 이유가 있어야 하는데, 그것이 대개 중요한 깨달음이다. 그녀가 도리질을 하는 시어머니를 보게 된 일이나, 아들을 찾아 서울로 오는 주인 여인을 안내하는 그녀의 모습은 아주 자연스러운 모습이 아닐 수 없다.

오정희의 『비어 있는 들』은 이른 아침에 낚시 가는 남편을 따라 나서는 아내와 아이의 이야기가 나온다. 그런데 하루 종일 흙탕물에 잡히지도 않는 곳에 앉아 낚싯대를 드리우고 있는 남편의 모습에서 우리는 그의 '낚시'가 고기를 잡기 위해서가 아니라는 것을 쉽게 알 수 있다. 그리고 이 소설은 누군가 날 찾아오리라는 환상 속에 잠겨 역전(驛前)을 방황하는 아내나, '은하철도 구구구' 같은 재미있는 방송 프로그램 시간을 늘 잊지 않고 있는 어린아이의 모습에서, 우리 모두가 얼마나 권태로움에서 벗어나고자 애쓰고 있는가를 새삼 알게 된다.

3) 돌발사(accident)의 발생

이상에서 보았듯이 소설은 예상치 않은 사건의 발생으로 다음 행동이 이루어져야 한다. 아무리 이야기를 읽어도 새로운 사건이 보이지 않으면 지루하게 느껴지는 것은 그 때문이다. 최인호의 『별들의 고향』에서 흔히 볼 수 있듯이, 한 여인의 변사 사건과 같은 큰 사건이 벌어지고, 그 다음에 그 사건의 자초지종을 길게 보여주는 것은 아주 흔한 방식이다.

> ① 네 모습은 아직 보이지 않았다. 아파트 단지 정문을 지나 백여 미터쯤 들어가면 길은 두 갈래로 나누어지고, 바로 거기 길이 나눠지는 지점에 서 있는 전화박스 곁에서 우리는 만나게 되어 있었다.… (중략) … 내가 너무 일찍 온 걸까. 손목시계를 확인했다. 세 시 오 분 전. 나는 조금 초조해하고 있었다. 집을 나와서 버스를 타고 와 그 자리에 서게 될 때까지 초조함은 줄곧 집요하게 목덜미를 잡아당기고 있었던 것이다. 나는 결국 기다릴 도리밖에 없었다. 더욱 확실하게 가슴을 채워오는 너에 대한 애정으로 전율하며 나는 끝내 너와 또 네가 내게 안겨줄 불길한 것들마저도 함께 받아들여야 할 것임을 알고 있었던 것이다.
>
> — 임철우의 『동행』에서

> ② 박종대는 사람이 워낙 점잖아서 그런 게여.
> 아니지. 그게 아니고 우리가 호락호락 기어오를까봐 그런 게여.
> 좀 심한 경우에는,
> 한 마디로 사람이 좀 내숭스럽다니까.
> 이처럼 현지 주민들은 박 경사와 한 걸음 사이를 두고 있었던 것이다. 박종대(朴鐘大) 경사는 지서 건물과 울타리 하나를 사이에 둔 사택에서 저녁을 끝내자 곧장 사무실로 나왔다. … (중략) …
> 실상 마을 사람들 입장에서 생각하더라도 술 한 잔 제대로 마시지 못하는 것은 물론 몇 순갈 끄적이다가 뒤로 물러앉고 마는 박 경사에 대해 그닥 친더운 마음이 갈 수 없었던 것이다.
>
> — 전상국의 『외등』에서

위의 ①과 ②는 그 서두부터가 '돌연한 사건의 발생'을 알려주고 있다. ①에서는 주인공인 '나'가 약속 장소에 나가 누군가 숨어서 자기를 감시하지 않나 하는 데서, ②는 하암리 사람들과 그 동네 치안 담당자인 박종대 경사와의 뜻하지 않은 불화에 대한 얘기를 들려주고 있다.

윤대녕은 『천지간』의 서두에서 한 여인과의 남다른 인연에 대한 '나'의 이야기를 여관의 주인에게 이렇게 들려주고 있다.

> 읍내 터미널에 내려 바로 군내(郡內) 버스로 갈아타면 된다는 것쯤은 저도 알고 있었지요. 그래요, 눈이 내리고 있었어요. 폭설이었죠. 하지만 그 여자가 터미널에서부터 줄곧 여기까지 걸어왔던 거예요. 네, 한 시간도 넘게 걸리더군요. 글쎄요, 제가 왜 그 여자의 뒤를 따라왔는지 아직도 모르겠습니다.… (중략) … 오늘 광주에서 처음 봤다니까요. 거기서부터 완도 읍내까지는 함께 직행 버스를 타고 왔지요. 세 시간 반이 걸리더군요. 아무튼 저는 문상을 가던 길이었어요. 발인요? 아마 내일일 겁니다. 글쎄요, 내일 아침에라도 첫차를 타고 광주로 가야 할지 어쩔지 아직 모르겠군요.
>
> —윤대녕의 『천지간』에서

주인공인 '나'는 광주의 시외버스 터미널에서 노란 외투를 입고 있는 그녀를 보자 첫 눈에 죽음의 그림자를 띤 한 여자임을 직감하고, 오랫동안 그 여자의 뒤를 여기까지 따라와 지금 음식점 겸 여관에 투숙하게 되었다. 이런 이야기는 뭔가 두 사람 사이에 남다른 인연이 있을 것이란 기대와 함께, 장차 무슨 일이 발생할 것인가 하고 궁금증을 자아내어 더 읽어 보게 된다.

4) 날씨의 묘사

프랑스 영화인 ≪쉘브루의 우산≫은 한국의 오페라처럼, 대사가 모두 노랫말로 되어 있는데, 이야기의 전개 기법이 상투적이어서 지금 보면 너무 싱겁다. 그러나 맨 처음에 비오는 장면으로 시작하여, 맨 끝에 크리스마스를 맞아 눈이 펑펑 쏟아지는 장면으로 끝맺고 있어서 우리의 흥미를 끈다.

이 영화의 주인공인 여자(딸)는 몰고 온 차 안에 한 아이를 태운 채, 한 주유소에 들렀다가 결혼하기로 굳게 약속했던 지난날의 옛 애인을 3년 만에 극적으로 만난다. 남자가 입영하는 바람에 그들은 서로 헤어졌고, 소식이 끊어지는 바람에 어쩔 수 없이 지금은 각자 결혼하여 한 가정을 꾸려 살아가고 있는데, 이 여자는 옛 애인이었던 이 남자에게 차 안의 아이를 한번 만나보지 않겠느냐고 제안했지만, 그는 그 아이가 바로 자기 아이인 줄도 모른 채, 그 제안을 단번에 거절해 버린다. 여자는 눈물을 머금고 차를 몰고 눈 오는 길을 쓸쓸히 홀로 떠나간다. 차창의 눈(雪)이 그녀의 눈물과 함께 범벅이 된 채 떠나는 여주인공의 모습은 잊혀지지 않는 이별의 한 장면이다.

이처럼 비나 눈은 장차 비극적인 사건이 펼쳐질 것을 암시해 주는 효과가 있어서 소설의 서두로 널리 이용된다. 윤흥길의 『장마』에서, 불행과 비극을 상징하는 이 '비'는 서두에서부터 결말에 이르기까지 계속 내리고 있다.

> 밭에서 완두를 거두어들이고 난 바로 그 이튿날부터 시작된 비가 며칠이고 계속해서 내렸다. 비는 분말처럼 둥근 알갱이가 되고, 때로는 금방 보꾹이라도 뚫고 쏟아져 내릴 듯한 두려움의 결정체들이 되어 수시로 변덕을 부리면서 칠흑의 밤을 온통 물걸레처럼 질펀히 적시고 있었다.
>
> — 윤흥길의 『장마』에서

이 소설에서 '비'는 특히 주인공에게 불행한 일이 벌어질 때마다 세차게 내린다고 작가는 서술하고 있다. 장마의 시작과 함께 얘기가 시작되고 장마의 끝을 알리는 "정말 지루한 장마였다"로 이 소설은 끝나고 있는데, 이러한 상관물로서의 '비'는 현진건의 대표작인 『운수 좋은 날』에서도 불행한 사건의 발생을 암시해주고 있다. "새침하게 흐린 품이 눈이 올 듯하더니 눈은 아니 오고 얼다가 만 비가 추적추적 나리는 날이었다"는 서두의 첫 문장은 이 소설이 불행으로 끝날 것이라는 것을 암시한다. 아내의 만류에도 일을 나갔지만 그날따라 그가 가는 곳마다 인력거를 타려는 손님이 많아 그날은 참 '운수가 좋은 날'이었다. 그러나 이와는 반대로 그 바람에 앓고 있던 아내의 죽음도 지키지 못하고 말았으니, 결국 서두의 표현대로 이 소설은 불행으로 끝나고 있다.

박완서는 『재이산(再離散)』에서 이 소설의 서두에서 날씨 묘사를 이렇게 하고 있다.

> "이상해요. 암만해도 이상해요."
> 아내가 다림질을 하면서 말했다. 단칸방이 다리미의 열기로 끓어오르고, 아내의 목덜미에서도 그의 등허리에서도 끈끈한 땀이 끓어오르고, 아내의 목소리도 지글지글 끓어오르고 있었다. 그의 단칸방을 덮은 슬레이트 지붕 위에선 팔월의 햇빛이 비정한 단근질을 하고 있었다.… (중략) …
> 아내의 정성스러운 다림질에도 불구하고 백 퍼센트 폴리에스텔인 그의 남방셔츠는 후줄근한 꼴을 별로 면한 것 같지 않았다.… (중략) …해질랑은 멀었지만 찌들대로 찌든 셔츠는 막무가내 다리미발이 서지 않았다.
>
> — 박완서의 『재이산』에서

오늘 날씨 때문에 다림질이 잘 안 된다는 것은 주인공이 오늘 추진하는 일이 뜻대로 잘 이루어지지 않을 것이란 것을 암시한 표현이다. 그런데 이런 의미의 날씨의 묘사는 은희경의 『그녀의 세 번째 남자』의 서두에서도 찾아볼 수 있다.

> '한밤 같은 서울 대낮'
> 그 제목을 향해 그녀는 약간 얼굴을 기울였다. 그리고 고딕체로 된 사진설명을 읽어 내려갔다.

> 25일 오후 4시 10분부터 약 30분 서울 일원 하늘에 시커먼 먹구름이 끼어 '한낮 속의 밤' 같은 현상이 일어났다. 이 때문에 차량들이 모두 라이트를 켠 채 운행했고 시민들은 불안해 기상청에 문의전화를 걸기도 했다. 기상청은 한랭전선이 지나갈 때 대기가 불안정해지면서 구름 두께가 평시보다 2배 이상 두꺼운 10km 정도 되는 경우가 있으며 어제 낮에도 같은 현상이 일어났다고 설명했다.
>
> —은희경의 『그녀의 세 번째 남자』에서

작가가 위와 같은 기상이변에 대한 신문기사를 인용한 것은 거기에 남다른 의미를 부여하기 위해서다. 즉 주인공인 그녀에게 평상시와 달리 어떤 새로운 이변(異變)이 일어날 것임을 묵시적으로 시사해 주는 대목이다. 과연 이 암시대로 주인공 '그녀'가 영추사에서 며칠 머물다 다시 서울로 돌아올 때는 큰 깨달음이 있어서, 첫 사랑 그 남자와의 관계에 큰 이변이 일어나고 있다. 이 소설이 기상 이변으로 시작해서 기상 이변으로 끝맺는 형식을 취하고 있는 것도 특기할 만한 일이다.

5. 결말짓기의 한 요령

남들이 쓴 소설들을 많이 읽어보지 못하거나 이론서 몇 권을 통해 소설이 무엇인지를 겨우 안 사람들이 이제 자기가 경험한 일들을 소재로 직접 이야기를 써 보고 싶어 하는데, 대개 처음 시작은 잘 하지만 끝맺음을 잘 못하는 경우를 흔히 보게 된다. 소설을 처음 써 본 사람들이 이구동성으로 하는 말은 '끝맺기가 참 어렵다'는 것이다. 소설은 처음부터 주인공의 이야기를 끌고 끝까지 가야 하므로, 그것을 끝까지 인과감을 느낄 수 있도록 사건을 끌고 가야 한다. 이야기는 대개 어떤 분규의 발생을 시발로 해서 어떤 욕망을 이루든, 못 이루든 결말을 짓게 되는데, 이 결말을 짓기 위해서는 그 앞에 위기(crisis)가 있고, 그런 위기는 갈등의 절정(climax)을 불러일으켜, 그 갈등이 해소됨으로써 결말에 이르게 된 것이지, 그 속에 우연이라고는 하나도 없다.

소설은 결말을 향해 나아가는 글이므로, 주인공이 성공하느냐 실패하느냐 어느 쪽으로 가든 그 단초를 미리 정해 놓고, 그런 결말이 나오도록 처음부터 이야기가 시작되어야 한다. 그러니까 이야기 창작에서 제일 먼저 해야 할 일은 주인공이 욕망하는 일을 성공하느냐 실패하느냐를 결정하거나 무지(無知)에서 지(知)로 나아가거나 미망(迷妄)에서 새로운 각성(覺醒)에 이르느냐, 못 이르느냐 중에서, 어떤 방식으로 결말을 지을 것인가를 어느 정도 미리 정해 놓고 써야 한다. 혹자는 아직 시작도 안 했는데 결말을 먼저 쓰라고 하면 의아하게 생각하나, 그래야만 이야기를 제대로 썼다는 소리를 듣게 된다.

본래 소설 이야기는 상당히 전통적인 데가 있다. 가령 끝에 가서 욕망하는 일을 잘 이루어내는 이야기라면, 처음부터 똑똑한 사람이 등장하지 말아야 한다. 이효석의 『메밀꽃 필 무렵』은 주인공이 고생 끝에 그리워하는 사람을 드디어 만나게 된다는 이를테면 성공담인데, 그런 이야기에 걸맞게 주인공 '허생원'은 얼굴이 못생기고 무식한 장돌뱅이다. 그런 사람이 그런 아름다운 일을 해 냈으니까 우리가 그 이야기에 모두 귀를 기울이지, 만일 그가 잘 생기고 똑똑한 사람이었다면 그가 이루어낸 일에 결코 감동하지 않을 것이다. 실패담의 전형으로 이청준의 『과녁』을 보면, 이 소설의 주인공인 석주호는, 머리가 좋을뿐더러 유복한 가정을 가진 서울의 S대학 법대 출신의 '검사'다. 그런 그가 활쏘기에 실패한 것이다. 왜 그랬을까? 이것이 이 소설을 읽게 하는 원동력이 된다.

신경숙의 『풍금이 있던 자리』를 보면, '나'는 딸 하나를 둔 유부남인 그를 쉽게 받아들일 수 없었다. 기차에서 내린 고향 역에서의 늘 손 씻는 버릇에서 알 수 있듯이, '나'란 여자는 평소에 깨끗한 삶을 살고자 하는 욕망이 남달리 컸던 사람이 아닌가! 내가 만일 내 욕심대로 이 남자와 미국으로 도망가 산다면 누가 날 위해 점촌 아줌마처럼 거룩한 장례식을 치러줄 것인가?

그러므로 이런 '나'란 여자가 고향에 내려와, 특히 점촌 아줌마의 장례식을 보거나, 새 사냥을 나가는 아버지를 함께 따라갔던 일, 눈 먼 송아지를 자기가 직접 돌본 일, 그리고 두고 간 칫솔을 건네주려고 새엄마를 쫓아갔을 때 그녀가 '나'에게 들려준 말 등은 유부남인 그 남자와 결코 결혼해서는 안 된다는 결심을 갖게 한 중요한 사건들인 셈이다. 그리고 이 소설의 서두엔 박시룡이 쓴 동물에 관한 삽화가 인용돼 있다.

신경숙이 고백했듯이, 이런 얘기들이 왜 나오는지를 모르는 사람들은 이 소설이 꽤 어려워 보일 것이며, 쓸데없는 부분이 많이 들어와 이야기가 길어진 것이라 보기 쉽지만, 그러나 이 소설은 필요한 것들로만 가득 찬 유기적 구조를 이루고 있는 것이다.

소설의 시작 못지않게 결말을 잘 지어야 한다. 그렇지 않을 때 쓸데없는 말이 들어와 작가가 무엇을 말하려 하는지를 모르게 되거나 하성란의 『곰팡이꽃』처럼 엉뚱한 말을 하게 되는 경우를 보게 되는데, 조경란의 『불란서 안경원』을 보면 결말에 이런 말이 길게 나온다.

> 삼덕상가 뒤편을 돌아 삼덕 아파트를 지났다. 나는 손으로 대문을 약간 밀어 보았다. 대문은 천년 세월의 육중한 소리를 내며 스르르 밀렸다. 나는 문틈으로 고개를 내밀었다. 마당 안에는 아무도 없었고 수십 그루의 소나무가 현관으로 통하는 좁은 길만 남겨놓은 채 바람 속에 적요롭게 서 있었다. 나는 마당 안으로 들어갔다. 납작납작한 발디딤돌을 따라 현관까지 올라가 보았지만 집안에도 인기척은 없어 보였다. 현관으로 들어가는 마당 한옆에 탁구대가 놓여 있었다. 오래 공을 치지 않은 듯 공은 찌그러져 있었고 탁구대는 심하게 녹이 슬어 있었다.
>
> 소나무가 있는 정원을 어슬렁거리다가 나는 가장 늙고 오래되어 보이는 소나무를 찾아 그 앞에 섰다. 거칠고 야윈 몸통의 소나무는 정원 가장 낮은 자리 가장 구석진 자리에 있었다. 나는 젊은 소나무들의 뿌리를 밟고 언젠가 할머니가 말한 악송일 듯한 그 나무 앞에 서서 치마 주머니에 손을 넣었다. 소나무집 할머니의 파일을 삭제하고 나는 어제 새로 들어놓은 부드러운 곡선을 한 나비 모양의 안경테를 진열장에서 꺼내었다.… (중략) …
>
> 치마 주머니에서 안경곽을 꺼내 움푹 파인 땅에 묻었다. 파낸 황토를 덮어 슬리퍼로 꾹꾹 눌렀다. 허물어지지 않기를 바라는 두꺼비집을 만들 듯 손바닥으로 한참동안 다독거렸다. 다독이면서 나는 문득 나의 행위가 죽음을 위로하는 것이 아니라 어쩌면 죽음의 혼귀들을 부르고 있는지도 모른다는 생각을 했다. 흙을 털어낸 슬리퍼를 신고 나는 일어났다. 갑자기 수천 마리 물고기떼의 비늘이 햇빛을 받아 반짝이는 듯 눈앞이 새하얘졌다. 나는 허청거리며 늙은 소

나무의 몸통을 꽉 부여잡았다. 은빛 자전거를 탄 아이들이 물고기떼 사이를 가로지르며 쌩쌩 달려가는 것이 보였다. 참고 있었다는 듯 빗방울이 후득 후득 떨어지기 시작했다.

— 조경란의 『불란서 안경원』에서

단골 손님인 할머니의 죽음 소식을 듣고 모른 채 가만히 있지 않고, 미처 찾아가지 못한 멋진 테의 안경을 갖고 문상을 가, 그 할머니가 평소에 애지중지 길러온 소나무 밑에 묻고 돌아온다는 이 말은 하지 않아도 될 말을 한 일이다. 이 말은 '그녀'나 할머니의 마음씨를 보여주는 일도 아니다. 이 일은 이 소설의 주제하고도 관계가 멀어 작품의 질을 떨어뜨리는 요인이 될 뿐이다. 할머니가 멋을 낼 줄 아는 사람이라면, '불란서 안경원' 주인이기도 한 이 여자는 멋을 낼 줄 모르는 여자로서 대비시킨 것으로 그 역할을 끝내야 한다.

이 소설은 1996년 동아일보 신춘문에 당선작이다. 이 하나의 예를 보면서 마치 신춘문예에 당선만 되면 작가가 다 된 양 생각하는 풍토는 이제 사라져야 할 것이다. 실기와 이론은 다르다. 강단에서 가르칠 수 있는 것은 오직 이론, 즉 평론뿐이라는 사실을 잘 알아야 한다.

6. 낯설게 하기와 모티프 분석

소설의 형식에 대한 연구가 본격적으로 이루어진 것은 1915년경에 이르러 R. 야콥슨, V. 시클로브스키, B. 토마셰브스키 같은 러시아 학자들에 의해서였다고 볼 수 있다. 소위 러시아 형식주의자라 불리는 이들은 종래의 주장과는 좀 다른 주장을 내세웠다. 예컨대 사실주의자들이 한 인물의 외모를 자세히 묘사한 것이 박진감(迫進感)을 조성하기 위해서라고 보았다면, 이들은 일상성에서 벗어나려는 수단이라 본 것이다. 영미문학자들이 문학을 현실의 반영이고 모방이라 보았다면, 러시아 형식주의자들은 우리에게 친숙하게 잘 알려진 사실을 새롭고 강하게 인식되게 하기 위해, 일상 보는 것과 다른 느낌이 들도록 만든 것이라고 본 것이다.

러시아 형식주의자들이 볼 때, 예술과 비예술의 차이는 낯설게 하기(defamiliarization)에서 나타난다. 그들의 주장에 따르면, 현대소설은 이야기를 낯설게 해서 더 감동적으로 들려주려고 만든 글이다. 우리가 처음 보는 사람을 낯설다고 하듯이, 낯설다는 말은 '새롭다', '신선하다'는 뜻으로 쓰인 말이다. 러시아의 유명한 ≪호두까기 인형≫이란 무용은 아주 낯선 발걸음으로 걸어 새로운 동작을 보여주는 것이지, 결코 낯익은 발걸음을 보여주는 율동이 아니다. 이처럼 모든 예술은 낯설게 만들어졌는데, 소설도 예술성이 높은 작품일수록 점차 낯설게 쓴 글로 변해 왔다고 주장해, 그 당시 학계에 큰 반향을 불러일으켰다.

"고향이 무진이신가요?" "아녜요. 발령이 이곳으로 났기 땜에 저 혼자 와 있는 거예요. "그 여자는 개성 있는 얼굴을 가지고 있었다. 윤곽은 갸름했고 눈이 컸고 얼굴색은 노리끼리했다. 전체로 보아서 병약한 느낌을 주고 있었지만, 그러나 좀 높은 콧날과 두꺼운 입술이 병약하다는 인상을 버리도록 요구하고 있었다."

— 김승옥의 『무진기행』에서

처음 본 '하인숙'이란 여자의 외모를 이처럼 자세히 묘사한 것은 결국 그 여자가 성적(性的) 매력이 넘치는, 아주 잘 생긴 여자임을 잘 드러낸 것이다. 사실주의자들이라면 박진감을 조성하기 위해 외모를 자세히 묘사했다고 말하겠지만, 시클로프스키가 볼 때 그것은 아주 낯선 한 여인을 독자에게 보여주기 위한 것일 뿐이다.

이청준의 『병신과 머저리』의 서두에는 화가이면서, 사람 얼굴을 그리지 못하는 동생에 대한 이야기가 나온다. 그런데 독자는 그가 왜 그림을 그리지 못하는지 그 이유를 쉽게 알아차릴 수가 없다. 작가가 그 이유를 의도적으로 지연시키는, '낯설게 하기'의 기법을 쓰고 있기 때문이다.

혜인의 말에 의하면, 형은 6・25 전쟁에 참가했던 전상자이다. 다시 말해서 형이 6・25세대라는 점에서 그의 아픔이 6・25 전쟁의 상처에서 비롯되었듯이, 화가인 동생이 겪고 있는 정신적 고통도 그가 살아온 시대적 배경, 즉 60년대 초에 일어났던 '4・19 혁명'이라는 시대적 아픔과 관련된 것이다. 그러니까 이 소설은 형의 이야기를 끌어들여, 주인공인 '동생'의 이야기를 하려 한 것으로, 즉 퍽 낯설게 쓴 소설이다. 이 작품이 발표된 1966년 그 무렵은 바로 6・3사태를 거쳐 군사 정권이 이 땅에 들어섬으로써 우울한 나날이 계속되던 때였다. 그런 점에서 동생이 하얀 화폭에 그려내고 싶어 한 얼굴은 바로 한 시대의 정신과 음울한 분위기를 온몸으로 끌어안고 괴로워하는 '나'로 대표되는 많은 지식인의 자화상이 될 것이다. 그런데 이 작품이 그 해 '동인문학상' 수상작이 되었다. 여간 아이러니컬한 일이 아닐 수 없다.

오정희의 『별사』는 '정옥'이란 주인공이 아침에 친정집에서 출발하여 김포의 공원묘지를 둘러보고 저녁에 집으로 돌아오기까지, 시인이며 대학 강사인 남편이 겪는 고통에 대한 이야기가 나오는데, 그의 좌절의 양상을 사실적으로 재현하지 않고, 불안의식에 잠겨 있는 아내의 연상과 회상에 따라 이따금씩 들려주는 방식을 취하고 있다. 다시 말해서 이 소설은 마치 현재의 서술 가운데 과거의 이야기가 시간 순서를 따르지 않고 갑자기 그리고 단편적으로 나타나도록 구성되어서, 이해하기 어려운 불연속적인 장면만을 대하게 만들어 낯선 형태의 소설이 되었다. 이처럼 마치 영화에서 많이 쓰는 '이중노출'이란 기법으로 작가가 이야기를 전개할 때, 정미경의 『나의 피투성이 연인』처럼 사건을 일어난 순서대로 제시하지 않고, 인과관계의 순서를 변형시키게 된다. 그래서 파불라는 파괴될 수밖에 없고, 이야기는 좀 더 낯설게 나타나게 된다.

그래서 낯설게 꾸미는 과정에 대한 연구는 플롯에 집중되었는데, 형식주의자들의 파불라(fabula)와 슈제트(syuzhet)의 구분은 바로 소설작품의 구성법을 파악하는 데 아주 긴요한 길을 열어 주었다. B. 토마셰브스키(Boris Tomashevsky)에 의하면, '파불라'는 사건을 시간적 흐름에 따라 일어난 순서대로 배열한 것이라면, '슈제트'는 작품 속에 재구성되어 나타나 있는 사건들을 가리킨다. 고로 우리는 현대소설의 슈제트(2차 이야기)를 갖고 파불라(1차 이야기)를 재구성해 보아야, 본래 어떤 이야기가 이처럼 낯설게 꾸며졌는가를 알 수 있다.

그리고 한 작품은 비록 자의적이기는 하지만 그 이야기를 여러 부분들로 나눌 수 있고, 각 부분들은 그 자체대로 각각의 작은 주제를 갖고 있다. B. 토마셰브스키는 더 이상 분해가 불가능한 작은 부분의 테마 하나하나를

'모티프(motif)'라 불렀다. 소설 전체를 최소의 의미 단위로 나누면, 앞의 『단군신화』 분석에서 보듯이, 한 작품은 여러 개의 작은 문장에 이르게 되는데, 바로 이 문장 하나하나를 '모티프'라 부른 것이다.

그런데 현대소설의 경우, 이 모티프를 보면 거기에도 두 가지가 있다. 한 모티프가 사건 간의 연관성을 이루는데 그때 이것이 꼭 필요하냐 그렇지 않느냐에 따라, 한정 모티프(bound motif)와 자유 모티프(free motif)로 구분할 수 있다는 것이다. 한정(限定) 모티프는 작품의 내용과 긴밀히 관련된 것으로, 그것 없이는 이야기의 줄거리나 사건의 전후 관계를 파악하기가 어렵다. 자유(自由) 모티프는 스토리 형성에 직접적인 관계는 없으나 그 대신 주인공의 속마음을 드러내고자 특별히 끌어들인 것으로, 이런 요소 때문에 소설 형식이 낯설어져 그 이해가 더 어려워진다고 볼 수 있다.

예를 들어 김승옥의 『무진기행』에는 주인공이 광주역에서 '미친 여자'를 본 이야기가 나오는데, 이 부분은 꼭 기억해야 할 한정 모티프이다. 왜냐하면 이 사건이야말로 주인공으로 하여금 지난 날 자신의 미칠 것 같았던 어두운 기억을 되살아나게 하였을 뿐 아니라, '하인숙'을 주기적으로 떠올리게 하기 때문이다

그런데 미친 이유에 대한 언급이나 안개의 묘사는 자유 모티프다. 사람이 미치게 되는 이유는 공부를 많이 해서만이 아닐 뿐더러, 안개에 대한 남다른 생각, 즉 '무시무시한 점령군이나 한(恨)을 품고 죽은 여귀가 뿜어낸 입김과 같다'는 생각은 생략해버려도 된다. 『무진기행』을 이야기할 때, 미친 이유나 이 안개에 대한 묘사까지 말하는 사람이 어디 있겠는가?

러시아 형식주의자들은 이러한 '모티프(motif)'들 분석에 열중하였는데, 이를 통해 현대소설이 길어진 이유가 바로 이야기를 '낯설게' 꾸민 점에 있음을 잘 이해할 수 있다. 예술성이 높은 작품일수록 의미 파악이 어려워지는데, 이는 정황의 변화보다 정황 자체의 묘사에 더 집중되어 있기 때문이

다. 이로 인해 늘 보던 것도 낯선 것인 양 꾸며져 줄거리 파악이 어려워진다. 한 작품의 예술성도 따지고 보면 그 내용의 직접적인 전달과 관련이 없는 자유 모티프(free motif)를 많이 사용했기 때문인데, 그런데 작가의 역량은 오히려 이러한 자유 모티프의 적절한 사용 여부에 달려 있다고 본다.

Ⅳ. 배경

1. 공간적 배경의 변화

소설을 발생한 일들의 기록이라 볼 때, 우리는 공간적 배경이라 말하는 '언제'와 '어디서'라는 말을 자연히 떠올리게 된다. 그런데 옛날이야기를 보면 그것이 거의 비슷한 시간과 장소에서 발생하고 있으며, 그리고 레오나르도 다빈치가 그린 '모나리자'라는 명화(名畵)엔 배경 묘사가 전혀 없다. 물론 이 그림을 서사가 생략된 한 시대의 특징을 잘 보여주는 그림으로 볼 수도 있다. 이처럼 예전엔 이야기의 시간과 장소가 단순히 주인공이나 사건들을 보조하는 수단에 지나지 않았으나, 현대소설로 넘어오면서 배경은 단순한 시간과 장소로서만이 아니라 주인공의 행동과 사건을 결정하는 어마어마한 존재가 되거나, 공간 미학의 구조를 통해 하나의 관념, 의식, 심리를 암시하고 반영하는 역할까지 하고 있다. 이것은 노스롭 프라이의 지적처럼, 인간과 자연을 동일시하는 사고(思考)가 아직도 여전히 소설의 배경 설정에 남아 있기 때문이다.

김동리는 『까치소리』에서 주인공이 태어나 자란 배경을 다음과 같이 묘사하고 있다.

> 마을 한복판에 우물이 있고, 우물 앞뒤엔 늙은 회나무 두 그루가 거인 같은 두 팔을 치켜든 채 마주보고 서 있었다. 몇 아름씩이나 될지 모르는 굵고 울퉁불퉁한 밑둥은 동굴처럼 속이 뚫린 채 항용 천 년으로 헤아려지는 까마득한 세

월을 새까만 침묵으로 하나 가득 메우고 있었다. …(중략)…

앞 나무에 둘, 뒷나무에 하나, 까치둥지는 셋이 쳐져 있었으나 까치들이 모두 몇 마리나 그 속에 살고 있는지는 아무도 똑똑히 몰랐다. 언제부터 둥지를 치기 시작했는지도 역시 안다는 사람은 없었다.

— 김동리의 『까치소리』에서

이야기의 무대가 되고 있는 마을 풍경의 묘사가 '까치집'과 '회나무'에 초점을 두고 있다. 마을의 중심을 상징하는 우물 옆에 서 있는 커다란 회나무 두 그루는 바로 이 소설에서 문제를 일으키는 두 여인, 즉 정순이와 영숙이를 가리킨다면, 그 중에서도 두 개의 까치집을 갖고 있는 회나무는 정순이와 관련된 것이고, 자연히 하나의 빈 까치집을 갖고 있는 회나무는 영숙이와 관련된 것이어서, 다음과 같이 도해해 볼 수 있다.

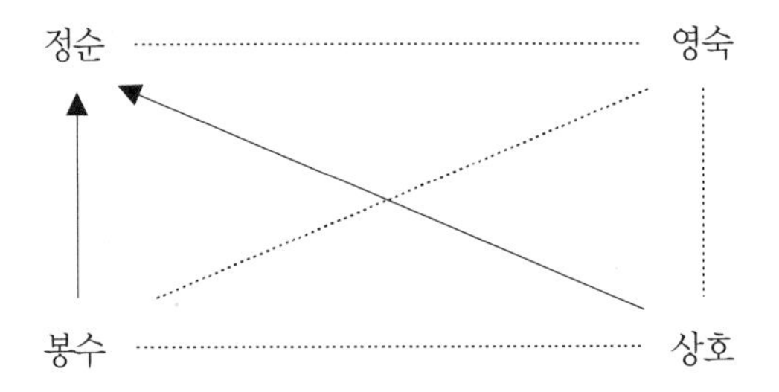

이 소설의 비극은 정순이가 봉수와의 사랑을 받아들이고, 상호와의 결혼을 받아들이지 않았어야 했으나 그렇지 않은 데서 발생했다. 그러나 이 소설은 한국 전쟁이 일어난 1960년대를 배경으로 하고 있어서 그런 일이 발생할 수 있다고 본다. 그리고 영숙이는 처음부터 봉수와 맞는 짝이 아니다. 영숙이는 『무녀도』에서 보았듯이 운명적으로 남매로 태어났기 때문에, 그녀는 절대로 상호와 결혼할 수가 없다. 그래서 이 소설의 배경 설정부터가 그런 운명적 비극이 발생할 것임을 잘 말해주고 있다.

이청준은 『과녁』의 서두에서, 시골 소읍의 안개 낀 공원에 있는 활터를 다음과 같이 묘사하고 있다.

> 초여름의 새벽안개가 읍 공원을 덮고 있다. 안개는 서서히 위로 움직이면서 여자가 흰 치맛자락을 걷어 올리듯 공원을 벗겨 올라가고 있다. 나무가 없는 공원 풀 언덕이 아랫도리부터 드러났다. 비는 오지 않았지만 밤이슬에 젖은 풀빛이 생생하다.
>
> 시가는 아직 곤한 새벽잠에 잠겨 있다. 자동차도 달구지도 바쁘지 않고, 부근엔 기찻길이 지나지 않아서 먼 기적 소리 같은 것도 없다. 아직 한참 더 이 나른한 새벽잠은 계속될 것이다.
>
> 그러나 누가 벌써 이 조용한 잠에서 깨어나 있는 것일까.
>
> 소리가 전혀 없는 게 아니었다.
>
> 딱!
>
> ……
>
> 딱!
>
> ……
>
> — 이청준의 『과녁』에서

이청준은 이 소설의 배경이 되고 있는 활터를 원근법적으로 잘 묘사하고 있는데, 이 활터는 동네 한가운데에 있는 것이 아니고 지나는 자동차나 기차 소리도 들리지 않는 깊은 산속에 있어서, 세속적인 세계와는 좀 다른 곳이라는 느낌을 갖게 한다. 다시 말해서 이 장소의 신선함은 활터의 주인인 황 노인이 세속적인 삶을 추구하지 않는 인물임을 나타내 주고 있다. 실제로 이 활터의 주인은 돈을 벌어보려는 속된 야망을 가진 사람이 아니라, 순수하게 체력이나 인격도야를 위해 세운 곳으로 특징화되어 있다. 그런데 '석주호'는 이 점을 간과하고 있어서 문제다.

황석영의 『삼포 가는 길』은 제목 그대로 주인공인 '영달'이가 '삼포'를 향해 떠나기 위해 서 있는 곳의 배경 묘사로 시작하고 있다.

> 영달은 어디로 갈 것인가 궁리해 보면서 잠깐 서 있었다. 새벽의 겨울바람이 매섭게 불어왔다. 밝아오는 아침 햇볕 아래 헐벗은 들판이 드러났고, 곳곳에 얼어붙은 시냇물이나 웅덩이가 반사되어 빛을 냈다. 바람 소리가 먼데서부터 몰아쳐서 그가 섰는 창공을 베면서 지나갔다. 가지만 남은 나무들이 수십여 그루씩 들판 가에서 바람에 흔들렸다.
>
> —황석영의 『삼포 가는 길』에서

주인공인 '영달'은 지금 걸음을 멈춰 서서 겨울의 헐벗은 들판과 앙상한 가지만 남은 나무를 바라보고 있는데, 이런 서두의 묘사는 등가성의 원리에 따라 영달이가 지금 퍽 쓸쓸하고 외로운 삶을 살고 있는 사람임을 단적으로 보여주고 있는 인상적인 배경 설정이 아닐 수 없다. 추운 겨울에 길을 떠나야 하는 '영달'에겐 무슨 기막힌 사연이 있으며, 그가 가는 길에서는 무슨 예상치 않은 일들이 펼쳐질 것인가 독자로 하여금 읽고 싶은 마음을 절로 갖게 한다.

이처럼 현대소설로 넘어오면서 배경은 단순한 시간과 장소로서만이 아니라, 주인공의 행동과 사건을 결정하는 매우 중요한 존재가 되거나 하나의 관념, 의식, 심리를 암시하고 반영하는 역할까지 하고 있음을 본다. 그러므로 소설의 의미를 알고자 할 때 이 배경 묘사의 이해는 필수적이라 하겠다.

일찍이 아리스토텔레스는 "문학은 자연의 모방이다"라고 말했다. 문학이 자연의 어떤 면모를 닮았다고 하는 이 말은 사실 문학(소설)이 어떤 글인가를 잘 이해할 수 있게 해주어, 지금도 이 놀라운 정의에 대해 다시 곰곰 생각해 보곤 한다.

김유정의 『봄, 봄』, 이효석의 『메밀꽃 필 무렵』, 박완서의 『여름의 배반』,

이문열의『그해 겨울』, 신경숙의『겨울 우화』, 김향숙의『감이 익을 무렵』, 김연수의『벚꽃 새해』, 그리고 김소월의『진달래꽃』, 서정주의『국화 옆에서』 등은 그 제목부터가 시간 개념이 담겨 있는 계절과 밀접한 관련이 있다. 이 작가들은 왜 이런 작품들에다 이처럼 계절과 관련이 있는 제목을 붙였을까? 거기엔 시간의 변화에 따른 그 작품의 내용이나 플롯을 암시해 주고 있어서, 그런 제목을 붙였구나 하는 생각을 하게 된다.

한 작품이 독자의 시선을 끌려면 우선 작품 제목이 좋아야 한다. 이청준의『병신과 머저리』, 박완서의『친절한 복희씨』, 신경숙의『배드민턴 치는 여자』, 김형경의『담배 피우는 여자』, 정미경의『내 아들의 연인』, 김연수의『벚꽃 새해』 같은 소설은 그 제목이 참 멋있어 한 번 읽고 싶은 욕구를 절로 갖게 한다. 그리고 신경숙의『풍금이 있던 자리』에는 풍금 이야기가 본문에 전혀 나오지 않는데 왜 제목에 '풍금'이란 말을 붙였느냐는 질문을 많이 받는다. 거기에는 주인공과 관련된 어떤 상징적인 의미가 있다고 볼 수 있는데, 계절에도 어떤 남다른 뜻이 거기에 담겨 있다고 본다. 서양 소설이론가들의 글을 보면,

> 봄에 소년, 소녀가 만나 사랑이 싹트고,
> 여름에 두 사람의 사랑이 무르익어 결혼에 이르며,
> 가을에 두 사람은 방해자를 만나 이별의 고통을 겪게 되고,
> 겨울에 두 사람은 죽음과 같은 고통스러운 긴 이별의 시간을 보내다가,
> 새봄에 두 사람은 다시 만나 행복한 삶을 이루게 된다.

김유정의『봄, 봄』, 이문열의『그해 겨울』, 박완서의『겨울 나들이』, 정미경의『성스러운 봄』이란 소설들은 모두 '봄'이나 '겨울' 같은 계절을 배경으로 하였는데, 그것들은 그 이야기가 위와 같은 사계의 순환체계와 다 관련이 있기 때문으로, 이러한 하나의 전통은 동서고금을 통해 모든 소설 속

에 면면히 이어져 오고 있음을 알 수 있다.

진주 지방에서 널리 읽혀졌던 『열녀춘향수절가』를 보면, 주인공의 이름부터가 '춘향(春香)'이듯이, 춘향과 이도령의 만남이 '봄'에 이루어지고, 과거 시험에 급제한 이도령이 한양에서 돌아와 극적인 재회가 이루어지는 것도 벌 나비가 쌍쌍이 나는 '봄'으로 묘사되어 있어서, 동서양 모두 이야기 전개가 춘하추동 사계의 순환체계에 바탕을 두었음을 짐작하게 된다.

나무의 생태를 보자. 봄에 싹이 터(탄생, 만남), 여름에 녹음이 무성했다가(성장, 결혼), 가을에 낙엽이 지기 시작하여(이별, 죽음), 겨울에 앙상한 가지로 남아 삶을 견디다가(고통, 소멸), 다시 봄을 맞아 새싹이 돋아난다(부활, 재회). 이런 일 년 간의 계절의 변화와 인간의 삶을 동일시해 볼 수 있어서, 작가는 작품의 제목을 계절과 연관 지었다고 볼 수 있다.

김유정의 『봄, 봄』이란 작품은 그 내용이 봄이란 계절과 별로 관련이 없다. 이 소설엔 딱 한 번 봄 들녘에 대한 말이 나올 뿐인데, 제목은 하나도 아니고 두 개나 붙였다. 이 소설의 줄거리는 대릴 사위로 들어온 '총각'이 장인어른과의 긴 싸움 끝에 점순이와의 결혼을 마침내 약속대로 허락 받는다는 것인데, 장인과의 고통스러운 긴 싸움이 '겨울'의 시간을 상징한다면, 그런 고통 끝에 이제 두 사람의 진정한 만남이 '새봄'에 이루어진다는 기쁨을 드러내고자, 이 소설의 제목을 『봄, 봄』으로 붙였다고 본다. 고로 이 제목은 내용과 관련되어 있는 것이지, 단순한 시간적 배경에서 나왔다고 볼

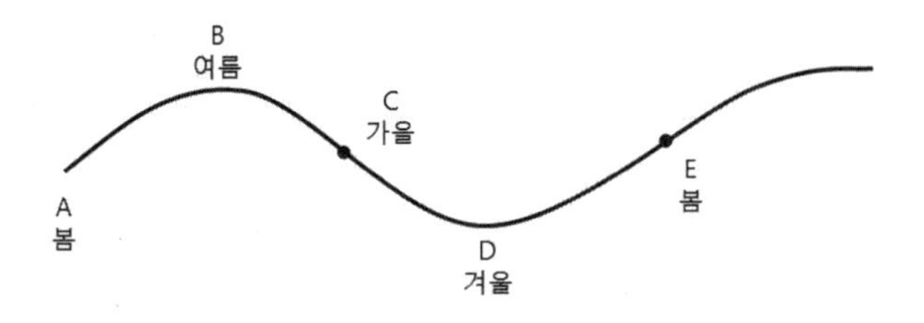

수 없다. 에릭 S. 라브킨이 말했듯이, 우리는 수난을 겪는 인간의 모습을 '겨울'에 초점을 맞추어서 이야기하는 하나의 전통을 쉽게 상상할 수 있다.

박완서의 『여름의 배반』은 주인공 '나'의 성장 이야기로서, 젊은이가 고통을 겪으며 성장한다는 뜻이 그 속에 담겨 있다고 본다. 인간은 아픈 만큼 성장하는 법이다. 황순원의 『소나기』가 소녀의 죽음이란 고통을 겪는 소년의 성장 이야기듯이, 배경을 여름에서 '가을'로 접어드는 계절로, 알퐁스 도데의 『별』이 그 배경을 '여름'으로 설정한 것은 아주 적절한 것이 아닐 수 없다.

자연에서 인간의 모습을 찾는 일은 문학에서 흔히 볼 수 있다. 우선 'A=B이다'식의 표현을 두고 우리는 '은유'라고 말하는데, 서정주의 『국화 옆에서』보듯이, 시인은 흔히 인간(누님)을 자연(국화)과 동일시하는 상상력을 갖고 있다. 서정주 시인은 평소에 40대에 이른 우리 누님의 모습을 시로 한 번 써보겠다고 마음먹고 있었는데, 봄 여름 가을의 긴 시간이 지난 어느 날 문득 뜰에 핀 노란 국화를 보는 순간 '바로 저것이다'라는 생각이 들어, 그날 저녁 단숨에 『국화 옆에서』란 시를 완성하게 되었다고, 그의 시 창작 노트에서 밝힌 바 있다.

초등학교 때 선생님은 아이들에게 씨앗을 심어 놓고, 그것의 자라는 모습을 세밀히 관찰하도록 했다. 이를 보면 식물은 밤에만 자라는 것이지, 해가 있는 대낮에 자라지를 않는다. 그런데 선생님은 왜 이런 일을 하게 했을까? 이는 아이들에게 자연을 관찰하는 습성을 길러주기 위해서라고 본다. 과학이나 문학의 출발은 애초에 똑같이 자연의 관찰에서부터 이루어지기 때문에, 이런 관찰은 아주 중요한 일이다. 뉴턴(Newton)은 사과가 땅에 떨어지는 걸 보고, '만유인력의 법칙'을 발견하게 되었고, 박목월(朴木月)은 새집 속의 알을 예사로이 보지 않았기에 후일 『산새알 물새알』 같은 동시를 남겼다. 오늘날에 이르러 '과학'과 '문학'은 사물을 관찰하는 목적이나 방향이 크게 달라짐에 따라, 그 둘은 영영 합칠 수 없는 다른 세계를 이루게 된 것이다.

길가에 피어 있는 코스모스를 보고 한 학생은 "안녕히 가세요"하고 손짓하는 여인의 모습으로 묘사하기를 즐겼고, 또 한 학생은 코스모스의 줄기는 가늘고 길며, 잎이 얇아 바람에 잘 흔들린다고 설명하기를 좋아했다면, 전자는 문학의 길로, 후자는 식물학도로 가는 것이 올바른 선택일 것이다.

이효석의 『메밀꽃 필 무렵』에서, 이 소설의 제목이 말하는 메밀꽃이 언제쯤 피는지, 그리고 메밀꽃이 어떻게 생겼는지 말해보라 했더니, 1990년대 초, 그 당시 자신 있게 말하는 사람이 하나도 없었다. 도시에서 태어나 콘크리트 건물 속에서만 자란 학생들이 이 소설의 서정적인 문장에 과연 얼마나 공감할 수 있을까? 평소 자연에 대한 관찰이 없는 사람에게서 이효석 같은 자연 묘사가 가능할 수 있을까? 필자는 어려서 수수를 심은 콩밭에서 뛰어논 일이 있어서, 이 대목을 읽노라면 실제로 콩밭의 흙냄새가 코에서 나는 것 같고, 밤이면 푸르른 콩잎이 눈에 아른대는 것을 느낀다. 소설 쓰기에서 사건의 전개도 중요하지만, 이런 자연의 묘사를 잘 해야 한다.

좀 학년이 올라가 중학교 시절, 콩을 심어 놓고 그 자라는 모습을 관찰해서 일기로 써 오라고 했다. 그런데 그게 눈에 띄게 쑥쑥 자라지를 않아 쓸 거리가 없는 것이 고민이었다. 그래서 아침에 일어나 양치질하고 밥 먹고, 학교 갔다는 사실 위주의 글에서 벗어나, 이제 이야기를 만들어 그럴듯하게 쓰기로 맘먹었다. 대단한 변화였다. 하여튼 길게 써야겠기에 하지도 않은 것을 한 것처럼, 보이지 않은 것을 본 것처럼 꾸며 썼다. 그게 나에겐 거짓말의 시작, 그러나 진실(reality)의 시작이었다. 어떻든 간에 나는 반에서 관찰일기를 제일 잘 쓴 학생으로 유명해졌고, 교실 뒤 게시판에는 그 일기장이 하나의 샘플로 걸려 있었다.

아마도 선생님은 장차 우리가 자라서 예술가가 되든 과학자가 되든, 우리에게 자연의 사물을 관찰하는 사람이 되라는 뜻에서 그랬을 것인데, 김동환의 『산 너머 남촌에는』에서 보듯이, 봄이 되면 어김없이 남쪽에서 왜 따듯한 남풍이 불어올까 궁금해 하는 일은 자연을 깊이 관찰한 눈에서 온 것이지 그냥 바라만 본 것이 아니다.

우리의 건국 시조인 '단군'은 땅속 굴에서 나온 '웅녀'의 아들인데, 이런 복잡한 상상을 한 것도 마치 콩이 땅 속에서 썩어 싹이 터 땅 위로 솟아나오는 식물의 생명 현상에서 유추했기 때문이라고 볼 수 있다. 옛날 고대인들은 자연과 더불어 자연 속에서 살아왔기에, 자연(식물)과 인간을 동일시하는 상상력을 더 많이 갖고 살았을 것이다. 신화학자들이 '고대인은 타고난 시인'이라 말한 것도 이 때문이다. 어린애들은 새나 나무도 인간과 마찬가지로 말을 할 수만 있다면, 얼마든지 동식물들이 인간과 서로 대화를 나눌 수 있을 거란 상상을 자연스럽게 갖고 있다고 한다. 그러기에 그들은 어른과 달리 '백설공주' 같은 만화영화를 아주 재미나게 볼 수 있는 것이다.

우리나라의 한 장학관이 미국의 어느 항공(航空)대학을 방문했다고 한다. 거기서 그 대학의 커리큘럼을 보니, 문학만이 아니라 음악, 미술에 대한 강좌가 개설되어 있는 것을 보고, 고도의 항공 기술을 가르치는 대학에서 왜 이런 예술에 대한 강의를 하느냐고 물었더니, 우주 과학을 연구하는 데는 예술을 통한 상상력을 길러주는 일이 아주 중요하다고 말을 하더라는 것이다.

우리는 평소에 문학이 상상력(imagination)을 길러준다는 말을 즐겨 쓰는데, 상상력이란 실제로 경험하지 않은 현상이나 사물에 대하여 마음속으로 그려 보는 힘을 말한다. 그러므로 상상력은 과학이나 예술 활동에서 창조적 기능의 중요한 부분을 이루는 것으로, 단순한 공상(空想)과는 구별된다. 1969년에 최초로 인간이 달에 갈 수 있었던 것은 많은 가상적 실험을 거쳐 달(moon)에 한 발 두 발 다가갈 수 있었던 것이지, 그냥 바로 간 것이 아니다. 그리고 상상력이 있어야 길가에 핀 '코스모스'나, 산길에 핀 '메밀꽃'도 손을 흔드는 여인의 모습으로 보일 수 있는 것이다.

어느 날 아침에 보니, 한 학생이 퍽 우울한 표정을 짓고 있었다. 자초지종을 물으니, 아침에 탄 만원 버스에서 어제 어머니로부터 받은 한 달 용돈을 몽땅 잃어버렸다는 것이다. 얼마나 속상했을까를 생각하니 나까지 우울해졌다. 그런데 다음 날 아침에 보니 얼굴 표정이 아주 달라졌다. 어쩐 일이이냐고 물었더니 학생 대답이 걸작이다. 집에 가서 어머니에게 그 사정을 말씀드렸더니, 어머니는 반가워하시면서 그 돈 잘 잃어버렸다면서 사실 지난밤에 네가 교통사고를 당해 병원에 실려 가는 꿈을 꿨는데, 오늘 하루 종일 혹시 너에게 무슨 나쁜 일이 생기지나 않을까 하고 가슴을 졸였었는데, 그 잃어버린 돈으로 액땜을 한 것이니 얼마나 다행이냐고 말씀하시더란 것이다. 이 말을 듣고 가만히 생각해 보니 돈 잃어버린 것이 백 번 잘 된 일이 아닐 수 없었다. 이처럼 상상력이나 추리력을 발휘하면 우리는 어떤 슬픔이나 역경도 얼마든지 극복해 낼 수 있는 것이다. 박완서의 『친절한 복희씨』란 소설에는 이런 말이 나온다.

> 나는 자신의 교양을 쌓는 일도 게을리 하지 않았다. 중학교까지밖에 못 다녔지만 공부 잘한다는 소리를 듣고 싶어 악바리 근성이 있었다. 아이들이 학교에 들어간 후에도 무시당하지 않도록 아이들이 동화책을 읽을 때는 나도 같이 읽고, 소설책을 읽을 때도 따라 읽었다. 그러는 사이에 내가 읽고 싶은 책도 따로 생기고, 세상사나 인생을 논하는 데 있어서는 웬만한 대학 나온 사람하고 맞먹을 교양을 쌓게 되었다고, 내 수준에 자신감이 생겼다.
>
> — 박완서의 『친절한 복희씨』에서

이 소설의 주인공인 '나'처럼 교양인이 되기 위해서는 무엇보다 문학책,

특히 소설책을 가까이 하는 사람이 되어야 한다. 그러고 보니 소설을 즐겨 읽어야 할 사람은 피도 눈물도 없는 북한의 김정은이가 아닐까?

여기서 말하는 교양인이란 바로 옛날 사람들이 그토록 역설한 '군자다운 사람'이 될 것이다. 할 일과 하지 말아야 할 일을 잘 아는 것도 그 덕목 중 하나일 터인데, 공자님도 부지런히 놀지 않고 노력해 70세에 이르러 그런 경지에 이르렀음을 볼 때, 우선 문학의 길에 들어선 사람들에게 자연에 대한 공부부터 해보도록 권하고 싶다.

2. 소설의 네 가지 미토스

오늘은 이문열의 『금시조(金翅鳥)』를 읽어볼 차례인데, 이 소설은 좀 길지만 무슨 이야기를 하려 한 소설이냐고 물으면 좀 우물쭈물한다. 미처 안 읽고 왔거나, 읽긴 읽었는데 무슨 얘기인지 잘 모른 채 앉아 있기 때문이리라. 복습과 예습을 잘 해 왔다는 학생들의 대답을 들어보면, 대개 작품을 소재 중심으로 말하는 경우가 많다. 그런데 이런 말을 듣고 있으면 그래도 이 소설을 읽어보긴 했구나 하는 생각이 들어 좀 안심이 된다. 사실 줄거리도 모른 채 앉아 있는 학생들에게 아무리 중요한 원리를 일러준들 잘 이해가 안 될 것이 뻔하다.

맨 처음 긴 줄거리를 살펴 이 작품의 전체가 무슨 이야기를 하려 했는가를 안다는 것은 그리 쉬운 일이 아니다. 그런데 캐나다의 문학이론가인 노스롭 프라이(N. Frye)가 "소설은 음악과 미술의 중간 형태에 속하는 같다"라는 말을 했다. 그러니까 소설 이야기를 음악처럼 귀 기울여 듣고, 미술품을 감상하듯 압축해 보면 이 소설이 무슨 이야기를 하려 했는가를 잘 알 수 있다는 것이다. 이건 어떤 내용을 음악가는 긴 멜로디로 드러내주지만, 미술가는 어떤 생각을 종이 한 장에 담아 놓기 때문일 것이다. 긴 줄거리를 미술처럼 압축하면 어떤 반복되는 패턴이 보이는데, 이게 바로 그 소설에서 작가가 말하려는 의미가 되는 것이다. 그래서 소설 감상도 음악처럼 긴 멜로디를 귀 기울여 듣되, 미술처럼 압축해 보면 그 작품의 의미나 주제도 쉽게 파악할 수 있다고 했다.

하여튼 우리는 소설을 그냥 덮어놓고 읽지 않는다. 평가를 내려서 좋은 것은 두고두고 또 읽어보고, 다시 읽어볼 가치가 없다고 여겨지는 나쁜 것은 그냥 버린다. 그런데 좋고 나쁜 작품을 가려내는 일이 그리 쉽지가 않다. 아주 잘 쓴 소설인데 독자가 무식해서 그걸 미처 몰라보거나, 그 반대로 독자는 똑똑한데 작가가 잘못 써서 오해를 초래하게 되는 경우가 있다. 그래서 전문 독자로서 비평가의 평가를 거친 작품들, 예를 들어 국정 교과서에 실려 있는 작품들을 먼저 읽어보도록 권한다. 우리는 '잘 빚은 달 항아리' 같은 하나의 작품을 잘 골라 보아야 한다. 그럴 때 N. 프라이가 제시한 '네 가지 미토스' 이론을 일차적으로 참고해 보는 것이 좋다.

이 세상의 많은 소설들은 어떤 욕망을 이루어 가는 주인공의 행동을 보여주고 있는데, 이 행동의 처음, 중간, 끝을 살펴, 이 세상의 이야기를 모두 네 가지의 이야기, 즉 ① 봄의 미토스(comedy), ② 여름의 미토스(romance), ③ 가을의 미토스(tragedy), ④ 겨울의 미토스(satire, irony) 이렇게 네 가지가 있다고 본 것이다.

그의 이런 주장에 대한 이해는 앞의 <만곡선(彎曲線)적 순환 구조>와 다음의 <네 가지의 미토스> 이론을 함께 참고하는 것이 용이할 것이다.

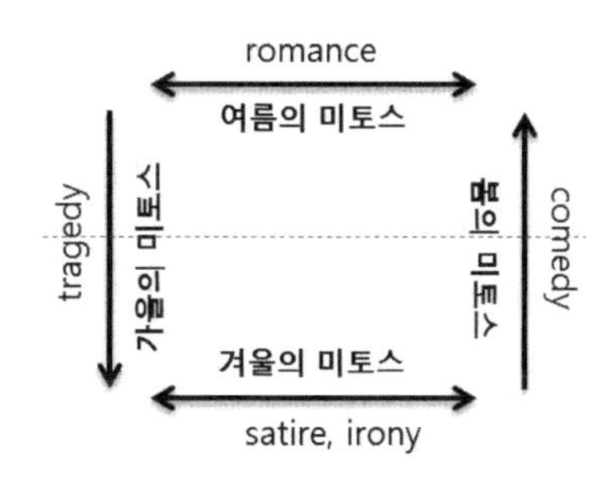

<네 가지 미토스>

이 네 가지 미토스에 대한 이해는, 이야기의 전개 양식에 대한 이해를 쌓는 데에, 그리고 작가가 무슨 이야기를 말하려고 했는가를 파악하는 데 큰 도움을 받을 수 있다. 그리고 이 구분 방법은 소설의 부분과 전체를 보는 눈을 갖게 해주어, 소설의 어느 부분을 편파적으로 보는 눈을 갖지 않게 해 준다. 이제 이 네 미토스를 이루는 요소가 무엇을 말해주고 있는가에 대하여 좀 더 알아보자.

1) 봄의 미토스 : comedy

미토스(mythos)란 말은 그냥 '이야기'란 뜻으로, 모든 이야기는 신화(myth)에 그 뿌리를 두고 있다는 생각에서, 노스롭 프라이가 쓴 하나의 독특한 '용어'라고 생각하면 된다. 그는 봄의 미토스를 comedy 같은 이야기로 보거나, 여름의 미토스를 romance로, 가을의 미토스를 tragedy로, 겨울의 미토스를 satire(또는 irony)와 같이, 서사 장르의 이름을 그대로 하나의 명칭으로 즐겨 쓰고 있다.

김유정의 『동백꽃』은 점순이가 총각과 사랑을 이루고 싶기 때문에 총각과의 긴 닭싸움 끝에 힘든 역경을 이겨내어 완전히 해피엔딩에 이르는 과정의 이야기로서, 이 이야기는 전형적으로 U자형 플롯 구조를 가진 소설이다. 이는 희극(comedy)처럼 처음엔 좋았으나 중간에 점점 나빠졌다가 끝에 가서 다시 좋아지는 이야기로서, 이 소설은 점순이가 총각과의 긴 갈등을 겪는 '악화 과정'을 집중적으로 보여주고 있지만, 끝에 가서 마냥 좋아지는 특징을 보여주는 이야기다.

모든 이야기의 파악은 맨 끝이 중요한데, 김유정 『봄, 봄』, 이효석의 『메밀꽃 필 무렵』, 전상국의 『외등』, 서하진의 『농담』을 비롯하여, 이청준의 『퇴원』, 오정희의 『불의 강』, 이문열의 『그해 겨울』, 편혜영의 『저녁의 구애』등은 모두 이 같은 U자형 전개가 이루어지는 예들이라 볼 수 있다.

2) 여름의 미토스 : romance

고등학교 국어 교과서에 오랫동안 실려 왔던 알퐁스 도데의 『별』은 처음부터 악화가 전혀 없는 상태에서 끝나고 있는 전형적인 여름의 미토스이다. 주인공인 '목동'은 지금 생각해 보아도, 주인집 따님이 오로지 나를 위해 식량을 갖고 찾아온 일부터, 한 여름 밤에 어여쁜 주인집 따님과 '별 이야기'를 나누며 함께 보냈던 일은 자기 생애에 두 번 다시 누릴 수 없는 행복했던 일로서, 이 소설은 처음도 중간도 끝도 다 좋은 상황에서 펼쳐진 이야기다. 아름다운 추억을 담고 있는 김용운의 『산행』이나, 김인숙의 『빈 집』 등은 이 같은 패턴에 바탕을 둔 소설의 본보기들이다.

그런데 항가리의 소설 이론가인 G. 루카치 (Georg Lukács)가 "소설은 신에 의해 버림받은 세계의 서사시"라고 말했듯이, 행복으로 가득 찬 이런 이야기는 오늘날 잘 씌어지지 않고 있다. 문명이 발달한 시대일수록 그만큼 인간은 행복한 삶을 누리며 살고 있지 못하기 때문이라고 본다.

3) 가을의 미토스 : tragedy

황순원의 『소나기』는 소녀와의 갈등이 해소됐다가, 소녀의 죽음으로 다시 불행을 맞게 된 소년의 이야기로서, 다시 말해서 김유정의 『동백꽃』과는 정반대로, 거꾸로 된 U자형 플롯, 즉 ∩자형 플롯구조의 한 전형이라고 볼 수 있다. 처음엔 나빴으나 점점 좋아져 끝에 가서 다시 나빠지는 이야기를 말한다. 이청준의 『과녁』, 이문열의 『우리들의 일그러진 영웅』, 황석영의 『한씨연대기』, 정미경의 『내 아들의 연인』, 김연수의 『일기예보의 기법』 등은 이 같은 패턴에 바탕을 두고 주인공의 이야기를 좀 더 복잡하게 세련시킨 소설들이다. 특히 정미경의 『내 아들의 연인』의 서두는 정체성을 상실한 '나'의 이야기를 서술한 것으로서, 초핀과의 첫사랑 이야기는 과거를 회상한 아름다운 것이다. 주인공인 '나'는 순간의 선택이 평생을 좌우한다는 말이 더욱 절실할 것이다.

4) 겨울의 미토스 : satire, 또는 irony

조경란의 『불란서 안경원』은 많은 사건들이 뒤엉켜 아주 복잡한 형태를 이루고 있지만, 이는 처음, 중간, 끝이 다 나쁜 상태, 즉 악화된 상태에서 조금도 벗어나지 못한 주인공의 삶을 다룬 것으로, '겨울의 미토스'의 한 전형이다. 이청준의 『병신과 머저리』, 황석영의 『삼포 가는 길』, 은희경의 『아내의 상자』, 신경숙의 『풍금이 있던 자리』, 은희경의 『타인에게 말걸기』 등은 이 같은 전개 패턴에 바탕을 둔 이야기들이다.

그런데 프랑스의 문학이론가인 클로드 브레몽(Claude Bremond)은, 이 세상의 모든 소설은 아래에서 보는 바와 같이 **향상의 국면**과 **상실의 국면** 이 있는데, 이것이 다시 연속적으로 결합하느냐 그렇지 않느냐에 따라 크게 '네 가지 이야기'가 생기게 된다고 보았다. 그러나 이 두 사람의 주장은, 사실 따지고 보면 다 같은 설명이어서, 서로 비교 대조해 보거나 작품을 구체적으로 살펴보는 것이 오히려 그 이해를 쌓는 데 도움이 되리라 본다.

향상의 국면		상실의 국면
이루어진 향상	=	예상되는 악화
↑		↓
향상의 과정		악화의 과정
↑		↓
예상되는 향상	=	이루어진 악화

다시 말해서 1) 연속적으로 결합할 때, ① 먼저 '**상실의 국면**'에서 '**향상의 국면**'으로 넘어가기, 즉 봄의 미토스와 ② '**향상의 국면**'에서 '**상실의 국면**'으로 넘어가기, 즉 가을의 미토스가 있고, 그리고 2) 불연속적일 때, ③ '**향상의**

국면'만 보여주기, 즉 여름의 미토스와 ④ '**상실의 국면**'만 보여주는 이야기, 즉 겨울의 미토스가 있어서, 이 세상에는 모두 네 가지의 이야기가 있다고 했다.

이문열의 『금시조(金翅鳥)』는 자아도취에 빠져 실패하고 만, 다시 말해서 글 쓰는 데는 남다른 재주가 있을지 모르지만 글씨의 도(道)를 깨닫지 못한, 한 예술가의 생애를 깊이 다룬 가을의 이야기다. 석담(石潭) 선생은 비인부전(非人不傳)의 철학을 갖고, 시(詩)・서(書)・화(畵)를 가르치고 있는 분으로, 처음에 그는 어린 고죽(孤竹)을 자기 제자로 맞아들이기를 꺼려했었다. 고죽을 관찰한 결과, 재주가 너무 뛰어나 오히려 득도를 할 수 없는 인물이 될 가능성이 많다는 것을 익히 간파했기 때문이다. 그러나 그의 남다른 재주를 아낀 석담은 어느 날 '지개를 벗고 사랑'에 들게 한 것이다. 즉 고죽은 그의 제자로 인정받은 것이다.

하지만 예상했던 대로 겨우 체본(體本)만을 조금 익힌 고죽은 선생의 가르침을 따르지 않는 감정을 갖기 시작한다. 그는 가난한 삶을 사는 석담 선생의 예술관을 비판하고 나선 예도(藝道)의 논쟁이 그런 고죽의 모습을 잘 드러낸 한 보기가 된다. 스승인 석담 선생이 힘과 기(氣)와 품(品)을 중시한 데 대하여 고죽은 아름다움과 정(情)과 의(意)를 중시했으며, 스승의 서권기(書卷氣)나 문자향(文字香)을 중시한 서도관(書道觀)에 대해 고죽은 미본질을 중시하는 서예관을 갖고 있었다. 서화에 있어서도 스승은 심화(心畵)를 중시하였다면, 고죽은 물화(物畵)를 중시하였다. 두 사람 사이에서 벌어진 이러한 논쟁에서, 우리는 고죽이 석담 선생의 가르침을 따르려 하기보다 그로부터 벗어나려는 야망이 얼마나 컸던가를 알 수 있다.

그런 고죽이 석담 선생의 마음을 깨달은 것은 석담의 문하를 떠나 오랫동안 향락을 누리며 세상을 떠돈 뒤이다. 그가 오대산의 어느 산사에서 '금시조'의 벽화를 보게 된 후, 선생님의 뜻을 비로소 깨닫고 다시 석담 선생의 집으로 돌아왔을 때는, 이미 스승의 시신이 입관된 뒤였다. 결국 그는 선생의 가르침을 겸손하게 따르기보다는 그것을 능가하려는 '교만' 때문에 후세에 내놓아도 부끄러울 것이 없는 작품을 한 점도 남기지 못한, 실패한 예술가가 되고 만 것이다. 그러니까 이문열의 『금시조(金翅鳥)』는 전형적인 가을의 미토스이다. 석담 선생은 고죽을 잘 가르치면 자기의 뜻대로 글씨를 잘 쓸 줄 알았지만, 고죽은 선생의 가르침을 거역한 채 자기 길을 간 것이다. 그런 점에서 고죽은 전형적인 나르시스트였던 셈인데, 우리는 이 이야기를 통해, 나르시스트가 어떤 사람인가를 잘 알 수 있다.

3. 풍수지리와 소설의 공간

1) 파헤쳐진 조상의 묘

우리는 묘지에 대해 특이한 신앙을 갖고 있다. 선조가 명당에 묻히면 그 음덕으로 자손이 번성하고, 한 번 쓴 묘 자리는 함부로 손을 대서는 안 된다. 이는 묘지를 함부로 손대거나 관리를 잘못하면 후대에 좋지 않은 일이 생긴다고 보기 때문이다.

전상국의 『고려장』에는 마을에 극심한 가뭄이 들자, 이는 일본 순사 끄나풀 노릇을 한 죄로 매 맞아 죽은 '현세 부친'의 무덤을 마을 뒷산에 썼기 때문이라고 여겨, 동네 사람들이 그 무덤을 파헤치려 들자 현세 모친이 칼을 들고 산소를 건드리지 못하게 하는 장면이 나온다.

> 해방된 그해 가을 그 죽은 독립투사의 친척이란 사람들이 여럿 마을에 나타났다. 그가 지니고 다니던 유품과 행적을 챙기러 왔다는 거였다. …(중략)…
> 현세가 모친과 함께 허겁지겁 달려갔을 때는 논바닥에 서울 사람들의 구둣자국만 어지럽게 찍혀 있었다. 봇도랑에 거꾸로 처박힌 채 눈을 무섭게 부릅뜨고 죽은 남편을 발견한 것은 현세 모친이었다. 그네는 엄청난 사실 앞에 눈물 한 방울 흘리지 않았다. …(중략)… 이듬해 심한 가늠이 들자 현세네 집 뒷산 그 무덤을 파헤치려 했다. 현세 모친과 형이 부친을 파묻은 그 산자리가 덧나 가뭄이 든다는 거였다. 허 씨네 산이기도 했다. 그러나 현세 모친은 배에 칼을 대고 무덤에서 버텼다.
>
> — 전상국의 『고려장』에서

명당자리는 아무나 들 수 있는 게 아니다. 만일 죄 진 자가 명당에 들어가면 저절로 관이 튀어 오르거나, 그로 인한 재앙이 개인만이 아니라 마을 전체에 미친다고 본 것이 옛 사람들의 생각이다.

고로 묘소와 관련된 일을 할 때는 묘지를 신성시하는 우리의 관습에 따라 4년마다 한 번씩 돌아오는 윤년의 윤달을 이용하곤 한다. 따라서 2012년 임진년(壬辰年) 같은 윤달이 껴 있는 해엔 특별한 날을 잡아 묘지 이장을 비롯해 수의(壽衣)를 장만하느라 분주하게 보낸 한 해였다. 그런데 윤년인 그 해엔 묘지를 둘러싼 괴이한 일이 많이 발생한 해이기도 했다.

"파헤쳐진 아버지 묘가…" 조상 성묘 길 황당한 일 왜?

추석을 맞아 조상의 묘를 찾아 성묘 길에 오른 자식들이 황당한 일이 벌어졌다. 추석인 30일 낮 12시께 충남 보령시 남포면에 사는 A모 씨 등은 성묘를 하기 위해 A씨 집에서 불과 수백여m 떨어져 있는 아버지와 어머니의 산소를 찾았다. 그러나 함께 안장돼 있는 어머니 묘를 제쳐 두고 아버지 묘가 누군가에 의해 파헤쳐져 있는 것을 발견, 당황하지 않을 수 없었다.

A 씨는 즉시 경찰에 이러한 사실을 신고했고 신고를 받고 온 경찰은 주변에 폐쇄회로(CCTV)가 없는데다 종중산으로 알려져 친지들과 주변 사람들을 상대로 탐문수사를 벌이고 있다. A씨는 "얼마 전 벌초했을 때만 해도 멀쩡했던 묘지가 이렇게 파 헤쳐진 것은 누군가 고의로 저질러진 행위인 것 같다며 범인이 하루빨리 검거되길 바란다"고 말했다.(동아일보 2012.09.30)

이와 같은 괴이한 일은 보령에서만 일어난 것이 아니다. 비슷한 시기에 부산에서도, 홍천에서도 일어나 가족들이 모두 놀랐던 일이 보도된 적이 있다. 아마도 이런 일은 조상의 묘를 함부로 건드리면 그 집안에 괴이한 일이 발생한다는 속설에 따라, 원한이 있는 사람이 그 피해를 고스란히 당해보라는 마음에서 저질러진 고의적인 행위라고 보고 싶다.

2) 풍수론의 이해

식물은 '물'이 풍부하고 '햇빛'이 잘 드는 곳에서만 잘 자라 결실을 맺을 수 있다. 그러므로 햇빛과 물을 인위적으로 조절 가능한 비닐하우스는 자연과 인간을 동일시하는 사고를 가진 현대인들이 이런 자연의 조건을 인위적으로 이루어 낸 것이다. 다시 말해서 식물이나 인간은 태어나고 삶을 누리는 생기(生氣)의 후박(厚薄)에 따라 생장을 달리하는 것이다. 풍수설은 바로 이 같은 가능성에서 시작되었는데, 그 본질은 생기론(生氣論)과 감응론(感應論)에 근거를 두고 있다.

풍수론의 한 경전인 곽박(郭璞)의 『금낭경(錦囊經)』에 의하면, "음양의 원기(元氣)는 바람, 구름, 비로 나타나지만, 땅 속으로 흐를 때에는 생기(生氣)가 된다."[3] 땅의 생육력은 토양 자체가 아니라 땅 속에 흐르는 생기의 작용인 것이다. 그러므로 땅 속에 흐르고 있는 생기(生氣)가 충만한 곳을 찾아 그곳에 정주하면 생기를 많이 입을 수 있어서 쇠운(衰運)을 성운(盛運)으로, 흉조를 길조로 바꾸어 놓을 수 있는 것이다. 자고로 거주 풍수가 나타났던 것은 음양이 중화(中和)를 이루고 오행이 상생(相生)하여 생기가 충만한 곳에 살 때, 건강한 운세를 보장받을 수 있다는 믿음을 갖고 있었기 때문이다. 일반적으로 풍수는 생기 있는 지맥(地脈)을 찾아 조상의 묘를 쓰려는 '묘지 풍수'에 집중되어 있는데, 이는 곽박(郭璞)이 『장경(葬經)』에서 "장자(葬者)는 생기를 입는다. 오행의 기(氣)는 땅 속에 흐르고 있다. 사람은 부모로부터 육체를 받은 것이므로 본체(부모)가 생기를 얻으면 유체(遺體), 즉 그 자손은 그 음덕(蔭德)을 입는다"고 본 동기감응론(同氣感應論)[4]에서 그 근

3) 이희덕 외, 한국사상의 원천 (서울 : 박영사, 1976), p.193.
"夫陰陽之氣 噫而爲風 升而爲雲 降而爲雨 行乎地中 則爲生氣"

4) 이상명 교수는 성인 남자 3명의 정액을 채취, 3개의 시험관에 넣고 정밀한 전압계를 각각 설치했다. 그 다음 이들을 옆방으로 데려가 차례대로 전기 쇼크를 가하는 실험을 했다. 그러자 전기 쇼크를 받는 사람의 정액에 부착된 시험관의 바늘도 동일한 시각에 움직였으며, 미세한 전위차가 나타났다. 이 실험은 TV에도 방영됐다.

거를 찾아 볼 수 있다. 이 같은 사고는 인간을 자연(나무)과 완전히 동일시해 볼 때 그 이해가 가능하다. 즉 나무가 뿌리를 통해 땅 속의 물과 같은 생기를 받아야 좋은 열매를 맺게 되듯이, 인간도 인간의 뿌리가 되는 조상의 뼈가 지맥을 통해 흐르는 생기를 타야 나무의 가지에 비할 수 있는 후손이 번성하게 되리라고 본 것이다.

풍수란 말은 '장풍득수(藏風得水)'의 약칭이다. 풍수의 비결은 바람, 즉 공기의 흐름을 막고 물을 많이 얻을 수 있는 최적의 지형을 찾는 데 있다. 그러므로 다음의 사신사(四紳砂)5) 에서 보는 것처럼, 생기가 바람을 만나 흩어지지 않도록 병풍과 같은 지형을 요함은 물론, 물이 흘러 들어오되 고여 썩지 않도록 외부로 빠져 나가는 형세가 요구된다. 따라서 풍수의 법술(法術)은 산, 내(川), 방위(方位)의 셋을 종합적으로 검토하는 일이 된다.

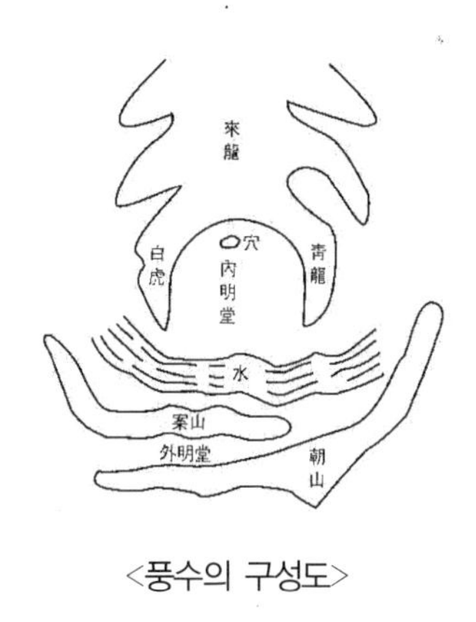

<풍수의 구성도>

피시험자의 몸 밖으로 배출된 정자는 피시험자와 동일한 전자 스핀(spin)을 갖고 있는데, 이 때문에 전자기적 공명현상이 일어난 것으로 해석할 수 있다. 학자들은 이런 반응을 '동기감응'이라고 한다. 조상의 정자가 자란 것이 후손이다. 과연 조상의 시신과 후손의 신체 사이를 이어주는 '파동 에너지'의 정보가 작용하는 것일까. (조선일보, 1996. 8. 26. 참조)

5) 명당으로서의 혈(穴)을 사방으로 둘러싸고 그 本山의 後山을 玄武, 전방의 산을 주작(朱雀), 좌측의 산을 青龍, 우측의 산을 白虎라고 한다. 풍수상으로 '현무'와 '주작'은 음양의 결합에 있다. 그러므로 '주작'의 경우는 산뿐만이 아니라 물(水)로 가능하다. 이 경우 '현무'는 산이므로 陽, 주작은 水로서 陰이 되는데 말하자면 陽來陰受이다.

산의 형태를 보는 것을 통칭 간용법(看龍法)이라 하는데, 이는 산을 용으로 상징하는 데서 유래한 것이다. 산형이 약동·굴신(屈伸)하듯 활기를 띠면 생룡(生龍)으로, 정지·경직하면 사룡(死龍)으로 간주되는데, 풍수에 있어 복을 얻으려면 반드시 생룡의 산세를 택해야 한다. 산이 용의 몸뚱이로 상징됨과 동시에, 그 부위에 따라 길흉부로서 가치를 지니게 되므로, 음양택으로서 용의 머리나 후두부를 택하면 흉변을 당하게 된다.

또한 용에게는 물이 있어야 하므로, 풍수에서는 산을 끼고 흐르는 물(川)을 필요로 한다. 물은 깊어도 급하지 않고 흐르는 물소리가 없어야 하며, 이러한 길수(吉水)가 명당 안으로 고여 들면 크게 길한 것이다. 이때 산은 음이 되고 물은 양이 되므로 양래음수(陽來陰受)로써 생기가 충일한 지세를 이루게 된다. 호순신(胡舜臣)의 『지리신법(地理新法)』에 의하면, 산수를 인체에 비유하여 다음과 같이 설명하고 있다.

> 산은 본래 그 性이 靜이요, 물은 그 성이 動이다. 고로 그 본성에 비추어 말하면 산은 음에 속하고, 물은 양에 속한다. 그래서 음은 형체를 주로 하고, 양은 用을 주로 하기 때문에, 길흉화복은 물에 있어서 더욱 잘 나타난다고 하였다. 대체로 산과 물 양자를 인체에 비하면, 산은 몸체와 같고 물은 혈맥과 같다. 인체의 영고성쇠는 첫째로 혈맥에 의존한다.
>
> 이 혈맥이 정상적으로 순환하고 순조로우면 건강하고 반대로 불규칙적이면 반드시 질병에 걸린다. 산이 이와 같이 물과 합쳐지지 않으면 산의 길조는 성립이 안 된다. 풍수에 있어서 물의 중요성은 여기에 있다. 그래서 일반적으로 산에 대한 물의 길흉은 산으로 보아 길 방향에서 와서 흉 방향으로 흐르는 것이 좋다는 것이다.[6]

물은 유동 방향에 따라서 좌에서 우로 흐르는 물을 양수(陽水), 우에서 좌로 흐르는 물을 음수(陰水)라 하는데, 이는 생기 형성에 크게 영향을 미

6) Ibid., p.205.

치게 된다. 즉 음양수가 그 조화를 이루지 못하여 양수가 많으면 남자를, 음수가 많으면 여자를 출산하게 된다는 것이다. 또한 음양오행의 관점에 따라 구분된 24방위는 2분법에 따라 길흉이 분별되는데, 물이 흉 방향으로부터 흘러나오거나 더러운 것이 흘러오면 이를 음수(淫水)라 하고, 그로 인해 음탕한 남녀가 태어나게 된다고 본다. 이제 강계라는 곳의 풍수설 한 가지를 보자.

> 평안북도 강계는 산하가 허리띠를 두른 듯한 지형을 이루고 있음인지 대단히 번성하는 도읍이었다. 강계는 교통이 편리하나 풍수해설에 의하면 현재 지형이 유지되는 한 영구히 번성하게 되리라 한다. 강계의 읍기(邑基)는 남천, 북천의 두 냇물이 주산(主山)인 남산을 껴안고 독로강(禿魯江)에 합류하는 상을 이루고 있다. 이 강 너머 독산(獨山)이 맞대면하고 있는데, 전설에 따르면 이 남산은 여성 산이며 강계에 임하는 지점은 여근(여根)에 해당된다고 한다. 마치 옷을 걸친 채 그 여근을 어렴풋이 내보이는 듯한 형상이다. 아주 옛날 멀리 떨어져 있던 이 독산이 남산의 요염한 매력에 이끌려 여기에 왔으나 독로강의 물줄기가 차단하므로 남녀를 상징하는 두 산은 결합을 못 한 채 떨어져 있게 되었다 한다. 억센 독산에 비해서 서쪽에 있는 남산이 생기가 발랄함은 음양의 두 산이 서로 대치하고 있는 까닭이라 한다. 강계 여인들이 예로부터 다음(多淫)하고 일반적으로 음풍이 성행하는 까닭도 바로 이러한 산천의 풍수에서 기인하는 것이라 전해 온다.[7]

3) 소설적 공간의 특성

이처럼 풍수설에 바탕을 두고 자연 전체가 인간과 연관되어 하나의 체계를 이루게 될 때, 그러한 곳은 신성한 공간이 된다. 설화 속에서 흔히 찾아 볼 수 있는 탄생이나 운명과 관련된 특수한 공간은 이 같은 한국인의 풍수 사상에서 비롯된 것이다.

우리나라 문헌에서 풍수에 관한 기록은 『삼국유사』의 탈해왕 부분에 처

7) 허문강, '풍수설고', 정신문화, 통권 11호(1981,겨울), p. 118.

음 등장한다. 그는 왕으로 등극하기 전 호공(瓠公)으로 있을 때, 산에 올라 멀리 보니, 현월형(弦月形)의 택지를 발견하고, 그는 그 곳을 나의 집이 있던 곳이라고 속임수를 써서 그 땅을 빼앗아 집을 짓고 살게 됨으로써 후에 왕이 되었다는 얘기다. 또 백제가 반월형의 부여를 도성으로 삼은 것도, 그리고 고구려가 평양을 도읍으로 정한 것이나 이 태조가 한양에 도읍을 정한 것도 모두 풍수에 의한 것이라 볼 수 있다.

신화나 고소설에서 주인공의 탄생이 명산대천(名山大川)과 같은 신성한 공간과 관련을 맺고 있음을 살펴볼 수 있는데, 김동리는 지리적 배경을 작품의 서두에 제시하여 인간의 삶이 자연(공간)과 연관을 이루는 모습을 발견할 할 수 있다.

김동리의 『한내마을 전설』에 다음과 같은 풍수에 관한 전설이 나오는 것도 이 때문이다.

> 동내 뒤는 산이요, 동내 앞은 들이었다. 들을 에워, 동남으론 숲이 가리고, 서에서 남쪽을 감돌아 멀리 숲 밖으로 구비쳐 나가는 것이 다평강(多萍江)-낙동강 지류-물이었다.
>
> 햇빛에 번쩍번쩍 하며 숲 머리를 돌아나가는 강물, 그것은 동네 앞의 관개(灌漑)에, 마을 색시들의 빨래에, 마을 청년들의 천렵(川獵)에, 목욕에, 마을의 동맥과도 같은 귀중한 물이었으나, 한편, 또 동내 앞 당나무 축대 위에서, 그 강물이 번쩍이며 흐르는 것이 보이기 때문에, 마을엔 항상 음문(淫聞)이 끊이지 않는다는, 강물에게 있어서는 민망하기 짝이 없는 마을의 전설이기도 했다.
>
> — 김동리의 『한내마을 전설』에서

그러니까 한내 마을 사람들은 인간의 삶이 자연의 형상의 영향을 받는다는 관념을 갖고 있는 셈이다. 즉 마을 사람들은 '정의관'의 손녀 '명숙'과 머슴인 '상수'와의 사이에 이루어지는 불륜의 관계도 이 전설이 전하는 마을의 풍수설 때문이라고 보는 것이다.

풍수학에 의하면, 산은 음에 속하고 물은 양에 속한다. 산수를 인체에 비유하면, 산은 몸체와 같고, 강물은 혈맥과 같다. 따라서 마을이 위치한 지형, 즉 산이 있고, 이 산을 끼고 흐르는 물은 인체의 구조와 일치시켜 볼 때, 생식력이 강한 여인의 형상으로 간주되며, 이런 마을에 사는 여인들은 예로부터 다음(多淫)하고 음풍이 성행한다는 것이다. 이처럼 공간과 인간의 삶을 연관시키고 있는 이야기는 이미 신화에 나타나고 있는 것으로, 옛날부터 오늘날까지 민간 신앙의 형태로 지지를 받아온 곳으로, 이러한 풍수설의 지식이 없이는 그 진의 파악이 매우 어렵게 된다.

김동리의 대표작 『황토기』는 '상용설(傷龍說)', '쌍룡설(雙龍說)', '절맥설(絕脈說)'과 같은 황토골에 대한 전설, 즉 일종의 풍수전설로부터 시작되고 있는데, 이는 주인공의 운명과도 밀접한 연관을 맺는다.

> 상룡설. 옛날 등천하려던 황룡 한 쌍이 때마침 금오산에서 굴러 떨어지는 바위에 맞아 허리가 상하니라. 그 상한 용의 허리에서 한없이 피가 흘러내려 부근 일대를 붉게 물들이니 이에서 황토골이 생기니라.
>
> 쌍룡설. 역시 등천하려던 황룡 한 쌍이 바로 그 전야에 있어 잠자리를 삼가지 않은지라, 상제께서 노하시고 벌을 내리사 그들의 여의주를 하늘에 묻으시매 여의주를 잃은 한 쌍의 용이 슬픔에 못 이겨 서로 저희들의 머리를 물어뜯어 피를 흘리니 이 피에서 황토골이 생기니라.
>
> 절맥설. 옛날 당나라에서 나온 어느 장사가 여기 이르러 가로되, 앞으로 이 산에서 동국의 장사가 난다면 감히 중원을 범할 것이다. 이에 혈을 찌르니, 이 산골에 석 달 열흘 동안 붉은 피가 흘러내리고 이로 말미암아 이 일대가 황토지대로 변하니라.
>
> — 김동리의 『황토기』에서

'황토골'에 얽힌 전설을 작품 서두에 이렇게 자세히 소개했던 것은, 불행한 삶을 살아야 했던 작중인물의 운명을 그가 태어난 공간과 연관 짓고자 했기 때문이다. 이 전설만 보아도 이 작품의 주제나 플롯까지도 짐작할 수 있는데, 『황토기』는 "예로부터 황토골에 장사가 나면 부모한테 불효하거나 나라의 역적이 된다"는 믿음 때문에 주체할 수 없을 정도로 넘치는 힘을 억제하며 살아야 하는 '억보'의 불운한 삶을 중심 테마로 한 작품이다. 사람은 모두 자기의 길이 있다. 힘을 천성으로 타고 난 사람이 그 힘을 제대로 쓰지 못하고 살아야 한다면, 이는 결코 자기다운 삶을 사는 것이 아니다. 그런데 자기 본래의 길을 찾지 못하거나 알고도 실행치 못한 채 불행한 삶을 사는 것이 어찌 이들에 한한 문제이겠는가.

이 작품이 우리의 관심을 끄는 이유는 바로 타고난 운명의 문제를 지리적 결구로서 잘 다루고 있기 때문인데, 일찍이 장덕순 교수도 "옛날부터 우리 민속에는 천하에 드문 장수가 나타날 땅은 우선 풍수지리설에 맞아들어야 한다. 곧 강이나 산의 결구가 신비하게 조화된 명당이라야 한다."[8]고 말했다.

이 풍수지리설은 역학과 더불어 이미 삼국시대 이전에 중국에서 전래해 온 것으로, 대우주는 인체라는 소우주의 모형이라고 보는 것이 고대 중국 사상의 특징이다.

> 대우주와 소우주는 수천 년 동안 한국 사람의 일상생활을 이어가는 데 없어서는 안 될 인생에 대한 지표가 되어 왔다. 그러나 평범한 사람으로서는 우주를 일종의 체계로 본다는 것이 매우 어려운 문제였다. 풍수설은 바로 이러한 논리적 체계 위에 기초를 둔 인간과 자연의 연관 관계를 이해하려는 개념에서 출발한 것이다.[9]

8) 張德順, 韓國說話文學硏究 (서울 : 서울대학교 출판부, 1978), p. 308.
9) 허문강, Op.cit., p. 108.

김동리가 풍수설화를 그의 작품 세계에 끌어들인 데에는 이 같은 자연과의 연관 속에서 인간을 이해하려는 데 뜻을 두고 있다. 따라서 그의 작품을 대할 때 지리적 결구에 대한 의미 분석은 대단히 중요하다.

김동리의 『역마(驛馬)』의 경우, 그 서두의 첫 문장은 단순히 공간적 배경의 제시로 끝나는 것이 아니다. 주인공의 탄생뿐만이 아니라 모든 사건의 발생이 이 지리적 배경 설정과 깊은 연관을 맺고 있다는 점에서, 자연과 인간의 연관 관계를 문학적으로 잘 살린 본보기라 볼 수 있다.

> '화개장터'의 냇물은 길과 함께 흘러서 세 갈래로 나 있었다.
>
> — 김동리의 『역마』에서

'화개장터'는 화개(花開)라는 이름부터 주의해 볼 필요가 있다. 화(花)는 여성'을 상징하는 것이고, 꽃이 활짝 피었다는 뜻이 '花開'이니까 난숙한 여자가 있는 장터란 말로 옮겨 볼 수 있다. '장터'라는 공간은 물건을 사고파는 곳만이 아니라, 객주집이나 주막(酒幕)이 있는 곳을 연상시키면서 예나 지금이나 윤리적 행위보다는 남녀의 애정 관계가 자유롭게 이루어지는 곳으로 잘 알려져 있어서, 로맨틱한 이야기가 있을 것 같은 분위기를 자아낸다.

'냇물'은 우선 생명의 근원적인 에너지가 '물'이란 점에서 '탄생'의 의미와 함께 흐르는 물은 그 동적인 성격 때문에 '남성'의 이미지를 보여 주기에 충분하다. 또한 공간적으로 냇물은 '단절'과 '이별'의 상징한다. '길'은 유랑의 길, 나그네가 걷는 길을 연상할 수 있어서 멀리 떠나야 할 운명을 지닌 남자의 이미지를 부각시키고 있다.

그런 점에서 이 소설의 첫 문장은 비정상적인 남녀 관계가 벌어질 수 있는 곳이란 암시와 함께, 떠나고 없는 남자 때문에 한(恨) 많은 사연을 지니고 살아야 하는 여인의 이야기가 펼쳐지게 되리라는 것을 짐작하게 한다.

> 한 줄기는 전라도 땅 구례(求禮) 쪽에서 오고 한 줄기는 경상도 쪽 화개협(花開峽)에서 흘러내려 여기서 합쳐서 푸른 산과 검은 고목 그림자를 거꾸로 비치인 채, 호수같이 조용히 돌아 경상 전라 양 도의 경계를 그어 주며 다시 남으로 흘러내리는 것이 섬진강 본류였다.
>
> — 김동리의 『역마』에서

얼핏 보아 지리교과서의 설명으로 착각하리만큼 지형에 대한 자세한 묘사는 왜 필요했을까? 작가는 산을 끼고 흐르는 세 갈레의 강물이 바로 주인공의 운명을 상징하고 있음을 강조하려 했던 것이다. 즉 할머니와 체 장사 노인과의 사이에서 '옥화'가 탄생하고, 다음에 이 옥화와 '떠돌이 중' 사이에서 '성기'가 탄생하게 된 것처럼, 이 강물은 할머니(체 장수) → 옥화(떠돌이 중) → 성기로 이어지는 3대의 한(恨) 많은 삶의 흐름을 드러내 준다. "푸른 산과 검은 고목 그림자를 꺼꾸로 비치인 채 조용히 흐른다"는 묘사는, 더욱 이곳이 곧 비극의 근원이 되고 있음을 말해 주고 있는 동시에 샤머니즘의 분위기를 형성하는 어둑한 색조를 띠고 있어서, 서정적 물의 흐름이 아니라 한이 맺힌 생명의 흐름이 끝없이 지속되고 있음을 짙게 암시한다.

김동리의 의식 속에는 이처럼 풍수사상의 영향으로, 사람의 운세는 그가 살고 있는 마을의 지형에 큰 영향을 받는다는 믿음이 깊이 뿌리박고 있다. 땅이 사람에게 미치는 힘은 그 유형, 예를 들어 금계포란(金鷄抱卵), 비룡상천(飛龍上天), 오룡상천(五龍上天) 등이 가지는 영력과 완전히 동일시된다는 전제 아래 좋은 것은 그 힘을 발휘하도록 도와주고 나쁜 것은 그 힘이 미치지 못하도록 적절히 바꾸어 주려 하였음을 볼 수 있는데, 이것도 알고 보면 유사(類似)는 유사를 낳는다는 원리의 또 다른 적용이라 볼 수 있다.

점쟁이들은 인간은 타고난 사주팔자로부터 결코 벗어나지 못한다고 말하고, 풍수가들은 인간의 길흉만사가 모두 터에서 비롯된다고 말한다. 이청준의 『선학동 나그네』는 바로 그 남다른 터 때문에 상서로운 일이 앞으로 일어날 것이라는 믿음이 전해 오는 '학마을(선학동)'을 무대로 하고 있다.

> 선학동(仙鶴洞)---그곳엔 옛부터 기이한 이야기 한 가지가 전해 오고 있었다. 이야기는 포구 안쪽에 자리 잡은 선학동의 뒷산 모습으로부터 연유된 것이다. 그 산세가 영락없는 법승의 자태를 닮고 있었기 때문이었다. 마을 뒤 쪽으로 주봉을 이루고 있는 관음봉은 고깔처럼 뾰족하게 하늘로 치솟아 오른 모습이 영락없는 법승의 머리통을 방불케 하였고, 그 정봉을 한참 내려와 좌우로 길게 펼쳐 내려간 양쪽 산줄기는 앉아 있는 법승의 장삼자락을 형상 짓고 있었다. 선학동 마을은 이를테면 그 법승의 장삼자락에 안겨든 형국이었는데, 게다가 마을 앞 포구에 밀물이 차오르는 관음봉 쪽 산심의 어디선 가로부터 둥둥둥둥 법승이 북을 울려대는 듯한 신기한 지령음(地靈音)이 물 건너 돌고개 일대까지 들려오곤 한다는 것이었다. … (중략) … 이 마을을 선학동이라 부르게 된 데에도 또 하나 깊은 내력이 있었다. 산의 이름이 관음봉이라 한다면 마을 이름도 마땅히 관음리 정도가 되는 게 상례였다. 그러나 마을은 옛부터 이름이 선학동이라 하였다. 까닭인즉, 마을 앞 포구에 밀물이 차오르면 관음봉이 문득 한 마리 학으로 그물 위를 날아오르기 때문이었다. 포구에 물이 들면 관음봉의 산 그림자가 거기에 떠올랐다. 그런데 그 물 위로 떠오르는 관음봉의 그림자가 영락없는 비상학의 형국을 지어냈다. 하늘로 치솟아 오른 고깔 모양의 주봉은 힘찬 비상을 시작하고 있는 학의 머리요, 길게 굽이쳐 내린 양쪽 산줄기는 그 날개의 형상이 완연했다.
>
> 포구에 물이 차오르면 관음봉은 그래 한 마리 학으로 물 위를 떠돌았다. 선학동은 그 날아오르는 학의 품안에 안겨진 마을인 셈이었다.
>
> — 이청준의 『선학동 나그네』에서

이처럼 '선학동(仙鶴洞)'은 상서로운 마을 터로 알려진 곳이다. 이런 사실을 아는 사람은 결코 이 마을을 떠날 수 없다. 왜냐하면 그들은 그런 곳에 명당이 숨어 있어서 그 명당을 찾아 조상의 뼈를 묻음으로써 관음봉의 음덕을 대대손손 누리고 싶기 때문이다.

『선학동 나그네』는 이런 내력을 잘 알고 있는 소리꾼 부녀(父女)가 선학동의 꿈이 얼마나 강렬했던가를 생생하게 보여준 작품이다. 이 소리꾼은 포구에 물이 차오르고 선학동 뒷산 관음봉이 물을 타고 한 마리 비상 학으로 모습을 떠올리기 시작할 때면, 노인은 들어주는 사람이 있거나 없거나 그 비상 학을 벗 삼아 혼자 소리를 시작하곤 했다.

소리꾼 부녀가 이 선학동을 떠난 지도 오랜 세월이 흘러 이제 선학동 사람들도 이 소리꾼 부녀를 까마득하게 잊고 있었다. 그런 참에 어느 날 이 주막에 눈 먼 소리꾼 여자가 다시 찾아 든 것이다. 그런데 이 소리꾼 여자가 이 선학동을 다시 찾아 왔던 것은 비상 학을 한 번 더 찾아보고 싶기도 했겠지만 또 다른 중요한 이유가 있었기 때문이다.

> 여자는 옛날의 아비 대신 웬 초로(初老)의 남정 한 사람과 늦은 저녁 길로 주막을 찾아 왔다. 그때 그 초로의 남정은 여자의 소리 장단통 하나와 매동거지가 제법 얌전한 나무 궤짝 하나를 등에 지고 왔는데, 그 나무 궤짝은 다름 아닌 여자의 옛날 아비의 유골을 모신 관구였었다. 여자는 옛날 소리를 하고 떠돌다가 보성 고을 어디선가 숨이 걷혀 묻힌 아비의 유골을 20여 년 만에 다시 선학동으로 수습해 온 것이었다. 그것은 물론 이 선학동 산하에 당신의 유골을 묻어 드리기 위해서였는데 그게 당신의 유언인 듯싶었고, 여자로서도 그게 오랜 소망이 되어 왔다는 것이었다.
>
> — 이청준의 『선학동 나그네』에서

이러한 진술을 통해 볼 때 소리꾼 여인은 이런 명당에 아버지의 유골을 묻어 드림으로써 아버지의 소원을 풀어드리는 일과 함께 그 생기를 받아 자신이 안고 있는 이 세상의 한(恨)을 풀고 싶었다고 볼 수 있다. 사실 명당을 찾아 묘를 쓴다든가 하는 일들은 알고 보면 살아 있는 동안 자기가 '더 잘 살기 위하여' 액을 물리치고 복을 기원하는 일련의 주술적 행위에서 비롯된 것이라고 할 수 있다.

V. 이미지와 원형

1. '꽃(나무)'과 '새'의 상징적 이미지

1

우리 문학에 나타난 '꽃'과 '새'가 짝이 되어 어떤 일관된 의미나 상징적 이미지로 쓰이고 있는가를 이해하고자 할 때, 김동리의 『무녀도(巫女圖)』는 우리 사고의 단서 몇 가지를 제공해 주고 있어서 주목을 끈다. 먼저 주인공인 '모화'라는 무당의 말을 들어보자.

> 모화의 말을 들으면, 낭이는 수국 꽃님의 화신(化身)으로, 그녀(모화)가 꿈에 용신님을 만나 복숭아 하나를 얻어먹고 꿈꾼 지 이레 만에 낭이를 낳은 것이라 했다. 그녀의 말에 의하면 수국 용신님은 따님이 열두 형제였다. 첫째는 달님이요, 둘째는 물님이요, 셋째는 구름님이요, ……이렇게 열두째는 꽃님이었는데, 산신님의 열 두 아드님과 혼인을 시키게 되어 달님은 해님에게, 물님은 나무님에게, 구름님은 바람님에게 각각 차례대로 배혼을 정해 가려니까 막내 따님인 꽃님은 본시 연애를 좋아하시는 성미라, 자기 차례가 돌아오기를 미처 기다릴 수 없어 열한 째 형인 열매님의 낭군님이 되실 새님을 가로채어 버렸더니, 배필을 잃은 열매님과 나비님은 슬피 울며 제각기 용신님과 산신님께 호소한 결과 용신님이 크게 노하사 벌을 내려 꽃님의 귀를 멀게 하시고, 수국을 추방하시니 꽃님에게 그만 복사꽃이 되어 봄마다 강가로 기슭으로 붉게 피지만, 새님이 가지에 와 아무리 재잘거려도 지금까지 귀가 먹은 채 말없이 벙어리가 되어 있는 것이라 한다.
>
> — 김동리의 『무녀도』에서

이 삽화에서 먼저 '꽃님'과 '새님'의 연애(戀愛) 사건과 추방이 갖는 의미에 대해서 주목해 보자. 우리의 무속 신앙(巫俗信仰)에서는 구약의 창세기(創世記)에서처럼, 인간은 전생에서 사랑의 금기(taboo)를 위반한 죄로 인해 이승으로 쫓겨난 존재로, 그 대가로 갖가지 고통을 겪으며 살아가야 한다. 위에서 보는 것처럼 '낭이'라는 여자는 바로 전생에서 언니(열매님)의 애인을 가로챈 죄를 지은 '꽃님'의 화신(化身)이다. 낭이가 과일 중에서도 복숭아를 특히 좋아하는 것을 보면, 그녀는 여러 꽃 중에서도 특히 '복숭아꽃(桃花)'의 화신이라 볼 수 있다.

이런 이야기의 연장선에서 이 『무녀도』를 좀 더 읽어보면, '욱이'는 곧 '새님'의 화신이라고 볼 수 있다. 즉 '낭이=전생의 꽃님', '욱이=전생의 새님'으로 환치해 볼 수 있는데, 두 사람 사이에서 일어나는 일, 특히 오랜만에 '욱이'라는 오빠가 절에서 이제 엄마가 있는 집에 돌아오자, 생기를 잃고 말을 못하던 여동생 '낭이'가 부엌에 나가 직접 밥상을 차려오고, 조금씩 '욱이'와 말도 하게 되었는데, "낭이는 그 얼음같이 싸늘한 손과 입술로 욱이의 목덜미나 가슴패기로 뛰어들곤 했다. 욱이는 문득문득 목덜미로 가슴패기로 낭이의 차디찬 손과 입술을 느낄 적마다 깜짝깜짝 놀라곤 하였던" 것처럼, 현실에서 근친상간(近親相姦)적인 일이 벌어졌던 것도 전생에서 금기를 깬 연인 사이였던 것과 관계가 있기 때문이다.

그래서 『무녀도』의 '낭이'는 아무리 '욱이'를 사랑한다 해도 오누이 관계로 태어났기 때문에, 이 세상에서는 절대로 결혼할 수 없다. 우리 선조들이 남달리 이승에서 서로 우애가 좋은 오누이를 전생의 부부로 보는 관습이 생긴 것도 이 때문인데, '낭이'와 '욱이'와 같은, 이런 사랑의 갈등을 지닌 사람들은 자기가 지은 전생의 업 때문에 생긴 비극이라고 상상해 볼 수 있을 것이다. 김동리가 『무녀도』를 비롯해 『달』, 『역마(驛馬)』, 『까치소리』와 같은 여러 작품들에서 짝사랑과 첫눈에 반하기, 그리고 삼각관계의 연애 사건을 즐겨 다루었던 것은, 바로 작가가 전생의 업(業) 때문에 이승에서 사랑의 고통을 겪게 되는 것이란 생각을 남달리 갖고 있었기 때문이다.

'낭이'와 '욱이'와 같은 이런 사랑의 갈등을 지닌 사람의 애기를, 김인숙은 『숨은 샘』에서 이렇게 이야기하고 있다.

> 대웅전 앞에는 동백나무가 한 그루 서 있었다.…(중략)… 꽃들은 전부 대웅전 쪽을 향해서만 피어 있었다. 마치 제일 먼저 핀 꽃이 제일 먼저 불전을 향해 얼굴을 들이민 것처럼 꽃이 들여다보고 있는 대웅전 안을 나 역시 밖에서 선 채로 들여다보았다. 대웅전 안에도 햇살이 길게 들어와 있었다. 그리고 언뜻 들려오는 듯한 날갯짓 소리, 대웅전 천장 가까이에서 새 한 마리가 날고 있었다. 참새보다 조금 커 보이는 손바닥만 한 크기의 새였다. 새는 불당에 조각되어 있는 용의 머리에 앉았다가 다시 날라 올라 불상의 어깨에도 앉고, 또 다시 날아올라 용의 등에도 앉았다. 새는 아마도 나갈 문을 찾지 못하고 있는 모양이었다. 앞문 옆문이 다 환히 열려 있는데도 바로 문 가까이 날아왔다가 또 다시 방향을 바꿔 안으로 들어가 버린다. 새에게는 세상으로 나가는 문이 적어도 불당의 문은 아닌 모양이었다.
>
> — 김인숙의 『숨은 샘』에서

이 소설엔 이처럼 바깥으로 나가지 못하고 대웅전 안에서만 날고 있는 '새'와 대웅전 밖에서 부처님 위에 날고 있는 새를 향해 피어 있는 '동백꽃'을 자세히 묘사하고 있는 대목이 나오는데, 이는 '새'와 '꽃'을 끌어들여 서로 사랑하지만 가까이 함께 살지 못하는 두 사람의 모습을 잘 보여준 하나의 상징적 표현이다.

사실 이 소설은 서로 사랑하고 그리워하고 있는 두 남녀가 바로 가까운 지척에 있는 줄도 모르고 있는 이야기를 들려주고 있다. 다시 말해서 이 소설은 사랑하는 여자가 지금 샘이 있는 절[泉隱寺]에 머물러 있고, 남자는 이 절에서 가까운 고향에서 노모님과 함께 살고 있는데, 두 사람은 그것도 모르고 서로 다시 만날 수 있는 날만을 고대하고 있는 이야기를 들려주고 있다.

오정희의 『불의 강』은 '새'와 '꽃'을 끌어들여 사랑하는 두 사람이 갈등을 겪는 모습을 보여주고 있는데, 이 소설의 서두에는 집에 머물러 있기를 바라는 아내와 반대로 자꾸 밖으로만 나가려고 하는 '남편'의 모습을 보여주고 있다. 그런데 남편을 바라보는 '나(아내)'는 '소나무'에 불안하게 앉아 있는 '학'을 수놓은 수(繡)를 풀어 다시 수놓고 싶어 한다.

> 등이 써늘해지자 나는 벽에 걸린 그의 잠바를 떼어 어깨에 걸치고 다시 앉아 수틀을 집어 든다. 이내 손이 빨갛게 곱아들어왔다. 창을 닫아 달랄까 잠시 생각하다가도 나는 고개를 흔들고 손을 엉덩이 밑에 깔아 잠시 녹인 뒤 다시 바늘을 잡았다. 소나무 가지 위에 나래를 펴고 외다리로 선 학의 자세가 아무래도 불안하고 부자연스러웠다. 실을 풀고 다시 놓아야 할 것 같았다.
>
> — 오정희의 『불의 강』에서

이처럼 '나(아내)'가 '소나무'에 불안하게 앉아 있는 '학(남편)'을 다시 수놓고 싶어 하는 것은, 아내 곁에 머물러 있지 않고 자꾸 밖으로만 나가려 하는 남편을 집에 붙들어 두고 싶은 '나(아내)'의 마음속 생각을 기막히게 잘 드러내준 표현이다.

이처럼 '꽃'과 '새'가 짝이 되어, 서로 그리워하는 불행한 연인의 관계로 유추하는 일은 우리 문학사의 오랜 전통이다. 이런 표현은 멀리 고구려 유리왕의 『황조가(黃鳥歌)』를 거쳐, 고려 때 지은 고시조에서도 이미 나타나고 있음을 볼 수 있다. 고려 때의 충신인 이조년(李兆年)의 시조를 먼저 보자.

> 이화(李花)는 월백(月白)하고 은한(銀漢)이 삼경(三更)인제
> 일지춘심(一枝春心)을 자규(子規)야 알라마는

다정(多情)도 병(病)인 양하여 잠 못 들어 하노라.

분명히 말해서 이 시조는 돌아오지 않는 님을 애타게 그리워하는 한 '여인'의 마음을 잘 나타내고 있다. 이 시조에는, '새'[자규]는 밤이 깊어지자 활짝 핀 '꽃'[이화]을 찾아 어김없이 찾아오는데, 기다리고 있는 나의 님은 왜 나를 찾아오지 않는지…… 이 노래엔 내 마음을 이렇게도 몰라주는 님에 대한 한 여인의 한(恨)이 넘치고 있다.

김소월의 대표작의 하나인 『산유화(山有花)』를 보자. 이 시의 주요 제재는 역시 '꽃'과 '새'다. 김소월은 우리 문학의 관습을 누구보다 잘 이해한 시인으로, 그의 시의 주조가 '님에 대한 정한(情恨)'이란 점에서, 이 시의 해석도 그런 맥락과 연결 짓는 것이 가장 바람직한 해석이라고 본다. 작가가 산에 외롭게 피어 있는 '꽃'에 주목하게 된 것은 그 꽃을 자기(여자)의 외로운 모습과 동일시했기 때문인데, 이 '꽃'들에게는 항상 찾아 주는 '새'가 있지만, '나'에게는 그런 '님'이 없음을 서러워한 '사랑의 시'로 보아야 소월 시다운 해석이 된다. 그런데 대한민국의 참고서는 이 시를 단순히 '자연의 경치'를 읊은 시로 풀이해 놓고 있어서, 모두 그렇게 가르치고 있으니 이건 문학교육의 큰 문제가 아닐 수 없다.

2

그런데 김동리나 김소월의 이런 생각은 한국인의 오랜 전통 속에 그대로 남아 있어서 하나의 속신(俗信)을 낳기도 했다. 봄에 피는 복숭아꽃은 본래 매우 아름다우나, 우리는 예나 지금이나 이 복숭아나무를 절대로 집 안에 심지 않는다. 전경린의 『앞마당이 있는 가겟집 풍경』처럼, 그것을 집

안에 심으면 '꽃님'처럼 바람을 피우는 사람이 그 집에 생기게 된다는 속신 때문이다. 태어날 때 바람을 필 팔자를 타고 난다는 도화살(桃花煞)이란 말 속에 '복숭아꽃(나무)'이란 상징적 의미가 들어 있는 것을 보면 금방 알 수 있다.

그리고 우리 할머니들은 오누이, 특히 쌍둥이 자매를 엄마 뱃속에서부터 이미 근친상간을 이룬 사이로 보고 있어서, 이들을 그냥 키우면 장차 집안 망신시킬 일이 생길 것이므로, 이를 미연에 막아야 한다는 속신을 우리 선조는 갖고 살았다. 쌍둥이 자매라는 이유로 죽이지 않고 일찍이 딸아이를 해외로 입양시킨 어느 가정의 비극을 보자.

뿌리 찾은 '해외 입양아'들 또다시 눈물 쏟는다

해외 입양아들의 '낳은 부모 찾기'. 지난 한 해에만 줄잡아 5백여 명의 입양아들이 '낳아준 부모'를 찾기 위해 고국에 오거나 편지를 보내왔다. 하지만 정확한 출생지는 물론 이름조차 희미한 그들에게 낳은 부모를 찾는 일이란 쉽지 않다. 홀트 아동복지회를 비롯한 국내 4개 입양단체들이 그 일을 도와주고 있지만 입양업무가 우선인지라 그리 적극적이지 못한 형편. 그래서 해외입양아들이 주로 의지하는 곳이 입양아 출신 조미희(30) 씨가 나서 입양아들과 낳은 부모를 연결시켜 주는 모임 코아(KOA : Korean Overseas Adoptees)이다.

92년부터 활동을 시작한 코아는 지금까지 1백80여 입양아들의 연고가족을 찾았다. 그중 1백여 명은 연고가족을 찾았으면서도 만나지는 못했다. 상봉을 이루지 못한 이유의 대부분은 낳은 부모들의 거부. "이미 다른 가정을 이루고 있는데……", "이제 와서 만나 어쩌자구. 뭘 해 줄 수도 없는 형편인데", "이미 버린 자식이야"가 그 이유. 처음 버릴 때와 크게 다를 것 없는 핑계로 입양아들을 외면하고 있다.

남녀 쌍둥이로 태어나 5세 때 벨기에로 입양된 김선(31)씨도 그런 경우. 남녀 쌍둥이는 여자가 남자의 앞길을 막는다는 어처구니없는 편견 때문에 태어나자마자 고아원에 버려졌다. 그녀는 이런 사실조차 까맣게 모른 채 낳은 부모를 찾아 나선 것. 꼭 그리워서라기보다 도대체 누구인지, 아니 살아 있는지, 라도 확인하고 싶다는 마음이 끝내 사그러들지 않아서였다. 그래서 지난 해 조 씨에게 도움을 요청했고 수소문 끝에 낳은 부모를 찾았다. 하지만 그렇게 찾은 부모를 만날 수는 없었다. 끝내 오빠 앞길 막을 일이라며 부모가 만나기를 거부한 것. 두 번씩 버림받은 그녀는 "다시는 한국에 올 수 없을 것 같다"는 말을 남기고 침통한 표정으로 모국을 떠났다. (중앙일보 1997.6.23)

위에서 보듯이, 우리 어른들은 쌍둥이 남매 중에서 여자아이는 장차 남자의 앞길을 가로막을 요망한 애라는 생각이 아주 강했다. 그래서 쌍둥이 남매 중의 딸아이를 일찍이 길에 내다버리거나, 남의 집에 주어버리기까지 했던 것이다.

어느 가정에서나 오빠와 여동생은 아주 돈독한 사이인 것을 볼 수 있는데, 오빠가 결혼해도 아내보다 여동생을 더 좋아해 시누와 올케 사이에 트러블이 생기는 경우도 흔히 볼 수 있다고 한다.

어부들은 바다에 사는 갈매기도 그냥 '새'로 보지 않는다고 한다. 오래전에 오빠가 아내와 여동생, 이렇게 세 사람이 고기잡이를 나갔는데, 그만 배가 풍랑에 뒤집히고 말았다. 제일 먼저 배에 오른 오빠가 나머지 두 사람 중 한 사람을 먼저 구조하게 되었는데, 그게 여동생이 아니고 '아내'였다는 것이다. 물에 빠져 죽은 여동생은 그런 오빠가 너무나 야속했다. 그래서 죽은 여동생은 그 후 갈매기가 되어 끼룩끼룩 소리 내어 울며, 오빠가 탄 배를 좇고 있는 것이라고 생각하는데, 어부들은 이런 생각을 아주 자연스레 갖고 있다고 한다.

1960년대만 해도 우리 선조들은 의례히 화투를 갖고, 하루의 재수풀이를 즐겼다. 화투 48장을 갖고 하루의 신수를 보는데, 가로로 12장을 늘어놓고, 다시 처음으로 돌아가 거기에 붙여 또 12장을 늘어놓는 일을 계속하면 세로로 4장으로 된 12묶음이 나오게 되는데, 이때 빠찡고의 수박 4개가 겹치는 경우가 있듯이, 신기하게도 화투 4장이 똑같은 화투 패로만 모아지는 경우가 생긴다.

이런 일은 아주 우연히 발생한 일이겠지만, 그러나 우리 선조들은 결코 우연한 일로 넘기지 않고 거기에 특별한 의미를 부여한다. 예컨대 1월 '송학'이 다 모아지면, 오늘 기쁜 소식을 듣게 될 일이 생길 것이라고 생각하거나, 9월 '국진'이 떨어지면 오늘 공짜로 술 먹을 일이 생길 것이라 생각하고, 그리고 우산을 쓰고 가는 12월 '비(雨)'가 떨어질 경우에는 오늘 반가운 손님을 맞을 일이 생길 것이라고 풀이를 한다.

그런데 이월 '매조(梅鳥)'가 떨어지면 조금도 주저하지 않고 "오늘 님을 만나볼 일이 생기겠는 걸." 하시며 은근히 기분 좋아하신다. 이월 매조(梅鳥)가 떨어지면 왜 그런 생각을 하시느냐고 물으면, 그 이유는 모르지만 선대가 그렇게 풀이했으니까 나도 그렇게 따라 생각한다는 것이다. 이는 필연코 매화 '꽃'이 피어 있는 '나무' 가지에 잠깐 앉았다 날아가는 '새'의 모습을, 마치 이루지 못한 첫사랑의 연인이 나를 찾아와 다시 극적 해후를 이룬 모습으로 보고 있는 데서 나온 생각이라고 본다.

그런데 이런 '꽃'과 '새'는 정약용의 하피첩(霞帔帖)에서도 볼 수 있다. '하피'는 옛날 예복의 하나로, 붉은 노을빛 치마를 말한다. 다산(茶山)은 천주교를 믿은 죄로 전남 강진(康鎭)으로 귀양을 갔다. 경기도 양평(陽平)에 남았던 아내 홍 씨는 남편 귀양 10년째 되는 해, 아내가 시집올 때 입었던 치마에 그리운 마음을 담아 남편에게 보냈다고 한다. 다산은 그 치마에 아들에게 주는 당부의 말을 쓰고, 그 치마 한 조각을 남겨 '매화'와 '새'를 그린 족자를 만들어 시집가는 딸에게도 주었다고 한다. 이를 후일에 책자로 만든 것을 '하피첩'이라 부른다. 이런 다산 부부의 애절한 사랑을 담고 세상을 떠돌던 '하피첩'은 지금 국립박물관에 자리를 잡고 있다고 한다.

우리는 이 하피첩에 얽힌 이런 애틋한 사랑 이야기를 접하면서, '꽃(나무)'과 '새'는 서로 그리워하면서 만나지 못하는 남녀의 모습을 나타내는 하나의 상징적 이미지로, 아주 오래 전부터 시인이나 소설가들이, 심지어 화가들이 자기 작품 속에 끌어들이고 있음을 볼 수 있다.

본래 '꽃'과 잘 어울리는 것은 '나비'나 '벌'일 것이다. 거기서 서로 사랑을 나누며 즐거워하는 연인의 모습을 쉽게 떠올릴 수 있지 않은가? 그런 면에서 '꽃(나무)'과 '새'는 어딘가 좀 잘 어울리지 않는다. 그러니까 우리 선조들이 즐겨 그린 화조도(花鳥圖)는 단지 사실적인 자연의 풍경이 아니라, '헤어져 서로 그리워하는 연인들의 모습'을 뜻하는 이미지로 항상 사용해 왔다고 볼 수 있다.

우리나라의 화가 중에서 서울 시립대학의 박항률 교수는 지금까지 논의한 '꽃'과 '새'의 이런 상징적 이미지를 누구보다 가장 잘 이해하고, 그것을 그림으로 그려온 사람이 아닌가 한다.

<박항률의 '새벽'>

2014년에 발표한 원편의 ≪새벽≫이란 그림만 보더라도, 이 그림은 새색시가 곁을 떠나 돌아오지 않는 님[새]을 밤새워 기다리는 여자의 마음을 잘 드러낸 것이라고 볼 수 있다. 지금 그림 속의 주인공 '여자'는 새색시답게 사랑을 불태우고 있다. 그런데 그녀는 부러진 나무 가지 위에 앉은 새, 즉 남편은 나보다 딴 여자를 더 좋아해, 어딘가를 향해 자꾸 떠나려 해서 상처 받은 여인임을 잘 드러내고 있다. 즉 이는 오정희의 『불의 강』처럼, 사랑하는 님이 내 곁에 머물러 주지 않고, 자꾸 어딘가를 향해 떠나려고 해서 상처를 받고 있는 아내인 '나'의 모습을 잘 드러내 준 표현이다. 그의 그림의 대부분은 이런 여인의 모습을 다양하게 변주시키고 있다는 것을 우리는 주목해야 한다.

화가는 본래 자기 작품에 대해서 아무런 말을 하지 않는다. 그들은 의미를 따지지 말고 그냥 그림을 감상하면 된다고 말한다. 어느 해인가 신문기자가 박항률에게 '당신 그림에 여자가 자주 나오는데 이게 무얼 뜻하냐'고 물었던 적이 있다. 그랬더니 박항률은 자기에게는 어려서 시골에 놀러 가면 그림도 잘 그려주고, 이야기도 잘 해주는 누님 한 분이 있었는데, 그만 일찍 죽어버려 그 누님 생각이 자주 난다는 말만 남겼다. 그건 그렇다 치고, 그럼 부러진 나무 가지에 앉아 있는 새를 바라보는 여인의 모습은 무엇을 뜻하는지는 역시 설명이 없다.

3

이청준은 '꽃(나무)'과 '새'를 좀 더 확대 해석해서 인간의 두 타입, 즉 '농부'처럼 현실에 안주하며 사는 순응적 · 평화적 인간과 '시인'처럼 현실에 안주하지 못하고 떠도는 비극적 · 투쟁적 인간으로 나누고 있다.

사실 문학은 이처럼 대립하는 두 마음(갈등)에서 비롯된다고 볼 수 있는데, 물론 이런 갈등은 비단 사랑하는 남녀의 사이에서만 볼 수 있는 것이 아니다. 박목월의 『나그네』처럼 훨훨 어디론가 떠나고 싶지 않은 사람이 어디 있겠는가? 남자든 여자든 인간은 누구나 떠나려는 '원심운동'과 잡아두려는 '구심운동'의 두 대립 속에서 살아간다고 볼 수 있다. 사람들은 현재의 질곡에서 벗어나 자유를 누리고 싶은 마음이 문득 떠오르더라도 현재의 삶이 또한 소중하기 때문에 선뜻 떨치고 나서지 못할 뿐이다. 그런 점에서 이 세상 사람들을 크게 두 개의 타입, 즉 현실에 안주하지 못하고 떠도는 '비극적 인물'과 현실에 안주하며 그냥 살려는 '평화적(순응적) 인물'로 나누어 볼 수 있다. 그런 점에서 이청준의 『새와 나무』는 그 제목에서 보듯이, 인간의 이러한 두 유형을 '새'와 '나무(꽃)'에 비유하여 잘 드러낸 작품이다.

이 소설은 한 떠돌이 '나그네'가 해질 무렵 나무를 정성껏 돌보는 한 농가의 '주인'을 만나 그의 집에서 하루를 묵게 되는 아주 우연한 기회를 갖는 것으로 시작된다. 그런데 나그네인 '나'는 주인을 처음 대하는 순간부터 그가 '나무'처럼 보인다는 특이한 의식을 갖고 있다.

시간이 경과하면서, 나그네는 주인 사내가 나무를 돌보는 데는 남다른 사연이 있음을 알게 된다. 즉 주인 사내에 의하면, 자기 어머니는 남달리 나무를 심고 정성껏 돌보셨던 분이었는데, 그것은 빗새(집을 나간 형)가 비를 피해 깃들 둥지를 마련해 주기 위해서였단다.

주인 사내는 어렸을 때 자기 어머니로부터 "빗새는 원래 비가 와도 깃들 둥지가 없는 새 짐승이어서 날씨가 궂으면 그렇게 젖은 몸을 쉴 의지처를 찾아 빗속을 울며 헤맨다"고 들어 왔는데, 사실 그의 어머니는 빗새에서 도회지로 돈벌이 나가 돌아오지 않는 큰아들(주인의 형님이 됨)의 모습을 보고 있었던 것이다. 다시 말해서 엄마 품을 떠난 큰아들의 혼이 빗새가 되어 돌아온 것이라고 생각하고 정성껏 돌보아 주어야 한다는 생각을 했던 것이다. 그러니까 지금 주인 사내가 나무를 정성껏 돌보는 일은 지금은 돌아가시고 안 계신 어머니의 일을 이어받아 계속해 오고 있는 것이다.

이러한 사연을 들으며 '나' 자신이 바로 안주할 곳을 찾지 못해 이 나무에서 저 나무로 떠도는 빗새와 동일한 모습임을 떠올리게 된다. 빗새=형(큰아들)=나(나그네)라면, 나무=어머니=주인 사내의 대립항이 되는 셈이다. 한편 어느 한 곳에 머물 곳을 찾지 못하고 떠도는 나그네(그는 시인이었음)가 볼 때, 한 곳에 뿌리를 박고 흥겹게 풍년가를 부르며 살아가는 이곳의 농민들이 신기하게만 보일 뿐이다. 현실에 만족하지 못하고 늘 떠도는 시인인 나그네와, 똑같은 일을 매년 반복하며 한 곳에서 살면서도 조금도 권태스럽게 여기지 않는 농부는 퍽 대조적이라 할 수 있다. 이러한 이야기

속에서 작가가 제시하고자 한 인간의 두 유형은 대체로 다음과 같은 도식으로 정리해 볼 수 있다.

새	· · · · 형	· · · · · (나그네)	· · · · 시인	· · · · 비극적 인물형
|	|	|	|	
꽃(나무) · · ·	어머니 · · ·	(주인 사내) · · · ·	농부 · · · ·	평화적 인물형

주인 사내가 저녁 무렵 자기 집에 찾아 든 나그네인 '나'를 반가이 맞이한 것도 실은 나그네에서 수림에 깃들어야 할 새'의 모습을 보았기 때문이다. 그런 점에서 서울 서대문에 있는 '시인과 농부'란 카페는 지금 신촌에 있는 '민들레 영토'보다 꽤 성업을 이룰 것이다.

2. 색채 이미지로 말하기

우리는 다양한 색채 속에서 살아가고 있지만, 그것들을 예사롭게 보거나 당연한 것으로 받아들여, 각 색채가 지닌 독특한 느낌이나 의미를 잘 인식하지 못한 채 살아가는 경우가 많다. 그러나 우리는 그림 감상만이 아니라, 일상에서 그 색채의 상징적인 의미를 알아야 할 경우가 있으므로, 각각의 색채가 갖고 있는 그 고유한 의미를 잘 알아야 할 필요가 있다.

전통적으로 우리의 혼례식(婚禮式)은 붉은색과 푸른색의 결합이다. 그래서 전통 혼례식에서 '청사초롱'의 붉은색이 '신랑'을 가리키는 것이라면 파란색은 '신부'를 가리킨다. 이는 남녀의 결합을 음양(陰陽)의 결합으로 보았다는 데에 그 뿌리를 두고 있다. 그러니까 부부의 만남이란 '불' 같은 남자와 '물' 같은 여자, 즉 두 상극의 사람이 만나 하나가 되어 살아가는 것이다. 그러므로 아무리 다정한 사이라도 사소한 일로 부부간의 트러블을 자주 겪는 것은, 두 상극이 만나 살아야 하기 때문으로, 어찌 보면 부부간의 이런 싸움은 두 사람의 발전을 위해 피할 수 없는 일인지도 모르겠다.

결혼한 두 사람은 한 가정을 지키며, 앞으로의 생성(生成, becoming)을 이루기 위해서는 서로 조화(harmony)를 잘 이루어 가야 한다. 그런 점에서 결혼식 날에 올리는, 신랑 · 신부 두 어머니의 '촛불 점화식'은 상당한 의미를 띠고 있는 것이다. 신랑 · 신부 두 어머니가 오늘 치루는 이 결혼식은, 단지 두 사람의 결합만이 아니라, 두 사람이 오래도록 '조화'를 잘 이루어나가 많은 재물과 귀여운 아이들을 키워나갈 수 있기를 누구보다 바란다. 이런 뜻에서, 이날만은 옷의 색채를 서로 크로스해서 입었던 것이다. 그래서 신랑 어머니가 파란색 계통의 옷을 입고, 신부 어머니가 붉은색 계통의 옷을 입었던 것인데, 이를 잘못 알아, 남자를 파란색, 여자를 붉은색으로 오해하게 되었다.

이처럼 신랑 신부 두 어머니가 앞에 나와, 단상의 파란 초와 빨간 초에 불을 켜는 '점화식'은 그 속에 그런 뜻이 담겨 있는 것인데, 많은 사람들이 그 뜻을 잘 모르고 있기에, 그 엄숙한 의식을 올리는 날에도 어머니가 얼굴 치장이나 옷차림에만 신경을 쓰거나, 촛불은 아예 색채가 없는 흰색의 초만이 단상 양쪽에 놓여 있는 것을 볼 수 있다. 그런 점에서 현재 남자 화장실을 파란색으로, 여자 화장실을 붉은색으로 쓰고 있는 것은 우리 고유의 색채 이미지를 잘못 알고 있는 것이므로, 아무리 글로벌 시대라 해도 이는 얼른 고쳐져야 한다.

결혼은 이처럼 서로 다른 두 사람, 즉 불같이 뜨겁고 거친 남자와 물같이 차갑고 부드러운 여자와의 결합으로 조화를 잘 이루어 가야한다. 그러므로 이 성스러운 잔칫날에 색채를 서로 교차해서 옷을 입는 것이나, 색채가 다른 초에 불을 밝히는 '촛불 점화식'은 오늘 갖는 이 결혼식이 불(火)과 물(水)처럼 서로 다른 성질의 두 사람이 만나, 청실홍실을 엮듯이 조화를 잘 이루며 살아가야 한다는 의미를 담고 있음을, 신랑 신부만이 아니라 이 결혼식 참석자 모두의 마음속에 깊이 새기게 해 주어야 한다.

이처럼 본래 색채는 우리의 정신과 감각을 건강하게, 그리고 우리의 삶을 더 풍요롭게 해 준다. 특히 작가는, 영부인의 의상에서 보듯이, 작중인물의 속마음이나 내면을 직접 설명하지 않고 어떤 색채를 끌어들여 함축적이고 암시적으로 그 뜻을 드러내게 해준다. 그리고 색채는 건축학, 물리학, 정신분석학 등의 예술적인 표현에서도 기초적인 의미 전달의 수단이 되고 있다. 다시 말해서 색채는 단순히 시각적인 효과를 넘어서서 영화나 그림에서처럼 하나의 기호로서 어떤 내용을 구체적이고 생동감 있게 표현하는 일을 한다.

1) 흰색(白色)의 상징적 이미지

우리의 신화에는 백마(白馬)가 자주 등장하고, 아픈 환자가 찾아가는 병원이 흰색으로 되어 있는데, 흰색(白色)은 수녀나, 병원의 의사 그리고 간호사가 입는 의상에서 보듯이 긍정적인 의미로 '순수'나 '순결'을 나타낸다. 부정적인 의미로는 핏기 없는 살갗의 시신이나 밤에 나타나는 소복한 여인(귀신)에서 보듯이, '죽음'이나 무서운 '공포감'을 드러낸다.

은희경은 『그녀의 세 번째 남자』에서 주인공인 '그녀'는 한 남자와의 사랑 때문에 고민하던 중, 영추사에서 머물며 살 때 흰색의 암캐 한 마리와 수캐 두 마리가 섹스를 나누며 함께 살아가고 있는 모습을 지켜보게 된다.

> 그녀는 개에게 가끔 센베이를 주었다. 그녀가 방에서 나오는 기척이 들리면 어떻게 알았는지 벌써 개들이 달려왔다. 수컷 두 마리는 그녀의 무릎에 머리를 부비기도 하고 손바닥을 핥기도 했지만 하얀 개는 언제나처럼 몇 발짝 뒤에 서 있었다. 그녀는 김이 박힌 센베이 몇 개를 무릎에 올려놓고 부서뜨린 다음 개들에게 던져 주었다. 수컷들은 정신없이 센베이를 핥기 시작했다.… (중략) … 하얀 개도 센베이를 먹고 싶어 했다. 입맛을 다시듯이 분홍색 혓바닥을 몇 번 낼름거렸고 마치 자동차 뒷좌석에 놓인 목이 헐거운 강아지 인형처럼 고개를 갸우뚱갸우뚱하면서 수컷들을 쳐다보았다. 그러면서도 가까이 오지는 않고 계속 그대로 버텨 서 있는 것이었다. 그녀는 조금 다가가기만 해도 하얀 개가 멀리 도망쳐 버린다는 것을 알고 있었다. 조심스럽게 겨냥을 하여 센베이를 하얀 개의 앞발에까지 던져 주었다.
>
> —은희경의 『그녀의 세 번째 남자』에서

위에서 보듯이, 그녀는 수컷들이 먹을 것만 주면 사족을 못 쓰며 달려드는데 반해, 늘 인간에 대한 경계심을 잃지 않고 살아가는 '흰' 암캐를 남다른 애정을 갖고 바라보고 있다. 아마 흰 암캐는 '그녀'처럼 남자(사람)한테 한번 배신을 당한 적이 있는가 보다.

흔히 사람들은 이들의 모습에서 두 마리의 수캐가 한 마리의 암캐를 공유하며 살아가고 있다고 볼 수도 있지만, 그 반대로 발상을 확 바꾸어 보면, 한 마리의 암캐가 두 마리의 수캐를 거느리고 여장부답게 순결한 자기 삶을 살아가는 모습으로 볼 수도 있다. 이 소설의 결말에 이르러 그녀가 세 번째 남자, 즉 첫 번째 남자를 포함한 여러 남자들과 관계를 맺으며 자유분방하게 살아갈 것을 꿈꾸며 흐린 날, 즉 기상 이변이 있는 날 서울로 돌아오게 된 것도, 이런 개들의 삶을 보고 많은 것을 깨달은 바 있기 때문이다. 이효석이 하얀 메밀꽃을 통해 순결한 여인의 표상을 잘 드러내었듯이, 은희경은 암캐를 흰색과 연관 지어, 주인공인 '나' 자신의 행위나 태도의 순수성을 잘 드러내고 있다.

김승옥의 『무진기행』에는 주인공인 '나(윤희중)'가 어머니의 산소에 다녀오는 방죽의 냇가에서 자살한 술집 여자의 시신을 보고 있는 장면이 나온다.

> 나는 물가로 내려가서 학생들 틈에 끼었다. 시체의 얼굴은 냇물을 향하고 있었으므로 내게는 보이지 않았다. 머리는 파마였고 팔과 다리가 하얗고 굵었다. 붉은색의 얇은 쉐터를 입고 있었고 하얀 스커트를 입고 있었다. 지난밤의 새벽은 추웠던 모양이다. 아니면 그 옷이 그 여자의 맘에 든 옷이었던가 보다. 푸른 꽃무늬 있는 하얀 고무신을 머리에 베고 있었다. 무엇인가를 싼 하얀 손수건이 그 여자의 축 늘어진 손에서 좀 떨어진 곳에 굴러 있었다. 하얀 손수건은 비를 맞고 있었고 바람이 불어도 조금도 나부끼지 않았다.
>
> — 김승옥의 『무진기행』에서

윗글에서 자살한 술집 여자는 붉은색의 얇은 스웨터를 입고 있었고, 하얀 팔과 다리, 하얀 스커트, 꽃무늬가 있는 하얀 고무신, 하얀 손수건에서 보듯이, '흰색'과 '빨간색'이 유독 강조되고 있는데, 이는 비록 술집여자지만 그녀야말로 죽기 전까지 누구보다 예쁘고 순결한 사랑을 꿈꾼 여자였음을 잘 드러내준다. 이처럼 '나'는 지금 그녀의 그런 속마음을 누구보다 잘 알고 있기에, 이 여자의 죽음을 무척 안타까워 하고 있을 뿐 아니라, 만약 그녀가 죽지 않고 오래 살아갈 수 있었다면 그녀와 깊은 사랑을 나누고 싶기까지 한 것이다. 특히 나는 어젯밤 새벽녘, 그녀가 죽음을 결행할 시각에 잠을 이루지 못하고 뒤척였었다. 그녀와 무슨 인연이 있었기에 그랬을까! 하고 그런 생각을 하노라니, '나'는 그녀의 죽음을 무척 안타깝게 생각하고 있는 것이다. 그런 점에서 이 대목은 이 죽은 술집여자를 통해, 미쳐가거나 자살할지도 모를 '하인숙'에 대한 '나'의 사랑이 얼마나 절실한가를 새삼 짐작하게 해준다. 그러므로 전체적으로 볼 때 '나'는 결코 하인숙을 버리고 서울로 도망간 남자가 아니다. '나'는 하인숙을 서울로 데려가기 위해서라도 빨리 서울로 가 승진을 해야 한다.

흰색이 드러내는 순결·순수의 의미와는 달리, 오정희의 소설『구부러진 길 저편』에서는 그 반대로 추하고 더러운 것, 장례식장의 상제(喪制)의 옷처럼 흰색은 '죽음'이나 타인에 대한 강한 '두려움'을 잘 드러낸다. 이 소설의 주인공인 '은영'은 어머니가 한 남자의 거짓말에 속아 지금 불행한 여생을 혼자 보내며 살고 있다. 이런 어머니의 과거를 누구보다 잘 알고 있는 딸 '은영'이가 지금 골프장의 캐디로 일하고 있는데, 남성들이 그녀를 욕망의 대상으로 삼는 것이다.

> 자연 지형을 그대로 살린 골프장에는 나지막한 구릉이 겹쳐 있다. 그가 등의 땀을 닦아 달라고 말했다. …(중략)… 땀을 닦아주는 대신 은영은 그의 등 뒤

에서 소리 없이 비켜나 구릉으로 걸어갔다. 너무 깨끗하고 고요해서 액자 속의 풍경화 같았고 은영은 길을 벗어나 그림 속으로 들어가듯 그곳으로 걸어 들어갔다. 공이 날아가 숨던 숲이 있는 곳이었다. …(중략)… 하얀 의자는 그녀가 와 앉기를 기다리고 있는 듯 그 자리에 그대로 있었다. 은영은 군데군데 래커칠이 벗겨진 의자의 먼지를 손수건으로 닦고 앉았다. 저편 구릉으로 넘어가는 사람들의, 조금씩 솟아오르다가 차츰 낮아지며 사라지는 모습이 마치 사막의 부드럽고 고운 모래 속으로 묻혀가는 것 같다고 생각하며 몽롱한 가수 상태에 빠져 들어갔다. 졸음에 못 이겨 의자에서 스르르 내려와 잔디에 몸을 뉘였다.

— 오정희의 『구부러진 길 저편』에서

'은영'은 사생아로 태어난 자신의 운명으로 인해, 부도덕한 성적 유혹에 대해서는 어떤 호기심이나 환상도 갖고 있지 않은 여자다. 그녀는 자신의 몸이 '누군가의 갈망의 대상이 될 수 있다는 것' 자체도 받아들일 수 없는 치욕으로 여기고 있다. 이런 자폐적 증상 때문에 은영은 '흰 의자'에서 죽은 듯 쓰러져서 잠이 들곤 했다. 이런 잠은 타락한 세상을 거부하는 행위로서, 작가는 그것을 죽음이나 타인의 거부를 드러내는 '흰빛'과 연결시켜 묘사하였다. 부정적인 이미지로서의 '흰색'은 검정색처럼 죽음이나 공포감을 표상하여, 위에서 본 것처럼 거부의 뜻을 나타낸다. 그중에서 검정색이 경화(硬化)되고 고착된 죽음의 색, 즉 이미 죽어 버린 자의 색이라면, 흰색은 막 우리에게 육박해 오는 죽음, 역설적으로 말해 살아 있는 죽음의 색이다.

『무진기행』의 주인공 '나'는 무진의 특산물인 '안개'에 대해, 남다른 의식을 갖고 있다.

무진에 명산물이 없는 게 아니다. 나는 그것이 무엇인지 알고 있다. 그것은 안개다. 아침에 잠자리에서 일어나서 밖으로 나오면, 밤사이에 진주해 온 적군들처럼 안개가 무진을 삥 둘러싸고 있는 것이었다. 무진을 둘러싸고 있던 산들도 안개에 의하여 보이지 않는 먼 곳으로 유배당해 버리고 없었다. 안개는 마치 이승에 한(恨)이 있어서 매일 밤 찾아오는 여귀(女鬼)가 뿜어내 놓은 입김과 같았다. …(중략)… 안개, 무진의 안개, 무진의 아침에 사람들이 만나는 안개, 사람들로 하여금 해를, 바람을 간절히 부르게 하는 무진의 안개, 그것이 무진의 명산물이 아닐 수 있을까!

— 김승옥의 『무진기행』에서

'무진'에서 태어나 자랐으므로 이곳에 대해 잘 알고 있는 '나(윤희중)'는 그러나 이 곳의 명산물인 '하얀' 안개를 아름다운 이미지로 떠올리기보다 마치 진주해 오는 무시무시한 '적군'이나 소복한 여인이 한밤에 나타나듯 한(恨)이 맺혀 죽은 여인이 뿜어낸 입김처럼 보았다. 아닌 게 아니라 사실 '나'는 안개가 많은 '무진'이란 공간에서 미치거나 자살하고 말 것 같은 '하인숙'이란 여인의 모습을 떠올리고 있었던 것이다.

윤대녕은 『천지간(天地間)』에서 흔히 흰색의 병원이 본래 생(生)과 사(死)가 공존하는 공간이듯이 긍정적 · 부정적 의미로서의 흰빛을 동시에 잘 드러내고 있다.

아홉 살 땐가 열 살 때 물에 빠져 죽을 뻔한 적이 있었다. 비가 온 다음날 친구들과 함께 조개를 잡으러 가서였다. 친구들과 나는 뙤약볕이 내리쬐는 철길을 따라 반나절이나 걸어 큰 강에 도착했다. …(중략)… 아무리 허우적대도 중심을 되찾을 방법은 없었다. 그리고 뼈마디의 힘이 다 빠져나갔을 때 나는 물속에서 번쩍 눈을 뜨고 마지막 생사의 싸움을 지켜보았다. 삶과 죽음이 벌거벗은 남녀처럼 엎치락뒤치락하는 가운데 마침내 날숨이 코까지 올라왔고 이어 실크 커튼처럼 부드러운 빛이 내 손과 발을 조여 묶기 시작했다. 짙은 푸른빛이었던 실크 커튼은 점점 보랏빛으로 변해 갔다. 그리고 보랏빛이 흰빛으로 바뀔 즈음 나는 의식을 잃고 말았다.

깨어 보니 나는 들꽃이 무리 지어 있는 강둑에 누워 있었다. …(중략)… 내 옆에는 거적때기를 쓴 친구 하나가 더 누워 있었다. 그는 나를 구하기 위해 강에 뛰어들었다가 대신 변을 당한 것이다. …(중략)… 그 마지막 흰색을 보게 된 것은 그로부터 오랜 세월이 지나서였다. 군에 있을 때였다. 다행히 뇌관만 터져 불구도 면하고 목숨도 구했지만 제대하기 얼마 전에 나는 수색을 나갔다 지뢰를 밟은 적이 있었다. 발바닥 밑에서 뻥하는 소리와 함께 뇌관이 폭발하는 순간 나는 정말이지 뭐라 말할 수 없이 투명한 흰색과 다시 만나고 있었다. 차라리 아름답다고 해도 좋을 은은한 하얀빛. 훗날 박물관에 갔다가 우연히 조선 백자를 보게 되었을 때 다시금 나는 그 황홀한 흰색에 사로잡혀 있었다.

— 윤대녕의 『천지간』에서

백병원, 외숙모의 백미(白米), 간호사나 의사의 흰 옷, 길에 깔린 흰 눈에서 보듯, 백자의 흰색이 온갖 병균을 제거하여 새 삶을 이끌어 주는 순결한 이미지로서의 색채이기도 하지만, 동시에 물에 빠져 죽음 직전에 본 흰빛, 감성돔회의 살빛, 장례식장의 흰 상복 등에서 보듯이, 흰색은 공포감과 죽음을 드러내는 빛깔이기도 하다.

2) 푸른색(초록색)과 보라색의 이미지

우리나라의 경우, 푸른색과 초록색을 구분하지 못하거나, 아예 한 가지로 통합해서 사용한 면이 있다. 서양에서는 밝은 초록색을 강한 생명력과 풍요나 희망을 나타내고, 밝은 푸른색은 종교적인 진실이나 정신적 순수와 연결되기도 하지만, 부정적 이미지로서 하성란의 『곰팡이꽃』에서 보듯이, 푸르딩딩하거나 검은 초록색이나 검은 푸른색, 즉 보라색을 썩어 가는 아픈 상처나 죽음을 맞는 고통을 드러낸다.

박완서는 『울음소리』에서, 이웃집의 부부가 싸움 끝에 모두 집을 비우고 나가 아무도 없자, 혼자 울고 있는 이웃집 아이를 그녀 집에 데려와, 날이 밝아지면 너의 엄마가 곧 데리러 올 거라며 울음을 달랬다. 그런데 밖을 응시하던 이 아이가 어둠 뒤에 밝아오는 아침을 보고 다음과 같이 말한다.

"아침은 초록빛이야."

"초록빛?"

그녀는 아이의 엉뚱한 대답에 소리 내어 웃었다. 아무리 보아도 새벽빛 에 초록빛이 섞여 있는 것 같진 않았다. 아이가 알고 있는 초록빛이 어떤 것인지도 그녀는 알지 못했다. 그러나 밖의 어둠에 변화가 왔다는 걸 아이는 알고 있었다.

—박완서의 『울음소리』에서

지금 아이는 어둠이 지나고 아침이 오면, 집 나간 엄마를 다시 만날 수 있으리라는 희망을 갖고 있기에, "아침은 초록빛이야."라고 거침없이 말한 것이다. 소년이 말하는 초록빛은 평화와 안식을 누릴 수 있는 세상을 맞게 되리라는 꿈에서 비롯된 것으로, 그 후부터 '그녀'도 어둔 바깥을 응시하는 버릇을 갖게 되었는데, 그녀는 이웃집 아이처럼 긍정적으로 생각할 줄 아는 아이를 낳고 싶어, 지금 남편이 빨리 돌아오기를 기다리며 밖을 응시하고 있다.

『무진기행』의 '나'는 자살한 술집여자를 보기 위해 물속에 빙 둘러선 학생들을 보면서, "그들의 푸른색 유니폼이 물에 거꾸로 비쳐 있었다. 푸른색의 깃발들이 시체를 옹위하고 있었다."는 표현에서 보듯, 어두운 푸른색을 죽은 여자의 시체와 연결시키고 있다. 그리고 하성란의 『곰팡이꽃』에서 독버섯 같은 '푸른색'을 쓰레기봉투를 뒤지는 외로운 남자와 연관 짓고 있듯이, 흔히 검은 빛깔을 띤 푸른색은 암울하고 생기 잃은 삶을 드러내준다.

윤대녕은 색채의 이미지를 잘 알고 그의 작품에 잘 끌어들이는 작가이다.

뼈마디의 힘이 다 빠져나갔을 때 나는 물속에서 번쩍 눈을 뜨고 마지막 생사의 싸움을 지켜보았다. 삶과 죽음이 벌거벗은 남녀처럼 엎치락뒤치락하는 가운데 마침내 날숨이 코까지 올라왔고 이어 실크 커튼처럼 부드러운 빛이 내 손과 발을 조여 묶기 시작했다. 짙은 푸른빛이었던 실크 커튼은 점점 보랏빛으로 변해 갔다. 그리고 보랏빛이 흰빛으로 바뀔 즈음 나는 의식을 잃고 말았다.

—윤대녕의 『천지간』에서

이처럼 윤대녕은 이미지스트답게 '보라색'을 죽음이나 비극의 이미지와 연결시키고 있다. 그런데 이런 색채의 이미지는 벌써 황순원의 『소나기』에서도 나타나고 있다.

"도라지꽃이 이렇게 예쁜 줄은 몰랐네. 난 보랏빛이 좋아!…… 근데 이 양산 같이 생긴 꽃은 머지?" "마타리꽃" …(중략)…

"어서들 집으루 가거라. 소나기가 올라."

참 먹장구름 한 장이 머리 위에 와 있다. 갑자기 사면이 소란스러워진 것 같다. 바람이 우수수 소리를 내며 지나간다. 삽시간에 주위가 보랏빛으로 변했다.

—황순원의 『소나기』에서

3) 빨간색과 자주색의 이미지

우리는 빨간색 하면 제일 먼저 공산당의 '빨갱이'를 연상하게 되어 좋은 색체로 받아들이기보다 몸에서 나는 '붉은 피'를 먼저 떠올리게 된다. 그러나 빨간색은 펄펄 타오르는 '태양'이나 불꽃처럼 뜨거운 '정열'의 상징으로, 색채 중에서 가장 으뜸가는 강렬한 이미지로 쓰이는 남성적인 색채다. 다시 말해서 붉은색은 변화를 갈구하는 '열정'이나 창조적 에너지로서의 '생명력'을 뜻하지만, 또 한편으로는 상처 난 곳에서 흐르는 '붉은 피'나 잿더미로 만드는 불 때문에 '파괴'를 뜻하기도 한다.

그런데 우리 선조들은 뜨거운 정열이 우리 몸에서 나오듯 우리 몸이 불을 지닌 존재로 보는 눈을 가지고 있었다. 그런 생각은 남자의 '불알'이나 여자의 신체 중 한 부분인 '불두덩'에 잘 나타나 있다.

"그런데 자네 어무니가 하루라도 불을 안 보면은 못 사는 여자였네. 불이라도 보통 깐질깐질하게 타는 불이 아니고, 타죽을 만하게 활활 타는 불이라야 직성이 풀리는 여자였어."

대장장이 노인은 약간 혀가 굽은 소리로 말했다. 취해 있었다. … (중략) …

살갗이 타서 문드러질 만큼 뜨겁고 맹렬한 불을 보고, 그렇게 달구어진 몸을 식히느라고 냇가에 가서 멱을 실컷 감고, 밤새도록 그의 품속에서 고양이 소리 같은 신음 소리를 낸 이튿날 해가 쨍쨍 내리쬐어야만 겨우 풀무질을 해 주곤 했다.

— 한승원의 『불의 딸』에서

위에서 보듯 한승원의 『불의 딸』은 '불'이 바로 우리의 몸속에 지닌 성 에너지(리비도)와 같은 것으로서, 강한 생명력 그 자체임을 잘 보여준 소설이다.

그런데 이청준의 『비화밀교』가 보여주는 횃불의 불은 본래 '화해'를 이루는 좋은 의미로 쓰인 것이었으나, 요새 젊은이들은 불을 무조건 '파괴'와 같은 부정적인 나쁜 의미로 받아들여, 불의와 싸우는 힘을 지닌 것으로 생각하려는 것에 우려를 표하고 있다.

88 월드컵 축구 선수를 응원했던 젊은이들이 모두 붉은색의 유니폼을 입었던 것은, 악마의 괴력을 발휘해서라도 열정적으로 열심히 싸워 이기기를 바라는 마음이 거기에 담겨 있었기 때문이다.

조경란은 『나의 자줏빛 소파』에서, 오래 전에 사귀던 한 남자를 애타게 찾는 한 여자인 '나'의 이야기를 들려주고 있다. '나'는 만나기로 약속한 장소에 그 남자가 나타나지 않아, 지금도 그 이유를 모른 채 그 남자를 마냥 기다리고 있는데, '나'는 지금 자줏빛 가죽의자에 앉아서 뜨개질을 하고 있다.

10분이 늦긴 했지만 남자가 이미 다녀갔을 거란 짐작은 들지 않았습니다. 남자가 늘 다니던 길로 다녔더라면 저는 제가 앉은 자리에서도 남자의 모습을 볼 수 있었을 것입니다. 남자는 늘 광교 쪽 출입구를 통해 서점에 들어와 나에게 명함을 부탁하고 명함이 완성되면 제 책상을 지나 종로 쪽 출입구로 나가버리곤 했기 때문입니다. 아무튼 그날 남자는 저녁 일곱 시가 넘도록 오지 않았습니다. 그날 밤부터 감기가 치밀어 오르기 시작했습니다. 한 이틀인가 결근을 해야 했습니다. 저는 우울이 제게 달려들어 심장을 꽉 깨물지 않도록 온몸을 웅크리고 오래 앓았습니다.

보름 후 직장을 잃게 되었습니다. 제가 그 일을 그만두게 될 때까지 남자는 다시 서점에 나타나지 않았습니다.

—조경란의 『나의 자줏빛 소파』에서

남자 스웨터를 짜는 일에 몰두하고 있는 '나'의 모습은 『오딧세이』의 페넬로페'의 모습을 연상하게 한다. 다시 만날 수 없는 한 남자를 한없이 기다리는 상처 많은 '나'란 여자의 이야기를 들려주는 소설의 제목에, 조경란은 '자주색'이란 검은 색을 띤 붉은 색채를 끌어들이고 있다. 이처럼 검은 색채를 띤 붉은색은 열정적인 사랑을 꽃피우지 못한, 멍든 사랑을 상징한다. 이는 마치 사연 많은 여인이 자주색 옷고름을 입에 문 여인을 연상시켜 준다.

4) 노란색의 상징적 이미지

새싹이 땅속에서 돋아날 때의 새순이나, 갓 태어난 새끼 조류들의 주둥이가 모두 노란색을 띠듯이, 노란색은 부드럽고 청순하며 연약한 어린 생명을 상징한다. 어린이가 타고 다니는 버스가 온통 노란색이고 유치원생이 즐겨 쓰는 모자나 어깨에 멘 가방이 모두 노란색으로 되어 있는 것은 여기에 약하고 어린 생명들이 있으니 우리 모두 그들을 잘 보살피자는 뜻이 거기에 담겨 있다.

한편 황금빛 들판이나 단풍 든 나뭇잎에서 쉽게 볼 수 있듯이, 노란색은 병들거나 죽어가는 자의 그림자를 드리운 것과도 관련이 있다. 노란색은 누구나 피하고 싶은 죽음을 예고한다. 그래서 생명을 앗아갈 모든 폭발물과 관련된 시설물에 노란색을 칠하는 것이나 각종 위험에서 우리를 보호해 줄 안전요원들이 노란색 복장을 하고 있는 것은 모두 그런 위험에서 우리를 구해 주자는 것과 관련이 있다. 그리고 '세월호'의 참사를 애도하는 사람들이 착용했던 리본이 노란색이었던 것도 채 꽃 피우지 못하고 죽은 어린 생명을 오래오래 기억하자는 뜻이 담겨 있다.

> 나는 커서 미용사가 될 꺼야.
> 삼거리의 미장원을 지날 때 치옥이가 노오란 목소리로 말했다.
> 회충약을 먹는 날이니 아침을 굶고 와야 해요. 선생의 지시대로 치옥이도 나도 빈속이었다.
> 공복감 때문일까, 산토닌을 먹었기 때문일까, 해인초 끓이는 냄새 때문일까, 햇빛도, 지나다니는 사람들의 얼굴도, 치마 밑으로 펄럭이며 기어드는 사나운 봄바람도 모두 노오랬다.
>
> — 오정희의 『중국인 거리』에서

위에서 보듯이 오정희는 『중국인 거리』에서 부드럽고 청순하며 연약한 어린 생명을 의미하는 뜻으로 노란 색채어를 쓰고 있다.

그러나 한편 윤대녕은 노란색을 죽음을 의미하는 이미지로 쓰고 있다. 그녀는 고속버스 터미널에서 직행 버스 터미널로 가기 위해 상가 보도의 중간에 핸드백조차 지닌 것이 없는 단출하고 노란색 바바리 차림이었다.

> 여자가 나를 바라보고 있음을 깨달은 것은 노란빛의 잔상이 좀 길게 동공에 남아 있다 싶어 그녀가 사라진 곳을 눈으로 슬쩍 더듬고 있을 때였다. 그녀는 터미널 입구에 우두커니 멈춰 서 있었다. 나와는 한 10여 미터쯤 떨어져 있었을까. … (중략) …
> 크나큰 당혹감이 천둥처럼 지나가고 나서 그리 길지도 않은 사이에 그녀의 얼굴에 뒤덮이던 적막한 체념의 그림자. 그것은 이미 죽음을 받아들인 자의 모

습이라고 해도 좋았다.

— 윤대녕의 『천지간』에서

이 소설의 주인공 '나'는 본래 시골의 웅덩이에 빠져 죽을 뻔하다 누군가 나를 구조하고 대신 죽게 된 아픔을 지닌 사람이다. 그래서 '나'는 평소에 나도 누군가를 구조해줘야 한다는 죄의식을 남달리 갖고 살아가는 사람인데, 고모님 부음을 듣고 문상하려고 찾아가다 '나'는 버스 정류장에서 우연히 보게 된 여자, 그녀가 입고 있는 바바리코트가 노란색이란 것을 보고, 그녀의 얼굴에 죽음의 그림자가 드리워져 있는 것을 보게 되자 자신도 모르게 그녀의 뒤를 따르게 된 것이다. 그런데 죽음의 그림자를 지닌 그 여자는 '나'와의 인연으로, 죽지 않고 살아 돌아오고 있다. 그런 점에서 이 소설은 노란 색채 이미지 못지않게, 인연의 의미와 전형적인 여로형 소설임을 잘 알 수 있게 한다.

3. 동종주술의 원형적 이미지

1) 동종주술과 원형의 의미

원형(archetype)이란 말뜻을 바로 이해하기 위해서는 '신화비평'을 왜 '원형비평'이라고 부르는가를 아는 것이 더 긴요하다고 본다. 본래 원형(原型, arhetype)이란 말은 융(C. Jung)의 원형 무의식에서 나온 말로서, 그는 인간의 무의식중에는 인간이 직접 경험하지 않았음에도 대대로 태내에서부터 물려받은 것이 있다고 보았다. 모든 문학의 뿌리를 신화에서 찾을 수 있듯이, 이처럼 신화학자, 즉 원형이론가들은 변화하지 않고 그대로 쓰이는 것을 중시했는데, 아무리 시대가 변하더라도 동종주술 같은 행위는 어느 시대나 문학에서는 반복적으로 이용되리라고 본다.

역대 대통령 중에 '박정희 대통령'하면 떠오르는 이미지가 하나 있다. 그는 5월 모내기철이 되면 농촌으로 내려가 손수 농민들과 모심기를 하였다. 아침 신문에 실린, 밀짚모자를 쓰고 수건을 목에 건 채로 막걸리 한 대접을 마시는 장면은 신선한 충격을 준다. 그 후 어느 대통령에서도 그런 모습은 전혀 볼 수가 없었다. 몇 년 전, 김문수 경기 도지사가 우리나라에서도 이모작(二毛作)이 가능하게 되었다는 뉴스와 함께, 모심는 기계를 직접 모는 모습이 조간신문에 보도된 적이 있었는데, 필자는 그 기사를 보며 박정희 대통령의 모습을 새삼 떠올려 보았다.

바쁜 일정 속에서도 박정희 대통령은 왜 논에 들어가 모심는 일을 해마다 시연했을까? 그는 무엇보다도 국정을 책임진 사람으로서 대통령은 옛날의 왕(王)처럼 풍년을 들게 하고 전쟁이나 질병이 발생하지 않도록 하는 책임을 지는 사람이었기 때문일 것이다. 옛날이나 지금이나 백성들은 태평성대(太平聖代)를 이룰 수 있는 성군의 출현을 누구보다 학수고대했다.

왕의 자리는 아무나 오르는 것이 아니다. 왕은 하늘이 내리신 탁월한 능력을 지닌 자라야 한다. 본래 임금 왕(王)이라는 글자에는 天(천), 地(지), 人(인)이라는 삼재(三才)를 한 손에 쥔 자, 즉 이 우주를 마음대로 컨트롤할 수 있는 능력이 있는 자라는 뜻이 내포되어 있다고 한다.

풍년이 들려면 우선 제때 제때에 비가 와야 한다. 만일 비가 오지 않아 가뭄이 들면, 왕은 하늘에 제사를 지내 비가 제때에 내리도록 해야 한다. 영국의 인류학자인 J. G.프레이저의 ≪황금 가지(Golden Bough)≫에 따르면, 왕(king)은 우주 에너지의 중심이므로, 그가 병들거나 노쇠의 징후를 보이면 곧 천재지변이 일어나거나 곡식이 결실치 않고 가축이 떼죽음을 당한다고 믿어 왕을 살해까지 했는데, 이런 풍속은 세계적으로 널리 퍼져 있었다고 한다. 중국의 역사서인 ≪삼국지(三國志)≫의 기록을 보면, 우리 부여(夫餘)의 땅에서는 "비와 가뭄이 고르지 못해 오곡이 잘 익지 못하면 그 허물을 왕에게 돌려 마땅히 왕을 갈아치우거나 죽여야 한다고 말했다"는 기록이 있다고 한다.

본래 오래 전부터 용(龍)은 하늘을 지배하는 존재, 다시 말해서 비를 내려주는 거룩한 존재로 여겨 왔는데, 중국에서 용을 황제와 동일시하게 되면서, 우리나라에서는 용 대신에 '봉황'을 왕과 동일시하게 되었다.[10] 지금도 대통령의 휘장 속에는 상상의 새인 '봉황'이 새겨져 있는데, 이 상서로운 '봉황새'는 용처럼 비를 몰고 오거나 풍년을 들게 하는 새로서, 이런 동

10) 박영수, 우물 속에 살아 있는 동물 이야기(서울 : 영교출판, 2005).

물을 왕과 동일시한 것만 보아도, 왕은 아주 오래 전부터 풍년이 들도록 하는 일에 긴밀히 관여해 왔음을 잘 알 수 있다.

신라의 역사 기록을 보면 왕의 명칭으로 '거서간(居西干)', '차차웅(次次雄)'이란 말을 쓰기도 했다고 한다. 그런데 이 말은 곧 '무당'을 가리키는 말로서, 그때의 무당은 오늘날의 무당이란 개념과는 무척 달랐겠지만, 신통한 능력으로 병을 낫게 하고, 재앙을 물리치고, 비가 제때에 내려 풍년이 들게 하는 능력의 소유자였던 점은 별반 다르지 않았을 것이다. 박정희 대통령은 옛날 왕의 본분으로 돌아가 국민을 보릿고개로부터 해방시키기에 열정을 기울인 '새마을 대통령'으로 길이 남을 것이다.

2) 동종주술과 유사법칙

요즘 한국의 '마술(馬術)'이 세계적으로 명성을 떨치고 있다고 한다. 관객이 마술에 홀리는 것은 마술사가 빠른 손놀림으로 기적 같은 일을 이루어내기 때문이다. 옛날로 올라갈수록 인간이 주술에 매달려 살아온 것을 많이 볼 수 있는데, 우리 할머니들은 이런 기적 같은 일을 일상생활 속에서 이루어내고 싶은 마음이 누구보다 강렬했던 사람이다.

주술(呪術)이란 초자연적 수단을 통해 초자연적 힘을 이 세상에 작용케 하여 어떤 기대하는 결과를 얻으려는 행위를 가리킨다. 무당은 이러한 일들을 도맡아 처리하는 전문가이기도 하지만, 정화수 앞에서 늘 기도하며 살았던 우리 할머니나 어머니도 이러한 의식(儀式)을 주도한 아주 특별한 사람이었던 셈이다. 어찌 그뿐이랴! 위급한 상황에 빠진 사람이라면 누구나 위기를 무사히 벗어나기 위해 주술사가 되지 않을 수 없는 것이다. 그만큼 주술은 우리 모두의 삶과 밀접하게 연관되어 있는 것이다.

≪황금가지(The Golden Bough)≫의 저자인 J. G. 프레이저(James George Frazer, 1854~1941)는 전 세계에 걸쳐 여러 민족에 의해서 가장 오랫동안 이

루어졌던 주술 중의 하나로, 다음과 같은 예를 들고 있다.

> 오지브와(Objiwa) 인디안들은 누구를 해치려고 할 때에, 그 적(敵)을 뜻하는 작은 나무 상[木像]을 만들어서, 그 머리나 심장에 바늘을 꽂거나 거기에 화살을 쏘거나 한다. 그러면 동시에 그의 적(敵)은 바늘이 꽂힌 곳이나 화살에 맞은 곳이나 상응한 육체적 부위에 바로 격통을 일으킨다고 믿는다 한다.[11)]

이런 주술적 행위는 우리 한국인에겐 결코 낯선 것이 아니다. TV 드라마 ≪장희빈≫에서 보았듯이, '장희빈'은 '민비'를 죽게 할 목적으로 취선당(就善堂) 서쪽에 신당을 차려 놓고 무당을 몰래 불러들여 민비상(閔妃像)에다 화살을 쏘게 했다. 그런데 이 사실이 숙종에게 탄로나 그녀는 후에 사약을 받아 죽고 말았지만, 이는 어떤 목적을 달성하기 위해서 주술에 몰래 매달리는 힘 약한 인간의 한 전형을 보는 듯하다.

그러면 전 세계에 널리 퍼져 있는 이러한 주술 행위에는 어떤 사고가 담겨 있었을까? 이에 대하여 J. G. 프레이저는 "유사는 유사를 낳는다," 혹은 "결과는 그것의 원인을 닮는다"는 유사법칙(law of similarity)에 의해 주술이 이루어지는 것이라고 밝힌 바 있다. 프레이저는 유사 법칙에 의해서 주술사가 단지 그것을 모방함으로써 그가 바라는 어떤 결과를 가져 올 수 있다는 믿음 속에 행해진 것으로, 이런 주술을 '동종주술(同種呪術)' 혹은 '모방주술'이라 불렀다.

중국의 역사서인 ≪삼국지(三國志)≫의 '위지동이전 마한 조(條)'를 보면, 옛날 마한(馬韓) 땅에서는 "항상 5월 하순 경 씨 뿌리는 일을 마치면 조상에게 제사를 지내고, 무리를 지어 노래하고 춤추고 술을 마셨는데, 밤낮으로 쉬지 않고 춤을 추는 사람이 수십 명이었다. 그들은 함께 앉았다가 일

11) 프레이저, 장병길 역, 黃金 가지(서울 : 삼성출판사, 1977), p.48.

어나고 서로 줄을 지어 뒤를 따르며 땅을 쾅쾅 밟기도 하고 머리를 숙였다가 위를 쳐다보았는데 이 때 손과 발이 함께 움직였다."[12]는 기록이 있다. 옛날 마한 사람들의 이런 춤동작은 식물이 쑥쑥 자라는 모습을 모방한 것으로, 풍요로운 수확을 위해 동종주술 의식에 매달려 살아왔음을 잘 보여주는 대목이다. 다시 말해 그들은 땅에 뿌린 씨앗이 싹이 터 잘 자라 풍년이 들기를 간절히 바라는 마음에서 주술적 행사를 갖게 되었고, 그들은 씨를 뿌린 밭에서 식물이 자라는 모습을 모방한 몸짓을 하면 실제로 그런 일이 밭에서 일어나게 된다는 믿음을 확고하게 갖고 있었던 셈이다.

자바나 스마트라 같은 곳은 문화가 다르고 지리적으로 멀리 떨어진 곳들인데도 '씨 뿌리기'를 인간의 성행위와 동일시하고, '땅'은 여성의 생식기와, '종자'는 남자의 정액과 동일시하는 경우를 흔히 찾아 볼 수 있다고 한다. 그리하여 중국에서는 젊은 부부가 토양을 더욱 비옥하게 하고 토지의 생산력을 높이기 위해 그날 밤에는 파종한 땅 위에서 성적(性的) 결합을 가졌다고 한다. 자바의 여러 지역에서도 벼가 막 싹틀 무렵에 농부와 그 아내가 밤중에 그 밭에 가서 결실을 촉진시킬 목적으로 성교를 하였던 것이다. 이는 암소를 몰고 가는 한 농부가 섹스를 함께 나눌 한 여자를 찾고 있는 『헌화가』 같은 향가를 연상케 한다. 이들의 모든 행위는 결코 불경스러운 것이 아니라 동종 혹은 모방 주술의 원리에 입각하여 식물의 성장을 촉진하고 토지의 생산력을 증진시키려 한 성스러운 의식이었다고 볼 수 있다.

3) 현대에 살아 있는 주술적 행위들

그럼 이런 동종주술은 우리 선인들만의 전유물이었던가? 아니다. 첨단과학이 발달한 이 시대를 살아가는 현대인들도 그런 주술에 매달림은 옛날

12) 魏志 東夷傳, 馬韓條.
"常以五月下終訖 祭鬼神 群聚歌舞飮酒 晝夜無休數十人 俱起相隨 踏地低仰 手足相應"

과 조금도 다를 것이 없다.

수험생은 왜 찰떡과 엿을 먹고 학교에 가는가? 잘 붙는 음식을 먹으면 시험에 잘 붙는 일이 생길 것이라는 기대를 갖고 있기에 그런 일을 하는 것이다. 기억컨대 필자의 외조모님은 나에게 찹쌀떡 3개를 싸주시면서 입학시험을 보러 가는 날 새벽에 눈 뜨자마자 이걸 아무도 모르게 먹으라고 하시는 것이었다. 좋다는 데 안 먹어? 아닌 게 아니라 찰떡을 먹은 덕인지, 필자는 그 날 생판 모르는 두 문제를 기가 막히게 맞춘 기적을 이루었다. 동점자가 수두룩한 판에 두 개나 맞추었으니 이건 정말 놀라운 일이 아닐 수 없다. 앞으로도 입시철마다 엿이나 찹쌀떡은 잘 팔릴 것이다.

동종주술은 전 세계에 퍼져 있는 의식이다. 미국의 침공에 대항해 싸우는 이라크 군인들이 미국의 성조기(星條旗)를 불태우는 일을 보게 되는데, 이는 1960년대 북한 괴뢰 정권 타도를 외치는 군중이 광화문 네거리에서 김일성을 연상케 하는 허수아비를 만들어 놓고 거기에 불을 지르는 것과 조금도 다를 바가 없다.

오늘날 폐백을 드리는 의식에서 흔히 시부모님은 신부에게 대추를 한 움큼 던져 준다. 왜 그랬을까? 여기에도 신부에게 바라는 집안 어른의 간절한 소망이 담겨 있었다. 내 집에 시집오면, 대추나무에 대추가 주렁주렁 열리듯이, 제발 애를 많이 낳아 주기를 바란 것이다. 옛날 농경사회에서 부자가 되려면 많은 일손이 필요했다. 자식이 많으면 많은 농경이 가능하기에 자식 부자는 곧 물질적 부(富)와 직결된다.

이와 같은 동종주술에 매달리는 현대인의 모습은 작품 속에서도 흔히 찾아볼 수 있어서, 작가들이 어떻게 이 모티프를 자신의 창작 속에 살리고 있는지 살펴보는 일은 작가의 재능을 확인하는 중요한 단서가 된다.

① 이청준의 『잔인한 도시』와 『석화촌』

제2회 이상문학상 수상작인 『잔인한 도시』(1978년)의 무대는 감옥소가 있는, 서울 변두리의 한 공원이다. 이 공원에는 새장의 새를 사서 제 보금자리로 날려 보내주는 '방생의 집'이 있다. 그런데 이 가겟집 부근의 현수막에는 다음과 같은 광고 문구가 씌어 있다.

-새들은 하늘과 숲이 그립습니다.
-새들에게 날을 자유를 베풉시다.
-자비로운 방생은 당신의 자유로 보답 받게 됩니다.

— 이청준의 『잔인한 도시』에서

이 공원에 방금 감옥에서 풀려난 한 노인이 공원에 앉아 꽤 성업을 이루고 있는 새 장사를 물끄러미 보고 있다. 예전엔 주로 수감자를 면회하러 오는 사람들이 새를 샀으나, 요즈음은 감옥소를 빠져 나온 사람들이 직접 이 가게에서 새를 사서 날려 보내곤 하는데, 이는 새장의 새를 자신과 동일시하여 새에게 자유를 줌으로써 자기가 감옥에 다시 들어가는 일이 생기지 않기를 바라는 간절한 소망에서 비롯된 것이다.

전과자로 낙인찍힌 사람은 사회에 적응하기 어려워져 또 다시 죄를 짓고 감옥살이를 되풀이할 수밖에 없다. 이처럼 힘 약한 전과자가 주술에 매달리는 행위는 미신 이전에 있을 수 있는 자연스런 인간의 모습이다.

그리고 이러한 주술행위는 작명에서도 흔히 볼 수 있다. 르네 웰렉이 일찍이 "성격 구성의 가장 단순한 방법은 이름을 붙이는 것"이라고 말했듯이, 흔히 우리는 한 사람의 '이름'이 풍기는 의미, 어감, 음색에 의해 그 사람의 인상이나 면모를 생각하게 되는 경우가 있다. 그래서 사람의 이름을 붙이는 데 있어서도 아무렇게나 붙이지 않고 동종 주술적 효과를 거두려는 이름이 붙여지게 되는 경우를 작품 속에서 흔히 보게 된다. 그러한 단적인 예를 이청준의 『석화촌(石花村)』에서 찾아보자.

> 잠깐 뭍을 밟아 보고는 보름씩 한 달씩 바다에서만 지내면서 그녀의 아버지는 누구보다 별과 친해져서 그랬는지, 또는 친척이 없어 마을에서 늘 업신여김을 당한다고 한탄을 하더니 별처럼 많은 손(孫)을 보고 싶어 그랬는지, 딸아이의 이름을 스스로 '별네'라고 지어 불렀다.… (중략) …
>
> "넌 이제 뱃놈이다."
>
> 하고 웃지도 않고 말했는데, 거무는 자기가 아주 뱃놈이 되고 만 것은 안 노인의 그 말 때문이라고 했던 것이다. '시째'(三男이라는 뜻)라는 그의 이름이 '거무'로 바뀐 것도 그 무렵 안 노인으로부터였다고 했다. 뱃사람들은 대개 물귀신이 되지 않게 해 달라고 부적을 지니거나 그 부적의 효험을 대신할 만한 별명을 지니고 있었는데 '거무'는 그런 목적으로 안 노인이 지어 준 이름이었다. 거무(거미)라는 놈은 물 위를 빠지지 않고 기는 놈이니 절대로 물귀신이 될 염려가 없다는 것이었다.
>
> — 이청준의 『석화촌』에서

파도와 싸우며 두려움 속에서 살아야 하는 뱃사람들이 동종주술에 매달리게 되는 것은 아주 자연스러운 일이다. 아버지가 딸의 이름을 '별네'라 지었던 것은 죽어서는 하늘의 별이 되어 태어나기를 바라는 간절한 소망이 있어서다. 그리고 뱃일을 하는 청년에게 물위를 걸어 다니는 벌레의 이름을 따서 '거무'라는 이름을 붙여주었던 것은 혹시 물에 빠져도 죽지 말라는 뜻에서다.

본래 이름을 아무렇게나 붙이는 사람은 없다. 거기에는 간절한 소망이 담겨 있다. 딸만 낳는 집에서는 그만 낳으라고 말자(末子), 말순(末順)이라고 지었고, 가난하게 살지 말라고 만복(萬福)이나 승복(承福)이라 짓는가 하면, 낳은 자식을 몇 번씩이나 잃으면 바위처럼 단단하라고 '바우'라고 이름을 지었는데, 이 모두는 주술적 명명이 아닐 수 없다.

② 이효석의 『산협(山峽)』

이 소설의 주인공인 '공제도'는 결혼은 했지만 오래도록 자식이 없었다. 자신에게 신체적 결함이 있는 줄도 모르는 그는 어느 날 장에 나갔다가 황소를 팔아 생긴 돈으로 씨받이 여인을 사 데리고 돌아온다. 그런데 본부인은 질투는커녕 이 여인과의 첫날밤을 위해 남편의 신방을 소 외양간에다가 마련하여 주었다. 그것은 소가 풍요와 직접 관련 있는 동물이기에 그 영력을 받아 아들을 얻기 위함이리라.

한편 자식을 못 나은 것이 큰 죄로만 알고 있는 본처인 '송씨'는 그 시각에 "한 톨의 씨를 줍시사"하고 항아리 속의 백 낟알의 콩을 세며 치성을 드리고 있다.

> 모았던 손을 풀고 손바닥을 비비면서 조용조용 일어섰다가는 엎드리면서 단 앞에 절을 한다. 항아리 속에 준비했던 백 낟의 콩알을 한 개씩 헤이면서 백 번의 절을 시작했다. 일어섰다가는 엎드리고 일어섰다가는 엎드리고 하는 그 피곤을 모르는 가벼운 거동이 점점 짙어지는 어둠 속에 사라지고는 나중에는 신령님의 속삭임과도 같은 웅얼웅얼하는 군소리만이 아련히 남았다.
>
> — 이효석의 『산협』에서

이 같은 송 씨의 행위는 씨(콩)를 뿌리는 행위를 성행위와 동일시한 사고에서 비롯된 것이다. 심은 콩에서 콩이 주렁주렁 달리듯이 신방에 든 여인이 제발 아기를 쑥쑥 많이 낳아주게 되기를 바라는 소망이 거기에 담겨 있었던 것이다.

③ 김동리의 『바위』

이 작품의 제목에 드러나 있는 '바위'라는 소재는 어린 아들과 함께 지낼 수 있기를 바라는 어머니의 지극한 사랑과 정성을 구체화시키고 있다.

술이 어머니는 아들을 한번 만나보고 난 뒤부터는 아들 생각이 더 간절해졌다. 그녀는 날마다 장터에 기웃거리며 돌아다니고 있었다. 그러나 아들은 제가 약속한 사날이 지나고 보름이 지나도 나타나지 않았다. 그럴수록 다만 한 가지 믿고 의지할 것은 저 바위뿐이었다. 저 복바위가 제대로 땅 위에 있는 날까지는 언제든 그의 아들을 다시 만날 수 있을 것이며, 그리고 자기의 병도 어쩌면 아주 고칠 수 있을는지도 모른다고 생각하였다.

'그저 비가 오나 눈이 오나 복바위만 갈아라.'

그녀는 사람들이 다 잠이 든 밤이면 그 아프고 무거운 몸을 끌고 언제나 남몰래 바위를 찾아와 어루만지는 것이었다.

— 김동리의 『바위』에서

이처럼 문둥병에 걸린 어머니는 매일 이른바 복바위를 찾아가 손돌을 쥐고 가는 일에 매달린다. 그리고 그녀는 바위를 온 몸으로 갈고 닦는다. 그러한 행위의 반복은 자신의 병이 빨리 치유되어 아들 술이와 함께 살 수 있는 날이 빨리 오기를 바라는 마음이 간절했기 때문이다. 물론 그 바위는 보통의 평범한 것이 아닌, 매우 영험한 위력을 지닌 것이기에 간절한 소원을 간직한 모든 사람들로 하여금 주술적 행위를 자아내게 만든다. 이러한 바위에 대한 자세한 설명을 보기로 하자.

… 누가 첨으로 그 바위 위에 올라가 앉았는지, 그리하여 복을 빌기 위하여 돌을 갈기 시작했는지 아무도 알 길이 없었으나 그 바위의 이름이 복바위니 원바위니 하고 불리워지는 것도 아주 오랜 옛날부터의 일로 전해지고 있었다. 복바위는 복을 주는 바위란 뜻이었고, 원바위는 소원을 성취시켜 주는 바위란 뜻이었다. 그리하여 아기를 가지지 못한 사람, 몹쓸 병이 든 사람, 남편의 소식을 모르는 사람, 너무 가난해서 자식을 성취(혼례)시키지 못한 사람(대개는 여인들이었지만) 그밖에도 별의별 불행한 사람들이 다 와서 돌을 갈았다. 한 나절이고 하룻밤이고 또는 며칠 동안이고, 그렇게 손돌을 갈다가 그것이 바위 위에 붙으면 소원이 성취되는 증거라고 그녀들은 …

— 김동리의 『바위』에서

온 마을 사람들은 이 바위를 신처럼 여기며 이곳에 와서 치성을 드리며 소원을 빌고 간다. 바위를 갈면서 치성을 다하면 자신의 소원을 들어준다는 것은 전통적인 샤머니즘 사상인데 여기엔 동종주술의 원리를 잘 포함하고 있는 것이다.

문둥이 어머니가 밤이나 낮이나 바위를 가는 행위를 반복함은 아들에 대한 숭고하고도 희생적인 사랑의 발현이라 볼 수 있다. 그녀가 소망하는 아들과의 상봉은 손돌이 바위에 붙음으로써 가능하다고 굳게 믿고 있다. 즉 바위와 돌멩이가 맞붙는 형상을 살펴볼 때, 그것은 실제로 어머니와 아들이 만나서 서로 껴안는 형상과 매우 흡사하므로 동종주술의 의미를 바로 거기에서 찾아볼 수 있는 것이다.

④ 김정현의 『아버지』

이 소설에는 대학 입학시험을 앞둔 '딸(지원)'의 합격을 위해 동종주술에 매달리는 아버지 '정수'의 모습을 선명히 보여주는 대목이 나온다. 자식이 입학시험을 치르는데 부모로서 도울 수 있는 길이 있다면 무엇인들 못 하겠는가. 남들은 자식을 위해서 집을 팔아서도 고액 과외를 시킨다는데 그런 뒷받침을 충분히 해 줄 수 없어서 아버지는 늘 미안하기만 하다.

다행히 딸은 잘 생기기도 하였지만 공부를 잘 해 주어, 거는 기대가 크다. 영어를 특히 잘 하는 딸은 이번에 전국에서 수재들이 다 모여든다는 S대학에, 그것도 35명밖에 뽑지 않는 영문학과를 지원하겠다니 이건 보통 좁은 문을 통과하는 일이 아니다. 그가 생각해도 "고만고만한 비슷한 실력의 수많은 경쟁자를 이기고 그 좁은 관문을 통과한다는 것에는 실력 이외에도 운이라고 표현되는 어떤 축복이 있어야만 할 것 같았다."그런 아버지가 오랜 고심 끝에 마침내 찾아낸 방법은 이런 것이었다.

결국 그가 찾아낸 길은 자신의 진실한 마음을 담은 소박하고 순수한 방법이었다. 정수는 그해 1년 동안 한 번도 버스의 뒷좌석에 앉아본 적이 없었다. 앞에서부터 35번째 안에 자신이 있어야만 딸도 그 좁은 35의 관문을 통과할 것 같아서였다. 아무리 피곤하고 뒤쪽의 좌석이 비어 있어도 그는 전체 승객의 35번째 안에 들지 않으면 안쪽에 서 있기를 고집했다.

출근길의 지하철에서도 마찬가지였다. 열차가 도착하고 그 열차에서 함께 하차하는 모든 이들 중 35번째 안에 개찰구를 빠져나와 그 열차에서 함께 하차하는 모든 이들 중 35번째 안에 개찰구를 빠져나와야만 할 것 같았다. 그래서 그는 계단과 가장 가까운 곳에 정차하는 객차만을 고집했다. 그리곤 항상 출입문 앞에서 대기했다. 열차가 도착하기 직전에는 스타트 라인의 육상선수처럼 호흡을 가다듬었다. 그리고 문이 열리면 뜀박질을 시작했다. 에스컬레이터의 편리함보다는 호흡이 가쁘고 땀에 젖더라도 계단을 이용해 두었다

— 김정현의 『아버지』에서

이처럼 그가 찾아낸 소박하고 순수한 방법이란 것은 다름 아닌 동종주술적 행위다. 아버지가 딸의 입학정원과 동일한 숫자인 35등 안으로 출구를 빠져나오는 일을 하면 딸에게서도 35등 안에 드는 일이 생기게 되리라는 사고는, 유사법칙에 따른 행위의 절묘한 표현이다.

평소에 아무리 실력이 좋더라도 학운이 없으면 제 실력을 발휘하지 못해 낭패를 보는 것이 입시에서는 흔히 일어날 수 있는 일이기에, 그리고 인간이란 어떤 면에서 매우 약한 존재이기에 인간이 주술에 매달리는 것은 지극히 자연스런 욕구라고 볼 때, 우리는 이 아버지의 행위에서 간단히 웃어넘길 수 없는 리얼한 모습을 보는 듯하다.

4. 이야기의 전형적 진행 양식

영국의 캠브리지 대학의 제의학파들이 처음 밝혀낸 "신화란 제의(祭儀)의 구술 상관물"이란 말은, 그 당시 신화가 무슨 이야기인 줄을 모르던 시대에, 신화의 가치를 새롭게 깨닫게 해준 놀라운 발견이었다. '출애굽기'나 '돌아온 탕자 이야기'에서 보듯, 한 젊은이가 길을 떠나, 고난과 시련 끝에 드디어 자기의 본성을 발견하거나 목표한 일을 이루어내고, 금의환향한다는, 이런 여로형(旅路型) 이야기는 현대소설에서도 흔히 볼 수 있는 것이다. '길을 떠난다'는 것은 결국 좁은 세계에서 보다 넓은 세계로의 이동을 가능하게 하는 것이므로, 거기서 새로운 것을 보고 듣는 일은 결국 새 지식의 얻음과 동시에 새로운 깨달음을 얻게 해 주어, 그 당시에는 놀라운 발견이었다. 사실 이 말은 '신화는 모든 문학의 모체가 된다'는 관점과도 통하는 말이다.

그 후에 미국의 비교종교학자인 J. 캠벨(Joseph Campbell)이 지은 ≪천의 얼굴을 가진 영웅(*The hero with a thousand faces*, 1949)≫이라는 저서가 1968년에 우리나라에서 처음 출간되어 나왔다. 그는 마크 트웬의 『톰소녀와 허클베리핀의 모험』이란 이야기의 제의의 절차와 똑같은 ① 떠남-② 경험들-③ 돌아옴의 이야기를 들려주고 있는데, 이러한 사실은 모든 작가가 얼마나 관습적인가를 잘 알려준다.

오늘날에도 강원도 강릉 지방에서는 5월 단오날에 일종의 풍어제 같은 의식을 갖는데, 옛날 어부들이 고기를 잡으러 나갈 때, 그냥 바다로 나간 것이 아니라, 반드시 집단으로 어떤 의식을 치루고 나갔다고 한다. 이런 의식(儀式)은 늘 우리의 의식(意識)을 새롭게 해 주기 때문에 매우 중요시했다고 볼 수 있다. 그래서 사냥을 나갈 때도 마찬가지였었는데, 사실 인간은 태어나 죽을 때까지 갖가지 의식(儀式) 속에서 살아간다고 볼 수 있다. 한 생명이 태어나 오랜 생존을 축하하는 백일잔치, 돌잔치를 비롯해, 각종 입학식과 졸업식을 거쳐, 어른 사회에 진입하였음을 알리는 성년식과 남녀의 결혼식, 은혼식, 금혼식을 거쳐 장수(長壽)를 축하하는 회갑잔치, 저 세상으로 돌아감을 애도하는 장례식(葬禮式) 등, 사실 따지고 보면 인간은 삶의 고비를 넘길 때마다 새로운 의지를 다지는 수많은 세리머니 속에서 살아왔다고 볼 수 있다. 그런데 인류학자들의 연구보고에 의하면, 그 중에 성년식(成年式, initiation)은 동서고금을 통해 어느 나라에서나 볼 수 있는 것으로, 그만큼 이 의식을 매우 중요시했다는 것을 알 수 있다. 다만 나라에 따라 그 레파토리는 조금씩 다를지 모르지만, 그 의식의 절차인 a) 떠남(departure)− b) 통과(initiation)− c) 회귀(return)는 공통적이란 것이다. 그런 점에서 제의(rite)가 풍요, 건강, 다산을 비는 행동의 언어였다면, 신화(myth)는 후대에 이르러 의식의 절차에 따라 언어로 말하여진 글이었던 셈인데, 우리 학생들은 김승옥의 『무진기행』, 최인훈의 『웃음소리』, 이문열의 『그해 겨울』, 박완서의 『겨울 나들이』, 은희경의 『그녀의 세 번째 남자』, 신경숙의 『풍금이 있던 자리』, 윤대녕의 『천지간』, 권지예의 『뱀장어 스튜』, 정미경의 『나의 피투성이 연인』 등은 모두 이런 형식을 통해 소설의 줄거리를 구성한 대표적인 소설들이므로, 이것들을 어떻게 달리 정리했는가를 살펴보며 읽어보길 바란다. 특히 소설의 한 유형임을 알기 위해서도 이것들을 함께 읽어보길 바란다. 그리고 길의 '떠남'이 은희경의 『아내의 상자』나 『단군신화』에서처럼, 실제적으로 일어나지 않고 외부와의 담을 쌓고 살아가는 것을 볼 수 있는데, 이는 하나의 '메타포'일 뿐이다. 그리고 현대소설에서는 돌아오게 된 동기, 즉 중대한 깨달음을 갖게 한 경험 내용에 관심을 두고, 이를 깊이 다루는 경향이 있다.

전경린의 『남자의 기원』은 정체성(identity)을 상실한 사람이 왜 그런지 알 수 없으나 한결 같이 그가 태어난 근원의 세계로 돌아가고 싶어 한다. 이 소설의 서술자이며 주인공인 '나(미아)'는 오늘 D로부터 내가 "더 나이 들기 전에 '나'를 갖고 싶다"고 말하는 전화를 받았다. 연어가 돌아오는 것을 중요한 텔레비전 뉴스로 보도하는 데스크도 아마 D와 같은 생각을 갖고 있을 것이라고 생각하고 있는데, 직장에서 돌아온 남편도 식탁에 앉으면서 "연어가 돌아온다는 군"이라고 말하는 것이 아닌가!

그날 저녁 남편의 말에 따르면, 영화 트로이(Troi) 전쟁의 영웅들에서 보듯이, 정복자들은 남달리 어머니의 자궁으로 돌아가고 싶은 '마더 콤플렉스'를 평생 지니고 살아가는 사람이라는 것이다. 남편과 저녁밥을 함께 먹는 내내 텔레비전 오락 프로그램에서는 백인 남자들이 전쟁 흉내를 냈고, 서바이벌 게임에서 남자들은 실제로 완전 군장을 하고 공포탄을 쏘며, 비장한 얼굴로 전장 속으로 뛰어드는 장면을 보여 주었다.

작가의 말에 따르면, 『남자의 기원』의 '나'는 남자들의 그런 점을 지난여름 동네 주유소에서 '로렐라이'로 불린 여자애를 동원했던 이벤트에서도, '내'가 과속으로 경찰에 걸렸을 때 미인계를 써 본 적이 있어서 잘 알고 있고, 그밖에 여자를 남달리 정복의 대상으로 삼는 남자들의 모습에서, 쉽게 마더 콤플렉스에 빠지게 되는 남자들의 모습을 보았다. 그리고 특히 아내를 독차지 하려고 벌어지는 아들과 남편의 잠자리 싸움에서 보듯, 남자의 근원적인 욕망이 무엇인가를 새삼 알 수 있었다. 인간이 정체성을 상실했을 때 연어가 모천(母川)으로 회귀하듯, 근원으로 회귀하는 모습은 신경숙의 『그는 언제 오는가』에서도 볼 수 있는데, 특히 이청준의 데뷔작인 『퇴원』을 보면, 광속에서 엄마나 누나의 내의를 깔아놓고 그 냄새를 맡으며 낮잠 자는 버릇이 있는 남자 아이의 이야기를 들려주고 있어서 참으로 이상한 이야기를 하고 있다고 생각했다. 그러나 이것은 일종의 나의 아지트로서 다락이나 구석진 은밀한 곳을 좋아하던 우리들의 모습 바로 그것이다.

특히 엄마의 사랑이 부족하다고 느끼는 아이는, 늘 엄마 곁에 붙어 있고 싶어 하거나 학교 가기를 거부하고 엄마하고만 같이 지내려고 하는 등, 여러 문제들을 일으키기도 한다. 그래서 아이의 생일날이 되면, 남자와 여자 친구들을 모두 불러, 함께 놀도록 생일 파티를 열어주는데, 여기에는 이제 자식에게 부모 곁에 머물러 있지만 말고 동성(同性)이나 이성(異性) 친구를 찾아 용감하게 바깥 세계로의 모험을 떠나주기를 바라는 엄마, 아빠의 마음이 그 속에 담겨 있었던 것이다. 그리고 우리 주위에서 벌어지고 있는 각종 '미투 운동'에서 볼 수 있는 남자들의 행동이나, 김훈의 『화장』에서 주인공이 '추은주(秋殷周)'란 여인을 떠올린 것도 모두 이와 맥락을 같이 한다고 보아야 한다.

그런데 김승옥의 『무진기행』이나 신경숙의 『풍금이 있던 자리』의 주인공들은 정체성을 상실했을 때 '고향'을 찾아가고 있다. 이는 그곳에서 인간들이 진정한 행복을 누렸기 때문인데, 모든 사람의 마음속에는 고향에의 향수를 지니고 있는 셈이다. 꿈 많은 유년시절의 삶이란 모두가 어머니의 보살핌 속에 편히 살아갈 수 있을 뿐, 자기 자신에겐 아무런 힘든 일도, 어떤 책임과 의무도 주어지지 않았었다. 그래서 사람들은 곤경에 처하거나 정신적 번민과 갈등에 휩싸일 때 그곳으로 돌아가고 싶어진다.

최인훈의 『웃음소리』에서 '나'는 지금 p온천을 찾아가고 있다. '나'는 지금 죽기 위해 p온천을 찾아가고 있지만, 그곳은 '나'에게는 고향 같은 곳이다. 기차 안에서의 시이소 얘기나 죽음의 장소에 바로 가지 않고, 예수상(像)이 걸려 있는 시골 교회 법당을 찾아가 예수님의 구원을 간절히 바라고 있다. 이처럼 스스로 목숨을 끊는다는 것은 그리 쉬운 일이 아니다. 특히 최인훈의 『웃음소리』에서 주인공은 그녀가 나지도 않은 웃음소리를 들은 것들은 환청이나 무슨 핑계를 대서라도 죽음을 피하고 싶었기 때문인데, '나'는 끝에 가서 처음과 달리 죽으려 했던 자가 구원되어 죽지 않게 된다. 그래서 구원 대신에 현대소설에선 어떤 낯선 곳에 이른 주인공이 다양한 경험들을 쌓는 데에 무척 관심을 갖는 것도 이 때문이다.

정체성을 상실한 사람은 다시 제자리로 돌아와 건강한 삶을 잘 영위하고 있는 것을 볼 수 있다. 이문열의 『그해 겨울』을 김승옥의 『무진기행』처럼 모두 '봄의 미토스'로 보는 것도 그 때문이다. 죽으려 했던 사람이 다시 살아 돌아오고, 사랑하지 않기로 했던 사람을 다시 사랑하게 되며, 한 때 출판을 꿈꾸었다가 출판하지 않기로 하여 다시 원래의 자리로 돌아가는 모습을 많이 보게 되는데, 이문열의 『그해 겨울』에서 보는 것처럼, 정체성 상실에서 그런 회복이 이루어지기 위해서는 최인훈의 『웃음소리』처럼 누군가의 구원을 받아야겠지만, 현대소설에서는 은희경의 『그녀의 세 번째 남자』처럼 그 전에 '깨달음'의 깊은 과정이 있어야 한다. 만일 이 점이 부족하다면 유기적 형식를 갖춘 작품이 되지 못할 것이다.

신경숙의 『풍금이 있던 자리』에서 고향에 이르른 나는 스포츠 센터를 찾아온 점촌 아줌마의 말을 되새겨 본 일, 그리고 눈먼 송아지를 돌본 이야기와 새 잡는 아버지를 따라 사냥을 갔다 온 일, 그리고 새 엄마가 들려준 말들이 나오고 있는데, 이것들은 독자들이 그 뜻을 이해하기 힘든 부분이기도 하다. 특히 은희경의 『그녀의 세 번째 남자』의 주인공 '나(여자)'는 '영추사'에 머물 때 특히 '흰 암캐'를 바라보는 장면이 나오는데, 이 대목이 무엇을 뜻하는가를 이해하기가 그리 쉽지 않다고 본다. 그런데 이 대목을 잘 끌어들여, 작품을 빛내고 있다는 사실을 독자는 잘 알아야 한다. 그리고 그녀가 서울로 돌아오는 날이 활짝 개지 않고 흐렸다는 날씨 묘사는 무엇을 뜻하는가를 잘 생각해 보아야 한다.

5. 근원세계로의 회귀 욕망

김훈의 『화장』은 '나(남편)'가 뇌종양 수술 끝에 죽은 '아내'의 장례를 딸과 함께 치루는 삼일간의 이야기다. 지금 '나'는 전립선의 고장으로 수시로 병원치료를 받아야 하며, 화장품(化粧品) 회사의 상무로서의 '나'는 상중(喪中)에도 급히 여름 광고문을 결정지어야 하는 일, 회사의 수익을 올리기 위해 지방 출장을 다녀와야 했던 일의 회상으로; 산다는 것이 얼마나 비애로운 것인가를 새삼 알려준다. 그리고 회사의 부하 직원으로 일하는 '추은주(秋殷周)'라는 여자에 대한 이야기가 여러 번에 걸쳐 길게 나오고 있다.

추은주는 나의 눈길을 끌게 하는 아주 이상한 여자다. 그녀의 입사 서류를 처음 보던 일, 입사 후에 그녀가 청첩장을 들고 나에게 왔던 일, 나를 이 세상에 나오게 했던 어머니의 산도(産道)를 가진 여자, 그 후 엄마를 꼭 닮은 어린 아이를 데리고 회사에 출근했던 일들을 회상하는 속에서, 추은주가 '나'와 남다른 인연이 있는 여자로 기억되고 있다. 그런데 추은주가 '나'와 이런 묘한 인연이 있던 여자라는 사실을 추은주 당사자는 물론이고 주위 사람 아무도 그걸 모른다.

이런 '나'의 기억 속에 그녀에 대한 이야기가 유독 길게 서술되어 나오게 된 이유는 아내를 잃은 슬픔이 얼마나 큰 것인가를 보여주기 위해서다. 이제 '나'의 곁에 머물러 있어 줄 사람은 아무도 없다. 아내는 자취도 없이 사라졌고, 딸과 사위는 멀리 떠나 미국에서 살게 될 것이며, 추은주마저도 이미 남편의 출장을 따라 미국에 가버리고 없다.

그리고 호스피스 병동의 의사들의 말에 따르면 죽음 직전의 남자들이 찾는 사람은 아내나 자식이 아니라, 자기를 낳아 길러준 '어머니'라고 한다. 이를 보면 인간은 어른이 되어서도, 아니 죽을 때까지 나를 존재케 한 어머니에게로 향하는 '마더 콤플렉스'를 갖고 살아간다고 볼 수 있다. 해외로 입양된 아이들이 성장해서 존재의 뿌리를 찾아 그토록 고국을 찾아 돌아오는 것을 보면, 어머니란 존재의 위력을 새삼 실감하게 되는데, 인간은 누구나 선천적으로 어머니나 어머니와 동등한 어떤 혈연에 예속되는 여자, 즉 누나나 탤런트를 거쳐 자기 아내를 좋아하게 된다고 한다.

에리히 프롬은 이것을 '근친상간적 고착'이라는 말로 이를 설명했다. 그에 따르면 근친상간적 고착이 극심한 사람들은 결혼 상대 선택의 제일 순위는 어머니처럼 자기를 편안하게 해 주고 사랑해 주는 여자라고 한다. 어쩌면 이 소설의 주인공 '나'는 추은주를 그런 어머니 같은 존재로 생각할 수 있을 것이다. 그런데 남자들은 이 세상 어디에도 없는 그런 여자를 평생토록 찾아 헤맨다고 하니, 참으로 딱하기만 하다. 한국의 어느 유명한 여배우가 "다 살아보니 대단한 남자 없다"라고 한 말이 그냥 빈 말이 아니란 생각이 든다.

한마디로 말해서 어머니의 자궁의 세계는 인간이 행복을 누렸던 최초의 고향 같은 곳인데, 출산과 함께 그런 체험은 모두 파괴되지만, 현실의 고통이 심하면 심할수록 인간들은 바로 자신의 발원점인 자궁의 세계로 회귀하고 싶은 욕망에 사로잡히게 되는 것이다.

바깥세상으로 나온 자식들은 이제 독립된 한 인간으로 자신의 삶을 꾸려 나가야 한다. 다시 말해서 인간은 거친 세파를 스스로 헤쳐 나가야 한다. 이 자식들이 이 세상에서의 삶에 만족하지 못하고 결핍이나 불만을 가졌을 때, 그들이 찾는 곳은 이 세상이 아닌 딴 세상, 이 세상과는 구별되고 멀리 떨어져 있는 딴 곳에서의 삶이 될 것이다. 아마도 그곳은 기독교나 유태교에서 말하는 '천당'이나 힌두교도들이 찾는 브라만(Brahman)의 세계, 그리고 제주도 사람들이 찾아가고자 갈망했던 '이어도' 같은 곳이 되겠지만, 그 곳은 결국 어머니의 태내와 같은 편안한 세계, 우리가 태어난 근원의 세계, 그리고 여러 문화권의 신화학자들이 이야기하고 있는 신과 인간이 친구처럼 사이좋게 조화를 이루고 살았던 '태초의 세계'가 될 것이다.

현대인으로서 이런 인간의 심리를 가장 잘 안 사람은 온양초등학교의 한 여선생님이 아닐까 한다. 충남 아산시 온양초등학교에서 펼치고 있는 '엄마 30초 껴안기' 운동에 대한 이야기(조선일보, 1996.10.1.)는 인간에서 볼 수 있는 만달라의 움직임이 얼마나 강렬한가를 보여 주는 좋은 사례가 된다. 이 학교의 이용숙(李容淑) 교사는 자기 반 1학년 학생들에게 '엄마 30초 껴안기'라는 특이한 숙제를 내 주고, 엄마를 껴안았을 때 엄마가 했던 말이나 자기의 느낌을 일기장에 적도록 했다. "대문을 열자마자 뛰어가서 엄마를 안았다. 엄마 가슴이 푹신푹신한 침대 같았다." "아이고 더워라. 더운데 왜 이러니?" "기원이가 많이 컸구나. 숙제하고 놀면 좋겠고, 밥 좀 많이 먹었으면 좋겠다." "우리 애가 다 컸네." "엄마를 안았을 때 기분이 좋았다. 엄마 가슴에 귀를 대니 엄마 숨소리가 들렸다. 엄마는 나를 사랑하신다." "엄마를 안았더니 무릎에 나를 앉히시고 아무 말씀 없었다."…….

그런데 이런 숙제를 하게 되면서부터 아이들이 학교생활을 훨씬 재미있어 하고 밝고 아름다운 마음씨를 갖게 되었다는 것이다. 그리고 뒤늦게 이 사실을 안 어머니들은 "그런 숙제를 내줘서 정말 고맙다." "아이가 품으로 달려드니 그렇게 행복할 수가 없었다"는 전화를 선생님에게 걸어왔다고 한다. 이 모든 사실을 통해 볼 때, 부모 자식 간에 따뜻한 정서교류 없이는 아이들의 올바른 성장이 이루어질 수 없고, 어머니의 존재가 아이에게 미치는 영향이 얼마나 큰 것인가를 새삼 깨닫게 된다. 이 사실을 뒤늦게 알게 된 이 학교 교장 선생님이 전교생에게 이용숙 선생님 반 아이처럼 '엄마 30초 껴안기' 운동을 펼쳐 좋은 성과를 거두고 있다니 얼마나 다행인가.

정신분석학자들은 '바다'를 '여성과 출산'을 뜻하는 상징으로 해석한다. 바다의 상징적 해석을 가장 많이 내놓고 있는 오토 랭크 같은 학자는 프로이트의 이론을 확충하여 바다를 어머니의 자궁(子宮)으로, 바닷물을 양수(羊水)와 같은 것으로 보았다. 그러니까 많은 사람들이 느끼는 바다에 대한 향수는 어머니의 품속, 다른 말로 표현하면 어머니의 자궁 속으로 돌아가고 싶은 의지의 표출이다. 그래서 성당 입구에 세워져 있는 성모 마리아상을 불후의 명작이라고 부르는 것이다.

우리 인간들은 그런 태내에서의 행복을 '고향'에서 느끼고 그곳을 찾아 떠나고 싶어 한다. 모든 사람의 마음속에는 고향에의 향수를 지니고 있는 셈이다. 꿈 많은 유년시절의 삶이란 모두가 어머니의 보살핌 속에 살아갈 뿐, 자기 자신에겐 아무런 힘든 노력도, 어떤 책임과 의무도 주어지지 않았었다. 그래서 사람들은 어려운 곤경에 처하거나 정신적 번민과 갈등에 휩싸일 때는 연어가 알을 낳기 위해 모천(母川)으로 회귀하듯 어머니 품속과 같은 고향을 그리워하고 찾게 되는 것이다.

이 세상의 모든 개체는 광막하고 깜깜한 대해(大海)와 같은 어머니의 뱃속에서 어머니의 일부로서 생성되어 자라다가, 어느 날 갑자기 어머니의 신체로부터 분리된 존재다. 그래서 아이는 태내에 머물며 행복한 삶을 누렸던 그 때에 대한 향수를 의식 깊숙이 간직하고 있을 뿐만 아니라, 어머니에게서 떨어져 나온 아이는 필연적으로 처음 본래의 상태로 돌아가고 싶은 욕망을 갖게 된다.

어제의 신문 한 귀퉁이에 이런 기사가 실려 있는 걸 보았다. 그 회사 여자 화장실에서 옆 칸의 화장실 사진을 몰래 찍다가 들켰는데, 경찰이 범인을 잡고 보니 다름 아닌 그 회사 사장이었다는 것이다. 이건 상식적으로 이해가 안 되는 일이지만, 그러나 앞에서 본 추은주 사건을 이해해보면 이성적으로 이해가 안 되는 이런 비슷한 일은 얼마든지 앞으로도 일어날 수 있는 일이 아닐까. 그리스인들의 표현을 빌리자면 이 세상의 모든 생명체는 원초적인 세계인 '우로보로스(Ouroboros)'로 돌아가려고 하는 '만달라(Mandala)'의 욕망을 갖고 살아간다고 볼 수 있다. 이를 보면 에리히 프롬의 말처럼 근원 세계로의 회귀 의지는 바로 이런 관계에서 비롯된 것이다. 고로 텔레비전 드라마나 소설에서 고민과 갈등을 겪는 주인공이 왜 그토록 '물가'를 찾는지, 그 이유를 알만도 하다.

Ⅵ. 삽화와 상관물

1 삽화(揷話)나 객관적 상관물의 기능
2 '객관적 상관물'이란 용어의 사용
3 삽화(揷話) 이용하기의 어려움

1. 삽화(揷話)나 객관적 상관물의 기능

은희경의 『타인에게 말걸기』는, '나'가 '그녀'에 관한 이야기를 들려주고 있다. 다시 말해서 회사원인 '나'가 서술자라면 같은 회사원인 '그녀'가 주인공인 셈이다. '나'가 볼 때, 회사의 우리 부서로 옮겨온 지 얼마 되지 않은 '그녀'는 참으로 이해할 수 없는 '이상한 여자'다.

우선 '그녀'는 뒤에서 사람을 부를 때, 그 사람의 이름을 부르지 않고, 자기만 아는 '별명'을 먼저 불러, 누가 불렀는지 쉽게 알아볼 수가 없는 이상한 여자다. 그리고 그녀는 등산을 위한 약속 시간을 지키지 않아, '나'를 포함한 우리 회사의 산악회 회원 모두가 그녀를 한 시간 이상이나 기다리게 하고서도 별로 미안해하지 않는 여자다. 그리고 '그녀'는 주위의 남자들과 연애를 잘해서, '나'의 친한 친구이며 사내(社內) 산악동호회 회장인 '박대리'를 '나' 대신에 가로채간 여자다.

그 후 나는 다니던 그 회사를 그만두고 다른 회사로 이직(移職)을 했다. 그리고 그녀도 그 회사를 그만두고 다른 회사로 옮겨 갔는데, 어느 날 다른 회사로 옮겨간 '나'를 아무런 예고도 없이 불쑥 찾아와서는 산부인과 병원에 함께 가 달라는 부탁을 하거나, 아무 거리낌 없이 병원비도 없다는 말을 하는 여자다. 그 후에도 직접 전화를 받지는 못했지만, 이 여자는 자기 어머니가 돌아가시거나, 은행 융자를 받는데 보증을 서 달라고 나에게 전화를 걸어왔던 여자다.

고로 이런 이상하고 나쁜 여자를 모른 체 하고 만나주지 말아야 하겠지만, 그런데 '나'는 그러지를 못하고 끌려 다닌다. 하여튼 이 소설은 이런 이상한 '그녀'에 대한 이야기를 이상한 '나'를 통해 들려주고 있는 형식을 취하고 있는데, 이 소설은 특히 '그녀'를 연상케 하는 두 개의 이야기를 끌어들이고 있다. 즉 '나'는 '그녀'를 우이동 버스 종점에서 기다리다 처음 보았을 때, 어디선가 많이 본 듯한 여자란 생각이 들었었다. 그런데 알고 보니 '그녀'는 내가 어느 호텔 카페에서 한번 유심히 지켜본 적이 있었던 여자로서, '그녀'는 그날 늦게 도착한 한 남자한테 이미 버림을 받은 거나 다름없는 여자였었다. 이처럼 이 소설은 '그녀'를 단정해서 말하지 않고 추측해보게 하는데, 그래서 '나'는 이상한 '그녀'에 대한 생각을 쉽게 떨치지 못하는 것도 같다. 그러니까 그녀는 결국 그런 문제가 있는 여자이니까, 산악동호회 회장인 박 대리와도 그 후 곧 쉽게 헤어졌을 것이고, 결국 '그녀'도 급히 다른 회사로 옮겨가게 되었구나 하는 추측을 해보게 한다.

그리고 '나'는 어느 이른 아침에 값싼 낙원동의 한 여관에서 한 남자와 잠자다 나온 것 같은 여자, 즉 '그녀'를 또 우연히 보게 되는 장면이 나오는데, 이것도 '그녀'가 그런 여자로 전락했을 거라는 것을 추측케 한다. '그녀'는 이처럼 더 만나고 싶지 않은 여자, 늘 불운이 따르는 여자, 좋은 남자를 만나 잘 살아보려고 애쓰지만 결국 실패하고 마는 아주 이상한 여자다.

그런데 '나'는 '그녀'를 잘 이해가 안 되는, 참 이상한 여자라고 생각하지만, 오늘 일요일인 아침에 한 병원의 간호사로부터 '그녀'가 교통사고로 지금 병원에 입원해 있다는 전화 연락을 처음 받았다. 그런데 '나'는 이런 전화 연락을 받고서, '그녀'를 완전히 외면하지 못하고 또 만나러 병원을 찾아 간 것이다. 사실 그녀가 입원한 병원의 한 간호사로부터 처음 전화를 받았을 때, '나'는 "그녀와 별로 친하지도 않은데 왜 하필 나한테 그런 전화를 했을까?"하는 궁리를 혼자 해보았다. 그런 점에서 서술자인 '나' 역시 문제가 많다고 볼 수 있는데, "본래 혼자 있기를 좋아하거나 돌출된 행동을 싫어하는" 나는 왜 그녀를 쉽게 외면하지 못할까?

사실로 나는 그녀가 나한테 얼마 전에 직접 말해 주어서 안 사실이지만, 최근에 그녀가 무척 좋아해 쫓아다니던 문화센터의 문학창작 강사란 또 다른 남자가 또 있었다는 사실을 이미 잘 알고 있었다.

그럴 때 독자는 '나'에게 이상한 버릇이 하나 있는 남자라는 것을 눈치채야 한다. 즉 나는 '그녀'와 갈등을 겪게 될 일이 생길 때마다 유독 빨간색의 'MARLBORO'라고 쓴 양담배갑에서 담배를 꺼내 피우는 장면이 여러 번 되풀이해서 나오는 것을 볼 수 있다.

그런 행동은 내가 우이동 버스 종점에서 그녀를 처음 기다릴 때도 그랬다. 왜 그럴까. 여기에는 '나'를 짐작해보게 하는 비밀이 있다고 본다. 현명한 독자라면 널리 세상에 알려진 '말보로'라는 담배 이름의 유래를 한 번 상기해 보아야 한다. 여기에는 이런 기막힌 사연이 있다.

Man Always Remember Love Because Of Romance Over

미국에서 있었던 일이다. 지금의 그 유명한 MIT공대의 전신인 학교를 다니던 가난한 고학생이 있었는데… 지방유지의 딸과 사랑에 빠졌다. 여자 측 집안에선 둘 사이를 반대해서… 둘을 갈라놓기 위해 여자를 멀리 친척 집에 보내버렸다.

남자는 그녀를 찾기 위해 몇 날 며칠을 헤매 다녔다. 그러다 비가 추적추적 내리는 어느 날 그녀를 만났다. 터덜터덜 그녀 집 앞으로 갔는데… 마침 그날 그녀가 집에 돌아오는 날이어서… 둘은 집 앞에서 반갑게 해후를 한 것이다.

여자가 말했다. "나 내일 결혼해…" 남자는 말없이 있다가 그럼 내가 담배 한 대 피우는 동안만 내 곁에 있어 줄래? 라고 말을 했고… 남자는 담배를 꺼내 불을 붙였다. 그 당시 담배는 지금처럼 필터가 있는 담배가 아니었다. 잎담배였다… 종이에 말아 피우는… 몇 모금 피면 금새 다 타들어가는… 짧은 시간이 흐르고 여자는 집안으로 들어갔고… 둘은 그걸로 끝이었지… 그 남자가 거기서 아이디어를 얻었는지 어쨌는지는 모르겠지만… 후에 친구랑 동업을 해서… 세계 최초로 필터가 있는 담배를 만들기 시작했다. 그리고 백만장자가 됐다…

세월이 흐르고… 남자는 그 여자 소식을 들었는데… 여자는 남편도 죽고 혼자 병든 몸으로 빈민가에서 외로이 살고 있다는 거였다. 하얀 눈이 펑펑 내리는 어느 겨울날… 하얀 벤츠를 타고 그녀를 찾아가 말했다… '나는 아직도 당신을 사랑해… 나와 결혼해 주겠어?' 여자는 망설이다 생각할 시간이 필요하다고 했고… 남자는 다음 날 다시 오겠다고 하고 집으로 돌아갔다. 다음 날 남자가 그녀를 찾아 갔을 때 발견한 건 목을 매단 채 죽어 있는 그녀의 싸늘한 시신이었다… 그 다음부터 남자는 자기가 만드는 담배에 Marlboro라는 이름을 붙이기 시작했다고 한다. "Man Always Remember Love Because Of Romance Over."의 약자… MARLBORO… (남자는 흘러간 로맨스 때문에 항상 사랑을 기억한다.)

이런 이야기를 염두에 둘 때, '나'는 이 '말보로'의 남자처럼, 과거에 만났던 한 여자로부터 받은 그런 큰 상처가 있었기 때문에, '그녀'를 쉽게 외면하지 못했다고 볼 수 있다. '오죽이나 답답하고 다급했으면 날 찾아오고, 간호사에게 부탁해 그런 전화를 걸게 했을까!'라고 생각하는 '나(남자)'와, 그냥 그녀를 참으로 '이상한 여자'라고만 생각하는 '나'와는 '그녀'를 대하는 태도가 무척 다를 것이다. 병원에서 귀가해 급히 전화를 받는 나의 모습에, 깔깔대며 웃는 그녀의 태도를 보면, '나'에게 이러한 면이 있음을 '그녀'는 이미 간파한 여자라고 볼 수 있지 않을까……

은희경이란 작가는 이미 세상에 알려져 있는 이런 이야기, 즉 하나의 삽화, 또는 하나의 객관적 상관물을 기억하고 있어서, 이런 '나'를 서술자로 설정하여 이 글을 썼다고 볼 수 있다. 그래서 이 소설은 아주 잘 쓴 유기적 구조를 이룬 그녀의 대표작이라고 볼 수 있다.

그러니까 현대소설은 그 모양은 다르지만 기능이 똑같은 삽화(揷話)나 객관적 상관물(correlative object)이라는 것을 끌어들이는 경우가 많다는 것을 알 수 있다. 즉 신경숙의 『풍금이 있던 자리』에서 맨 서두에 인용한 박시룡의 『동물의 행동』을 하나의 삽화(揷話)라 부르고, 고향에 내려온 '나'가 함께 살 둥지를 열심히 짓고 있는 부부까치를 유심히 바라보는 것은 하나의 '객관적 상관물'이라고 이를 구분해서 부른다.

이처럼 소설 속에 들어와 있는 하나의 '객관적 상관물'이나 '삽화'는 모두 주인공의 속마음을 상상해서 알 수 있도록 해주고 있다. 소설은 직접 설명하는 글이 아니라고 했듯이, 삽화나 객관적 상관물을 이루는 자연 묘사를 통해, 인물의 속마음을 제대로 헤아려야, 거기서 일어나는 사건의 인과관계도 제대로 파악되어, 이야기가 아주 재미있게 펼쳐지고 있음을 알 수 있는 것이다.

2. '객관적 상관물'이란 용어의 사용

영어의 '에피소드(episode)'란 말은, 우리의 경우 두 가지의 말로 쓰인다. 하나는 설명한 글을 돕기 위해 책이나 신문, 잡지 등에 그려 넣는 그림을 가리키는 삽화(揷畵)란 말과, 그리고 마치 도자기의 상감기법처럼, 본 이야기 속에 다른 이야기를 끼워 넣어서, 그 사람의 속마음이나 성격, 과거 경험 등을 드러내주는 경우를 가리키는 삽화(揷話)라는 말이 있는데, 이 두 가지는 구별되어야 한다. 우리가 여기서 논하려고 하는 것은 후자인데, 이제 그 예를 하나 들어보자.

> 어느 동물원에서 있었던 일이다. 한 마리의 수컷 공작새가 아주 어려서부터 코끼리거북과 철망 담을 사이에 두고 살고 있었다. 그들은 서로 주고받는 언어가 다르고 몸집과 생김새들도 너무 다르기 때문에 쉽게 친해질 수 있는 사이가 아니었다. 어느덧 수공작새는 다 자라 짝짓기를 할 만큼 되었다. 암컷의 마음을 사로잡기 위해서는 그 멋진 날개를 펼쳐 보여야만 하는데 이 공작새는 암컷 앞에서 전혀 반응을 보이지 않았다. 그러고는 엉뚱하게도 코끼리거북 앞에서 그 우아한 날갯짓을 했다. 이 수공작새는 한평생 코끼리거북을 상대로 이루어질 수 없는 사랑을 했다…… 알에서 갓 깨어난 오리는 대략 12-17시간이 가장 민감하다. 오리는 이 시기에 본 것을 평생 잊지 않는다.
>
> —박시룡, 『동물의 행동』 중에서

위의 글은 신경숙이라는 작가가 박시룡이라는 동물학자가 쓴 『동물의 행동』이란 책에서 '어린 수공작새가 철창 담을 사이에 두고 자라, 이웃에 살고 있던 암거북만을 퍽 사랑했던 일'이 있었음을 알려주는 하나의 삽화다. 이 삽화는 남이 쓴 글에서 직접 인용한 것으로서, 우선 이 소설의 주인공인 '나'란 여자가 혼자 시골에 남아 그 후 어떻게 살아갈 것인가에 대한 궁금증을 풀어주기에 족하다. 발표 당시, 처음 시도한 기법이란 점에서 작가의 솜씨가 빛나고 있다. 그 다음의 예로 김원일의 이야기를 한번 보자.

> 초등학교 시절이던가 나는 아버지와 산책을 나갔던 일이 있었다. …(중략)… 아버지는 물기 맑은 풀잎에서 폴짝 뛰어오르는 한 마리의 청개구리를 손바닥에 올려놓았다. 아버지의 손톱만한 그 놈의 빛 고운 연초록 등판은 윤기가 쪼르르 흘렀고, 얇고 흰 뱃가죽은 놀람 탓인지 연신 팔닥거리고 있었다. 아버지는 말했다. 요 꼬마 놈은 매일 아침 하루도 쉬지 않고 높이뛰기 연습을 한단 말이야. 첫날은 반 뼘을 뛰지만, 이튿날은 한 뼘을 뛰거든. 다음날은 한 뼘 반을 뛰고 그 다음날은 두 뼘을 뛰고 그 다음다음 날은…… 아버지, 그럼 나중에 하늘에 닿겠네요? 아니지, 하늘에 닿아 보려고 뛰지만 결국 하늘에는 닿지 못하지. 왜냐하면 하늘은 끝이 없으니까. 그럼 죽을 때까지 뛰겠네요? 그렇지 죽는 날까지 매일 뛰지. 참 불쌍한 놈이네요 아냐. 자기가 뛰고 싶어 뛰니깐. 왜 뛸까요? 그건 아버지도 몰라.
>
> 아, 무섭다. 땅거미가 깔린다.……
>
> — 김원일의 『어둠의 혼』에서

이 소설의 서술자인 아들 '갑해'는 나이가 어려서, 지금 아버지가 왜 남들이 빨갱이 집이라고 손가락질하는 빨갱이 짓을 왜 일삼고 있는 줄을 전혀 모른다. 그런 점에서 지금 '갑해'가 기억해낸 아버지의 청개구리에 대한 이 말 속에는 아버지가 얼마나 공평한 사회 '객관적 상관물(objectve correlative)'에서 살고 싶어 했는가를 알 수 있어서, 이를 구분해 '객관적 상관물'이라고 부른다. 이런 삽화(揷話)와 객관적 상관물의 차이는 신경숙의 소설처럼, 삽화(揷話)란 남이 한 말이나 글을 직접 인용했다면, '객관적 상관물'은 그냥 바라본 것을 글로 옮겨 놓았다는 것이다. 이를 두고 그 둘의 기능은 같지만 그 모양은 서로 다르다고 말하기도 한다.

본래 '객관적 상관물'이란 이 말은 T. S. 엘리엇이라는 영국의 문학이론가이며 시인이기도 한 사람이 "훌륭한 시는 사물의 묘사를 통하여, 즉 객관적 상관물을 통하여, 감정을 간접적으로 표현하여 그것을 객관화한다"는 뜻으로 시(詩)를 설명하기 위해 처음 썼는데, 그 후에 이 말이 문학비평 용어로 널리 쓰이게 되었다고 한다.

이제 그 예를 한 가지만 더 들어보자. 김형경이 쓴 『금강교』의 주인공인 '나(여자)'는 서울에서 멀리 떨어져 있는 '금강교'라는 다리를 건너, 야트막한 산에 오르게 되는데, 거기서 불 인두로 그림을 그리고 있는 한 '남자'를 만나게 된다. 처음에는 별로 신통치 못한 돈벌이로 살아가는, 시시한 남자로만 알았으나, 그 남자가 하는 일을 가만히 지켜보거나 여러 대화를 나누어 보는 중에, '나(여자)'는 우연히 바다가 있는 쪽을 바라보다가, 거기서 다음과 같은 갈매기 두 마리의 기이한 행동을 보게 된다.

> 바다는 여전히 거기 누워 있었다. 모래톱에는 여전히 갈매기들이 흩뿌려진 듯 내려앉아 있고 바람은 갈매기들이 바라보는 쪽에서 불어오고 있었다. 무리에서 약간 떨어진 곳에 서 있는 두 마리 갈매기가 눈에 들어왔다. 한 놈은 고개를 들고 정면 먼 곳에 시선을 두고 있고 곁에 있는 놈은 그런 짝을 바라보고 있었다. 아무리 바라보아도 짝꿍이 눈길을 주지 않자 한 발 다가서서 부리로 짝꿍의 목덜미를 톡톡 건드렸다. 그러나 짝꿍은 고개를 한 번 비틀고는 한 걸음 옆으로 물러났다. 거절당한 갈매기는 잠시 고개를 숙이고 있다가 이번에는 아예 짝꿍의 눈앞을 막아섰다. 짝꿍은 좌우로 몇 번 고갯짓을 하더니 가볍게 바다를 향해 날아올랐다.
>
> — 김형경의 『금강교』에서

이 소설에 갑자기 갈매기 두 마리의 이야기는 왜 나오는가? 작가는 두 갈매기의 구애(求愛)의 행동만을 묘사했지, 그걸 바라보는 '나'에 대한 설명이 전혀 없다. 그런데 갈매기를 바라보는 주인공인 '나'는 등가(等價)성의 원리에 지배를 받고 있어서, 김원일의 '아버지에 대한 이야기'처럼 거기엔 아주 중대한 의미를 담고 있다고 보아야 한다. 즉 『금강교』의 '나(여자)'는 산에서 만난 이 남자야말로 이 세상에서 보기 드문 믿음직한 청년임을 깨달아, 이런 남자라면 결혼해 평생을 함께 할 수 있을 것 같다는 생각을 하고 있는, 즉 하나의 '객관적 상관물'인데, 다시 말해서 이 남자는 이런 '나(여자)'의 마음을 아는지 모르는지, 자기 일에만 몰두하고 있어서 안타까워하는 '나'의 마음을 잘 드러내주고 있다.

이처럼 소설 속에 들어와 있는 하나의 '객관적 상관물'이나 '삽화'는 주인공의 속마음을 상상해서 알 수 있도록 해준다. 그런데 이런 인물들의 속마음을 제대로 헤아려야, 거기서 일어나는 사건의 인과관계도 제대로 파악되어, 이야기가 아주 재미있게 펼쳐지고 있음을 알 수 있다. 그런데도 이런 사실을 간과한 채, 일부 작가들은 인생이 그렇게 인과관계로 이루어지는 것이 아니므로, 인과관계가 없는 행동들을 펼쳐 보이는 것이 오히려 더 리얼한 인생의 표현이요, 인위성을 막는 것이라고 주장한다. 다시 말하지만 소설은 어떤 재미있는 '이야기'를 들려주는 글이므로, 사건을 인과관계로 엮는 일은 필수적이다. 그것이 없으면 횡설수설만 늘어놨다는 소리를 피할 수 없을 것이다.

3. 삽화(挿話) 이용하기의 어려움

하성란에게 1999년 '동인문학상'을 안겨준 『곰팡이꽃』이란 소설을 살펴보면서, 하나의 삽화를 끌어 들이기가 얼마나 어려운 일인가를 한번 생각해 보기로 하자.

이 소설의 제목이나 서두를 보면, 이 소설의 주인공은 아파트 5층에 살고 있는 '남자'(508호)이다. 이 '남자'는 자기가 사는 아파트 5층에서 어느 날 오후, 공원 놀이터에서 강낭콩을 까고 있는 여자를 남 몰래 바라보고 있다. 그리고 이 남자는 오래 전부터 남들이 버린 '곰팡이꽃'이 핀 쓰레기봉투를 자기 목욕탕 안에 주어다 놓고, 고약한 냄새가 풍기는 그것들을 남들이 알까봐 문을 꽉 닫아 놓은 채 남몰래 뒤지는 버릇이 있다. 이 '남자'는 이 "고약한 냄새 때문에 몇 번이나 헛구역질을" 했었다. 그러나 이 남자는 모든 "진실이란 것이 쓰레기봉투 속에서 썩어가고 있다"는 것을 누구보다 잘 알고 있기에, 남한테 말도 못 한 채 숨어서 그 짓을 하고 있는 것이다.

그런데 그가 바라다본 강낭콩을 까던 여자가 바로 자기 옆집(507호)에 사는 '최지애'라는 사실을 알아냈다. 쓰레기봉투를 뒤지다 옆집의 쓰레기봉투에서 강낭콩 콩깍지와 메모 쪽지 하나를 발견한 것이다. "최지애. 012-343-7890." 그런데 507호에 살고 있는 이 '여자'의 남편 되는 사람은 새벽 2시 경에 술이 취한 채 늦게 돌아왔는데, 이 남편은 바로 그날 새벽에 그 집에서 쫓겨났다.

508호에 살고 있는 주인공인 이 '남자'는, 그 후 최지애의 남편 친구가 되는 한 '사내'로부터 그녀의 생일 선물로 사 온 장미 꽃다발을 그녀(최지애)에게 전해달라는 부탁을 받아, 빨리 전해주어야 하는데 언제 그녀가 직장에서 귀가하는 줄을 몰라, 며칠이 지나도록 아직 전해 주지 못하고 있다. 그런데 그 '남자'가 쓰레기봉투에 뒤져보아 알았듯이, 그녀(최지애)는 본래 살찌게 하는 생크림 케이크를 좋아하지 않는데, 그것도 모르고 그 사내가 또 그걸 사들고 찾아왔으니, 이걸 보면 쓰레기봉투를 먼저 뒤져 보아야 할 사람은 누구보다 그 '사내'가 아닌가 한다. 그러나 내가 쓰레기봉투를 뒤지는 버릇이 있다는 걸 그 사내에게 먼저 말해주면, 나를 미친놈으로 보고 그 다음부터 나를 상대해 주지도 않을 것이며, 그렇다고 최지애로부터 자기는 원래 생크림 케이크를 싫어하는 여자라는 말을 직접 들었노라고 하면, 그 사내가 나를 오해할 수도 있으니…….

그런데 최지애라는 그녀가 이 소설 속에 들어온 이유는 따로 있다. 즉 이 소설의 주인공인 이 남자는 한때 자기와의 결혼을 꿈 꾼 한 여자와 사귀고 있었는데, 이 여자는 도중에 마음을 바꾸어 지금 자기의 고교 후배와 결혼해 버렸지만, 지금도 그 여자를 잊지 못하고 있다. 이 소설은 바로 그런 사연이 있는 한 '남자'의 이야기를 들려주는 글이므로, 지금도 후배와 결혼해버린 그 '여자'를 잊지 못하고 골똘히 생각하고 있다고 본다. 고로 그 여자가 최지애처럼 지금 부부 싸움을 심하게 해서 남편과 함께 살고 있지 못하거나, 남편이 아닌 다른 남자와 바람을 피우고 있을 것이라고 상상하여 이 소설 속에 들어온 것이어야 하는데, 그렇지 못해서 문제다.

그런데 최지애란 여자가 이 소설처럼 작가의 아무런 설명 없이 이렇게 소설 속에 불쑥 들어오면 안 된다. 여기에는 작가의 상당한 부연 설명이 필요하다. 만약에 최지애라는 여자가 이렇게 소설 속에 들어오면, 이는 미국의 신비평가들이 '의도의 오류'를 말했던 것처럼 큰 오류를 범한 일이 될 것이다.

다시 말해서 지금 아파트 5층에서 한 여자를 물끄러미 바라보고 있는 이 '남자'의 내면에는 앞에서 말했던 그런 생각을 갖고 있다는 것을 잘 알 수 있도록 해 주어야 하는데 그렇지 못하다. 그렇다면 주인공을 3인칭인 이 '남자'를 1인칭 '나'로 바꿔주는 것이 좋다. 그렇게 되면 이 소설은 '나'가 본 '나'의 이야기, 즉 '나'는 이 소설의 서술자이며 주인공이 되는 셈이다. 그리고 주인공을 '나'로 해야 되는 이유 중 하나는 그런 '나'의 속마음을 잘 아는 사람은 '나' 자신밖에는 아무도 없기 때문이다. 예전엔 이 소설처럼 누가 말해준 것을 '작가'가 듣고서, 마치 작가가 그 사람을 다 아는 것처럼 '3인칭 전지적 작가 시점'이란 것을 많이 썼으나, 이건 신(神)이 아니고서야 그냥 남이 한 말을 들어서 알 일이 아니므로, 그건 모두가 거짓말이라는 생각을 하게 된 것이다. 다시 말해서 이 소설은 한 '남자'의 '외적 갈등' 이야기가 아니라, 보이지 않는 나의 '속마음'을 잘 드러나도록 해야 한다는 말과 같다.

이런 소설은 '나'란 사람이 처음에 그 여자를 어떻게 만나 사랑하게 되었으며, 그 여자를 왜 후배에게 빼앗기게 되었는지 그 이유를 단지 코발트색의 와이셔츠 때문만이 아니라 나의 성격의 문제로 많이 서술해주거나, 주인공이 쓰레기봉투를 지금도 계속 뒤지고 있다면, 잃어버린 첫 사랑 그 '여자'를 찾기 위한 것과 관련된 것이어야 할 것 같은데, 이 소설의 결말은 그렇지 않은 것이 큰 문제다.

지금도 주인공인 이 '남자'는, 그 여자가 스스로 잘못 판단해서, 그 고교 후배인 남자와 결혼해버린 그 '여자'를 잊지 못하고 있다. 만약 '그 여자가 나와 결혼했더라면 지금 저 여자처럼 행복하게 강낭콩을 까고 있을 터인데'라고 생각하고 있지 않나 하는 생각을 해 본다. 그런 점에서 소설 문법을 안 지켜, 주인공의 속마음이 무엇인지도 모르게 쓴 이 『곰팡이꽃』이란 소설을 왜 그렇게 독자들이 열광하는지 모르겠다. 그러므로 이 소설은 잘 쓴 하성란의 대표작이 될 수가 없다. 따라서 이 작품에 그런 큰 상을 주어서도 안 된다고 본다.

그러나 신경숙의 『풍금이 있던 자리』는 그 작가의 명성을 한껏 높여준 작품이다. 이 소설의 주인공인 '나'는 시골에서 태어나 자랐지만, 간호사나 은행원, 발레리나처럼 환한 사람이 되고 싶어서 서울로 올라온 여자이다. 그런 '나'가 헬스클럽 강사로 힘들게 살아가던 어느 날, 한 남자가 구원자처럼 나타났다. 구원자로 나타난 그가 바로 '나'가 다니는 스포츠 센터의 주인이 되는 남자로서, 자기와 결혼해 미국으로 도망가 함께 살자는 것이었다. 이는 돈 많은 사람과 결혼하는 일과, 가난했던 1980년대에 누구나 갈망했던 '아메리칸 드림'을 동시에 이룰 수 있는 절호의 기회이므로, 이 제안을 쉽게 거절할 수가 없었다고 본다. 우리는 미국에만 가면 모두 잘 살게 되는 줄 알았던 때가 있었다.

그러나 '나'는 딸 하나를 둔 유부남인 그를 쉽게 받아들일 수 없었다. 기차에서 내린 고향 역에서의 늘 손 씻는 버릇에서 알 수 있듯이, '나'란 여자는 평소에 깨끗한 삶을 살고자 하는 욕망이 남달리 컸던 사람이 아닌가! 내가 만일 내 욕심대로 이 남자와 미국으로 도망가 산다면 누가 날 위해 점촌 아줌마처럼 이 거룩한 장례식을 치뤄줄 것인가?

그러므로 이런 '나'가 고향에 내려와, 특히 점촌 아줌마의 장례식을 보거나, 새 사냥을 나가는 아버지를 함께 따라갔던 나의 일, 눈 먼 송아지를 자기가 직접 돌본 일, 그리고 두고 간 칫솔을 건네주려고 새엄마를 쫓아갔을 때 그녀가 '나'에게 들려준 말 등은 결코 유부남인 그 남자와 결혼해서는 안 된다는 결심을 갖게 한 중요한 사건들인 셈이다. 그리고 이 소설의 서두엔 박시룡이 쓴 동물에 관한 삽화가 인용돼 있다.

이런 얘기들이 왜 나오는지를 모르는 사람들은 이 소설이 꽤 어려워 보일 것이며, 쓸데없는 부분이 많이 들어와 이야기가 길어진 것이라 보기 쉽지만, 그러나 이 소설은 필요한 것들로만 가득 찬 유기적 구조를 이루고 있는 것이다.

Ⅶ. 서술과 시점

1. 소설과 수필은 다르다

작가는 주인공의 이야기를 '주인공을 잘 아는 자'나 '나' 같은 인물을 따로 서술자(narrater)로 내세워 전개하게 된다. 그리고 작가는 주인공의 이야기가 진짜 있었던 일처럼 더 재미있고 사실적으로 들려질 수 있도록, 여러 부수 인물들을 등장시켜 주인공에 대한 이야기를 하도록 해야 한다. 소설에 이 사람 저 사람 마구 들어오는 것 같지만, 그들은 모두 주인공을 실감나게 보여주기 위해 어떤 기능(機能)를 가진 인물들이 부수적으로 들어온 경우다.

바로 이러한 점이 수필과 소설이란 글의 큰 차이점이라고 볼 수 있다. 수필은 '나'가 보고 들은 것을 꾸미지 않고 사실대로 써야 하지만, 소설은 상당히 꾸며 써야 한다. 우리는 소설의 기법이란 것들이 따로 있어서 그것대로 써야 된다고 생각하지만, 수필은 '나'가 본 대로 느낀 대로 그냥 쓰면 된다. 우리가 소설 쓰기가 수필보다 어렵다고 말하는 것도 이 때문인데, 소설을 잘 쓰려면 그럴수록 소설의 본질이 무엇이며, 그리고 그것이 왜 어떻게 변해 왔는지를 잘 알아야 한다.

흔히 소설의 주인공을 '북극성'에 비유하는데, 하늘에 떠 있는 수많은 떠돌이별들은 모두 북극성을 중심으로 해서 모두 질서 정연히 움직여서 서로 충돌하지 않는다. 소설 이야기도 주인공이 있으면, 이 주인공을 둘러 싼 여러 부수인물들을 실감나게 잘 끌어들여야 한다. 그 중 오정희의 『옛우물』에는 담배를 물고 교통정리를 하는 마치 미친 듯 행동하는 여자만이 아니라, 공중전화를 거는 남자, 연당집 바보라는 '대리자'가 등장하고 있다. 대리자(代理者)는 드러내고자 하는 주인공을 대신해서 보여주는 사람을 가리킨다. 그러니까 미친 듯 행동하는 이 여자는 바로 주인공인 '나'의 대리자인 셈이다. 이 봉두난발한 여자는 차(車)를 타고 떠났으리라 여겨지는 남편을 애타게 찾고 있는, 그래서 미칠 것 같았던 지난날의 '나'의 모습 바로 그것이다. 작가는 주인공인 '나'의 내면을 직접 설명하지 않고, 이처럼 '나' 자신을 연상케 하는 이 대리자를 등장시켜 드러낸 것이다.

그리고 공중전화를 거는 그 남자는 바로 지난 날 '나'를 만나러 찾아와서 '나'에게 전화를 걸었던 그 남자, 죽었다고 오늘 신문에 부고가 난 추억의 그 남자, 다시는 만나볼 수 없는 바로 그 남자의 대리자였던 것이다. 아마 그 남자는 죽을 때 '나'를 만나보고 싶어서 간질병 환자처럼 몸을 비틀며 죽었을 것이며, 연당집 바보처럼 나를 만나서도 '사랑한다', '고맙다'는 말을 한 번도 하지 못했던 사람이었다. 독자는 이런 대리자를 통해, 주인공인 '나'가 오늘 신문에 난 부고의 그 남자를 얼마나 또다시 만나보고 싶어하는가를 짐작해 볼 수 있는 것이다.

보고 들은 일들을 소재로 수필을 잘 쓴 사람은, 일단 소설을 쓸 소재 거리를 많이 갖고 있다는 점에서 유리할 수 있지만, 그 표현 방식이 다름을 잘 알아야 한다. 이효석의 '낙엽을 태우면서' 같은 글은 '수필 같은 산문'이지 결코 소설이 아니다. 시(詩)는 서사가 아니라 사물을 접한 생각이나 느낌을 잘 전달되도록 해야 되므로 그 대상 자체가 다르다. 그러므로 수필 같은 소설, 시 같은 소설이란 말이 거기에 무슨 뜻이 담겨 있는 줄을 잘 알아야 한다.

소설이란 글이 되려면 인과감을 느낄 수 있는 서사가 있어야 한다. 이제 김연수의 『우는 시늉을 하네』를 통해 '주인공'과 '서술자'에 대해 좀 더 알아보도록 하자.

소설의 이해를 위해서는 누가 누구의 이야기를 한 것인가를 알아야 한다. 다시 말해서 『우는 시늉을 하네』라는 소설의 '서술자'와 '주인공'이 누구인가를 알아내는 일과 같다. 그런데 제목으로 보아선 이 소설의 주인공은 '영범'이나 '아버지'가 아니다. 이 소설엔 폐암 치료를 받는 아버지, 아버지를 간호하는 아들인 '영범'이 이야기가 길게 나오지만, 우는 영범이나 아버지의 모습을 보여주는 대목은 하나도 없다. 이 소설엔 글을 쓰기 위해 아버지와 자식(영범)을 버리고 외삼촌 집에 가버린 문제의 엄마인 '윤경'이에 대한 이야기가 길게 서술되어 있다. 그런데 서두에 엄마와 전화통화를 하는 장면에서 아들 영범은 '윤경'을 어머니라 부르지 않고 '그녀'라 부르는 대목이 나올 뿐만 아니라, 그녀를 만나 함께 식사할 때 영범이 이혼한 줄을 아직까지 모르고 있으며, 윤경이가 가출했을 때 영범이는 혼자 엄마 찾아 통영까지 찾아가느라 세 번이나 가출했던 일, 아버지가 돌아가셨을 때조차 장례식장에 끝까지 나타나지 않은 윤경이를 보면서, 그리고 아버지가 열심히 읽었던 '만하(晩夏)'라는 책을 드디어 찾아내는 아들인 영범이의 모습에서 이 소설의 제목이 '야멸찬 윤경'과 관련이 있음을 알 수 있다. 다시 말해서 이 소설은 어머니가 아버지와 지식을 버리고 가출했을 때 영범이의 행동, 즉 영범이가 언제 어떤 곳에서 어떤 일을 하게 되었나를 들려주는 것이 목적이 아니라, 영범이가 본 '윤경이란 여인의 이야기'인 것이다. 고로 이 소설은 영범이가 '서술자'라면 윤경이가 '주인공'이었음을 알 수 있다. '화자'란 용어 대신에 '서술자'란 용어를 쓴 이유는 '나'를 주인공으로 하는 현대소설이 많아져, 이를 구분하기 위해서도 '화자' 대신 '서술자'라 쓰는 것이 옳다고 보기 때문이다. 소설 제목은 주인공과 관련이 있어야 한다. 그래서 이 소설의 테마(주제)는 영범이가 어머니인 윤경이에 대한 이야기, 즉 윤경이가 보통 생각하는 여자가 아니라, 친척 어른들이 말했듯이 정말 '야멸찬 여자'였음을 재확인하게 되는 이야기다.

2. 서술의 양식과 대화체의 사용

소설에서 실제로 이야기의 전개는 '서사(narrative)'와 '묘사(description)'로 이루어진다. 작가가 무엇을 말하려 하는가를 알려면 마땅히 인과관계를 이룬 사건들을 살펴야 하겠지만, 이런 '서사' 못지않게 '묘사'한 것들이 무엇을 가리키는지를 잘 알아야 한다. 이효석의 『메밀꽃 필 무렵』을 보자.

> 이지러졌으나 보름을 갓 지난달은 부드러운 빛을 흐뭇이 흘리고 있다. 대화까지는 80리의 밤길, 고개를 둘이나 넘고 개울을 하나 건너고 벌판과 산길을 걸어야 된다. 길은 지금 긴 산허리에 걸려 있다. 밤중을 지난 무렵인지 죽은 듯이 고요한 속에서 짐승 같은 달의 숨소리가 손에 잡힐 듯이 들리며, 콩 포기와 옥수수 잎 새가 한층 달에 푸르게 젖었다. 산허리는 온통 메밀밭이어서 피기 시작한 꽃이 소금을 뿌린 듯이 흐뭇한 달빛에 숨이 막힐 지경이다. 붉은 대궁이 향기같이 애잔하고 나귀들의 걸음도 시원하다. 길이 좁은 까닭에 세 사람은 나귀를 타고 외줄로 늘어섰다. 방울 소리가 시원스럽게 딸랑딸랑 메밀밭께로 흘러간다. 앞장 선 허생원의 이야기 소리는 꽁무니에 선 동이에게는 확적히는 안 들렸으나, 그는 그대로 개운한 제멋에 적적하지는 않았다.
>
> —이효석의 『메밀꽃 필 무렵』에서

소설은 누가, 언제, 어디에서, 무엇을 보거나 하고 있는가를 잘 알아야 하는데, 그것을 잘 알려면 '서사'만 보지 말고 '묘사'한 것들을 눈여겨보아야 한다. 그런데 '서사'와 '묘사'는 어떻게 다른가? 소설은 특히 '묘사'를 잘 해야 된다고 말하는데, 무엇을 '서사'라 하고, 무엇을 '묘사'라고 하는가?

위의 인용문에서 지금 주인공인 '허생원'은 사실 '메밀꽃'을 보고 있는 것이 아니라 '성씨처녀'를 보고 있다. 그가 얼마나 그녀를 보고 싶으면 시각(視覺)과 청각(聽覺)만이 아니라 후각(嗅覺)을 통해 그녀를 그렇게 느끼고 있을까를 생각하면, 이런 묘사를 통해 우리는 성씨 처녀에 대한 허생원의 마음씨를 대강 짐작해볼 수 있다.

이런 감각적 묘사는 오정희의 『별사』나 『옛우물』에서도 볼 수 있는데, 흔히 '서사'를 주인공에 대한 '동적 포착'이라 말한다면, '묘사'를 '정적 포착'이라고 말한다. 맞는 말이다. 그런데 하여튼 이 둘은 이해하기가 좀 어렵다. 서사와 묘사는 따로 떨어져 있는 것이 아니라 한데 붙어 있는 것으로서, 묘사를 잘하려면 사물을 바라보는 눈이 좀 남달라야 한다.

그런데 이 묘사에서 그것이 너무 현학적이라, 우리는 지금 주인공인 '허생원'의 목소리를 듣고 있다기보다, 작가 이효석의 목소리를 듣는 것 같다. 이 점은 이 소설의 옥의 티가 아닐 수 없다. 아무리 허생원이 '드팀전'을 하고 있다지만, 배운 것이 별로 없는 무식한 장돌뱅이가 아닌가.

정미경의 『내 아들의 연인』을 보자. 이 소설의 서두는 아침에 출근하는 남편을 배웅하는 '나(아내)'의 모습과 '초핀'이라 불리는 첫사랑 남자를 그리워하는 '나'의 마음을 함께 잘 드러내고 있다.

> 혼자 남으면, 왜 집이 비었다는 생각이 들까. 누군가 마지막으로 집을 나선 후, 현관에 선 나의 사진을 찍으면, 장식장과 액자 사이로 금방 연기처럼 사라질 듯한 여자의 모습이 판독하기 힘들 만큼 흐릿하게 찍혀 있을 것 같다.
>
> 현관문을 잠그고 들어와 오디오의 버튼을 눌러놓고, 베란다 문을 열고 나선다. 방금 나간 남편을 배웅하려는 건 아니다. 만개한 벚꽃 이파리 사이로 돋는 새순의 연둣빛이 조금 더 짙어졌다. 꽃 핀 풍경은, 맑게 갠 날보다 오늘처럼 구름이 낮게 낀 날 더 환하게 살아난다. 환절기 내내 감기를 달고 살았는데 실내

복 사이로 스며드는 바람이 간지러운 걸 보니 이제야 감기가 나가는가 보다. 겨울의 끝이 못 견딜 만큼 지루하게 느껴지는 건 나이가 들면서 점점 더하는 것 같다. 난간을 짚고 아래쪽을 내려다본다. 텅 빈 주차장에서 움직이는 건 검은 덩어리 하나뿐. 태엽 인형처럼 두 개의 다리가 앞뒤로 규칙적으로 움직인다. 남편이다. 차 옆으로 간 그는 먼저 뒷문을 열고 가방을 내려놓은 다음 양복 윗도리를 벗어 옷걸이에 건다. 아주 춥거나 비가 오는 날에도 남편은 차를 타기 전 언제나 양복 윗도리를 벗어 건 다음에야 운전석에 앉는다. 앞문을 열고 차를 탈 때까지 한 번도 위쪽을 올려다보지 않는다.

단지 안쪽에서 차 한 대가 달려 나온다. 그게 지나갈 때까지 남편은 기다릴 것이다. 그 차가 스쳐 지나는 순간 우측 깜빡이가 켜진다. 텅 빈, 오전 열 시의 주차장에서 차를 출발하면서 깜박이를 켜는 남자가 또 있을까. 폭설이 쏟아지는 날 세 번 네 번 차를 앞뒤로 움직여 기어이 주차 라인에 정확히 맞추고야 마는 남자를 찾기보단 쉬울 테지만. 그 둘 다가 내 남편이다. 그의 차가 시야에서 사라지자 긴 한숨이 나온다. 별 의미 없는 습관이다. 그저 그의 차 꽁무니가 보이지 않는 순간 명치 께를 졸라맨 끈의 매듭이 탁 끊어지는, 그런 기분이 든다. 거실 창틈으로 쇼팽의 선율이 흘러나온다. 쇼팽이라. 피아노의 선율은 가슴으로 파고들지 못하고 허공에 흩어졌다가 아주 오래전 알았던 한 남자의 얼굴을 실어온다.

— 정미경의 『내 아들의 연인』에서

이 서두는 남편을 배웅하는 '나(아내)'의 행동과, 지금 남편보다 첫사랑 초핀에 대해, 더 좋은 생각을 갖고 있는 '나'의 내면을 잘 보여주고 있다. 즉 남편을 배웅하는 '나'의 행동과, 남편을 떠나보내고 첫사랑 '초핀'을 그리워하는 '나'의 마음을 잘 담고 있는 이야기다. 다시 말해서 '나'는 지금까지 돈 많은 남편과 결혼해 아들, 딸을 잘 길러 가며 부유하게 살아왔지만, 내 아들의 연인인 '미란'이를 통해, '나' 자신이 지금까지 남편과 헛살아 온 것임을 깨달은, '나'의 허무한 내면을 잘 이야기한 것이다. 주인공인 '나'는 지금까지 행복하게 살아왔지만, 지금에 이르러서는 불행하다고 느끼는 이야기, 다시 말해서 이 소설은 전형적인 가을의 미토스인데, 그래서 '나'는 남편이 없는 집이 유독 텅 비어 보였으며, 남편이 현관문을 닫고 나가자 즉시 쇼팽의 곡을 들었고, 워낙 빈틈이 없는 사람이기도 하지만, 원칙대로 깜박이 등을 켜고 주차장을 빠져 나가는 남편의 모습이 그렇게 못마땅해 보였으며, 지금 '나'는 차라리 죽었다가 다시 태어나 산다면, 첫사랑 그 남자(초판)와 다시 결혼해 살고 싶기에, 벚꽃 새순이 연둣빛으로 더욱 짙어 보였던 것이다. 고로 이 소설의 서두는 퍽 인상적인 글이라기보다 좀 이해하기가 어려운 글이 되었다.

흔히 이야기의 서술 양식(the mode of narration)에는 서사(敍事)와 묘사(描寫)가 있다고 말하는데, 이 소설의 서두는 남편의 출근을 알리는 '서사'와 첫사랑 남자를 그리워하는 '나(아내)'의 내면을 잘 묘사하고 있어서, 그 이해가 어려워졌다.

이제 김승옥의 『무진기행』이란 소설을 보도록 하자. 이 소설은 '나'가 이모 집에 도착해, 저녁에 조(趙)의 집을 방문한 자리에서 '하인숙'이란 여자를 처음 만났던 일들을 '대화체(dialogue style)'를 써서 자세히 보여주고 있다.

> "어어 밀담은 그만하시고, 하 선생 인사해요. 내 중학 동창인 윤희중이라는 친굽니다. 서울에 있는 큰 제약회사의 간사님이시고 이쪽은 우리 모교에 와 계시는 음악선생님이시고. 하인숙 씨라고, 작년에 서울에서 음악대학을 나오신 분이지." "아 그러세요. 같은 학교에 계시는군요." 나는 박(朴)과 그 여선생을 번갈아 가리키며 여선생에게 말했다. "네." 여선생은 방긋 웃으며 대답했고 내 후배는 고개를 숙여버렸다. "고향이 무진이신가요?" "아녜요. 발령이 이곳으로 났기 땜에 저 혼자 와 있는 거예요." 그 여자는 개성 있는 얼굴을 가지고 있었다. 윤곽은 갸름했고 눈이 컸고 얼굴색은 노리끼리했다. 전체로 보아서 병약한 느낌을 주고 있었지만, 그러나 좀 높은 콧날과 두꺼운 입술이 병약하다는 인상을 버리도록 요구하고 있었다. 그리고 카랑카랑한 목소리가 코와 입이 주는 인상을 더욱 강하게 하고 있었다. "전공이 무엇이었던가요?" "성악 공부 좀 했어요." "그렇지만 하 선생님은 피아노도 아주 잘 치십니다." 박이 곁에서 조심스런 목소리로 끼어들었다. 조도 거들었다. "노래를 아주 잘 하시지. 소프라노가

굉장하시거든." "아, 소프라노를 맡으시는가요?" 내가 물었다. "네, 졸업연주회 땐 〈나비부인〉 중에서 『어떤 갠 날』을 불렀어요." 그 여자는 졸업연주회를 그리워하고 있는 듯한 음성으로 말했다.

— 김승옥의 『무진기행』에서

작가는 이 장면에서 하인숙을 성적 매력이 넘치는 여자로 외모를 묘사하고 있고, 그리고 그녀는 서울에서 대학 다닐 때 화려한 무대에서 노래를 부른 적이 있는 여자임을 알려주고 있다.

이런 대화에서 드러난 정보에 의하면, 하인숙이란 여인은 공부도 많이 했지만, 아주 잘생긴 여자인데다 화려한 무대에서 여러 대중으로부터 박수갈채를 받아본 경험이 있는 여자이다. 독자라면 이 대화의 장면을 꼭 기억해 두어야 한다. 그것은 이 여자가 단조로운 삶만 펼쳐지는 ≪무진≫이란 곳에서 그냥 머물러 살지 못하고, 서울 같은 복잡하고 화려한 큰 도시로 떠나고 싶어 할 여자임을 짐작해보게 한다. 이처럼 '하인숙'이란 여자의 중요한 정보가 담겨 있기에, 이 장면을 대화체로 서술했다.

시클로프스키가 볼 때 이 소설은 이야기를 낯설게하기 위해 이렇게 꾸몄다고 하겠지만, 이 소설은 이처럼 여러 사건들과 여러 정보들이 뒤섞어 하나의 줄거리를 재미있게 형성해 간 글이다. 그러므로 줄거리 파악을 위해서는 '요약식'보다 '장면식'으로 서술한 이야기에서 '서사'와 '묘사'들을 동시에 눈여겨봐야 한다.

이 점을 강조하는 이유는 별로 중요한 내용도 아닌데, 이를 대화체로 처리하는 경우를 많이 보기 때문이다. 중요한 내용을 대화체를 써서 장면식으로 표현한 것이지, 꼭 대화체를 써야 소설이 되는 것이 아니란 것이다. 이는 마치 시(詩)에서 행과 연이 아무 이유 없이 길어졌다 짧아졌다 해야, 시가 되는 것이 아닌 것과 같다.

3. 서술자와 시점의 선택

현대소설의 시점(視點, point of view) 이론을 꽤 까다롭게 여기거나, 별로 중요하게 생각하지 않는 경향이 있다. 그러나 이야기를 직접 만들어보거나 소설을 어느 정도 이해한 사람은 그 중요성을 점차 깨닫게 된다. 왜냐하면 같은 이야기라도 그것을 '누가' 말하느냐에 따라 진짜 재미있게 들릴 수 있고, 서술자(narrater)의 위치에 따라 모든 일들이 재조명되어야 하므로, 자연히 그 원리에 대해 관심을 갖게 된다. 그러므로 작가는 누가(who), 어떤 자리(where)에서, 그 이야기를 들려주도록 할 것인가를 우선적으로 결정해야 한다. 소설은 허구다. 즉 꾸민 이야기를 들려주어야 하므로 그것을 진짜 있었던 일처럼 들리도록 해야 한다. 다음의 예를 통해, 작가가 하나의 이야기를 위해 얼마나 치밀한 계획을 세워야 하는가를 한번 생각해보길 바란다.

> "섬을 빠져나가는 사고가 어젯밤 말고도 자주 있었소?"
> 창밖으로 시선을 던지고 있던 원장이 문득 다시 물어왔다. 도시 이런 곳을 빠져나가려고 하는 자들의 속셈을 이해할 수가 없다는 어조였다.… (중략) …
> "자주라곤 할 수 없습니다. 하지만 심심치는 않을 정돕니다."
> 상욱은 애매하게 대답했다.
> "심심치는 않을 정도라……."
> 원장은 고개를 기웃했다.
> "특별히 새 원장님이 바뀌어 오실 땐……."
> "원장이 바뀌어 올 때 하필 이런 일이 일어난다는 게요?"… (중략) …

"말해 보오. 작자들이 섬을 빠져나가는 이유가 내게 대한 부임선물의 의미 속에 숨어 있다면 그걸 똑똑히 알아두어야지 않겠오?"

"말씀드릴 수 있을 만큼 자신이 없습니다."

상욱은 슬그머니 꽁무니를 빼려고 했다.

— 이청준의 『당신들의 천국』에서

이 대목은 나환자들이, 왜 자신들을 위해 만든 이 아름다운 섬인 '소록도'를 탈출하려 하는가에 대해, 새로 부임한 조백헌 병원 원장과 이상욱 과장이 함께 그 탈출 사건에 대한 이야기를 나누고 있는 장면이다. 이 소록도란 섬에 세워진 국립병원의 원장으로 새로 부임하게 된 조 원장은, 부임 인사도 하기 전에 왜 '문둥이'들이 이 섬에서 왜 자꾸 탈출하려 하는지, 그 이유를 알고 싶어 하지만, 그러나 그것은 말로 쉽게 설명할 수가 없어서, 지금 말씀드릴 수가 없다는 것이다. 그런데 조 원장은 문둥이에 대해 아무것도 모르고 있지만, 사실 이상욱 과장은 조백헌 원장과 달리 이 섬에서 태어나 문둥이들과 함께 오랫동안 살아와서 나환자의 생리를 누구보다 잘 알고 있는 사람이다. 그래서 나환자에 대한 이야기를 이상욱 과장을 통해 새로 부임한 조 원장에게 말하게 하고 있는 것이다. 즉 조 원장이 모든 독자들을 대신해 주인공인 '문둥이'에 관한 궁금증을 묻고, 이상욱 과장을 서술자로서 질문에 답하는 형식을 취하고 있다. 그런 점에서 이상욱은 선택적 서술자, 즉 내포 작가인 셈이다. 이 소설은 이러한 치밀한 계획 아래 씌어진 것임을 우리는 알아야 한다.

카아터 콜웰은 "시점이란 무엇인가"라는 질문은 곧 "누가 그 이야기를 어느 각도로 보여주었는가?"라는 질문이라고 말하고, 시점(視點)의 여러 양상을 다음과 같이 제시하였다.[13)]

13) 카아터 콜웰, 문학개론(서울 : 을유문화사, 1984), PP. 45-51.

1) 들여다보기

① 객관적 : 3인칭 서술. 생각을 전혀 알 수 없다.

② 전지적 : 3인칭 서술. 모든 생각을 알 수 있다.

2) 어떤 인물의 어깨 너머로 보기

③ 선택적 객관 : 3인칭 서술. 어깨를 보인 인물의 생각을 말할 수 없다.

④ 선택적 전지 : 3인칭 서술. 어깨를 보인 인물의 생각을 말할 수 있다.

3) 한 인물의 눈을 통해 보기

⑤ 주관적 : 1인칭 서술. '나'가 자기의 생각과 감정을 이야기한다.

⑥ 주관적·관찰적 : 1인칭 서술. '나'가 관찰한 사람에 대한 자신의 생각을 이야기한다.

이 6가지 시점(視點, point of view)의 종류는 현행 국어 교육에 널리 쓰이고 있는 것으로, 학자에 따라 그 시점의 종류를 30가지로 나누어 설명하는 학자가 있는 등, 그 종류에 대하여는 학자에 따라 다를 수 있다. 그런데 그 시점의 중요성을 제일 먼저 강조한 사람은 역사적으로 ≪소설기술론≫이란 책을 쓴 퍼시 라보크(P. Lubbock)이다. 그 뒤를 이어 ≪시간과 소설≫이란 저서를 남긴 쟝 뿌이용(J. Pouillon), 그리고 ≪소설의 수사법≫이란 저서를 낸 웨인 부스(W. Booth), 그리고 ≪구성술≫을 남긴 우스벤스키(Uspenski) 같은 학자들에 의해 시점의 여러 양상들이 비교적 자세히 논의하게 되었다.

이제 카아터 콜웰이 제시한 시점의 분류를 바탕으로 하여, 현재 우리가 흔히 논하는 그 시점의 종류에 대하여 좀 더 자세히 알아보도록 하자.

1) 들여다보기

이는 작가가 3인칭 서술자가 되어, 일정한 거리를 두고 무대를 들여다보고, 그 인물들 사이에서 벌어지고 있는 일들을 세밀히 기술해 나가는 방식을 가리킨다. 이 경우 작가가 문 밖에 서서, 마치 구경꾼처럼 집 안의 사람들을 들여다보고 그 인물들의 일거수일투족을 중계하듯 말하는 것이다.

① 소년은 개울가에서 소녀를 보자 곧 윤 초시네 증손녀 딸이라는 걸 알 수 있었다. 소녀는 개울에다 손을 잠그고 물장난을 하고 있는 것이다. 서울서는 이런 개울물을 보지 못하기나 한 듯이.

벌써 며칠째 소녀는 학교서 돌아오는 길에 물장난이었다. 그런데 어제까지는 개울기슭에서 하더니 오늘은 징검다리 한가운데 앉아서 하고 있다.

소년은 개울둑에 앉아버렸다. 소녀가 비키기를 기다리자는 것이다.

—황순원의 『소나기』에서

지금 작가는 소년과 소녀를 비교적 객관적으로 바라보고 그 행동을 서술하고 하고 있다. 서술자인 작가는 타인의 생각을 전혀 알 수 없으므로 본 대로만 서술해야 한다. 그러나 이런 객관적 작가 시점은 이야기를 오래 끌고 가기가 곤란하므로 '장편소설' 같은 긴 이야기에는 적합하지 못해, 자연히 자기도 모르게 '전지적 작가 시점'으로 서술하게 된다.

② 이번에도 점순이가 쌈을 붙여 놨을 것이다. 바짝바짝 내 기를 올리느라고 그랬음에 틀림없을 것이다.

고놈의 계집애가 요새로 들어서서 왜 나를 못 먹겠다고 고렇게 아르렁거리는지 모른다. 나흘 전 감자 사건만 하더라도 나는 저에게 조금도 잘못한 것은 없다.

계집애가 나물을 캐러 가면 갔지 남 울타리 엮는데 쌩이질을 하는 것은 다 뭐냐. 그것도 발소리를 죽여 가지고 등 뒤로 살며시 와서,

"얘! 너 혼자만 일하니?"

하고 긴치 않은 수작을 하는 것이었다. … (중략) …

"너 일하기 좋니?"

또는,

"한여름이나 되거든 하지 벌써 울타리를 하니?"

잔소리를 두루 늘어놓다가 남이 들을까봐 손으로 입을 틀어막고는 그 속에서 깔깔댄다. 별로 우스울 것도 없는데 날씨가 풀리더니 이놈의 계집애가 미쳤나 하고 의심하였다. 게다가 조금 뒤에는 제 집께를 할금할금 돌아보더니 행주치마의 속으로 꼈던 바른손을 뽑아서 나의 턱밑으로 불쑥 내미는 것이다.

— 김유정의 『동백꽃』에서

이 소설의 서술자(narrater)는 작가인데, 그가 들여다본 점순이와 총각에 대하여 그들의 마음속을 다 알고 이야기하는 듯하다. 이를 흔히 '3인칭 전지적 작가 시점'이라고도 하는데, 작가들은 이런 시점을 이용해 오랫동안 소설을 써 왔다. 그런데 제삼자인 작가가 주인공의 마음속을 다 안다고 하는 것은 사실 불가능한 것이다.

2) 어떤 인물의 어깨너머로 보기

소설은 주인공의 이야기를 들려주는 글이라고 볼 때, 이청준의 『이어도』나 김인숙의 『조동욱, 파비안느』처럼, 주인공이 이 세상에 부재하거나 없을 때, 독자는 듣고 싶은 주인공의 말을 직접 들을 수가 없다. 그럴 경우 독자는 주인공을 잘 아는 사람이 대신 나와서, 그가 하는 말을 잘 듣고 주인공에 대해 알아야 한다. 다시 말해서 이제 독자는 작가의 말을 그냥 따르기보다는 작가가 임의적으로 선택한 서술자, 즉 '내포작가'를 따라가 직접 말을 듣고 판단해야 사건의 전후관계를 제대로 파악할 수 있다. 어떤 인물의 어깨너머로 본다는 말은 어깨를 보인 한 인물의 눈을 통해서 사물을 본다는 뜻으로, 보는 자의 인격에 따라 같은 사물도 달리 보일 것이기 때문에, 이 사람에 대한 이해는 매우 중요하다.

이처럼 작가가 임의적으로 선택한 서술자의 말들을 듣도록 꾸민 이야기를 채트 만(S. Chatman)은 '작가 선택적(selective) 시점'이라 불렀는데, 주인공에 대한 이야기를 하는 양주호 같은 선택한 인물을 '내포작가'라 하고, 선우 중위 같이 이야기를 듣는 자를 '내포청자'라 했다. 이럴 경우 아래의 <표 A>처럼 하나의 도형을 그려볼 수 있겠는데, 소설의 이런 변화는 그 이야기의 이해가 현저히 어려워지게 된다.

<표 A>

서사 텍스트

실제 작가 → | 내포 작가(서술자) → 내포 독자(청자) | → 실제 독자

이런 서술에도 두 가지 경우로 나누어 볼 수 있다. 하나는 선택된 서술자가 자기 눈을 통해서 본 것만을 액면 그대로 말하는 '선택적 객관 시점'과, 다음의 예처럼 자기가 본 인물의 생각이나 느낌까지도 다 알고 말하는 '선택적 전지 시점'의 두 가지의 경우가 있다. 먼저 '선택적 객관 시점'의 예를 보자.

③ 작전임무 자체는 그런 대로 완수되어진 셈이었다. 그런데 작전 중에 한 가지 개운찮은 사고가 일어났다.

천남석(千南石) 기자-파랑도 수색 현장 취재를 위해 두 주일 전 출항 날부터 작전함정에 함께 승선해 온 남양일보사 천남석 기자의 영문 모를 해상 실종사고가 생긴 것이다. 작전 수행 과정에서 종종 볼 수 있는 민간인 사고였다. 작전 당국이 최종책임을 져야 할 성질의 사고도 물론 아니었다. 사고처리 방법도 간단했다. 문제될 일은 별로 없었다. 하지만 천 기자의 실종은 어쨌든 이번 수색전 수행 중의 한 불미스러운 오점이 아닐 수 없었다. 사고 원인이나 경위에 대해서도 아직 석연찮은 점이 없지 않았다. 취재 기자의 실종 사고에 대해 작전 당국으로서도 일단 마무리를 지어 둬야 할 일이 남아 있었다. 섬을 찾으러 나갔다가 새로운 섬 이야기 대신 한 취재기자의 실종사고 소식을 싣고 돌아오는

수색 함정들의 귀향에는 두 주일 동안의 작전 임무 종료에도 불구하고 개운찮은 숙제를 남기고 있었던 셈이었다.

— 이청준의 『이어도』에서

이청준의 『이어도』는 본래 '천남석' 기자가 이 소설의 주인공이다. 그런데 파랑도 수색 작전이 끝나고 폭풍우가 몰아쳤을 때, 함께 술을 마시던 천남석 기자가 갑판으로 나간 뒤, 그가 배에서 행방불명되는 미스터리한 일이 발생한 것이다. 그렇다면 배에 타고 있던 천남석 기자의 실종은 투신자살인가? 추락 사고인가?

지금 선우 중위는 이런 기이한 일이 왜 발생했는지 전혀 그 이유를 모른다. 그는 지금 양주호 국장에게 그런 사고가 왜 생기게 되었는지를 알리게 하기 위해, 그 정황을 비교적 객관적으로 자세히 말하고 있다. '선우 중위'는 어젯밤 배에서 있었던 일에 대한 이야기를 객관적으로, 즉 '양주호 편집국장'에게 사실대로 들려주고 있는데, 이때의 선우 중위(내포작가)가 양주호(내포청자)에게 객관적으로 있었던 일을 말한다면, 이런 양주호가 이번에는 내포작가로서 천남석에 대한 이야기를 선우 중위(내포청자)에게 전지적으로 말하고 있다. 이런 점에서 이청준의 『이어도』는 내포작가와 내포청자가 따로 정해져 있지 않고, 임의적으로 바뀔 수 있음을 보여준 하나의 예가 된다.

④ 중위가 이번에는 허물이 훨씬 덜한 말투로 양주호에게 다시 궁금한 대목을 묻기 시작했다.

"국장님께선 아까 천남석 기자의 실종사고에 대해선 경위나 책임을 따질 필요가 전혀 없는 것처럼 말씀하고 계셨는데 그건 무슨 까닭입니까?" … (중략) …
"경윈 따져서 뭐합니까? 천 기잔 아마 자살을 한 걸 텐데 말입니다." … (중략) …

"천 기자가 자살을 했을 거라구요?"

중위는 갑자기 진지한 얼굴로 양주호에게 덤벼들었다.

이상한 일이었다. 양주호는 정말 엉뚱한 말을 하고 있었다. 천 기자의 사고 경위를 따지지 않는 이유를 그는 천 기자가 아마 자살을 했을 것이기 때문이라고 선우 중위의 입장만 점점 더 편리하게 해 주고 있었다. 하지만 중위는 물론 그 양주호의 말을 무심히 들어 넘길 수가 없었다. 중위 역시 그 천남석의 죽음에는 처음부터 늘 어딘가 석연찮은 구석이 느껴져 오고 있는 터였다.

— 이청준의 『이어도』에서

이처럼 '양주호 국장'은 그 천남석 기자의 실종 사건의 전후 관계를 더 묻지도 않고, 천 기자가 스스로 물속을 찾아 들어간 사람, 즉 자살한 사람이라고 전지적으로 단언해버린다. 사실 선우 중위는 본래 현역 군인인데다, 제주도의 태생이 아니므로, 제주도 섬사람의 생리에 대해 전혀 아는 게 없다. 따라서 그는 천남석 기자가 '투신자살'했다고 전지적으로 단언하는 양주호 국장의 말을 전혀 이해할 수가 없었던 것이다.

특히 양주호 국장은 천남석 기자가 어떤 사람인가를 알기 위해서는 그가 평상시에 어떤 행동을 했는가를 알아야 하므로, 선우 중위를 직접 '이어도' 여인이 있는 술집으로 안내했을 뿐 아니라, 천남석이 살던 집에까지 데려가 그녀와 동침까지 해보게 했던 것이다.

이때 일반 독자인 우리가 천 기자가 왜 그렇게 투신하게 되었는가를 알기 위해서는 일단 선우 중위와 양주호가 서로 주고받는 말을 잘 알아들어야 한다. 그런데 이청준의 『이어도』가 읽기 어려운 이유 중 하나는 이처럼 내포작가와 내포청자가 따로 정해져 있지 않고 임의적으로 바뀌고 있기 때문이기도 하지만, 실제 서술자인 '이청준'과 실제 독자인 우리가 모두 작품 밖으로 사라지고 없기 때문일 것이다.

3) 한 인물의 눈을 통해 보기

현대소설에 이르러 이제 '내적 갈등'을 다루는 소설이 많아지게 되면서,

1인칭 서술자인 ‘나’가 등장하는 소설이 부쩍 많아졌다. 김승옥의 『무진기행』에서 보는 것처럼, 주인공이며 서술자인 ‘나’는 ‘무진’에서 태어나 거기서 자라온 사람이므로, ‘나’는 무진에 대하여 누구보다 잘 알고 있는 사람이다. 다시 말해서 ‘나’는 명산물이 하나도 없는 무진에서 태어나 자랐으므로, 그곳이 가난한 삶을 살 수밖에 없는 곳임을 누구보다 잘 아는 사람인 동시에, 무진의 안개가 하얀 색채를 띠고 있기 때문에 유독히 무시무시한 점령군으로 보였거나, 한(恨)을 품고 죽은 여귀가 뿜어낸 입김처럼 느껴졌던 것이다.

신경숙의 『풍금이 있던 자리』는 주인공이며 서술자인 ‘나’가 자기의 내면을 가장 잘 알고 쓴 소설이다.

> ⑤ 당신이 저와 함께 하겠다는 그 결정을 내려 주었을 때, 저는 너무나 환해서 꿈인가?……꿈이겠지, 어떻게 그런 일이 내게……다름도 아닌 내게 찾아와 주려고, 꿈일 테지, 했어요.
>
> 죄라면 죄겠지. 내 삶을 내 식대로 살겠다는 죄.
>
> 제가 꿈인가? 헤매는데 당신은 죄라면 죄겠지, 하시며 진짜 일을 진척시키기 시작했죠. 당신을 알고 지낸 지난 이 년 동안에 무너져만 내리던 제게 어떻게 그런 환한 일이, 스포츠 센터 일을 다 정리하고 나서도 암만 꿈만 같아서, 당신에게 다짐을 받고 또 다짐을 하다가 결국은 또 눈물……이.
>
> ― 신경숙의 『풍금이 있던 자리』에서

이처럼 서술자를 ‘나’로 할 때, 글쓰기도 쉬울뿐더러 그 사람의 내면을 잘 드러낼 수 있어서 흔히 쓴다. 우리가 대화를 나눌 때 1인칭 ‘나’가 ‘나’의 말을 가장 쉽게 할 수 있듯이, 글쓰기에서도 1인칭 ‘나’를 쓰는 것이 용이한 면도 있다.

그리고 은희경의 『아내의 상자』처럼 어떤 아내의 이야기를 들려주려고 할 때, 그것을 제3자인 작가가 들려주는 것이 좋을까, 아니면 그녀의 남편이 직접 서술하는 것이 좋을까? 그런 이야기라면, 누구보다도 그녀와 주야로 가까이 지내는 남편한테서 직접 듣는 것이 독자에겐 더 믿음이 갈 것이다. 그래서 흔히 아내의 이야기를 들려주고자 할 때, 남편인 '나'가 직접 서술자로 등장하는 경우가 많다.

이제 '외적 갈등'보다 '내적 갈등'을 겪는 사람 이야기를 다루는 현대에 이르러서는 흔히 '작가' 대신에 본인이나 주인공과 가까이 있는 사람이 서술자가 되어 이야기를 들려주는 경우가 많아졌는데, 그 이유는 '나'의 속마음을 제일 잘 아는 자는 '나'밖에 없기 때문이다. 내 맘을 잘 아는 사람이 '나' 이외에 또 누가 있단 말인가? 과거처럼 작가가 남의 마음을 신(神)처럼 다 아는 식의 '전지적 작가 시점'은 이제 옳지 않다고 보게 된 것이다.

> ⑥ 그날, 밥 먹는 자리에서 네가 울며불며 숟가락 던지고 난리였어. 닥터 강 보고 늑대라는 거 다 안다고, 꺼지라고. 너 때문에 닥터 강은 오곡밥이고 뭐고 코로 들어가는지 눈으로 들어가는지 제대로 먹지도 못했어. 아마 엄마를 좋아하긴 했지만, 그때 너 보고서 마음을 접었을 거야."
>
> "하하하, 그렇지. 내가 그랬겠지."
>
> 미경이 허탈하게 웃었다.
>
> "그렇게 내가 엄마 앞길을 막았구나."
>
> 그건 미경의 생각일 뿐이고. 엄마가 미경을 방으로 데려가 달래는 동안, 닥터 강과 나는 둘이서 밥을 먹었다. …(중략)…
>
> "그래서 엄마도 외로웠다는 말씀을 하고 싶은 거야?"
>
> 내가 엄마에게 물었다.
>
> "얘네들 내 손 잡은 거 봐라."
>
> 엄마가 손녀들의 손을 잡은 양손을 살짝 들어 보였다.
>
> "니들도 어릴 때는 이렇게 내 손을 잘도 잡았었는데. 그런데 내가 외로울 틈이 어디 있었겠냐?
>
> — 김연수의 『일기예보의 기법』에서

이 대목은 오빠인 '나'가 서술자로 나와, 엄마를 좋아해 집에 찾아온 닥터 강(姜)을, 주인공이며 여동생인 '미경'이가 몹시 싫어했던 과거의 일을 함께 이야기를 나누는 장면이다. 오빠인 '나'가 볼 때, 여동생인 미경이는 엄마의 앞길을 막은 장본인인 셈이다. 그러니까 그런 일 때문에 엄마는 평생을 외롭게 살아온 분이시고, 닥터 강의 저주를 받아서인지 지금 주인공인 '미경'은 옆에 애인도 없이 혼자 외롭게 살아가고 있다.

『일기예보의 기법』에서 주인공인 '미경'은 엄마와 함께 살아온 딸이지만, 엄마에 대해 잘 모른 채 살아왔을 것이다. 미경이가 외롭게 살아보고, 오빠의 말을 들어보니 이제 엄마 마음을 알 것 같다. 그래서 김연수의 『일기예보의 기법』은 자식들이 '엄마'에 대해서 몰랐다가 새로운 것을 알게 된 대표적 이야기라고 말할 수 있다.

이처럼 서술자가 1인칭 '나'일 때 '나' 자신의 주관적 생각과 감정을 고백하듯 독자에게 전달할 수 있으나, 한편 서술자인 '나'의 나이가 어릴 경우, '나'의 시야가 좁아져 서술에 많은 제한을 받을 수 있다. 예컨대 주요섭의 『사랑손님과 어머니』나 전경린의 『앞마당이 있는 가겟집 풍경』처럼, 서술자가 나이 어린 초등학생일 때, 사랑 문제로 갈등을 겪는 어른들의 마음을 다 헤아릴 수가 없다. 그렇지만 이럴 경우, 오히려 그 사랑이 더 순수해 보일 수도 있다. 주요섭의 『사랑손님과 어머니』에서 어린 '나(옥희)'는 주인공인 '엄마'가 왜 도시락의 편지를 보면 얼굴이 빨개지는지, 엄마가 밤에만 왜 풍금을 치는지, 그리고 엄마가 왜 언덕에 올라 서울로 가는 기차를 보면 하염없이 눈물을 흘리는지 그 이유를 모른다. 그런데 하염없이 흐르는 엄마의 눈물에서 그녀의 사랑이 더 순수해 보인다.

Ⅷ. 심리학적 이해

1 무의식과 인간의 행동
2 두 개의 '나'와 개성화
3 인간에 대한 속단은 금물
4 타자의 욕망을 욕망하기
5 인간은 양성적(兩性的) 존재

1. 무의식과 인간의 행동

1) 무의식 이론의 정립

정신분석학의 창시자인 프로이트(S. Freud, 1856~1939)는 인간의 행동에 대한 새로운 이론을 제시하여, 인간 이해의 폭을 넓혔을 뿐 아니라 많은 정신질환자의 원인과 치료법을 찾아 낸 20세기 최대의 석학이다. 그는 인간의 행동이 의식보다 무의식(無意識)의 지배를 더 받는다는 학설을 내세워, 한마디로 말해서 인간이 이성적 존재라는 종래의 생각을 완전히 뒤바꾸어 놓았다.

다시 말해서 우리가 어두운 골목을 지날 때 갑자기 괴한을 만났다면, 누구나 위기의 탈출을 위해 무심코 '엄마'를 찾을 것이다. 이는 이성적 사고에서 나온 것이 아니라, 무의식적으로 튀어나온 말이다. 우리는 어머니 품에서 오랫동안 자라왔기 때문에 위기에서 구원해줄 사람은 힘센 아버지보다 어머니라는 생각이 무의식 속에 잠재되어 있어서 엄마를 찾은 것이다.

어느 강연장에서 사회자가 '무의식의 발견자'인 프로이트 선생을 소개한다고 말했다. 그런데 정작 단상에 오른 프로이트는 '나는 무의식을 처음 발견한 사람이 아니라 인간의 정신 속에 무의식이 있다는 것을 안 사람은 시인이나 소설가이고, 나는 그것을 이론적으로 정리했을 뿐이다'라고 말했다고 한다. 이 말은 프로이트의 '오이디푸스 콤플렉스(oedipus complex)'란 용어가 그리스 신화인 ≪오이디푸스 신화≫라는 이야기에서 따왔듯이, 무의식이 문학과 깊은 관련이 있음을 시사해 준 말이기도 하다. 프로이트는 무의식적 행동의 예를 여러 문학작품 속에서 찾아낸 사람이다. 박완서의 『연인들』에는 이런 이야기가 나온다.

> 나도 도망치듯 지하도 속으로 들어갔다. 지하도의 출구는 내가 들어간 곳 말고도 세 곳으로 열려 있다. 나는 의당 국제극장 쪽으로 나가서 내 여자를 만나야겠지만 잘못 나가서 동아일보사 쪽이 되길래 되돌아 들어와 다시 나가니 비각 쪽이었다. 나는 그런 실수를 자꾸만 저지르며 좀처럼 국제극장 쪽을 못 찾는다.
>
> 정말로 나는 여자를 만나는 것을 꺼리고 있었다. 그녀가 나에게 얼마나 정떨어졌는가를 확인하는 것을 두려워하고 있었다. 어쩌자고 나는 그런 꼴을 애인을 만들고 싶은 여자에게 보여주고 만 것일까? 참 재수 없는 날이다.
>
> — 박완서의 『연인들』에서

이처럼 주인공인 '나'가 데이트 하던 그녀를 다시 만나러 빨리 나가야겠지만 그 출구를 찾지 못하고 헤맸던 것은 너무 민망한 나머지, 무의식 속엔 그녀를 빨리 만나고 싶은 생각이 없었던 것이라 볼 수밖에 없다. 프로이트는 며칠 동안 보지 못했던 친구에게 전화를 걸려고 했으나 갑자기 전화번호가 생각나지 않는다면 그 친구에게 전화 걸 생각이 무의식 속엔 없었기 때문이라고 했다.

프로이트는 인간의 사고와 행동이 의식보다 무의식의 지배를 더 많이 받는다고 보았는데, 우리는 의식(意識)에 의해서 현실과 관계를 맺고, 여러 가지 반응과 행동을 이루어내지만, 실상 그 의식의 과정은 잠시뿐이고 그 내용도 '무의식'에 비하면 훨씬 적은 것이라고 본 것이다.

그리고 프로이트는 인간의 정신을 의식(意識), 전의식(前意識), 무의식(無意識)으로 나누어 설명하고 있지만, 그의 제자인 C. 융(Carl Jung)은 그의 선생님과 달리, 의식과 무의식으로 나누고, 무의식을 다시 원형(原型, archetype), 집단 무의식과 개인 무의식으로 나눈다.

우리는 의식(意識)을 갖고 있기 때문에 기억하고 생각하며 일상생활을 할 수 있으나, 우리가 경험하고 의식했던 일을 기억하는 데는 한계가 있다. 그런데 우리의 의식이나 심적 내용은 일일이 기억하지 못한다고 해서 모두 없어지고 마는 것이 아니라, 테이프에 녹화되듯이 우리의 무의식 속에 저장되어 있어서, 인간의 사고(思考)나 행동에 큰 영향을 미친다는 것이다. 이처럼 잊어버렸더라도 연상에 의해 의식 밖으로 다시 떠올릴 수 있는 의식을 프로이트는 전의식(前意識)이라 불렀다.

그 예로 오정희의 『바람의 넋』에서 보는 것처럼, 주인공인 '은수'는 어려서 가족들과 함께 행복하게 살았던 적이 있는데, 그것을 안개처럼 흐릿할 뿐 명확히 기억해 낼 수가 없어서 안타까워한다. 바람이 불 때면 어디선가 나에게 이리 오라고 손짓하는 것 같은데, 도무지 어머니에 대한 기억이 나지 않는 것이다. 그러던 어느 날 '은수'는 나를 길러준 친정어머니로부터 그 사연에 대한 얘기를 자세히 듣게 됨으로써 그때의 일을 모두 기억해낸다.

> 한낮의 정적 속에 느닷없이 잠입한 낯선 사내들에 놀란 아이가 고무신을 그대로 벗어 둔 채 엄마를 부르며 마루로 뛰어갔다. 남은 한 아이는 본능적인 공포로 마당 귀퉁이 변소로 뛰어 들어가 문을 잠갔다. 변소 문 위에 생긴 판자쪽 틈으로는 ㄱ자의 안채가 환히 보였다.
>
> 사내들은 신을 신은 채 성큼성큼 마루로 올라갔다. 저마다 손에 곡괭이와 쇠지렛대 같은 것을 들고 있었다. 방문 앞에 엄마의 얼굴이 비치는가 하더니 비명 소리가 들려 왔다. 계집애는 엄마에게로 가야한다고 생각했다. 그러나 더 큰 공포가 변소 문고리를 잡은 손을 단단히 잡고 놓지 않았다. 사내들이 방을 나와 부엌 쪽으로 가자 머리에서 피를 쏟으며 기어 나온 엄마가 그 중 한 사내의 바짓가랑이를 잡았다.
>
> 사내는 간단히 엄마를 향해 곡괭이를 찍었다. 잠시 후 그들은 쌀자루와, 무

엇인가로 퉁퉁해진 보퉁이를 둘러메고 거짓말처럼 사라졌다. 계집애는 그제야 변소 문을 열고 나왔다. 조용했다. 하얗게 튀어 오르는 햇살이 가득한 마당, 죽은 듯한 정적 속에 벗어 놓은 두 짝의 검정 고무신만이 덩그러니 놓여 있을 뿐이었다. 어디 있니? 어서 나와. 그 자리에 선 채 계집애는 동생의 이름을 가만히 불렀다.

— 오정희의 『바람의 넋』에서

은수는 그런 사건이 있은 직후에, 이처럼 아버지의 친구 집에 양녀로 들어가 자라게 된 사연을 듣고 난 후, 그녀가 어렸을 때의 친아빠와 친엄마, 그리고 친동생이 함께 살던 때를 기억해 낸다. 그 때 집에 들어온 도둑들이 휘두른 도끼에 맞아 엄마, 아빠, 동생이 참혹하게 죽임을 당했던 일, 그것을 마당 화장실에 몰래 숨어서 목격했던 일을 회상해 낸 것이다. 이런 참혹한 장면은 두 번 다시 기억해 내고 싶지 않은 것이어서, 흔히 그것을 의식에 떠오르지 못하도록 억압하기 때문에 '자폐증 환자'처럼 일시적으로 앞을 보지 못하거나 벙어리가 되어 말을 못하는 경우도 있다고 한다. 그리고 은수는 바람이 부는 날이면 가출을 일삼았는데, 이러한 그녀의 가출벽도 바로 이런 그녀의 원체험적 고아의식에서 비롯된 것이라 볼 수 있다.

그리고 TV에서 보듯이, 이런 무의식 속에 담겨 있는 내용들은 '최면술'을 통해서, 의식 밖으로 끌어낼 수가 있다. 흔히 무의식의 내용은 사회적으로 용납되지 못해, 억압된 욕망이나 충동 등이 그 대부분을 차지하지만, 이런 억압된 욕망들은 시간이 흘러도 없어지지 않고 연속적으로 남아 있어서 의식적인 행동이나 사고에 큰 영향을 미친다고 한다. 이를 보면 이성적 동물이라는 인간이 실은 무의식에 의존해 살아가고 있다는 것을 실감한다. 실언(失言), 파괴, 불합리한 불안이나 공포 등이 무의식의 작용으로 인한 행동으로 설명되는 것도 이 때문이다.

2) 인간의 정신구조

프로이트에 따르면 인간의 정신구조는 본능적으로 움직이려는 원초 자아(id), 현실적으로 움직이려는 현실자아(ego), 그리고 도덕적으로 움직이려는 초자아(super-ego)가 있다. 여기에 리비도(성욕), 본능적 욕구, 각종 억압된 욕구 등이 담겨 있다.

이드(id)는 에고(ego)와 슈퍼에고(super-ego)에 의해 밖으로 나타나지 못하도록 억압된다. 이드의 유일한 목표는 쾌락원리(pleasure principle)에 따라 자기만족, 쾌락을 추구하는 데 있다. 그리하여 그 표현은 충동적이며

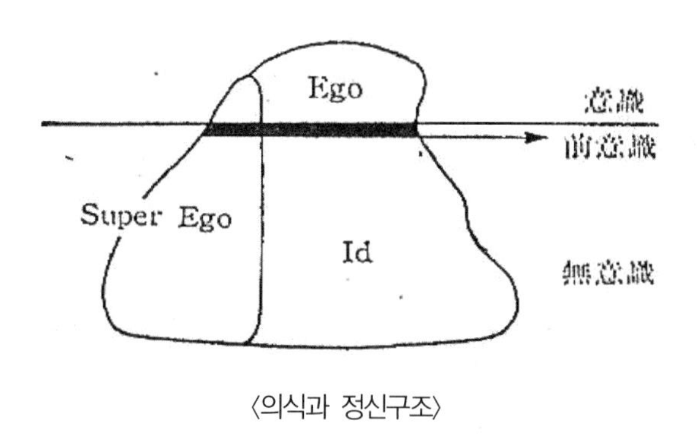

〈의식과 정신구조〉

동물적이다. 보통 아이는 성장하면서 이드의 욕망을 승화시켜 잘 극복해 나간다. 이드는 인성이 형성되는 토대이지만 일생을 통해 갓난아이와 같은 성격을 유지한다.

그리고 이드(Id)는 긴장을 참지 못하고 즉각적인 만족을 요구한다. 그리하여 이드는 끊임없이 만족을 요구하며 충동적이고 비합리적이고 반사회적인 데다가 이기적이고 쾌락을 사랑한다. 이드는 사고(思考)를 모르고 단지 소망하고 행동할 뿐이다. 이러한 이드의 개념은 신학자들이 정의한 '악마(惡魔)'의 개념과 일치한다고 볼 수 있다.

에고(ego)는 현실에 적응하기 위하여, 이드에 있는 충동적인 욕구의 충족을 연기하거나 단념하게 한다. 쾌락 대신 현실 원리(reality principle)에 의해 지배된다. 한마디로 말해서 에고는 이드의 비도덕적이고 충동적인 욕구를 제어하여 합리적으로 현실에 잘 적응하도록 만든다. 에고는 배가 고프더라도 먹을 수 있는 것인가를 판별하고 먹을 수 있는 것이 생길 때까지 배고픔의 욕구를 억제하는 역할을 한다. 그러므로 에고의 행동은 목적이 있고 판단력이나 지각, 사고 등이 논리적이다.

초자아(super-ego)는 인간의 도덕적·윤리적 행동을 하도록 이끄는 정신력의 근원으로서, 사회규범을 따르도록 자아를 지배한다. 즉 도덕적 원리(morality principle)에 따라 현실적 쾌락이나 폭력보다는 이상 또는 양심, 도덕을 추구하도록 한다. 흔히 어린아이는 부모의 도덕적 명령에 어긋나지 않는 행동을 했을 때 칭찬을 받게 되나, 그렇지 않을 경우 벌을 받게 되는데, 그 결과 흔히 아동은 부모의 이상(理想)을 내면화하고 동일시함으로써 자기의 이상을 형성하게 된다고 한다. 그래서 아동은 부모를 닮는다고 한다.

3) 삶의 본능(eros)과 죽음의 본능(thanatos)

프로이트는 인간의 정신적 에너지를 리비도(성적 욕망)에 기초하여 '삶의 본능'과 '죽음의 본능'으로 구분하였다.

삶의 본능은 성욕, 배고픔, 갈증 등과 같이 생존과 번식에 목적을 둔 신체적 욕구의 표상으로, 인간의 생명을 유지·발전시키며 타인과 사랑을 나누며 창조적 발전을 도모한다.

프로이트에 따르면, 인간의 모든 행동은 본능의 지배를 받으며 정신적 에너지를 발산하는데 그 목적이 있다. 특히 그는 인간의 모든 행동을 성욕과 관련지어 설명하였다. 사람들은 세상에 태어나 권력과 명예를 손에 넣고자 열심히 살아가는데, 그것을 소유함으로써 인간은 자기가 원하는 부(富)와 성(性)을 자유롭게 소유할 수 있기 때문이다.

우리는 매일 신문에서 판사만이 아니라 의사, 교수, 사장, 국회의원, 성직자를 비롯해 이웃 간에서 벌어지는 각종 성 범죄자를 보게 되는데, 그들의 일탈적 행동은 사회적 지위를 떠나 모든 사람들 사이에서 매일 벌어지고 있음을 본다.

성욕은 넓은 의미로 종(種)의 보존을 목표로 하는 욕구이고, 좁은 의미로는 상대방, 즉 이성(異性)에 밀착하고 싶어 하는 욕구이다. 또한 프로이트는 입술의 접촉이나 배설 때의 쾌감, 관음증, 노출증, 사디즘・마조히즘적 욕망도 이에 포함시켰다.

죽음의 본능은 무기질에서 태어난 생명체가 다시 무기질 상태로 회귀하려는 충동이다. 이 본능은 보통 죽으려는 욕구로 나타나지만, 공격의 대상이 타인으로 향하여 남을 죽이려는 욕구로 나타나는 일도 있다. 남을 죽이려는 욕구가 강하게 나타나게 되면 살인, 강도짓 등을 일으키고 국가적 차원에서는, 영화 ≪트로이 전쟁≫에서 볼 수 있는 것처럼, 전쟁을 일으키기도 한다. 그리고 '죽느냐, 사느냐'의 문제를 두고 고민한 '햄릿(Hamlet)'의 모습은 자기 사랑과 자기 증오의 감정에 사로잡혀 있기 때문에 생긴 것으로, 햄릿은 이 양자의 욕구에서 결단을 내리지 못한 자라고 볼 수 있다. 이처럼 타나토스가 자기 자신에게로 향하면 자살로 나타나게 되지만, 외부로 향하게 되면 파괴, 공격적 행동으로 나타나게 된다.

2. 두 개의 '나'와 개성화

소설이 어떤 욕망을 이루고자 하는 주인공의 행동을 보여주는 긴 글이라고 할 때, 김유정의 『동백꽃』처럼 '외적 갈등'을 겪는 인간의 모습을 잘 보여주기도 하지만, 『무진기행』에서 보듯, 주인공이 승진을 받아들여야 하나 이를 거절해야 되나 하는 문제로, 겉으로 드러나지 않게 '내적 갈등'을 겪을 수 있다. 김승옥의 대표작 『무진기행』은 제약회사의 평사원이던 '나'가 전무로의 승진의 문제를 놓고, 이른바 '내적 갈등'을 겪는 주인공 '나(윤희중)'의 행동의 변화를 세밀히 다룬 소설이다.

흔히 내적 갈등에는 다음의 세 가지 양상이 있다고 한다.

① **접근-접근 갈등** : 이는 두 가지 이상의 긍정적인 욕망 중에서 그 중 어느 것을 택해야 좋을지 몰라서 겪는 고통을 가리킨다. 진명전의 『숫자세기』에서 '나(여자)'는 가난하지만 똑똑한 첫사랑 '정헌'과 아버지의 유산을 물려받아 돈이 많은 '유신호' 사이에서 누구를 택해야 할지 몰라 고민 중이다.

② **접근-회피 갈등** : 이는 우리가 많이 겪는 갈등이다. 이는 조건이 상반되어 그 중 어떤 것을 선택해야 되는 줄 몰라 고통를 겪어야 할 때가 있다. 『무진기행』에서 '윤희중'은 누구나 바라는 승진을 해야겠지만, 또한 그것이 떳떳한 일이 아니라고 생각이 들어 망설여지는 것이다.

③ **회피-회피 갈등** : 이는 모두 피하고 싶지만, 그 중 하나를 선택해야 하므로 고통을 겪어야 한다. 권지예의 『뱀장어 스튜』에서 주인공 '나(여자)'

는 아이를 직접 낳아 기르고 싶다. 그러나 한국의 첫사랑 남자도 프랑스의 남편도 모두 섹스를 즐길 뿐 아이 낳기를 원하지 않는다. 그러나 그녀는 한국에 머물지 못하고 남편 곁으로 돌아와야 한다.

『무진기행』의 '나(윤희중)'는 '무진'에서 태어나 자랐지만, 가난에서 벗어나기 위해 서울로 올라와, 아내를 잃고 이제 지금은 돈 많은 여자(과부)와 재혼해 살고 있는 사람이다. 그런 점에서 이 소설의 서술자이며 주인공인 '나'는 본래 출세 욕망이 남달리 강한 사람이었다. 그런 '나'가 막상 장인이 경영하는 대회생제약회사의 전무로 승진할 기회를 갖게 되자, 기뻐하기보다 오히려 무척 기분이 언짢아진 것이다. 이를 눈치 챈 아내는 장인과 함께 잠시 고향에 내려가 쉬었다가 돌아오기를 권해, '나'는 자의 반 타의 반으로 고향인 무진에 내려오게 된 것이다.

그러면 '나'는 그토록 바라던 출세를 하게 됐는데, 왜 기분이 언짢아졌을까? 이런 반응은 사람에 따라 다르겠지만, '나'는 좀 특이한 성격의 소유자로서, 한마디로 말해서 '자의식(自意識)이 강한 사람'이라고 볼 수 있다. 분석심리학자인 C. 융(C. Jung)에 의하면, 인간의 의식이 두 개의 나, 즉 자아(ego)와 자기(self)로 나뉘어져 있고, 또한 그 결합 양상이 사람에 따라 다르기 때문에 그 반응이 달리 나타난다고 볼 수 있다. 본래 인간은 누구나 승진해서 출세하고 싶은 욕망, 착한 어머니가 되고 싶은 욕망 등, 이런 갖가지 현실적 욕망을 갖고 살아가는데, 이를 위해서는 사람마다 다른 'ego로서의 나'와 'self로서의 나'의 욕구를 다르게 충족해 줘야 하므로 자연히 내면에 갈등을 겪게 된다고 했다.

이런 갈등을 피하기 위해서는 인간은 페르소나(persona), 즉 가면(假面)을 쓰지 않으면 안 된다. 그런데 자의식이 강한 사람은 남들이 자기를 어떻게 볼까를 더 많이 생각하게 되므로, 가면을 쉽게 쓰지 못해, 자기 얼굴 표정을 빨리 감추지 못한다. 고로 이런 자의식은 양심이나 교양이 바른 사람,

즉 얼굴이 두꺼운 사람보다는 얇은 사람에서 흔히 볼 수 있다. 자의식이 강한 사람이 얼굴이 쉽게 붉어지는 것도 이 때문이다.

분석심리학자인 C. 융은 사람들은 모두 자기에게 알맞은 페르소나(persona)를 잘 쓰고 살아간다고 말했는데, 제16회 이상문학상 수상작이기도 한 양귀자의 『숨은 꽃(1992년)』은 가면을 쓰고 살아가는 인간들의 모습을 이렇게 잘 보여주고 있다.

> 마루 한가운데 염소 머리 세 개가 놓이자 사람들은 약속이나 한 듯이 김종구를 쳐다보았다. 마치 너 말고 누가 이 짓을 하겠냐는 듯이. 그리고 누군가 그에게 날이 새파랗게 선 손도끼를 건네주었다.
>
> 김종구는 사람들을 휘 둘러본 다음 말없이 손도끼를 받았다. …(중략)… 기합과 함께 땅, 하는 암팡진 소리가 울렸고 벌어진 골통 속으로 김이 무럭무럭 솟아나는 하얀 골이 드러났다. 젓가락을 들고 그 순간을 기다리던 남자들은 너나 할 것 없이 하얀 김이 피어오르는 골통 속으로 젓가락을 들이밀었다. 첫 번째 염소 머리가 상으로 올라간 지 몇 분, 눈 깜짝할 사이에 머리는 두개골로 변해 쓰레기통으로 던져졌다.
>
> 사람들 뒤에서 담배 한 대를 피고 난 김종구는 묵묵히 도마 위에 두 번째 염소 머리를 얹었다. 이번에는 시선 끌기 같은 광대 짓은 없었다. 두 번째, 세 번째의 골통 또한 단 한 번의 도끼질에 어김없이 두 쪽으로 갈라졌지만 첫 번째 이후로는 사람들의 탄성도 들리지 않았다. 모두들 뜨끈뜨끈한 골이 식을까봐 정신없이 젓가락질에만 매달렸다.
>
> — 양귀자의 『숨은 꽃』에서

'나'의 회상 속에 보이는 '김종구'가 가면 없이 살아가는 사람이라면, 선생님들이야말로 진짜로 가면을 잘 쓰고 살아가는 사람이다. 조금 전까지 막돼먹은 사람이나 할 짓처럼 행동하던 선생님들이 하얀 김이 피어오르는 골통 속으로 다투듯 젓가락을 마구 들이밀었던 모습에서, 인간들이 얼마나 가면을 잘 쓰고 위선을 떨며 살아가는가를 새삼 느끼게 해 준다. 사실 남들은 김종구를 깡패같이 무례한 사람이라고 보지만, '나'가 볼 때 김종구는 예전이나 지금이나 꾸밈이 없고, 남을 위해 자기를 희생할 줄 아는 가장 양심 바른 사람이었다.

우리는 연극배우처럼 어떤 처지나 상황에 따라 여러 다른 모습으로 자신을 바꾸어 가며 살아가야 가야한다. 목사라도 그는 교회에 나가서는 엄숙한 설교자로 행동해야 하겠지만, 집에 돌아와서는 다정다감한 아버지로, 그리고 장터에 나가면 장꾼들과 어울려 술도 한 잔 할 수 있어야 한다. 그래야만 환경에 적응을 잘할 수 있어서 자기 삶을 성공적으로 잘 이끌어 갈 수 있는 것이다.

신경숙의 『풍금이 있던 자리』에서 주인공인 '나'는 물질적으로 행복을 누릴 수 있는 서울의 돈 많은 남자와의 결혼을 포기하게 되는데, 이는 그녀의 손 씻는 버릇에서 알 수 있듯이, 본래 순결한 삶을 살아가고자 하는 자기(self)의 욕구가 강한 여자였기 때문이다. 그런 점에서 이 작품은 '자기실현'의 한 좋은 예가 된다면, 김승옥의 『무진기행』에서 '나(윤희중)'는 남달리 자의식이 강한 자로서, 남들이 뭐라고 말하든 출세하여 물질적 부(富)를 누리고자 하는 '자아'의 요구에 따라, 서울로 급히 돌아간 것이다. 이는 일찍이 '나'가 그렇게 되기를 간절히 소망한 사람이란 점에서 '자기실현'이 아닌 '자아실현'의 모습이라고 볼 수 있다. 그래서 그는 서울로 향하면서 심히 부끄러움을 느낀 것이다. 이는 그의 행동에 페르소나의 존재가 완전히 무시되고 있지 않았기 때문인데, 다시 말해서 이것은 모든 사람의 내면에 아름답고 신성한 본성으로서의 '자기(self)'가 있으나, 가면을 쓰고 사회적 역할에 충실하다 보면 사람이 자기(self)의 진정한 욕구마저도 망각한 채 살아가는 사람이 되기 때문이다.

그리고 사람들은 흔히 '자기'를 다른 사람과 비교하는 가운데서 찾게 된다. 즉 타인이 자신을 비춰주는 거울인 셈이다. 그러므로 황순원의 『소나기』

에서 주인공 소년이 소녀로부터 '바보'라는 소리를 듣거나, 이청준의 『병신과 머저리』에서처럼 동생이 형으로부터 '너는 병신 같고 머저리 같다'는 소리를 듣게 된 것은 여간 큰 충격이 아닐 수 없는 일이다. 왜냐하면 『소나기』의 소년은 바보가 아닌데, 소녀로부터 그런 소리를 들었으니까.

정미경의 『내 아들의 연인』에는 돈 많은 남편을 만나 아들 딸 두고 물질적 풍요를 누리며 잘 살아온 '나'라는 여인이 있다. 그런데 '나'는 돈밖에 모르는 남편, 정의로운 일도 별로 득 되는 일이 아니면 눈 감고 그냥 살아가는 남편의 태도에 좀 환멸을 느끼게 된 것이다. 그러던 어느 날 '나'는 아들 '현'이가 좋아하는 '도란'이라는 여자애를 만나 아들과 결혼하여 줄 것을 은근히 권유한다. 그러나 가난한 집에서 학비를 벌어가며 힘들게 대학원 공부를 하고 있는 도란이의 생각은 '나'와 전혀 다르다는 것을 알고, '나'는 충격을 받게 된 후부터 이 소설을 쓰기 시작한 것이다.

> "맛있니?"
> "네."
> 나는 왜 도란이를 불러냈을까. 점심을 먹자는 핑계로.… (중략) …
> "도란아, 요즘은, 결혼해서도 공부 계속하는 친구들 있지 않니?"
> 차가운 걸 먹어 살짝 푸릇해진 입술을 문질러주고 싶다.
> "꼭 그래서만은 아니에요. 제가 좀 짐이 많아요. 동생들도 아직 어리고. 무엇보다도 제게는 지금 하고 있는 공부도, 중요하거든요."
> 도란이는 공부가, 가 아니라 공부도, 라고 했다. 숟가락을 들 때마다 움직이는 도란이 어깨가, 무거운 짐을 진 당나귀의 그것처럼 안쓰럽다. 이 얘긴 처음 듣는 얘기가 아니다.
>
> — 정미경의 『내 아들의 연인』에서

이처럼 도란이는 '나'와 좀 다른 여자다. 도란이는 '나'처럼 부유한 남자와 결혼해서 물질적 부를 누리며 살기보다는, 내 삶을 찾아 자기(self)가 좋아하는 공부도 하고, 동생 학비도 벌어야 하는 일에 좀 더 전념하고 싶어 하는 여자임을 새삼 알게 된 것이다. 그런데 '나'는 나의 꿈도 쉽게 저버리고, 좋아했던 첫 사랑 남자를 쉽게 잊은 채 물질적 풍요 속에 안주하며 살아온 여자가 아니었던가. 다시 말해서 '나'는 그 동안 '자기' 자신을 잃어버린 채 살아온 여자임을 새삼 깨달은 것이다.

C. 융은 무의식에 존재하는 '자기'의 요구에 따라 그 사람으로 하여금 그 사람 자신이 되도록 실천에 옮기는 능동적인 행위를 개성화(individuation)라고 불렀다. 그런데 신경숙의 『풍금이 있던 자리』처럼, 이 자기실현을 위해서는 제일 먼저 자아의 태도, 즉 현실적 욕망 충족을 위해 가면을 쓰고 살아온 지금까지의 자아의 모습에서 벗어나기 위해서는 비장한 용기와 결단이 필요하다. 이를 성공적으로 이루어냄으로써 내적 갈등을 해소시킬 수 있는, 이른바 '자기 정체성의 회복'이 가능해지는데, 보통 사람은 이런 일 때문에 극심한 고민에 빠질 수밖에 없다.

우리가 흔히 말하는 심리적 성숙을 이룬 사람이란 현실적 욕구와 내적 욕구 사이의 갈등을 잘 조절해 나갈 줄 아는 사람을 가리킨다. 이청준의 『가면의 꿈』에 등장하는 주인공 '명식'이 심한 갈등 끝에 자살하고 마는 것은 바로 이 두 상반된 두 욕구를 슬기롭게 잘 극복해 내지 못한 결과의 전형적 모습이다.

3. 인간에 대한 속단은 금물

『무진기행』의 주인공인 '나'는 아내로부터 며칠 후에 있을 주주총회에서 장인어른이 당신을 대회생제약회사의 전무로 승진시키려고 하니, 그리 알라는 아내의 귀띔을 받았다. 그러나 아내는 남편이 그 소식에 반가워하기보다는 점차 안색이 나빠지고 있음을 보게 된다. 이를 눈치 챈 아내가 남편에게 고향에라도 가서 며칠 쉬고 돌아오라고 권해, '나'는 고향의 이모님 댁에 내려온 것인데, 이 소설엔 승진하게 된 주인공이 왜 안색이 나빠지게 됐는가에 대한 직접적인 설명이 전혀 없다.

1962년에 발표된 김승옥의 『무진기행』이 이제까지 보아온 소설과 다른 점은 그것이 '외적 갈등'이 아니라 '내적 갈등'을 겪는 주인공 '나(윤희중)'의 이야기란 점이다. 이런 '나'의 행동에는 원인과 결과가 겉으로 잘 나타나 있지 않기 때문에, 이상(李箱)이 쓴 『날개』의 이야기가 이상한 행동만을 보여주는 것으로만 알고 있는데 실은 그렇지 않은 것이다. 따라서 그걸 이해할 수 있으려면 그 심리적 이유를 제대로 알아야 하는데, 오정희의 후기 소설에서 보는 것처럼 이제 프로이트나 융, 라캉 같은 심리학자의 이론을 어느 정도 이해하지 않으면 안 된다.

김승옥의 『무진기행』이나 이청준의 『퇴원』 같은 소설은 내적 갈등을 겪는 사람의 이야기, 다시 말해서 정체성을 상실한 사람이 그 회복을 꿈꾸는 이야기다. 고로 사건을 엮을 때 우선적으로 그 이야기를 처음부터 인과감이 나타나도록 사건들을 엮느냐, 그보다는 사건을 시간 순으로 전개하되 나중에 성격과 행동의 인과감을 느낄 수 있도록 하느냐에 따라, 사건 엮는 방법이 달라졌다. 그래서 우리는 이런 방식의 차이를 두고 이 세상엔 플롯(plot)형 소설과 스토리라인(storyline)형 소설로 나눌 수 있다고 하는 것인데, 김유정의 『동백꽃』이나 서하진의 『농담』은 전형적인 플롯형 소설이라면, 이청준의 『퇴원』이나 김승옥의 『무진기행』 등은 스토리라인형 소설이다.

이제 소설에서 '외적 갈등'을 중심으로 사건을 겉으로 나타나도록 그 인과관계를 엮기보다, '내적 갈등'을 중심으로, 특히 인간의 내면을 보여주게 되면서, 사건을 인과관계로 엮는 방식이 달라졌다. 그리고 한 인물의 성격을 직접 설명하기보다 그 사람의 버릇이나 말씨, 외모 묘사, 과거의 외상(外傷), 삽화, 상관물 등을 끌어들이는 성격구성법(characterization)이 중요한 기법으로 등장하게 되면서, 이제 독자는 상당한 상상력이나 추리력을 필요로 하게 되어, 그만큼 소설 이해가 아주 어려워지게 되었다.

이청준의 데뷔작으로 『퇴원』이 있다. 이 소설의 주인공 '나'는 입원실에 누워 멍하니 창밖 풍경만 내다보고 있는 전형적인 스토리라인형 소설인데, 이 소설엔 사건다운 사건이 별로 없다. 그런데 사실 '나'는 어려서 아버지 때문에 갖게 된, 남다른 외상(外傷, trauma)이 있는 특이한 성격을 가진 사람이다. 그러므로 이 소설의 '나'라는 인물을 이해하려 할 때 프로이트의 오이디푸스 콤플렉스 이론이 새로운 빛을 비춰주는 것은 사실이다.

그런데 모든 행동을 프로이트 이론으로 덧씌워 해석하려는 병폐가 있는 것도 사실이다. 이 점을 박완서는 『마흔아홉 살』이란 소설에서 이렇게 얘기하고 있다.

> 누가 아니래, 나도 내 눈을 의심했다니까. 어떻게 사람이 그렇게 겉 다르고 속 다를 수 있는지, 완전히 딴사람이야. 나한테 현장을 들키고도 눈 하나 깜박

> 안 하더라니까. 어디서 그런 집게는 구했는지 이따 만하게 기다란 집게 끝으로 시아버지 팬티를 집어가지고 그 어른 방에서 나오는데 어찌나 험하게 오만상을 찌푸리고 있는지, 난 카타리나가 빨랫감이 아니라 약 먹고 죽은 쥐나, 뭐 그런 끔찍한 걸 집어가지고 나오는 줄 알았다니까. 그래도 그게 다였다면 이런 말 꺼내지도 않았을 거야. 글쎄 끝까지 그 영감님 속옷을 죽은 쥐 취급을 하면서 다용도실까지 뻗쳐들고 가더니 세탁기 안으로 냅다 뿌리치는데, 그 서슬이 어찌나 시퍼렇던지 그까짓 헝겊 조각에서 쨍그렁 소리가 나는 것 같더라니까.
>
> ―박완서의 『마흔아홉 살』에서

이 대목은 지금 독거노인들, 즉 배우자 없이 혼자 사는 남자노인들을 돕기 위해, 봉사하기로 한 '효부회' 회원들의 터무니없는 수다를, 다시 말해서 이 '효부회'의 회장직을 맡고 있는 '카타리나'에 대한 회원들의 터무니없는 말을 그대로 옮겨 놓은 것이다.

프로이트의 정신분석학이 본래 남성의 성(性)에 중점을 두고 전개된다는 것은 다 알고는 있지만, 인간의 모든 행동을 지나치게 성(sex)과 연관시키고 있어서, 우리의 빈축을 사게 하고 있다. 회원들이 어떻게 카타리나를 가리켜 성적 욕구불만이 많은 여자, 심지어 시아버지와의 왜곡된 성 관계에서 오는 죄의식이나, 또는 근친상간이나 유아기에 당한 성폭행 때문이라고 말하거나, 그런 어두운 과거가 분명 있을 거라고 단정해서 말하는 것을 볼 때, 이거야말로 좀 배웠다는 사람이 저지르는 인간에 대한 과도한 해석이 아닐 수 없다.

우리가 흔히 '어머니'에 대하여 잘 안다고 생각하듯, 함부로 남을 단정해서 말하는 버릇이 있는데, 필자는 여기서 이미 고인이 된 한 친구가 보내준 메일을 인용해 보려고 한다. 이 예를 통해 사람을 속단하는 이런 일은 마땅히 고쳐져야 할 것이다.

유람선을 탄 한 쌍의 부부가 해상 재난을 당했는데, 구조하러 온 배에는 자리가 하나밖에 없었습니다. 이 때 남편은 부인을 남겨두고 혼자 구조선에 올랐다고 합니다. 바로 이때 부인은 침몰하는 배 위에서 남편을 향해 뭐라고 소리쳤을까요?

선생님은 "여러분, 부인이 마지막 한 말은?……"하고 물었습니다. 선생님의 말씀을 가만히 듣고 있던 학생들은, 모두 격분하여 "당신을 저주해요. 내가 정말 눈이 삐었지!"라고 했습니다. 이때 선생님은 한마디도 하지 않고 있는, 한 여학생을 발견하고 그 학생에게 다시 물었습니다. 그러자 그 여학생은 제가 생각했을 때, 부인은 아마 "우리 아이 잘 부탁해요"라고 말했을 것 같습니다.

이 말을 들은 선생님은 깜짝 놀라며 물었습니다. "너 이 얘기 어디서 들어봤구나"라고. 그러나 그 학생은 머리를 흔들며, "아니요. 그런데 제 모친이 돌아가실 때 아버지한테 그렇게 말을 했어요."

선생님은 감격해 "정답이다."라며, 이야기를 계속 이어 나갔습니다. 그 후 배는 침몰했고, 남편은 집으로 돌아와 어린아이인 딸을 잘 키웠으며, 몇 년 후 아버지도 병으로 죽었습니다. 그 딸이 아빠의 유물을 정리하던 중 아빠의 일기장을 발견했는데, 아빠와 엄마가 배 여행을 갔을 때, 엄마는 이미 고칠 수 없는 중병에 걸려 있었고, 그때 마침 사고가 발생하였는데, 오로지 어린 딸인 '나' 때문에, 아빠는 살 수 있는 유일한 기회를 버릴 수가 없었던 겁니다.

아빠의 일기에는 '그 때 나도 당신과 함께 바다 속에서 죽고 싶었지만, 그럴 수가 없었지, 우리의 딸 때문에. 당신만 깊고 깊은 해저 속에 잠들게 할 수밖에 없었어.'라고 쓰여 있었다고 합니다. 선생님이 이야기를 끝내자, 교실은 조용했습니다. 학생들도 이제 선생님이 무슨 이야기를 하시려 했는지 깨달았습니다.

이런 속단의 오류를 즐겨 다루는 김연수라는 젊은 작가가 있다. 그의 소설집인 『사월의 미, 칠월의 솔』 중에서, 특히 『동욱』이란 작품엔 가출소녀 같은 '민희'라는 여자애가 "눈에 보이는 게 전부가 아니잖아요"라는 이 글의 주제에 가까운 말을 직접 들려주고 있다. 사실 주인공인 '동욱'은 지금 빈 집이 많이 있는 재개발 지역의 아파트촌의 '연쇄 방화범'으로 몰려, 경찰서 유치장에 갇혀 있다. 경찰 조사에 의하면 '동욱'은 일종의 변태적 심리로 아무데나 함부로 불을 지르는 버릇이 있는 미친 사람이란, 즉 피로마

니아(pyromania)로 취급당하고 있는 것이다. 그런데 1학년 담임선생은 착한 '동욱'이가 지금 힘을 잃고 이들에 대항하여 싸울 생각을 못하고 있음을 잘 알고 있다. 그래서 옛날 담임이었던 여선생님은 옛날 반 학생들을 불러 탄원서를 쓰게 하고, 경찰서 유치장을 자주 찾아가는 것이다.

선과 악이란 것도 어떤 때는 복잡하게 얽혀 있어, 쉽게 판단할 수 없을 때가 있다. 고로 그냥 눈에 보이는 대로만 상대를 가볍게 판단해서는 안 된다. 그런데 소설을 읽을 때, 인간 해석을 두고 이런 우(愚)를 우리는 종종 범하지 않는가! 깊은 반성이 필요하다.

4. 타자의 욕망을 욕망하기

박완서의 대표작인 『지렁이 울음소리』에서, 아버지가 아들의 진로에 대한 논의를 어떻게 조언하고 있는가를 눈여겨보자.

> 맏아들이 고등학교 이 학년이 되자 차츰 대학 입시 준비를 시켜야겠다고 벼르는데 느닷없이 이 녀석이 미술 대학을 가겠노라고 하는 게 아닌가? 남편은 한마디로 어처구니없어 했다.
>
> "너는 서울 상대를 가야 해. 그래야 은행이나 큰 기업체 취직을 바라보지. 뭐니 뭐니 해도 생활 안정이 제일이니라. 봐라, 지금의 네 애비를. 뭬 그릴 게 있나. 뭬 걱정인가. 장차 버둥다리치고 먹고 살려고 하는 고생인데 그래 그게 싫어. 뭐 미술 대학이나 가겠어? 이런 못난 놈."
>
> 남편은 말끝마다 자기 스스로를 예로 들어가며 안정된 생활의 행복을 찬양하고 또 찬양하며 아들을 타일렀다.
>
> "봐라. 지금의 네 애비를. 뭬 그릴 게 있나." 이 말을 할 때마다 남편의 입가에 떠오르는 득의와 회심의 미소가 나는 싫고 징그러워, 남편의 그런 미소가 형편없이 구겨질 일이 일어나기를 나는 옆에서 간절히 바랐다. 그러나 끝내 부자간에는 아무 일도 일어나지 않았다. 아들은 다소곳이 아버지의 말을 경청하더니 열심히 과외 공부를 해 보겠다고 했다. 행복한 집답게 부자간의 언행도 해피엔드였다.
>
> —박완서의 『지렁이 울음소리』에서

앞으로 '미술'을 전공하겠다는 아들의 말에, 아버지는 그러지 말고 아버지처럼 생활안정을 기하고 편히 살 수 있는 상경계(商經系)로 나가길 권했고, 아들은 그런 아버지의 충고를 쉽게 받아들여 그렇게 하기로 결정했다. 이런 부자(父子) 간의 태도를 보면서, '나(어머니)'는 이를 못마땅하게 생각하지만, 아들은 강력한 타자인 아버지의 욕망을 욕망함으로써 일단 가정의 화목을 도모하고 있다.

일찍이 프랑스의 정신분석학자인 자크 라캉(J. Lacan, 1901~1961)은 "인간은 타자의 욕망을 욕망한다"라고 말했는데, 교실에서의 모범생, 가정에서 아버지로부터 칭찬을 받는 아이, 직장에서 상사의 추천을 받아 표창장을 받는 자들에서 보듯이, 인간이 사회조직의 질서에 수용되려면 언제나 자기의 욕망보다 항상 윗사람인 상사, 즉 강력한 타자의 마음에 들도록 타자의 말을 잘 들어야 한다.

『지렁이 울음소리』의 이 아버지는 사회의 조직에서 벗어나기보다 기득권자로서 가진 것을 잘 보전하며 편히 사는 것이 인생을 잘 살아가는 방법이라는 철학을 갖고 살아가는 사람이다. 그런 아버지의 뜻에 따라 자기의 진로를 쉽게 바꾸어 버리고 마는 자식들이 과연 행복하게 살아갈 수 있을까?

전경린의 『고통』에서 보듯이, 인간은 누구나 타자로부터 인정받기를 강요받으며 살아가지만, 이처럼 자기의 욕망을 포기한 채 타자에 의해 지시된 욕망을 욕망할 때는 정신적 고통이 그만큼 크리라는 것을 잘 보여주고 있다. 즉 이 소설의 주인공인 '가언(딸)'은 아버지의 욕망을 어겨서라도 자신이 가고 싶은 길을 갈 것인가, 아니면 아버지의 질서를 따르며 교사 일을 천직으로 알고 천사처럼 살아갈 것인가를 놓고 갈등을 겪는다. 다시 말해서 이 '가언'이라는 주인공은 아버지의 말씀대로 착한 아이로 자라 왔고, 지방 학교의 교감이신 아버지의 도움으로 서울에 있는 중학교의 국어교사로 취직할 수 있었기에 아버지가 반대하는 운동권 사람과의 결혼을 꿈꾸기란 결코 쉬운 일이 아니다. 그녀는 지금 '박상희'라는 문제의 남자를 사랑하고 있다. 그러나 현직 교사인 '가언'은 불법시위를 주도한 혐의로 29일간의 구류형을 받고 있는 '불순분자'와 연애를 하고 있다. 이 사실을 안 재직 학교의 교장으로부터 당장 그 남자와 헤어지라는 협박적인 명령을 받았을 때, 그녀는 무엇보다도 고향의 아버지의 얼굴과 감방에 갇혀 있는 박상희의 얼굴이 떠올라 고민에 쌓여 있었던 것이다.

결국 주인공인 '가언'은 그 남자와의 사랑을 꽃피우지 못하고, 아버지 맘에 드는 다른 남자와 결혼하여, 지금 지방 도시에서 살아가고 있다. 하지만 그녀는 지금 행복을 상실한 채, 미칠 것 같은 우울한 나날을 보내고 있는 것이다. 이는 자크 라캉이 말했듯이 그녀 자신의 고유한 욕망을 포기했기 때문에 발생한 것이다.

김애란은 2005년에 ≪달려라, 아비≫란 작품집을 발표했다. 표제작인 이 소설은 이야기 구성상 많은 문제점을 갖고 있는 소설이기도 한데, 이 소설은 주인공인 '나(딸)'의 눈으로 본 어머니, 외할아버지, 그리고 아버지에 대한 얘기를 들려주고 있다. 한마디로 말해서 '나'의 어머니는 외할아버지의 말을 듣지 않고, 자신이 좋아하는 남자를 찾아 서울로 도망쳐 온 문제아다. 그 결과 남편의 사랑도 받지 못하고 혼자 택시를 몰며 딸과 함께 살아가는 팔자 사나운 여자가 되고 말았지만, 그러나 지금 어머니는 아무런 구김살 없이 딸과 함께 잘 살고 있다. 그런 어머니를 제일 못마땅하게 생각할 사람은 외할아버지인데, 죽기 며칠 전에 외할아버지는 '나(손녀)'에게 "그래도 내가 연애를 한다면 작은 년(나의 어머니)이랑 하지, 큰 년이랑은 안 한다."는 말을 남겼던 것이다.

> 외할아버지는 나를 빤히 쳐다보다 갑자기 "니가 누구 딸이냐?" 물으셨다. 나는 큰소리로 "조자옥이 딸이오!"라고 소리쳤다. 외할아버지는 못 들으신 척 다

시 "니가 누구 딸이냐?"라고 물으셨다. 나는 아까보다 더 큰 소리로 "조자옥이 딸이오!"라고 소리쳤다. 외할아버지는 귀가 먹은 듯이 다시 "잉? 니가 누구 딸이라구?" 능청스럽게 물으셨고, 나는 신이 나서 펄쩍펄쩍 뛰며 "조자옥이! 조자옥이 딸이오!"라고 온힘을 다해 소리쳤다. 나는 유년의 콘크리트 마당 안에서 언제까지고 그렇게 소리칠 수 있을 것만 같았다. …(중략)… 뭔가 화제를 궁리하던 외할아버지는 다시 착한 큰이모와 어머니를 비교하는 말씀을 일장 늘어놓으셨다. 온갖 욕을 다 쏟아낸 뒤, 어머니의 침묵 앞에서 또 한 번 당황한 외할아버지는, 다 마신 주스 컵을 만지작거리다 결국 모자를 잡고 일어나셨다. 어머니와 나는 형식적인 배웅을 했다. 그런데 대문 앞에서 한참을 망설이던 외할아버지가, 조그맣고 당당한 자신의 등짝 너머로 이상한 말씀을 던지며 사라지셨다.

"그래도 내가 연애를 하면 작은 년이랑 하지, 큰 년이랑은 안 한다."

외할아버지는 며칠 후 돌아가셨다. 나는 외할아버지가 내 어머니의 매력을, 그 작은 비밀을 알고 계셨던 사람이라고 생각한다.

— 김애란의 『달려라, 아비』에서

그렇다면 외할아버지는 왜 이런 말을 '나(손녀)'에게 하게 되었을까? 라캉의 말을 빌려 말한다면, 외할아버지의 작은 년, 즉 '나'의 어머니는 바로 '타자의 욕망을 욕망하지 않고 자기 길을 살아온 여자'다. 그렇다면 남편 없이 혼자 택시 운전을 하며 '나(딸)'를 키우고 있는 어머니는 지금 불행한 여자일까, 행복한 여자일까? 라캉이 "정신병은 나의 욕망보다 타자의 욕망을 욕망하는 데서 발생한다"고 말했듯이, 어머니는 외할아버지의 욕망이 아니라 자신의 욕망을 욕망하며 살아가는 여자다. 즉 자기가 원하는 삶을 살고 있는 행복한 여자이다. 그래서 어머니는 비록 남편이 없이 살아가더라도 항상 유머를 잃지 않고 딸과 함께 잘 살아가고 있었던 것이다.

전상국의 『우상의 눈물』에는 의롭지 못한 담임의 욕망을 욕망해야 하는 '기표'가 이를 받아들이지 않고 거부하는 일이 벌어진다. 유니폼 사건, 즉 '기표'는 담임이 준 유니폼을 그냥 받아 입지 않았다.

춘계 교내 체육대회를 위해서 우리는 정해진 체육복 외에도 매스게임용 추리닝 한 벌을 사야 했다. 협동심과 조화 속의 미를 창조하는데 그것은 없어서는 안 되는 일이었다. …(중략)…

한 아이가 기표의 눈치를 살피며 머뭇거렸다. 그러나 기표는 무표정한 얼굴로 창 쪽을 바라보고 있었다. 담임선생이 그 추리닝을 기표와 또 한 아이의 책상 위에 놓은 다음 교실을 나갔다.

담임선생이 교실을 나가기가 무섭게 기표가 주머니에서 칼을 꺼내 그 추리닝을 찢기 시작했다. 너덜너덜 조각난 추리닝을 쓰레기통 쪽으로 던졌다. 다른 한 아이가 기표처럼 그렇게 추리닝을 찢었다. 기표가 반의 총무를 맡고 있는 정수라는 애한테 다가갔다.

"야, 네 추리닝 나 줄 수 없냐?" 정수가 고개를 끄덕거렸다. 정수 뒤의 애한테도 같은 말을 했다. "쟤도 나처럼 돈이 없어 못 사 입었다. 네 거 좀 얻자. 줄래?" 정수 뒤에 앉은 애도 고개를 끄덕거렸다.

— 전상국의 『우상의 눈물』에서

담임이 사준 유니폼을 '기표'가 받아 입지 않고 거부한 것은 그가 담임의 속셈을 훤히 알고 있었기 때문이다. 사실 담임은 호의를 베풀어 문제아인 기표를 순한 아이로 길들이려는 속셈을 갖고 있었던 것이다. 담임이 이 일 말고도 컨닝 페이퍼 돌리기, 불우학우 돕기 위해 모금하기, 학교의 미담을 영화화하기, 아이들의 출석부나 건강기록부 정리 등 여러 차례에 걸쳐 벌리는 일들은, 심층구조로 볼 때, 이들 모두가 '기표'를 길들이려는 불순한 동기가 깔려 있는 일들인 셈이다. 기표는 이런 담임의 욕망을 끝내 거부한 의로운 학생이다. 즉 기표는 담임의 욕망을 욕망하지 않는 학생이 된 것이다. 그는 이런 담임이나 교장의 무서운 음모를 처음부터 알고 있었기에 "무섭다. 나는 무서워서 살 수가 없다"는 말을 남기고 학교를 떠나, 자기가 욕망하는 삶을 살기로 했던 것이다.

오정희의 『저녁의 게임』에는 아버지가 어머니를 미쳤다고 보고 어머니를 강제로 기도원에 가둬버려 거기서 죽게 만든 사건 이야기가 나온다.

「영아원에 불이 났대요. 어린애들이 죽었다는군요.」
「죽일 놈들, 오래 사는 게 욕이야.」
아버지의 목소리에 생기가 돌았다.
「그게 어디 우리 탓인가요?」
나는 아버지의 목소리를 억누르듯 이 사이로 낮게 말했다. 정말 그게 우리 탓인가. 아가 우리 아가, 금자동아, 은자동아, 어머니는 꽃핀을 꽂고 노래를 불렀다. 네 엄마에게 다산(多産)은 무리였어. 아주 조그만 여자였거든.… (중략) … 동자혼(董子魂)이 쓰인 거라더군. 말도 안 되는 소리예요. 그 엉터리 기도원에 두는 게 아니었어요. 전도사도 박수도 아닌 사내는 어머니를 복숭아 가지로 후려쳤다. 살려줘, 아가 날 살려줘, 집에 돌아와서도 아머니는 복숭아가지의 공포에서 헤어나지 못했다.
네 아버지의 생활이 문란해서 그런 거야. 머리통이 물주머니처럼 무르고 크게 부풀어 오른, 연골체의 갓난아이를 가리키며 어머니는 조숙한 중학생이었던 오빠에게 노래하듯 말했다. 아기는? 내가 묻자 어머니는 고드름처럼 차가운 손가락을 목덜미에 얹으며 말했다. 인형을 사줄게. 병원에서 호송차가 왔을 때 어머니는 식탁 아래로 기어들었다. 아가, 난 싫어.… (중략) … 왜 웃어, 왜 웃니. 심한 짓을 했다고 생각지 않으세요? 모르는 소리야, 달리 무슨 수가 있었니. 넌 아직 어렸고 또 무슨 일을 저지를지 몰랐어.
— 오정희의 『저녁의 게임』에서

이 대목은 딸과 아버지가 화투를 치는 중에 아이를 달래는 윗층 여자의 노랫소리를 듣자, 어머니에 대한 과거의 이야기를 부녀가 함께 나누는 장면이다. 어머니의, 어린 아이를 죽이는 광기(狂氣)는 바로 가부장적 아버지의 강력한 힘에 대한 저항에서 비롯된 것이다. 다시 말해서 이런 어머니의 광기는 타자(남편)의 욕망을 욕망하지 않으려는 어머니의 강렬한 저항의 한 표현인 셈이었다.

일찍이 프랑스의 철학자인 M.푸코(Michel Foucault, 1926~1984)가 지적했듯이, 정신병원은 정신의학이 임의로 설정한 비정상인들을 관리하기 위해 만든 감옥이다. 그리고 여성학자 엘리자베스 패커드는 정신병원 입소자들인 여성들은 모두 '가부장제 아래에서 억압받은 희생자[14]'라고 생각했던 것도 이와 맥락을 같이 한다.

단란한 가정에서 아이를 돌보며 잘 살아보려는 이런 '어머니'의 간절한 소망이, 아버지의 무지로 인해 산산조각이 나고 말았을 뿐만 아니라, 한 가정의 파탄이 바로 '어머니'란 존재의 부재에서 비롯된 것임을 이 소설은 잘 드러내 주고 있음을 우리는 알아야 한다.

14) 필리스 체슬러, 임옥희 역, 여성과 광기(서울: 여성신문사, 2001), p.20.

5. 인간은 양성적(兩性的) 존재

우리나라의 대표적인 소설인 『춘향전』은 한 사람만을 죽도록 사랑한 이야기라면, 이광수의 『무정』은 이른바 삼각관계의 사랑을 다룬 소설이다. 그런데 우리가 잘 알고 있는 세계명작 소설들 속에는 정상적인 남녀의 사랑 이야기보다 불륜의 사랑 이야기가 많이 담겨 있다. 플로베르의 『보바리 부인』, D. H. 로렌스의 『채털리 부인의 연인』, 괴테의 『젊은 베르테르의 죽음』 등을 보라. 영국 소설가 로렌스가 쓴 『채털리 부인의 연인(Lady Chatterley's Lover)』이라는 소설은 귀족계급인 유부녀와 노동자계급인 남자와의 육체관계, 적나라한 섹스 묘사 등으로 유명하다. 그런데 이제 이런 불륜의 사랑 얘기에 식상했던지, 이제는 동성애(同性愛) 이야기를 자주 영화나 드라마에서 보여주더니, 이젠 오정희나 신경숙의 작품 속에서도 종종 등장하고 있는 것을 볼 수 있다.

얼마 전에는 '홍석천'이라는 사람이 텔레비전에 나와 이른바 '커밍아웃'이란 것을 해서, 그가 동성애자임을 다 알게 되었다, 그런데 그는 여전히 스크린에 나와 활동하고 있고, 국민의 사랑을 받고 있다. 미국은 주(州)에 따라 동성결혼을 법적으로 허락해 오다, 얼마 전에는 오바마 미국 대통령이 동성결혼을 국가적으로 허용하기로 방침을 정했다고 공식 선언했는가 하면, '게이'라고 공식 인정된 사람이 새로 국방부 장관으로 임명되었다는 보도가 있었다. 이런 세계의 흐름을 반영하듯, 아직 우리나라에서는 법적으로는 동성결혼을 허락하고 있지는 않지만, 이젠 우리나라에서도 대통령 선거철 때마다 큰 이슈가 되고 있어서 동성애자들을 예전처럼 이상한 시선으로 보지 않고 있다.

그런데 왜 이런 동성 간의 사랑이 이루어지고 있는가? 사랑은 마땅히 남자와 여자 사이에서 이루어져서, 그래서 아들 딸 낳고 사는 것이 인간들인데, 동성 간의 사랑이라니 이건 패륜적인 행위로, 그런 일을 저지르는 사람은 마땅히 경계되어야 할 일이라고 생각했던 것이었으나, 이제 우리는 그런 생각을 바꾸어야 할 때에 이른 것 같다. 이 세상에는 남자와 여자라는 두 성(性, sex)을 가진 사람만이 존재하는 것이 아니란 것이다. 융 심리학자는 아니마(anima), 아니무스(animus)라는 용어를 써서 이를 설명하고 있는데, 흔히 말해서 남자는 남성적 요소만이 아니라, 또한 여성적 요소를 마음속 깊이 감추고 있다고 보는 것이다. 이런 면은 여성도 또한 마찬가지다. 그러니까 사람은 본래 양성적(兩性的) 존재로서, 남자는 남성적 요소와 여성적 요소를 함께 갖고 있다고 볼 수 있다. 그래서 프랑스의 문명비평가 크리스테바(Julia Kristeva 1941~)는 일찍이 한 남자와 한 여자가 사는 것은 네 사람이 사는 일이라 했던 것이다. 이성(異性) 간의 두 사람이 서로 상대방을 이 세상에서 둘도 없는 선녀 또는 영웅으로 느끼게 되는 것도 바로 이 아니마, 아니무스 원형이 상호 투사되고 있기 때문이란다.

프로이트가 동성애를 유아적인 퇴행현상으로 본 데 반해, 이처럼 그의 제자인 C. 융은 선천적으로 남성은 무의식 속에 여성적 요소인 '아니마(anima)'를 갖고 있고, 여성은 남성적 요소인 '아니무스(animus)'를 함께 갖고 있는 양성적 존재이다. 이는 독일의 속담처럼, 모든 남자는 자기 안에 자신의 이브를 갖고 있다는 말과도 일치한다. 그 때문에 사람은 누구나 자란 환경에 따라 동성애자가 될 수 있다는 것이다.

그런데 사람 중에는 좀 특이하게 이 아니마, 아니무스를 갖고 태어나는 경우가 있다. 즉 한 남자가 남성적인 것보다 여성적인 요소를 더 많이 갖고 태어나는 경우, 겉은 남자이지만 속은 여자라고 볼 수 있다. 이런 남자는 여자보다 부엌에서 요리하기를 더 좋아하거나, 여자보다는 남자를 더 좋아하게 되어, 이른바 남성 동성애자인 '게이'가 되는 것이다. 그런 점에서 홍석천은 '여자 같은 남자'로 태어난, 좀 성적 취향이 남과 다르게 태어난 불행한 사람이라 볼 수 있다. 섹스가 꼭 자식을 갖기 위해서가 아니고 쾌락을 추구하기 위해 이루어지고 있듯이, 남자와 남자의 결합, 심지어 항문 섹스를 통한 결합도 그들에게는 더 자연스럽고 즐거운 것이기도 하다. 이런 현상은 여자에서도 똑같이 일어날 수 있다. 이처럼 인간은 선천적으로 양성적 존재이기 때문에 누구나 동성애자가 될 수 있다는 설은 상당히 설득력이 있다고 하겠다.

프로이트는 모든 사람이 성장 과정 중에 가족과의 관계에서 어떤 경험이 있었는가에 따라 동성애자가 된다고 믿었던 사람이다. 아이는 성장 과정에서 아버지와 갈등을 겪는, 이른바 오이디푸스 콤플렉스에 빠지게 되는데, 갈등이 별로 심하지 않는 아이는 아버지를 그대로 본받아 정상적인 이성애자가 된다고 한다. 그러나 갈등이 너무 심하면, 성년이 된 후에도 남근이 제거될 것이라는 불안 속에 살아간다는 것이다. 이 경우 대부분 '게이'가 아니라 '노출증 환자'가 된다고 하였다.

한편 남자 아이가 수동적인 아버지와, 지배적이고 능동적인 어머니 사이에서 자라게 될 때, 남성 동성애자가 되는 경향이 많이 있다. 이러한 상황에서의 아들은 어머니가 동일시의 모델이 된다. 그러므로 남자 아이의 머릿속에는 여성과 같은 행동유형이나 사고방식이 의식적 또는 무의식적으로 심어지게 되어 '여성 같은 남자'가 되기 쉽다. 즉 이런 남자 아이는 자라면서 어머니처럼 성적인 상대로 아버지 같은 남자를 선택하게 된다는 것이다.

그리고 여성은 생래적으로 동성애적 요소가 더 많다고 한다. 왜냐하면 우리 어머니들이 그랬듯이 아들을 더 선호하기 때문이다. 아버지의 사랑을 못 받은 채, 고아나 다름없이 자라는 여자 아이는 어머니의 사랑을 독차지하고 싶은 욕망이 더 강해져, 평소에 남자처럼 행동하고 사고하는 성향을 갖게 되어, 결국 남성성이 여성에게 더 강하게 잔재하게 되어, '남성 같은 여자'가 되기 쉽다는 것이다.

은희경의 『아내의 상자』에는 남편과 힘들게 살아가는 불임의 아내가 등장하고 있는데, 이 아내 된 여자는 '남자 같은 여자'이기에, 그녀는 남편보다 옆집 여자를 더 좋아하고 있는 편이라고 볼 수 있다. 남편인 '나'는 어느 날 아내가 모텔에서 옷을 벗은 채 알몸으로 깊이 잠들어 있는 것을 발견하게 되는데, 이는 사실 아내가 동성애자였기 때문이라고 볼 수 있다. 아내가 평소 불임 치료 받기를 아주 꺼린 것도 사실은 이 때문이다.

> 문은 잠겨 있지 않았다. 방 안은 어두웠다. 정규 방송이 끝나 지글거리고 있는 텔레비전 화면이 달빛처럼 부옇게 침대로 비쳐 들었다. 그 침대에 아내는 혼자 잠들어 있었다. 나는 아내 곁으로 다가갔다. 베개에 긴 머리를 탐스럽게 흩뜨리고 혼곤히 잠들어 있는 아내의 하얀 옆얼굴. 시트를 젖혀 보니 그녀는 알몸이었다.… (중략) … 나는 새벽 헬스클럽과 외국어 학원의 야간 강좌에 등록을 했다. 늦은 밤에 열쇠로 문을 따고 들어가면 집 안은 환하게 불이 밝혀진 채 사람의 그림자도 보이지 않았다. 그녀가 갑자기 부엌이나 자기의 방 쪽에서 마치 혼백이 떠돌듯이 소리 없이 나타나면 그때마다 나는 그녀가 아직 살아 있다는 데 분노했다. 뻔뻔스럽게도! 자살 같은 걸 안 하나 몰라, 하고 그녀 자신이 개에게 뱉었던 말을 떠올리기도 했다.
>
> —은희경의 『아내의 상자』에서

남편인 '나'는, 옆집 여자가 일러준 모텔에 가서, 아내가 혼자 알몸으로 잠자고 있는 것을 발견하였다. 이 아내는 남편과의 잠자리를 전혀 즐거워하지 않았던 여자다. 그러니 불임이 될 수밖에 없었을 것이다. 그런데 그런 아내가 집에서 조금 떨어진 곳에 있는 그린 파크에서 알몸으로 잠에 취해 있는 것을 발견한 것이다. 간단히 말해서 아내는 남편 아닌 다른 여자, 아마도 옆집 여자와 만족스러운 섹스를 나눈 여자, 즉 아내는 레즈비언이었음을 발견하고, 그러나 남편된 '나'는 이런 성적 취향의 아내를 결코 이해할 수 없었기에 아내를 미쳤다고 보고, 정신병원으로 보내버렸던 것이다.

일반적으로 '게이'들은 한 사람과만의 성관계를 잘 포기한다고 한다. 미국의 벨(Bell)과 와인버그(Weinberg)의 조사에 의하면, 그들은 한 사람에게만 헌신적이고 장기적인 관계를 유지하지 않는다. 그들은 호모공포증(Homophobia)이 내면화되어 있기 때문에 한 사람과만의 성관계를 오히려 부자연스런 것으로 생각한다는 것이다. 따라서 게이가 일단 자신의 동성애 성향을 받아들이게 되면, 그는 마치 나비가 허물을 벗듯이 일부일처제를 벗어버리게 된다고 한다. 이런 점은 여성동성애자, 즉 레즈비언에게서도 똑같이 발견할 수 있다.

이남희의 소설 『플라스틱 섹스』에 등장하는 '초록이'라는 여자애는 "처음부터 여자들에게만 연애감정을 느낀" 젊은 여자(29살)로서, 그녀는 몇 달간 동성애 관계를 맺어온 '은명'이란 여자의 곁을 소리 없이 떠났다. 은명이는 초록이의 행방을 알기 위해 그녀의 여자 친구인 '김희완'을 찾아갔지만, 그녀로부터 더 이상 초록이에 미련을 갖지 말고 빨리 단념하라는 말만 듣게 된다.

> "…사랑이니 뭐니 해 가며 자꾸 억압하니까 애가 튈 수밖에요. 단념해요. 걘 붙잡을 수 없어요. 돈을 산더미처럼 쌓아놓고 꼬셔도 소용없어요.… (중략) … 날랐으면 날랐구나 하고 단념하고 말아요. 그게 쪽팔리지 않는 유일한 방법이라구요."
>
> — 이남희의 『플라스틱 섹스』에서

은명이는 그 동안 자기 집에서 새로운 금기를 만들면서 섹스를 즐기는 초록이에 이끌려 성적인 황홀감을 맛보았다. 이처럼 동성 간의 접촉을 통해 전기처럼 짜릿한 충격과 아련한 오르가슴을 느껴본 사람은 동성애 성향에서 쉽게 빠져 나올 수 없다고 한다.

Ⅸ. 테마

1. 인연으로 살아가기

필자가 아는 사람 중에 소설을 아예 읽지 않는 사람이 있다. 그 이유는 간단하다. 소설은 비경제적이란 것이다. 몇 줄로 요약할 수 있는 요지의 말을 얻기 위해 죽어라 몇 시간을 거기에 투자할 수 없다는 것이다. 이런 사람은 한마디로 소설의 테마를 중시하는 사람, 그래서 인간이 어떤 삶을 사는 존재인가를 말하기를 꽤 좋아하는 사람이다, 그러나 소설이란 근본적으로 '내용'보다는 '형식'에 의존하는 구조물이란 점을 너무 모르는 사람이다. 작가는 본래 '무엇'보다 이야기를 '어떻게' 전개하느냐에 더 신경을 쓰는 사람이다.

어느 날 필자는 앞에 앉아 있는 학생들에게, 여러분은 아직 유명한 작품을 쓰지 못했는데 그 이유는 쓸 무엇(what)이 없어서인가요, 아니면 사건들을 어떻게(how) 전개해야 되는 줄 몰라서인가요 하고 물었더니, 대부분 학생들은 후자 때문이라고 말했다. 그렇다면 여러분은 작품을 읽을 때 제일 먼저 작가가 무엇(what)을 얘기했는가를 보는가, 아니면 작가가 사건을 어떻게(how) 전개했는가를 먼저 따져가며 분석적으로 읽느냐고 물으면 대개 전자라고 말한다.

사실 우리 국어 선생님은 작품의 주제를 노트에 적어두고 꼭 암기하도록 하면서, 소설을 어떻게 읽어야 하는지에 대하여는 잘 말하지 않는다. 그리고 시험을 볼 때, 주제를 묻는 경우는 있어도 그 소설의 형식에 대해서 묻는 경우는 별로 없다. 그러나 형식을 모르고 내용을 알 수 있다고 생각하면 그건 큰 오산이다.

여러분이 소설에서 사건들을 어떻게(how) 전개했는가를 배우려고 하지 않으니, 여러분이 '어떻게' 쓸까에 대한 방법을 영영 모르고 마는 것은 당연지사가 아니겠는가! 예술가들은 선인들로부터 대부분 그 기법을 배운다는 점에서 모든 예술은 전통적이다. 그러므로 이제 여러분은 소설 읽는 태도부터 바꾸어야 한다. 한 작가가 무슨 이야기를 들려주기 위해 어떤 방법을 이용했는가에 관심을 두고 읽어야 그 방법을 터득할 수 있는 것이지, 알려고도 노력하지 않는데 어떻게 그것이 알아질 수 있겠는가!

미국의 어느 고등학교의 특강에서 이문열은 『우리들의 일그러진 영웅』이란 작품에서 엄석대 같은 인물이 무엇을 알레고리한 거냐고 질문을 받았다고 한다. 우리가 흔히 이 작품을 쓰게 된 동기가 무어냐고 질문을 하거나 받을 때가 있는데, 이에 대한 대답은 바로 소설의 테마가 무엇이냐고 묻는 말이 될 것이다. 작가는 이 작품을 쓰게 된 동기가 따로 있겠지만, 그것은 필연코 주제에 대한 답변이 되고 말 것이다.

한수산(韓水山)의 『타인의 얼굴』이란 소설의 서두에는 "사람들의 관계란 대개 일반적이고 우연한 만남으로 시작된다"는 말이 나온다. 그렇다. 모든 만남은 우연이다. 그런데 우리는 우연한 만남이 인연(因緣)이 되어 친구가 되기도 하고 사랑에 빠지기도 하는데, 본래 인연은 '남다른 만남'을 두고 이르는 말이다. 그래서 인연을 가리켜 '필연을 가장(假裝)한 우연의 집적(集積)'이라고 말하기도 한다. 그리고 세상 일 중에는 우리가 피할 수 없을 때가 있는데, 그런 것을 운명(運命)이라고 생각한다. 그런 운명적 만남은 '인연'의 끈을 쉽게 끊을 수 없게 한다.

우리는 이 세상에 태어나서 죽을 때까지 무수한 '만남'을 이루게 된다. 그 만남의 대상은 인간을 비롯하여 개나 말 같은 생명체일 수도 있고, 자전거나 자동차와 같은 무생물일 수도 있으며, 행운이나 불행 같은 어떤 처지나 상황일 수도 있다. 춘향이와 이도령의 만남 같은 행복하고 소중한 것도 있지만, 변사또와의 만남은 두 번 다시 있어서는 안 될 악몽 같은 만남이다. 서로 미워하고 시기하고 폭력을 행사하고 죽이고 하는 나쁜 인연들은 제아무리 끊으려 해도 마음대로 되지 않는 게 인생이다.

그런 점에서 소설들은 바로 이런 모든 피치 못할 인간들의 '만남'으로 인해 벌어지는 갈등과 화해를 이루며 살아가는 인간의 모습을 보여주고 있다는 점에서, 인연의 의미를 남달리 되새겨 보게 하는 글이다. 그 중에서도 윤대녕의 『천지간(天地間)』은 구원의 손길로 이어지는 인연의 고리를 보여주고 있어서 사람들 사이에서 일어나는 모든 일들이 결코 '우연히' 이루어지는 것이 아니라는 생각을 다시 해 보게 된다.

『천지간(天地間)』의 주인공인 '나'는 외숙모의 문상(問喪)을 가던 중, 터미널에서 우연히 스친 노란 바바리코트를 입은 한 여자에게서 죽음의 그림자를 발견하자, 광주에서 완도의 구계동까지 그녀를 따라가 살려내고 다시 문상을 가게 된다는 이야기를 들려주고 있다.

그렇다면 '나'와 그녀 사이에 무슨 인연이 있기에 그런 엉뚱한 일이 벌어지게 되었나? 평소 외숙모님은 내가 제대하거나 졸업식 같은 무슨 큰일이 있을 때마다 가마니로 하얀 쌀을 보내 주셨고, 위암 진단을 받고 오랫동안 흰색의 병원에 누워 계셨던 분이시다. 그러니까 외숙모는 나에게 퍽 고마운 분이기도 하지만, 그녀의 병이 위중하였음에도 아들의 합격 통보를 받자, 이제 돌아가셨을 만큼 '모성애'가 남달리 깊으셨던 분이시다.

이걸 보면 내가 외숙모의 문상을 가게 된 것이나, 죽으려 하는 한 여자의 뒤를 따라가 마음을 돌이키게 한 일은 결코 우연한 일이 아니다. 사실 '나'는 어린 학생이었을 때 강에 빠져 죽을 뻔한 일이 있었다. 한 친구의 죽음 덕분에 대신 구제된 '나'는, 흰색의 환상을 지닌 채 늘 마음속에 빚을

지고 살아왔다. 고로 이제 한 여자를 죽음을 구제하는 일은 지극한 나의 사명처럼 생각하지 않을 수 없었던 것이다. 그런 점에서 나와 그녀와의 만남은 운명적이다. 이 작품은 이런 빚 갚기 식의 고리로 이어져 있는데, 이어령은 이 작품을 평하는 글에서 '생의 한 순간을 운명의 사슬에 꿰어 보는 것이야말로 가장 소설적 접근법'이라고 말한 바 있다.

한 맺힌 사람들이 생명의 '바다'에 뛰어드는 것은 다시 근원의 세계인 모태로 돌아가 다시 태어나고 싶은 무의식적 충동의 표현이다. 동백꽃 한 송이를 한을 푸는 사람들의 일, 즉 소리꾼의 득음(得音)과 연관을 짓는 것도 윤대녕이란 작가의 놀라운 상상력이지만, 한 소리꾼의 죽음을 그녀를 대신한 죽음으로 연관 짓고 있어서 거기에도 뭔가 인연의 끈을 공고히 다져 가는 작가의 솜씨가 빛나고 있다.

그리고 실연의 아픔을 안고 구계동에 혼자 찾아 온 그녀가, 죽음을 쉽게 결행할 수 없었던 것은 자신의 뱃속에 있는 새 생명을 함부로 죽일 수 없었기 때문일 것이다. 그러니까 '나'는 모성애가 남달리 강했던 외숙모의 문상길에서 또 하나의 모성애가 지극한 여인을 만난 것이다. 아마도 그녀는 한 남자의 아내로서의 삶을 포기하기는 쉬웠겠지만, 한 아이의 어머니로서의 삶을 포기하기는 쉽지 않았을 것이다. 그리고 죽음을 결행하고자 집을 나선 고독한 여자지만, 이 넓은 세상에서 자기를 알아보고 뒤를 따라 주는 한 남자가 있었다는 사실에 대해서도 그녀는 많은 생각을 했을 것이다. 그러자 그녀는 죽기를 단념하고 다시 살아가리라 결심을 굳힌 순간, 자기 뒤를 따라 준 남자에게 고마움을 느끼고 또 하나의 인연의 끈을 만들고, 말없이 떠나갔다고 본다.

우리의 삶 속에 내재돼 있는 이 같은 인연들 속에 우리 삶이 펼쳐지고 있다는 것을 생각해 보면, 세상 삶이 신비롭기만 하여 세상을 비관적으로만 볼 수 없게 한다. 그러나 인연이 모두 아름다운 것만은 아니다. 인생은 새옹지마(塞翁之馬)란 말도 있지만, 오정희의 『구부러진 길 저편』, 전경린의 『고통』, 신경숙의 『그는 언제 오는가』 등에서 보듯이, 한 번의 잘못된 인연이 돌이킬 수 없는 불행의 단초가 되는 경우가 얼마든지 있을 수 있다. 불행을 원하는 사람이 이 세상 어디에 있겠는가? 그렇지만 온갖 일로 불행을 겪는 사람들을 수없이 볼 수 있고, 또 그런 처지에 자신이 언제 속하게 될지 모른 채 우리는 살아간다. 인생사는 마음대로 되는 게 아니다. IMF를 당하여 막대한 재산상의 손해를 보는 사람이 있는가 하면, 그런 와중에서도 오히려 이익을 얻어, 더 잘 사는 사람도 있다.

인간은 오래 전부터 이 세상의 모든 일은 우연히 생기는 것도, 누구의 탓으로 인한 것이 아니고, 우리가 꼭 집어서 잘 알 수는 없지만, 무슨 원인이 있어서 그런 결과를 가져온 오묘한 섭리의 세상을 살아간다고 생각해 왔다. 불교든 유교든 세상 모든 일은 여러 개의 인(因)과 연(緣)이 모여서 하나의 새로운 결과를 창출하는 인연성기(因緣成起)에 따라 이루어지는 것이라 보는 점에서는 공통적이다. 재산이 모아지고 없어지는 것, 역사의 발전과 퇴보, 인간이 태어나고 죽는 것, 천지의 온갖 변화와 현상들은 모두 연기 법칙에 따른 것이다.

불교의 인과 응보관에 따르면, 사람이란 전생의 인연에 따라 윤회 전생하는 것이므로, 전생에서 자기가 지은 대로 이승에서 그대로 받는다. 다시 말하자면 이승에서의 화복(禍福)은 전생에서 지은 선악(善惡)의 원인에 따른 결과라는 것이다. 그렇다면 뜻하지 않게 사랑하는 사람과 헤어지는 슬픔을 당하고, 미운 자를 만나며, 얻고자 하는 바를 얻지 못하는 이유는 다른 데 있는 것이 아니라 바로 자기 자신에게 그 책임이 있는 것이다. 이승에서의 행·불행은 모두 전생에서의 지은 그 대가를 받아 일어난 일이다. 성경에 따르면 인간은 에덴동산에서 선악과(善惡果)를 몰래 따먹은 죄를 지어 이 세상에 추방되었을 뿐 아니라 그에 따른 고통을 겪어야 하는 존재다. 결국 인간이 겪는 모든 일은 각자의 책임일 뿐이니까, '네 탓'이 아닌 곧 자업자득이라고 보아야 한다.

이처럼 '내 탓'에 의해서 이루어진다고 생각해 봤을 때, 불행한 일을 만났을 때는 참회를 통한 업(業)의 소멸을 기원해야 하고, 기쁜 결과를 이루는 행운을 누리게 됐을 때는 착한 일을 한 결과로 알고, 더욱 선업(善業)을 쌓아 가도록 노력을 경주해 나가야 할 것이다. 그리고 이 무한한 시간의 흐름과 광활한 공간 속에서 같은 시간, 같은 장소에서 만난 우리들이 서로 미워하고 싸우며 싫어하고 배척해야 할 것이 아니라, 모두가 인연이라 생각하고 서로 사랑하고 화합하고 좋은 관계를 유지해 가도록 노력해야 할 것이다.

그런데 인연, 즉 특별한 만남의 참의미는 그 만남이 진행 중일 때보다 헤어져 다시 만나볼 수 없어서 그 사람이 그리울 때, 그리고 남들이 알지 못하고 나만 알고 있는 비밀스런 것일수록 인연의 사건은 우리의 가슴을 울린다. 황순원의 『소나기』, 알퐁스 도데의 『별』, 권지예의 『꽃게 무덤』에서 보듯이, 주인공들은 평생 잊지 못할 추억의 인연을 마음속에 지니고 있는 사람이다. 그런 이야기가 우리의 가슴을 적셔 주는 것도 우리 모두가 이들처럼 남다른 사연을 비밀스럽게 지니고 있기 때문이 아닐까?

몇 년 전 이탈리아의 한 재벌가가 인연을 맺었던 한 여자를 찾는 해외토픽 기사가 신문에 난 적이 있었다. 그는 그해 여름에 아름답기로 이름 난 지중해의 카프리 섬 모래사장에서 한 여자와 우연히 만나 함께 거닐며 담소를 나누고 헤어졌다고 한다. 서로는 이름도, 어디 출신인지도 모른다. 그런데 이 재벌가는 죽으면서 그 여인을 찾아 자기 재산을 모두 그녀에게 물려주기를 원하는 유언장을 남긴 것이다. 그때 그 여인과 나눈 이야기는 무엇이었을까? 그것은 두 당사자와 광고를 낸 재산관리 책임자만이 알고 있을 것이다.

이 짧은 만남에서 두 사람은 어떤 이야기를 나누었기에 오랫동안 그 남자는 그 여인을 잊지 못했을까? 혹시 고독한 그 사람의 마음을 가장 잘 알고 위안의 말을 나누었기 때문일까, 아니면 그녀에서 어머니 같은 여성성을 발견했기 때문은 아닌지 궁금하기만 하다. 필시 문제의 주인공을 자처하는 많은 여인들이 줄을 섰을 것이고, 따라서 실망을 안고 돌아서야 할 여자들의 모습이 눈에 보이는 듯한데, 행운의 여인은 분명히 전생에서 맺은 각별한 인연이 있었거나, 조상 대대로 어떤 선업을 많이 이루었기에 그런 복을 받을 수 있었으리라. 이런 인연을 생각할 때 이 세상은 천 번 만 번 다시 태어나 살아보고 싶을 만큼 아름답기만 하다.

2. 인간의 두 타입—도전형과 순응형

중학생 때였다. 첫 시간에 멋쟁이 영어 선생님이 교실에 들어오셔서 "Boys, be ambitious"라고 칠판에 크게 쓰시더니, 젊은이가 장차 큰 인물이 되려면 '야망'을 가져야 함을 역설하셨다. 당시 참 좋은 말이구나 생각하고 그 말을 외워두기로 했지만, 한편 '누울 자리도 살펴보고 발을 뻗으란' 속담처럼, 덮어 놓고 야망만 갖는다고 일이 다 되는 것이 아니므로 야망도 내 형편에 맞는 것이어야지, 그렇지 않을 때는 한낱 공상일 수밖에 없는 것이란 생각을 가져 보았다. 사람은 꿈을 잃어가며 성장한다고 한다. 아마 내 뜻대로 이루어지지 않음이 더 많다는 것을 경험적으로 알 수 있었다.

인간이 갖가지 욕망을 충족할 수 있으려면 큰 회사 사장이 되든가 국회의원이 되든가, 하여튼 성공을 해야 한다. 그런데 욕구란 한이 없어서 채워도 늘 부족하게만 느껴지기에 자기 삶에 백 프로 만족할 사람은 이 세상에 아무도 없을 것이지만, 인간은 만족이 없기에 수없이 새로운 목표를 세우고, 그 목표를 달성하기 위해 갖가지 노력을 경주하며 살아간다. 이 욕구로부터의 해방, 바로 이것이 우리의 삶을 활기차게 하고, 인류를 지속적으로 발전시켜 온 것이므로, 지금도 "Boys, be ambitious"라는 말은, 인생은 단거리가 아니라 장거리 경주라는 생각과 함께 꾸준히 노력해 나갈 것을 젊은이들에게 당부하고 싶다.

우리 사회에서 내 욕망을 손쉽게 이룰 수 있는 것은 하나도 없다. 내가 처한 환경은 우호적이기보다 적대적으로만 느껴진다. 목표한 일이 쉽게 이루어지지 않을 때 인간은 갈등을 겪게 마련이고, 참는 데도 한계가 있어서 적대자와 싸우지 않을 수가 없다. 그런데 욕망을 이루어 가는 방식은 각자의 기질에 따라 다를 수 있다. 어떤 사람은 끝까지 도전하여 정복해 내고 마는가 하면, 또 어떤 사람은 싸움을 포기하고 현실에 쉽게 순응하거나 그곳으로부터 아예 도피해 버린다. 그러니까 정복에의 정열은 모험심을 크게 북돋아, 옳다고 볼 수 없는 규칙을 단호히 거부하고 그 논리를 따르지 않거나 기존 사회 윤리에 반하는 일탈적 행동을 거침없이 취하는 등, 사람은 각각의 기질에 따라 다양한 모습을 취하게 된다.

예컨대 대학 캠퍼스에서 볼 수 있는 이른바 '데모파'와 '도서관파'만 봐도 그렇다. 어느 학생이나 국가가 발전하고 정의가 지켜지며 자유가 구현되기를 바라지만, 체류탄을 마셔 가면서 투쟁에 적극 나서는 학생이 있는가 하면, 그것은 일단 내 일이 아닌 것처럼 접어 두고 오로지 도서관에서 책 읽는 일에 열중하는 학생들도 얼마든지 볼 수 있다. 아마 이런 학생은 막강한 세력에 대항해 싸우다 피해를 입는 것보다는 현실에 순응하면서 때를 기다리는 것도 세상살이의 현명한 처사 중의 하나라고 생각하고 취한 행동일 것이다.

필자는 반정부 시위에 앞장섰던 학생으로, 데모를 누구보다 많이 했던 기억을 갖고 있다. 1960년대 그 당시에는 우리 경제를 일으키기 위해 한일합병(韓日合倂)을 이루어야 하기 때문에 일본과 다시 손을 잡아야 한다는 것이 우리의 당면문제였다. 우리 민족을 36년간이나 억압하고 착취해 간 그들인데, 우리의 원수인 일본과 손을 다시 잡아야 한다니, 그런 말이 자유당 시절에 자란 우리 젊은이들의 귀에 쉽게 들어올 리가 없다. 그러니 정부의 처사에 반대하는 데모를 적극적으로 할 수밖에…….

그때 모 교수님은 자신의 경우를 예를 들어, 시국이 이처럼 어려운 때일수록 학생들은 자기 본연의 자리로 돌아가 학업에 매진해 줄 것을 당부했다. 그 교수님은 일제의 억압에서 해방된 후, 우리 학생들이 좌우익 두 파로 갈라져 매일 싸우던 때였는데, 자기는 좌익도 우익도 아니고 오로지 빈 강당에 몰래 들어가 피아노를 열심히 쳤다는 것이다. 그 덕으로 후일 그 교수님은 한국에서 피아노를 제일 잘 치는 분이 될 수 있었고, 나중에 외국 대사로 나가 피아노를 가장 잘 치는 분으로 명성을 날릴 수 있었으며, 퇴직 후에는 KBS교향악단을 이끌고 소련을 오가, 뒤에 한소(韓蘇)국교정상화를 이루는 큰일을 해내신 분이셨다.

나는 지금도 60년대 그 당시 학생들과 대화에 나섰던 위정자들 말을 잊지 못하고 있는데, 그들은 우리가 일본을 이기는 것은 그냥 그들을 미워만 할 것이 아니라, 더러운 돈이지만 그걸 갖다 공장을 세워 미 달러를 한 푼이라도 더 벌어 일본보다 잘 사는 것이 극일(克日)하는 길임을 설득하고자 했다. 구멍가게를 하고 싶어도 우선 밑천이 좀 있어야 한다. 그러나 그들과 다시 손을 잡아야 한다니 그건 어떤 설명도 가당치 않다고 여겨졌다. 그 당시 남대문의 무역회관 앞에는 우리 국민 모두가 노력해 1억 달러를 벌어들이자는 현수막이 크게 걸려 있던 시대였는데, 그 유명한 영국의 비틀즈 멤버 5명이 벌어들이는 외화가 1억 달러가 넘었을 때니, 5, 60년대 우리나라가 얼마나 가난했던가를 짐작해볼 수 있거니와, 데모도 가려서 해야지, 앞을 내다보지 못하는 짓이 아닌가 생각을 다시 해 보게 된다.

≪빠삐용≫이란 영화를 보면 절해고도에 갇혀 살아가야 할 처지에 놓인 주인공이 탈출에 도전하는 장면이 나온다. 그는 여러 번 실패했지만 도전 끝에 마침내 성공한다. 그때 '빠삐용'은 호박을 자루에 담아 뜨게 만든 뗏목 위에서 탈출에 성공한 기쁨을 하늘에 대고 "이 개새끼들아, 나는 이렇게 살아 있다"라고 외쳤다. 그의 이러한 외침은 수많은 억압 속에서 피해만을 강요받아야 했던 우리들의 욕구를 말끔히 해소시켜 주는 듯하여 매우 감동적으로 울려왔다. '빠삐용'은 고도(孤島)의 감옥에 갇혔지만 살아남기

위해서는 바퀴벌레까지 잡아먹었고, 깎아지른 절벽으로 둘러싸인 섬에 갇혔지만 결코 탈출의 꿈을 포기하지 않았기에 자유를 누릴 수 있게 되었다.

이 영화에는 이 주인공과 아주 대조적인 '드가'라는 인물이 등장한다. 그는 도수 높은 안경을 끼고 겁이 많게 생긴 사람이다. 그는 그 섬에서 탈출할 수 있으리라고는 꿈도 꾸지 못한다. 섣불리 바다에 뛰어들었다가 죽기보다는 답답하고 고통스럽지만, 호박이나 길러 먹으며 목숨을 부지하는 것이 더 낫다고 생각하고 현재의 삶에 안주할 뿐이다. '빠삐용'이 불가능한 일에 굴하지 않고 도전한 인간의 전형이라면, '드가'는 현실에 순응하며 살아가는 현실 안주적 인간의 전형이다.

우리는 이런 여러 가지 모습들을 보면서 어느 쪽이 더 옳거나 그르다고 쉽게 단정적으로 말할 수 없다. 인간은 사람마다 그 기질이 다 다르고, 다른 동물과는 달리 자유 의지를 가진 존재이기 때문에 그때그때의 상황에 따라 자신이 선택한 길을 가면 되는 것이다. 다만, 사람들 중에는 보다 더 도전적이거나 순응적인 사람, 성공지향적이거나 현실안주적인 사람, 인내로서 고통을 잘 견디거나 쉽게 포기하는 사람들이 있는데, 소설가는 항상 이와 같은 전형적인 인물(typical character)을 보여 주는 일에 관심을 둔다.

소설 속의 김 아무개는 단지 한 개인으로서의 존재가 아니라 그가 속한 어떤 부류의 사람들을 대표한다. 예컨대 그가 도전적인 사람이라면 전형적인 도전적 인간상을 좀 더 과장해서 보여 주게 되는 것이다. 흔히 주인공은 공무원, 학생, 군인, 간호사, 호스티스, 욕심쟁이와 같이 사회의 어떤 부류나 계층을 대표하는 인물, 즉 당대 사회의 어떤 인간 군(群)을 연상케 하는 대표적 존재라고 볼 수 있다. '춘향'은 이조 시대의 많은 열녀의 전형이요, 이광수의 『흙』에 나오는 '허숭'은 개화기의 농촌 계몽 운동에 앞장섰던 많은 청년들의 전형이다. 김동인의 『김연실전』의 주인공은 새것 콤플렉스에 걸린 개화기 여성의 한 전형이었던 셈이다.

3. 아내로 살까, 엄마로 살아갈까

여자가 겪는 가장 큰 고통 중의 하나는, 김소월의 『진달래꽃』이나 박목월의 『나그네』에서 보는 것처럼, 사랑하는 남자가 곁에 머물러 주지 않고 자꾸 어딘가로 떠나려 한다는 것이다. 이런 고통의 여인은 김동리의 『역마』를 비롯하여 이청준의 『이어도』, 오정희의 『불의 강』이나 한국의 여러 시가(詩歌) 속에, 그리고 ≪남자는 배 여자는 항구≫ 같은 유행가 속에 잘 녹아 있다.

조경란의 『불란서 안경원』은 남편이 왜 집을 나가 돌아오지 않는지, 그 이유도 모른 채 빨리 돌아오기만을 고대하고 있는, 아내가 겪는 고통의 이야기다. 남편 없이 혼자 살아갈 때, 그래도 노후를 생각해서 아이를 하나쯤 낳아 길러야 한다고 생각하는 여자가 있는가 하면, 그 자식도 크면 어머니 곁을 결국 떠나고 말 것이니, 아예 혼자 살아야 한다고 생각하는 여자도 있다. 최정희의 『바다』에 나오는 항구의 모텔 '안주인'이 전자에 속한다면, 그 모텔에서 일하는 '해월(海月)'이란 여자는 후자에 속한다.

김동리의 『역마(驛馬)』에는, '해월'의 말처럼, 훌쩍 떠나버린 '남자'(떠돌이 중의 아들)의 아이를 가진 '옥화'라는 여자가 등장하고 있는데, 그녀의 아들 '성기' 역시 아버지처럼 이른바 '역마살'을 타고 나, 훨훨 어디론가 떠나고 싶어 한다. 어머니인 '옥화'는 일찍이 아들을 절로 보내 불경 공부를 시켜보기도 하지만, 그러나 한번 타고난 역마살은 결코 지울 수가 없는 것 같다.

서영은의 『아름아, 돌아오라』에는 남편과 아들을 뒷바라지하느라 젊은 시절을 다 보낸 한 '여자(성자)'가 주인공으로 등장하고 있다. 그녀의 남편은 정년퇴직을 하였고, 큰아들은 입대했으며, 작은 아들은 지방대학에 진학해 멀리 떨어져 있어서, 이제 그녀는 남편이나 자식들과 사이가 멀어진 삶, 다시 말해서 남편의 아내로서, 그리고 아이들의 어머니로서의 역할이 다 끝나버려, 이제 허무한 나날을 보내고 있다. 이때 텔레비전에서 마침 흘러나오는 노래를 들어보면,

> 검은 셔츠에 벽돌색 타이를 맨 가수가 노래하고 있었다.
>
> 누가 나와 같이 함께
> 울어 줄 사람 있나요
> 누가 나와 같이 함께
> 따뜻한 동행이 될까
> 사랑하고 싶어요. 빈 가슴 채울 때까지
> 사랑하고 싶어요. 사랑 있는 날까지.
>
> 노랫말은 느닷없이 성자의 메마른 가슴속을 파고들었다. 알 수 없는 슬픔이 고여 올랐다.
>
> — 서영은의 『아름아, 돌아오라』에서

텔레비전에서 마침 흘러나오는 이 노래 가사의 내용이 바로 그녀(성자)의 마음을 짐작하게 해준다. 이제 그녀는 주말이면 멋을 내서 옷을 잘 차려 입고, 곱게 화장도 하고서, 군대 간 큰아들 면회 가는 재미로 살아간다. 그런데 그런 그녀는 뜻하지 않은 충격적인 말을 아들한테 듣는다.

> "어머니, 이제 면회 안 오셔도 돼요."
> 식사 후 콤팩트를 꺼내 연지를 새로 칠하고 있던 성자는 콤팩트 뚜껑을 소

리 나지 않게 가만히 닫고 아들을 지그시 건너다보았다. 아들은 잘 먹던 곰탕을 반 이상 남겨 놓고 있었다.

"왜?"

"찾아오는 여자 친구가 있어요. 면회 시간은 정해져 있는데 엄마가 다 써버리면, 우리 시간이 없어지잖아요."

큰아들은 그렇게 해서 성자의 품을 떠나 여자 친구에게로 날아갔다.

—서영은의 『아름아, 돌아오라』에서

우리 옛말에 "자식도 품안에 있을 때 내 자식이지, 벗어나면 내 자식이 아니다"란 말이 있듯이, 아들로부터 이제 면회 오지 말라는 말을 들었을 때, 어머니가 느꼈을 허무감은 얼마나 컸을까.

40대 중반에 이르면, 남성은 인생의 목표를 조금씩 성취해 가는 기쁨을 맛보게 되지만, 여성은 아내와 어머니로서의 역할이 줄어들면서 삶이 권태롭게 느껴지고, 새로운 기대가 보이지 않을 때, 삶 자체가 더욱 무의미하게만 여겨지며, 어느덧 아이들이 성장해 제 갈 길을 떠나가고 나면 허무감밖에 남는 것이 없게 된다. 그래서 여성의 중년은 젊음과 아름다움의 상실, 죽음에 대한 막연한 공포, 그리고 자기 정체성의 상실로 인한 고독과 우울이 엄습하는 시기다. 이제 늙어버린 자신의 모습을 보며 결국 언젠가 남들처럼 죽게 되리라는 생각에 젖게 될 때, 삶의 무의미함과 공허감은 더욱 가중된다. 그런 어느 날 오정희가 쓴 『옛우물』의 주인공 '나'는, 증조할머니가 들려주셨던 '옛우물 속의 잉어'에 대한 이야기한 사실을 떠올렸다.

어릴 때 살던 동네 가운데에 큰 우물이 있었다. 물맛이 달아 단 샘, 커다랗다고 해서 한우물이라고도 했지만 사람들은 옛 부터의 습관대로 옛 우물이라 불렀다. 아주 옛날부터 있어 온 우물이라는 뜻이었을 것이다. 물이 깊고 물맛이 좋았다. 증조할머니는 내게 말했다. 옛 우물에는 금빛 잉어가 살고 있단다. 천 년이 지나면 이무기가 되고 또 천 년이 지나면 뇌성벽력 치는 밤용이 되어 하늘에 올라가지. … (중략) …

나는 나의 생보다 오랜 산과 나무, 별들을 바라보았다. 비로소 먼 옛날 증조할머니가 내게 해준 말을 정확히 기억해 내었다. 옛날 어느 각시가 옛 우물에 금비녀를 빠뜨렸는데 각시는 상심해서 죽고 금비녀는 금빛 잉어로 변해……

— 오정희의 『옛우물』에서

지난날 증조할머니가 들려준 이 같은 우물 속의 잉어 이야기는 단순히 어떤 사실을 들려준 얘기가 아니라, 여성이란 존재가 한 남자의 아내가 되어, 이 세상에 무수한 생명체를 태어나게 하는 존재임을 새삼 깨닫게 해준다.

흔히 '우물'은 '생명의 샘'이란 점에서 여성의 자궁(子宮)을 상징한다. 우물에 빠뜨린 금비녀는 남녀간의 성교를, 우물 속의 금빛 잉어는 난자와 정자의 결합하여 생성된 태내의 생명체를, 그리고 금빛 잉어가 수천 년을 거쳐 용이 되었다는 것은 자궁(우물)에서 자란 한 생명체가 드디어 이 세상에 걸출한 인물로 그 모습을 드러내게 되는 일에 대한 상징적 표현이다. 결국 자궁을 가진 '나'는, 이 세상에 태어나 고조할머니, 증조할머니, 어머니가 그랬던 것처럼, '나'도 자식들을 낳아 기르며 갈등을 겪다가 다시 부활을 꿈꾸며 이 세상에서 사라지게 되는 '거룩한 존재'임을 다시 한 번 확인해 보게 해준다. 그러므로 『옛우물』은 사랑하는 사람의 죽음, 더 나아가 모든 존재의 소멸에의 깨달음만이 아니라 한 생명의 탄생과 사랑과 죽음과 부활의 이야기를 들려주는 한 편의 드라마와 같은 소설 이야기라고 본다.

그런데 오정희의 중년여성들은 고독과 허무에서 탈주를 꿈꾸지만, 특별히 일탈적 행동을 취하지 않는다. 우리의 전통적 여성의 삶이 그러했듯이 '오정희'의 여성들은 어떤 욕망의 주체가 되기보다 고독과 불안과 공포 속에서 고난을 숙명처럼 생각하고 참고 견딘다. 그러한 참고 견딤의 원동력은 남편의 사랑보다 아이를 돌보아야 한다는 강한 모성애에서 나

온 것이다. 그런 점에서 오정희 소설은 급진적 여권신장론에 입각한 소설들, 예를 들면 공지영의 『무소의 뿔처럼 혼자서 가라』와 같은 소설과는 퍽 대조를 이룬다고 볼 수 있다.

옆의 「운낭자 상(雲娘子像)」은 1914년 당대 최고의 초상화가인 채용신(蔡龍臣, 1850~1941)의 그림이다. 아이를 안고 있는 이 운낭자 상(雲娘子像)에서 모성으로 살아가는 우리 어머니의 모습을 그대로 보는 듯하다. 여기까지 생각해 보면 자궁을 갖고 태어난 여자는 국회의원이나 대통령이 되는 것도 중요하지만, 아이 출산은 선택이 아니라 필수라는 점에서 한 아이의 출산과 양육만으로도 이 세상에서 위대한 일을 해낸 사람이 아닐 수 없다.

그런 점에서 권지예의 『뱀장어 스튜』에서, 주인공인 '그녀'가 아이를 갖고 싶어 하는 모습은 우리의 시선을 끌기에 충분하다. 그녀는 프랑스에서 그림을 그리는 남편과 오 년째 살고 있다. 그런데 그녀는 여러 번에 걸쳐 모국인 한국에 돌아오면 첫사랑 남자를 찾아가곤 한다. 그런데 그녀의 남편은 아내에게 무슨 일이 있음을 짐작은 하지만, 이런 사실을 전혀 모른 채 프랑스에서 살고 있다. 그녀가 한국에 머물고 있은 지 58일 째 되는 날, 불현 듯 빨리 돌아오라는 남편의 편지를 받았다.

"우연히 당신의 옷장을 보고 깨달았소. 한 달 간 가 있겠다고 하더니 겨울옷뿐 아니라 여름옷까지도 모조리 챙겨 갔더군. 당신의 여행이 장기화되든 어쨌든 당신의 자유요. 또는 돌아오지 않는다 해도 나로선 어쩔 수 없소. 당신은 자유로운 여자니까. 그러나 당신이 내게 끝내 말없이, 홀로 호시탐탐 늘 떠나갈 궁리를 했다고 생각하면 끝없이 괴롭소."… (중략) … 여자는 편지지를 코끝에 대고 냄새를 맡아 보았다. 남편이 있는 나라의 비 냄새가 아련히 나는 것 같기도 했다. 너무 가늘어서 우산을 펼 수도 접을 수도 없는 그 곳의 이슬비를 생각했다. 그 비를 맞으면 아무 것도 선택을 할 수가 없었다. 남편의 편지 마지막 구절이 떠올랐다. 비 내리는 속수무책의 2월 오후요.

—권지예의 『뱀장어 스튜』에서

이런 내용의 편지를 받은 그녀는, 서둘러 남편이 있는 프랑스로 돌아왔다. 그렇다면 이 여자는 왜 한 곳에 머물러 살지 못하고 이처럼 떠돌며 살아갈까? 이 여자의 방황은 첫사랑을 못 잊어서가 아니라, 궁극적으로는 아이를 낳아 기르는 어머니가 되고 싶었기 때문이다. 그런 정보는 바퀴벌레 삽화나 여행지에서 만났던 동양아 사건을 통해 짐작해 볼 수 있다. 그러나 프랑스의 남편이나 한국의 남자는 지금 이 여자가 아이를 낳아 기르고 싶어 하는 여자인 줄을 전혀 모른 채, 쾌락적 섹스만 즐기고 있다. 그래서 그녀는 안타깝기만 하다.

전상국의 『고려장』에는 유복자를 낳아 기르며 '이십오륙 년을 하루같이 시어머니와 함께 살아온' 큰 며느리가 주인공으로 나오는데, 시어머니는 갑자기 경상도로 재가(再嫁)해 갔다.

이웃 사람들도 입을 모아 현세의 형수를 모친 병의 원흉처럼 말했다. 그네가 시어머니를 저 지경으로 만들었다는 것이다. 이십오륙 년을 하루같이 시어머니와 함께 살아온 그네가 경상도로 재가(再嫁)를 해 갔기 때문이다. 맑은 하늘에 벼락이었다. 유복자 하나 키우며 시어머니 모시고 알뜰살뜰 살아, 강원도 효부 났다고 칭찬이 자자했던 그네가 시침 뚝 떼고 재가를 했다. 수절해 온 그 이십오륙 년이 너무 아깝다고, 가려면 진작 갈 것이지 이 무슨 변괴냐고 모두 혀를 내둘렀다. 유복자인 현세 조카가 고등학교를 나오고 빌빌 놀다가 군대에 들어

가기가 무섭게 이때를 기다렸다는 듯 집을 나가버렸다.

— 전상국 '고려장'에서

남편 없이 유복자를 키우며 25, 6년을 살아온 형수(큰며느리)는 그 아들이 장성해서 군대를 가자, 기다렸다는 듯이 생각을 바꿔 재혼해 집을 나가버렸다. 왜 집을 나가버렸을까? 식구뿐 아니라 동네 사람들도 그런 며느리의 행동을 이해할 수가 없었다.

하지만 모든 남들이 어떻게 생각하든 그것에 개의치 않고, 그네는 고심 끝에 자기 길을 선택해 간 것이라고 볼 수 있다. 그네의 결행은 갑자기 이루어졌다기보다 어린 아들에게 충격을 덜 주기 위해 다 자랄 때까지 오랜 세월을 기다려 온 뒤에 이루어진 결행이라 본다. 그네는 이제 자신이 아이의 짐이 돼서도 안 된다고 생각했을 것이고, 군대에 갈 만큼 성장했으므로 자신이 재가해도 아들이 그 일(재가)을 충격적으로 받아들이지 않고 잘 이해해 주리라 믿었을 것이다.

김성동의 대표작 『만다라』는 어머니가 어린 아들(지산)을 절에 맡겨버리고 다른 남자를 찾아 훌쩍 떠난 일, 즉 재가한 일이 위의 소설과는 반대로, 얼마나 그 아들에게 큰 충격을 주는가를 잘 보여준 소설이다. 이 소설의 주인공인 '지산' 스님은 지금 함께 머물고 있는 '나(법운 스님)'와 한때 수덕사에서 함께 행자생활을 했던 도반이었다. 그런데 지산은 어느 날부턴가 술과 여자에 빠져 방탕한 삶을 살아가는 땡초 중이 된 것이다.

내가 그렇게 벽운사에 머무는 동안 지산은 늘상 취해 있었다. 어쩌다가 술을 마시지 않는 날도 있었는데 그런 날에는 꼭 얼이 빠진 사람처럼 아무것도 없는 허공을 망연하게 바라보며 공허하고 쓸쓸해서 듣는 자로 하여금 공연히 이상스러운 비감에 젖어들게 하는 음색으로 지산보살, 지산보살, 하고 자기의 이름자 밑에 불경스럽게도 보살을 붙여 불러대는 것이었다. 주지나 신도들은 그런 지산을 중 취급, 아니 사람 취급을 않겠다는 듯 치지도외하는 것이었고, 학생법회에 나오는 아이들까지도 입을 삐죽이며 노골적인 야유의 눈길을 던지는 것이었는데, 그는 태연한 얼굴이었다.

— 김성동의 『만다라』에서

지산이 이처럼 술타령만 하는 사람으로 타락하게 된 이유는, 뒤에 가서 밝혀지지만 그의 어머니가 어린 자신(지산)을 절에 맡긴 채 재혼해버린 일을 의식하면서부터다. 즉 지산은 전국 사찰을 돌며 수도하던 중, 그가 어머니로부터 버림을 받았다는 생각을 갖게 되면서부터, '불법을 깨우친다는 일 그 자체가 자기에게 무슨 의미가 있는가'하고 회의에 빠지게 된 것이다. 지산은 자기 생의 전부인 어머니를 잃었다고 생각하니 모든 일이 허무해진 것이다. 그는 이 같은 허무감에서 빠져나오지 못했기에 결국 술과 여자를 탐하는 타락의 나날을 보내다가 끝내 죽음을 맞게 된 것이다.

그렇다면 진정한 여자의 행복은 어디서 찾을 수 있을까. 그것은 김향숙의 『감이 익을 무렵』에서 주인공 '여자(선혜)'가 바라본 '당당한 여자'의 모습에서 찾을 수 있으리라 본다.

유아복 팜플렛 모델이기나 한 듯 깜찍하게 차려입은 남자아이와 핸드폰으로 통화 중인 젊은 엄마가 개천 위의 다리를 건너 선혜 쪽으로 걸어오고 있다. 검정빛 달라붙는 바지에 무릎까지 오는 가죽 부츠를 신은 젊은 엄마는 이끼 빛 스웨터에 가죽점퍼와 화장까지, 어디 한군데 허술한 데가 없다. 유치원 가방을 멘 남자아이는 깡충깡충 뛰며 선혜의 옆을 지나간다. 여성으로서의 자신감과 엄마로서의 행복감이 온몸에 베어든 젊은 엄마와 남자아이가 서늘한 대기 속에 남겨놓은 달콤한 향기. 보여지는 모습의 아름다움 뒤엔 보이고 싶지 않은 뭔가가 있다고 믿는 선혜지만 젊은 엄마와 남자아이에게 이끌리는 맘을 누르지 못해 뒤돌아본다. 핸드폰이 울린다.

— 김향숙의 『감이 익을 무렵』에서

주인공 '선혜'는 자기 앞에 다가오는 젊은 여자를 보고 있는데, 그 여자는 어린 아들의 손을 잡고 누군가와 통화하며 자신감에 차 걸어오고 있다. 그 젊은 여자는 필연코 어린 아들을 두고 남편의 사랑을 많이 받으며 살아가고 있는 여자임이 분명하다. 남편의 아내로, 그리고 아이의 엄마로 살아가는 그 여자가 그토록 부러울 수가 없는 것이, 결혼도 못 한 채 혼자 힘들게 살아가는 선혜의 눈에만 그렇게 보일까.

4. 『감이 익을 무렵』의 경우

나훈아(羅雲兒)의 히트곡 '홍시'라는 노래가 있다. 알고 보니 그는 노래만 잘 부른 게 아니라, 자기가 지은 가사에다 곡을 부쳐 그 노래를 자기가 직접 부른 사람이었다. 이걸 보고 그가 보통 가수가 아니구나 하는 생각을 했다. 나훈아는 이론과 실기를 겸한 슈퍼맨이었던 것이다. 이런 사람은 아주 드물 뿐만 아니라, 왜 중요한 문학 행사에 두 사람 이상을 두어야 하는지를 잘 알 수 있을 것 같다.

그런데 저녁 늦은 시각, 야간 강의를 마치고 집에 와 저녁을 먹던 중, 우연히 TV에서 심수봉의 ≪여자이니까≫라는 노래를 듣게 되었는데, 이 노래 작곡은 본래 나훈아인데다 이 노래 가사를 음미해 보다 난 그만 깜짝 놀랐다. 그 가사 내용이 바로 조금 전 강의실에서 입이 닳도록 설명했던 신경숙의『배드민턴 치는 여자』에 나오는 여자 이야기였던 것이 아닌가! 이 소설엔 핫 팬티 같은 짧은 바지를 입고, 운동장 가에서 배드민턴을 치는 젊고 예쁜 여자 이야기가 나오는데, 그건 자기가 남자가 아니고 여자이기 때문에, 남자의 시선을 끌기 위해선 그렇게밖에 행동할 수 없었다는 것이다. "사랑한다 말할까 싫어한다 말할까, 아니야 아니야 난 말 못해……" 이 노래는 여자이기 때문에 남자에게 사랑한다는 말을 먼저 말할 수 없다는 여자의 안타까운 심정을 잘 말해 주고 있다. 요즘처럼 보고 싶으면 언제 어디서나 영상 메시지를 보낼 수 있는 시대에 살고 있는 젊은이들에겐

이 노래가 얼마나 애절한 여자의 마음을 담고 있는가를 잘 모를 것이다.

이 노래를 만든 사람이 바로 최홍기였다. 그런데 그 이름이 나훈아의 본명이란 사실을 알고 또 한 번 놀랐다. 이름만이 아니라 성씨까지 확 바꾼 것이다. 나훈아는 여자의 마음을 잘 알고 있었기에 그런 작사 작곡을 잘할 수 있었다면, 신경숙은 정숙한 여자란 그런 존재라는 것을 평소 잘 알고 있었기에 『배드민턴 치는 여자』란 소설을 남길 수 있었음을 알고, 필자는 학생들에게 이 소설을 창작의 모델로 삼아보기를 권했다.

사실 필자는 '홍시'에 대해 이런 좋은 기억만 있는 것이 아니다. 가슴 뻐근한 아픈 사연이 있다. 고2 때, 어느 깊은 가을 날, 나는 학원 수강을 하느라 바쁘게 하교(下校) 중이었다. 그때 서울 낙원 시장가에는 연시감을 한 접씩 담은 목판을 여럿 싣고 다니며 과일을 파는 손수레 행상인이 참 많았다. 해가 지고 좀 거리가 어두워지면 김광균(金光均) 시인의 『와사등(瓦斯燈)』처럼 거리에 카바이트 가스불이 하나씩 켜져 불야성을 이룬 모습이 장관을 이룬다.

그런데 그때에 한 사건이 벌어졌다. 손수레에 실려 있는 연시감 목판 하나가 내 가방에 걸려 통째로 바닥에 떨어져 버린 것이다. 연시감 50여 개가 땅 바닥에 으스러진 채 널려 있는 광경을 생각해 보라. 참 어이없는 일이 벌어졌는데, 그 손수레의 여자는 나보러 무조건 그 감 값을 물어내라는 것이다. 한 푼도 가진 게 없으니 꼼짝없이 붙들려 있는 신세가 되었는데, 큰 구경거리가 생긴 걸 보고, 삽시간에 애, 어른 할 것 없이 모두 나를 뺑 둘러 서 있었다. 그런데 제일 부끄러웠던 것은 지나가는 내 또래의 여학생들이 흩어진 감만이 아니라, 나를 한 번씩 쳐다보고 불쌍하다는 표정을 짓고 가는 것이었다. 정말 쥐구멍이라도 있으면 들어가고 싶은 심정이었다. 그 거금을 내가 당장 어떻게 마련한단 말인가. 아무 대책도 없이 무작정 서 있자니 참으로 한심하기 그지없었다.

그때 시장바구니를 든 한 아주머니가 구원자가 되어 나타나, 그 대금을 다 물어준 것이다. 나는 당시 고개도 들지 못한 채 얼이 빠져 있어서 그 감 값이 모두 얼마나 되는지도 모르고 있었고, 그 아주머니 얼굴도 모른 채, 친구들에 둘러싸여 있다가 그곳에서 간신히 빠져 나왔다. 오다 보니 그 아주머니에게 고맙다는 인사도 제대로 못 했음을 알고, 다시 찾아갔으나 이미 그 아주머니는 보이지 않았다. 필연코 나 같은 아들을 둔 아줌마일 거란 생각만 지금껏 갖고 있을 뿐, 아는 것이 아무 것도 없다. 위기에서 나를 구출해 준, 이름 모를 그 분은 이미 고인이 되셨을 것이다. 부디 천국에 가셔서 편히 쉬고 계시기를 빌 뿐이다.

김항숙의 『감이 익을 무렵』이란 소설이 있다. 나는 이 작품을 읽고 또 읽곤 한다. 우선 제목이 맘에 드는데, 아마도 '홍시'에 대한 그런 아픈 기억 때문일 것이다. 이 작품은 내용만이 아니라 글 쓰는 솜씨가 뛰어나, 창작을 꿈꾸는 사람에게는 한 번 꼭 읽어볼 뿐만 아니라 통째로 외워 둘 것을 권한다.

이 소설의 주인공인 딸 '선혜'는 가을이 되면 잎이 다 떨어진 채 덩그러니 익은 감만이 매달려 있는 나무를 바라보며 남다른 감회에 잠긴다.

> 차에서 내린 선혜는 차 문에 기대어 선 채 감나무를 바라본다. 꽃과 열매만이 아름다운 것이 아니구나, 라고 감탄하며, 요금이 싼 곳을 찾다 우연히 오게 된 이곳 주차장으로 들어서던 순간 선혜는 생애 처음으로 감나무의 감들을 본 것만 같았다.… (중략) …
>
> 잘 익은 감들과 저마다 다른 빛깔들인 이파리들로 어우러진, 둥지와 줄기가 튼실해 보이는 감나무는 올 한 해 풍성한 삶을 살았으니 부러울 게 없다고 온몸으로 자랑하는 것만 같다. 부럽구나. 선혜는 혼잣말을 한다.
>
> — 김항숙의 『감이 익을 무렵』에서

딸 선혜는 지금 주차장 앞에 서 있는 감나무에서 고마우신 어머니의 모습을 떠올리고 있다. 우리 어머니들은 자식을 위해 아낌없이 헌신하시는 분인데, 바로 선혜는 한여름 동안 잎이 무성해서 나무에 열매를 맺게 하고, 이제는 그 잎을 다 떨구어 뿌리로 돌아간 채 빨갛게 익은 열매만을 덩그러니 남기고 서 있는 것이다. 그런 감나무야말로 헌신적인 우리 노모님의 모습이 아니고 무엇인가! 여기서 작가의 감나무 묘사는 주인공의 그런 속마음을 잘 드러낸 하나의 '상관물'로서, 사실 이런 기법은 원숙한 작가만이 쓸 수 있는 하나의 기술이다. 그리고 이 소설엔 이런 대목이 나온다.

> 침대 옆 탁자 위의 전화벨이 울린다.
> 내다.
> 어머니의 목소리를 듣는 순간 선혜의 얼굴이 굳는다.
> 니 통장번호를 불러다고.
> 무엇 때문이냐고 선혜는 묻지 않는다.
> 니가 내한테 갚은 돈을 보낼라고 하니 불러라. 내가 빌린 돈을 갚아야 된다고 했지만은 정말로 그 돈을 받을라고 한 것은 아니었다. 니가 옛날에 독립인가 뭔가 한다고 했을 때 내가 뭐라 했더노. 니는 독립할 물건이 못 된다고 했제. 이제는 고생도 할 만큼 해봤으니 그 돈을 함부로 쓰지는 않을 것이라 믿고 보내니 알아서 쓰도록 해라. …(중략)…
> 선혜의 얼굴은 눈물범벅이다.
> 선혜야. 내 말 듣고 있나.
> 세면기의 수도꼭지를 틀고는 화장실 바닥에 주저앉은 선혜. 어머니를 보지 않으려 한다는 말은 아직 마음의 벽에 압정처럼 박혀 있는데도 어머니의 품에 안겨보지 못한 딸이라는 분노가 사라진 것은 아닌데도 선혜는 어머니가 가엾다. 자신도 콸콸콸 흐르는 물소리도 선혜의 울음을 삼키지는 못한다.
>
> — 김향숙의 『감이 익을 무렵』에서

이 결말 부분에서 우리는 선혜 어머니의 '말씨'를 주목해볼 필요가 있다. 그녀의 어머니는 아마도 부산 자갈치 시장에서 비린내 나는 생선을 토막

내 파는 억새고 거친 장사꾼일 것이다. 이 어머니는 아무나 할 수 없는 그런 거친 장사를 해서, 딸자식들을 모두 세계적 음악가로, 미술가로 훌륭히 키워냈다. 거칠고 똑똑 끊어질 듯 내뱉는 투의 그녀의 말씨는 시장 바닥에서 거칠게 살아 온 무뚝뚝한 경상도 여자다움을 보여주기에 충분하다. 통장번호를 불러달라는 어머니의 말에, 딸 선혜가 눈물이 철철 넘치지 않을 수 없었던 것은 자기 어머니가 그런 따듯한 마음씨를 가진 여자임을 새삼 깨달았기 때문이다.

이 소설에서 사람의 '말씨'가 성격구성에 어떻게 이용되고 있는가를 잘 알아둘 필요가 있다. 20세기 초에 우리 소설의 새로운 장을 열게 한 이광수(李光洙)와 김동인(金東仁)이란 두 작가가 있었다. 그런데 이광수의 장편소설 『무정』과 김동인의 단편 『감자』의 무대는 똑같이 '평양'이지만, 『무정』에는 서울 표준말을 쓰는 작중인물들이 나오는데 반해, 『감자』에는 평안도 사투리를 쓰는 인물들이 나오는 것을 볼 수 있다. 그래서 김동인은 '말씨'가 성격구성에 어떤 영향을 미치는가를 맨 먼저 깨달은 한국 최초의 작가임을 미루어 짐작해보게 한다.

5. 소설과 영화로의 각색

우리의 영화 ≪밀양(密陽), Secret Sunshine≫은 한국의 '전도연'과 '송강호'라는 두 배우가 주연으로 출연해, 전도연에게 여우주연상을 안겨준 영화로 유명하다. 세계적으로 알아 주는 '칸 영화제(2007년)'에서 전도연이라는 한국의 여배우가 얼마나 예쁘게 보였으면, 아니 얼마나 연기를 잘 했으면 그런 큰 상을 받게 됐을까 하는 생각에, 필자는 이 영화를 한번 꼭 봐야겠다는 생각을 갖고 있었다. 그런데 이 영화는 그런 상(賞)만 받은 것이 아니라, 그 해에 발표된 영화 중에서 내용이 가장 좋다는 영화에 수여하는 '최우수 작품상'을 받았다는 것을 알고, 나는 또 한 번 놀라지 않을 수 없었다. 이 영화가 도대체 무슨 이야기를 말 하고 있기에 '최우수 작품상'을 받았을까 하는 생각에 한번 꼭 봐야지 하는 생각을 더욱 갖게 되었다.

대학의 소설반에서는 드라마나 영화의 제작을 위해, 소설을 각색하는 공부를 종종 한다. 그런데 나는 이 ≪밀양(密陽), Secret Sunshine≫이란 영화가 이청준의 『벌레 이야기』란 소설 원작을, 영화감독인 '이창동'이 직접 각색한 작품이란 것을 익히 알고 있었고, 이미 이청준의 『벌레 이야기』를 한번 읽어본 적이 있었다. 그런데 사실 나는 이 장편소설을 열심히 읽어는 봤지만, 이 소설이 도대체 무슨 이야기를 우리에게 들려주려고 하는가를 통 알 수가 없었다. '벌레'에 대한 이야기가 소설 중간 너머 어딘가에 딱 한 번 나오는데, 그 장면이 왜 하필 이 소설의 제목을 그렇게 붙였고,

이청준이란 작가가 이 작품을 왜 그의 대표작으로 꼽고 있는지, 참 이상하다는 생각을 갖고 있었다.

그런 중에 이 영화를 직접 보는 순간, 이 영화가 우리에게 무슨 메시지를 던져주고 있는가를 알게 되었고, 그래서 세계 사람들이 이 영화를 좋다고 말하는구나! 그런데 한국의 영화감독 이창동은 벌써 이 소설이 무슨 이야기를 들려주려 한 것임을 알아차렸기에, 이 작품을 각색해서 영화로 만들기로 맘먹은 그의 혜안에 감동했다. 그 당시 이창동은 서울 시내 어느 고등학교 국어 선생을 거쳐 소설가로, 그리고 영화감독으로 변신하여 드디어 문화공보부 장관직을 역임하였다. 이창동은 그냥 영화감독이 아니다. 그는 이미 『소지(燒紙)』나 『운명에 관하여』란 소설을 발표한 바 있는, 작가로서의 재질을 떨친 현역 소설가이다. 그가 그런 훌륭한 감성의 소유자이니까 이청준의 그런 작품을 이미 읽어 보았을 것이고, 그 내용을 잘 이해하고 있었기에 이 소설을 각색하여 영화로 만들어볼 꿈을 갖게 되었을 것이다. 이를 보더라도 코리아를 세계만방에 알리려면, 창작지원금을 더 올려서라도 우선 좋은 소설이 먼저 많이 나와야겠다.

이청준 전집 20권 중의 하나인 표제작 『벌레 이야기』는, 주산 학원 원장이 돈 때문에 어린 아이를 유괴하여 살해하자, 그 소년의 어머니는 극도로 절망하게 되는 이야기다. 하지만 이웃 교인들의 설득으로 교회에 나가게 되면서 마음의 안정을 이루고, 급기야 범인을 용서하려 한다. 하지만 이미 사형언도까지 받은 범인이 하나님의 말씀에 따라 신앙적 구원과 하나님의 사랑 속에서 마음이 평화로워져 있음을 보고, '내가 아직 그를 용서하지 않았는데 누가 그를 먼저 용서할 수 있단 말인가?'라며, 그 소년의 어머니는 도리어 절망하게 되어 자살하고 말았다.

사실 이청준의 『벌레 이야기』는 1981년 당시 세상을 떠들썩하게 했던 이윤상 군 유괴 살인사건을 실제 모델로 하고 있는 소설이다. 그런데 ≪밀양(密陽)≫이란 영화에서는 남편을 잃은 서른세 살의 신애(전도연 분)가 어린 아들 '준'과 함께, 죽은 남편의 고향인 경상남도의 '밀양(密陽)'이란 곳으로 내려오는 것으로 시작한다. 그녀가 밀양에 내려 왔지만, 사실 그녀는 피아니스트로서의 희망도, 남편에 대한 꿈도 이미 너무 많은 것을 잃고 있었다.

그런 그녀는 이 작은 도시에서 피아노 학원을 연 후, 새 삶을 기약한다. 송강호는 그때 밀양 외곽 5km 밖에서 그녀를 처음 만난다. 몰던 차(車)가 고장 나 서버렸기 때문에, 그녀가 카센터 사장인 그를 불렀던 것이다. 그러나 관객은 곧 아들 '준'이 유괴되어 살해되자 그녀의 슬픈 울음소리를 듣게 된다.

신애(전도연)는 어느 날 송강호에게 '밀양(密陽)이란 데가 도대체 어떤 곳이냐?'고 처음 물었지만, 송강호는 별로 들려줄 말을 찾지 못한다. '그저 그런 시골일 뿐인데…….' 그런데 그는 밀양과 많이 닮아 있다. 송강호는 특별할 것이 없는, 평범하고 순진한 사람이다. 마을잔치나 동네 상갓집에 가면 어김없이 나타나는 그 누구처럼……. 그런데 송강호는 점차 신애의 삶에 스며든다.

이 영화에서 모든 사건이 벌어지는 곳은 실제로 경상남도에 위치한 '밀양(密陽)'이란 곳이다. 그런데 이 영화가 외국에 소개될 때는 그 제목이 'Secret Sunshine(비밀스러운 햇빛)'으로 되어 있다. 영화의 제목을 본래의 지명으로서가 아니라, 그 장소가 갖고 있는 한자의 의미를 따서 그렇게 지은 것이다. 이런 변화는 '제일은행'을 'First Bank'라 하듯이, 우리말을 영어로 번역하는 과정에서 흔히 보아온 일이기는 하지만, 여하튼 이는 놀라운 변화이다. 왜 이렇게 제목이 바뀌었을까.

여기에는 깊은 뜻이 있다. 이청준은 착한 아들을 살해한, 벌레처럼 흉측한 주산 학원 원장선생을 비판하기 위해 소설 제목을 그렇게 붙인 것이라면, 이창동은 돈 때문에 아이를 죽인 그런 벌레만도 못한 원장이 아니라,

착한 남편과 아들을 잃고 괴로워하는 '신애'를 옆에서 극진히 돌보는, 예수님처럼 착한 남자인 '송강호'를 더 이야기하고 싶었다고 볼 수 있다. 이 영화를 처음 제작해 광고한 포스터를 보면, 「이런 사랑도 있다」란 광고 문안이 똑똑히 적혀 있는 것을 보면, 이창동은 전도연보다 송강호에 퍽 주목하고 있었음을 엿볼 수 있다.

이 세상엔 본래 '착한 사람'과 벌레처럼 '징그러운 사람' 두 부류가 있는데, 착한 사람으로의 이런 변화를 가능하게 하는 것이 바로 '햇빛(sunshine)'이다. 이 세상에 나온다는 말은 곧 햇빛이 있는 세상으로 나온다는 뜻으로, 햇빛은 잠자리나 나비의 변모를 보듯이, 아주 놀라운 변화를 이루게 하는 비밀스러운 힘이 있는 것이다. 햇빛은 우리를 건강하게 하는 놀라운 힘이 있듯이, 우리 인간은 어머니 뱃속에 있을 때는 본래 벌레처럼 생긴 존재였지만, 어머니 태내에서 이 세상 바깥으로 나와, 점점 그 모습을 바꿔 이제 귀여운 아기가 되었던 것이다.

그런데 기독교에서 모든 생명의 아버지라고 말하는 예수(Jesus)라는 말이 본래 '햇빛'을 의미한다는 외국의 한 신학자의 연구가 있어, 우리의 주목을 끈다. 그러니까 기독교에서 당신을 찾아오신 하나님은, '환웅'이나 '해모수'처럼 곧 '햇빛'을 의인화한 존재인 '예수님'이신 것이다. 그들은 서양 사람이 흔히 말하는 태양신(sun-god)인 셈이다.

이 사실은 해바리기를 열심히 그린 빈센트 반 고흐(1853~1890)가 어떤 사람인가를 이해하는 데 매우 중요한 열쇠가 된다. 사실 그는 노란 '해바리기' 꽃보다 비밀스러운 '햇빛'을 즐겨 그린 화가라 볼 수 있다. 그는 본래 화가 이전에 처음부터 기독교의 신학(神學)을 공부해 목사가 되고 싶었던 사람으로, 그는 누구보다 기독교의 참 진리를 담고 있는 '하나님'의 목소리를 무척 듣고 싶어 한 사람이라 볼 수 있다. 그래서 그는 하나님의 목소리를 한마디라도 더 듣고 싶어, 귀를 쥐어뜯어 귀에 상처를 입은 '자화상'을 남겼던 것이다. 그가 만년에 고향에 돌아가 미친 듯이 '햇빛'을 좇아 움직이는 '해바라기(sunflower)' 꽃을 즐겨 그렸으며, '메밀꽃'처럼 햇빛이 없는 밤에만 잘 자라는 식물들의 모습을 그린 ≪별이 빛나는 밤≫이나, 햇빛을 갈무리한 것이 '감자'니까 캄캄한 밤중에 감자를 먹고 있는 ≪감자 먹는 사람들≫이란 명작을 남겼는데, 결국 기독교는 '햇빛을 먹고 사는 인간이 하나님의 말씀에 따라 행동할 때 참사람이 될 것'이라는 진리를 깨닫게 해준다. 미술사가의 말에 따르면, 미술은 그냥 아름다움을 표현하는 기술에 그치지 않고 아름다움으로 사고(思考)하는 기술이라고 말한다.[15] 이 그림을 자세히 들여다 볼 때, 신경숙의 『감자 먹는 사람들』처럼 그냥 착한 사람들만을 그린 것이 아니다. 그가 만년에 자살한 것도, 그는 생(生)과 사(死)의 경계에 '햇빛'이 있다는 것을 믿기에, 스스로 어둠의 세계로 들어간 사람이다.

영화 ≪밀양(Secret Sunshine)≫의 끝장면만을 보고, 이 영화를 단순히 기독교를 비판한 영화로 보려고 하나, 본래 그런 영화가 아니다. 이제 소설 『벌레 이야기』가 각색되어 영화 '밀양(密陽)'이 ≪Secret Sunshine≫으로 바뀐 데에는 이런 사연이 있음을 알고, 특히 영화 감독이 여기서 '무엇(what)'을 말하려는가에 따라, 소설 원작과 영화 내용이 많이 달라질 수 있음을 알고, 우리 모두 이 소설의 내용을 다시 한 번 헤아려보기 바란다.

15) 정홍섭, 혼자를 위한 미술사(서울 : 쿨, 2019)

X. 신화와 기호학

1. 신화는 모든 문학의 모체

1970년대 무렵, 필자가 제일 이해하기 어려웠던 개념 중 하나가 신화(神話, myth)였다. 미국에서 문학을 깊이 연구하시고 모교에 돌아와 많은 글과 저서를 남겨, 후학들에게 혜안을 주신 영문학자 한 분이 있었는데, 그는 처음으로 신화는 모든 문학의 시발점이 된다는 뜻에서 '신화는 모든 문학의 모체'라며 신화의 소중함을 일깨워주셨는데, 나는 전혀 그 말을 알아들을 수가 없었다.

당시 신화하면 『단군신화』의 줄거리밖에 아는 것이 없었고, 그런 허무맹랑한 거짓말 같은 이야기를 모체로 한 소설이 우리에게 어떤 것이 있느냐며, 그건 말도 안 되는 것이라고 생각하고 그 말을 믿지 않으려고 했다.

그 후 필자는 신화비평·원형비평 이론을 접하게 되면서 우리는 그리스·로마 신화만큼 많은 신화의 유산을 갖고 있지 못해, 우리의 신화론이나 신화체계(mythology)를 제대로 세울 수는 없지만, 『단군신화』 외에 우리에게도 『삼국유사』에 실려 있는 『주몽신화』, 『혁거세신화』, 『탈해왕신화』 등이 있고, 『동국여지승람』이나 『규원사화』 등에도 『단군신화』의 흔적이 남아 있으며, 그밖에 많은 '무속신화'가 있고, 고대로 올라갈수록 신화는 세계적이라는 것과, 신화(myth)들이 모여 하나의 신화체계를 세우게 되는데, 그런 체계가 현대소설 속에 유지되어 있다는 것이지, 그냥 외양만 보고 한 말이 아님을 알고서야 그런 뜻에서 나온 것임을 차차 깨닫게 되었다.

미국은 신대륙을 찾아 세계 각처에서 모여든 사람들이 세운 나라이므로, 우리와 같은 건국신화가 없는 나라다. 유학을 온 중국이나 일본의 친구들이 한국에도 신화가 있느냐고 물어서, 『단군신화』를 예를 들어 당당하게 있다는 말을 한 적 있는데, 우리의 유학생들이 정작 그 신화에 대해 아는 것이 별로 없어서 더 이상 아무 말도 못 했다는 얘기를 들은 적이 있었다. 우리가 지금 제주도에 가면 못 알아듣는 말이 있듯이, 옛날의 신화를 바르게 알아들을 수 있으려면, 그때의 사고방식이나 언어생활, 생활풍습 등을 잘 모르기 때문에 잘 알아들을 수가 없는 것이다. 소박하게 정의하자면 신화(神話)란 '환인'이나 '환웅'처럼 하늘나라를 마음대로 오르내릴 수 있는 전지전능한 존재의 탄생, 성장, 위업 달성, 그리고 오래 살다가 죽음에 이른 한 인물의 일생에 대한 이야기이다. 옛날은 존경 받는 '영웅'이 존재했던 시대이므로, 그런 존재에 대한 이야기는 후대로 오면서 보통 사람들의 갈등 이야기로 대체(代替)되었다고 보지만, 여전히 그것의 출발점은 신화에 그 뿌리를 두고 있는 것이다.

그러니까 우리 선조 중에 고조선(古朝鮮)이란 나라를 처음 세우신 분은 누구였을까, 그 거룩한 분의 후손들이 바로 우리들인데, 삼대(三代)에 걸친 환인, 환웅, 단군 얘기는 왜 나오고, 곰과 호랑이 중에 곰이 굴속에서 쑥 마늘을 먹었다는 변신 이야기는 왜 나오는 것인지, 한마디로 단군의 탄생담이 좀 복잡하긴 한데, 그렇다면 왜 그런 복잡한 인간 탄생담이 생겨나게 됐을까?

문화인류학자들은 자연 환경이 생업에 어떤 영향을 주고, 생업의 형태가 인간 사고에 어떤 영향을 주었는가 하는 문제에 일찍이 관심을 두고 연구해 왔다. 인간은 살아가면서 하늘·땅·달·별·동물·나무와 같은 우주나 자연의 사물들에 대해서 끊임없이 관찰하고 사유해 왔다고 볼 수 있는데, 그것은 수렵 채집 시대를 거쳐 농경 시대를 맞이하고부터였다고 한다. 신화학자들의 말에 따르면, 신화는 농경시대의 산물이다. 다시 말해서 인간은 농경생활을 하게 되면서 방랑 생활을 지양하고 정착생활을 하게 되었는데, 이제 인간은 시간적 여유를 갖게 됨으로써 인간 자신뿐만 아니라 우주 만물의 생성에 대해서 생각하게 된 것으로, 이는 인류의 아주 큰 변화를 가져온 일이다.

요즘 백화점에 가 보면 역시 가장 북적대는 곳이 바로 식품부가 있는 지하층이다. 이를 보면 어느 시대나 인간의 최대 관심사는 역시 먹거리를 찾는 일이 아닐까 하는 생각이 든다. 우선 농사를 지어야 하는 농경인들은 자연 현상들을 깊이 관찰해야 한다. 달의 모양만 보아도 올해에 비가 많이 올 것인지 가뭄이 들 것인지를 알 만큼 그들은 우주 자연의 변화에 민감했다. 그리고 뿌린 씨앗이 잘 싹트게 하기 위해서는 적절하게 하늘에서 비가 내려야 하고, 곡식이 여물기에 충분한 일조량이 있어야 한다. 그러기에 씨를 뿌리고 거두는 사람은 무엇보다도 기후의 변화와 천체의 움직임을 깊이 응시해 왔다고 볼 수 있다.

이런 모든 경험들은 고조선을 세운 '단군'이란 시조의 탄생담을 만들어 내는 데 아주 기본적인 상상의 틀이 될 수 있었을 것이다. 미국의 비교종교학자인 M. 엘리아데(Mircea Eliade)의 말을 들어보더라도 농사를 짓는다는 것은 단순히 먹을 것을 얻는 노동의 의미만이 있는 것은 아니다. 그리고 영국의 철학자 T. 홉즈(Thomas Hobbes)의 말처럼, 그런 오랜 경험은 기억을 낳고, 한편 기억은 판단력과 상상력을 낳기 때문에, 신화와 같은 원시문학을 창조해 내는 데 깊은 연관을 맺게 된다고 볼 수 있다. 캐나다의 문학이론가인 노스롭 프라이(N. Frye)가 "신화는 자연 현상을 설명하기 위하여 말하여진 이야기라기보다는 그러한 현상과 관련되어 말하여진 이야기이다"라고 말했듯이, 인간은 자신의 근원적인 문제, 즉 단군의 탄생담을 처음 만들고자 할 때, 농경의 경험이 많이 이용되었으리라 보는 것은 아주 자연스러운 일이다.

그렇다면 『단군신화』의 신들은 어떤 존재일까? 여기서 북애노인(北崖老人)이 지은 ≪규원사화(揆園史話)≫의 '단군'에 대한 이야기를 참고하면, '환인'은 '밝은 빛의 근원'을 가리키는 것이니까 태양(sun)을 의인화한 존재임을 알 수 있다. 그를 서양인들은 태양신(sun-god)이라 부르고 있다.

> 상계에는 마침 한 큰 주신이 있었으니 환인이라 하였다. 온 세상을 다스리는 헤아릴 수 없는 지혜와 능력을 가지고 있었으나 그 형체는 나타내지 아니하고 가장 높은 하늘에 자리 잡고 있었다. 그 있는 곳은 수만리나 떨어진 곳이지만 늘 환하게 빛나고 그 아래에는 다시 수많은 소신들을 거느리고 있었다. 환(桓)이란 광명, 곧 환하게 빛나는 것으로 그 형체를 말함이요, 인(因)이란 본원이니, 곧 근본으로 만물이 이로 말미암아 나는 것을 뜻함이라.
>
> —북애노인의 ≪규원사화≫에서

그리고 '단군'을 낳은 '웅녀'는 아이를 갖고자 나무(신단수) 아래에서 정성껏 빌었고, 땅속(굴)에서 나온 여자였다. 이는 농경경험을 통해 땅에 묻힌 '씨앗'이 이제 썩은 후 그 땅속에서 '새싹'이 돋아 나오고, 여기에 겨울이 되면 굴속에 들어가 모습을 감추었다가 봄에 다시 모습을 드러내는 '곰'을 끌어들여, 여자로의 변신 이야기를 만들어 낼 수 있었다고 볼 수 있다. 그러므로 『삼국유사』에 실려 있는 '웅녀'의 출현 이야기는 후대에 내려오면서 누군가가 상당한 상상력을 발휘하여 재미있고 그럴듯하게 꾸며낸 이야기라고 보아야 한다. 여기에 웅녀가 자연스럽게 '환웅'이란 한 남자와 결혼하여 아이를 낳게 됐다는 단군의 탄생담은 결국 식물(나무)의 생명 현상에서 유추한 자연신화(nature myth)의 한 형태로서, 이제 『단군신화』는 '주몽'이나 '탈해왕'의 탄생담보다 친숙한 인간 탄생 이야기로 뿌리내려 전해오게 된 셈이다.

그런데 『단군신화』에서 보는 것처럼, 우리는 왜 곰이 승리하고 호랑이는 실패하는 이야기가 나올까? 그건 우리는 호랑이의 후손이 아니라 곰의 후손이란 말인데, 아마도 거기에는 한국인이 호랑이보다 곰 쪽을 더 좋아하는 심성을 갖고 있었기 때문이리라. 우리가 호랑이처럼 사납고 투쟁적이어서 남을 잡아먹는 쪽을 더 좋아했더라면, 아마도 우리의 신화는 누가 먼저 산에 올라 토끼나 노루 같은 짐승을 잡아 오는가 힘겨루기 싸움이 벌어지는 호랑이 이야기로 꾸며졌을 것이다. 그런데 우리는 그런 용맹성보다는 점잖은 사람, 남에게 대들기보다 참고 견딜 줄 아는 사람을 더 선호했기에 그랬을 것이다. 우리에게는 곰같이 참고 견디는, 그래서 어떤 목적한 일을 이루어내는 사람을 더 장하다고 보는 면이 있다. 그래서 혈기왕성한 젊은이보다 점잖은 사람, 즉 나이가 많은 분을 늘 상석에 모시는 습성도 한국인의 그런 의식에서 비롯된 것이리라.

우리 역사에는 용감하게 싸워 승리를 거둔 서양의 '영웅'다운 사람이 없다. 1960년대 초에 남대문에서 시청 앞에 이르는 거리에 말을 타고 칼을 높이 치켜든 김춘추를 연상케 하는 동상이 세워져 있었는데, 어느 날엔가 슬그머니 사라져버렸다. 삼국 통일을 이룩하는데 혁혁한 공을 세운 김춘추 장군을 거울삼아 남북통일을 이루기 위해 우리 모두 김춘추 장군처럼 용감한 사람이 되자는 취지에서 말을 탄 그의 모습이 세워졌을 터인데, 사실 김춘추는 그런 용맹스런 사람이 아니다. 김춘추의 기록을 보면, 한마디로 그는 꾀가 많은 사람, 다시 말해서 지략가(智略家)였지, 칼을 들고 용맹을 떨친 사람은 아니었다. 그 대신으로 지금 광화문에 이순신 장군 동상이 세워져 있는데, 이어령의 지적처럼 우리는 그를 '영웅'이란 말 대신에 '성웅(聖雄)'이란 호칭을 붙이기를 더 좋아하고 있다. 그 말 속에는 이순신을 그냥 싸움만 잘한 용감한 사람이 아니라, 점잖은 사람, 학식이 좀 있어 보이는 사람으로 보려는 국민적 정서가 숨겨져 있다고 본다. 이순신 동상 옆에 세종대왕을 모셔놓은 것도 이런 마음이 작용한 것이 아닐까 한다. 얼마 전에 중앙일보와 경희대의 공동조사 보고에 의하면, 역사 속에 가장 매력적인 인물로는 세종대왕(51.6%)이 압도적 1위였다. 이순신(19%)과 광개토 대왕(10.8%)이 2・3위를 차지했다.(중앙일보, 2015.9.11.)

한국인의 가장 사랑을 받고 있는 『춘향전』의 '춘향이'를 보라. 그녀는 변사또의 모진 매를 맞으면서도 그 고통을 참고 견디어낸 여인이다. 한양에 간 이도령이 돌아올 가능성은 거의 전무했지만, 곰처럼 참고 견디어낸 결과, 그녀는 이도령을 다시 만나, 오랜 소망을 이루어 낼 수 있었고, 우리 국민 모두는 그런 인간성을 지닌 사람을 은근히 마음속으로 좋아하고 있는 것이다. 이효석의 『메밀꽃 필 무렵』이나, 김유정의 『봄, 봄』이 여전히 우리의 대표작으로 널리 읽혀지고 있는 것이나, 최근 ≪국제시장≫이란 영화가 큰 흥행을 이루었던 것도 그 이야기 속에는 격변의 시대 속에서도 역경을 이겨낸 '덕수' 같은 주인공이 있었기 때문이 아닌가 한다.

2. 나르시스신의 후예들

1) 물속에서 찾은 나의 아니마

그리스 신화 중에 '나르시스(Narsciss)'와 '에코(Echo)'와의 사이에 벌어졌던 애틋한 사랑 이야기가 있다. 나르시스는 원래 미모가 아주 뛰어난 청년으로 그를 따르는 요정(예쁜 여자)들이 많았다고 한다. 어느 날 에코는 사냥 나온 나르시스를 보자 첫눈에 반해 버려 그에게 바로 프러포즈를 하였지만, 단번에 거절을 당했다. 나르시스가 에코에게 냉정하게 대했듯이, 또한 그는 다른 모든 요정들의 추파에도 흔들림 없이 끝내 모른 척했다. 이로 인해서 그는 무시를 당한 뭍 요정들로부터 질시의 대상이 되었다. 그녀들은 복수의 여신(네메시스)에게 나르시스로 하여금 사랑이 무엇인지를 알게 하고, 사랑의 보답을 알지 못하는 것이 얼마나 불행한 일인가를 알게 해달라고 간청하였다. 이러한 요청에 따라, 나르시스는 불행한 처지로 전락하게 되었는데, 결국 나르시스는 수선화가 되고 만 것이다.

이 이야기에서 '나르시스'는 왜 '뜨거운 열정을 가진 에코'라는 여자를 끝까지 외면하였을까? 사랑이 크면 미움도 크다고 했듯이, 에코는 미운 남자를 용서하지 못하고 복수를 해 죽게 만들었다. 그런데 이런 남녀 간의 미움이나 복수극은 예나 지금이나 변함이 없는 것 같다.

나쁜 남자, 퇴짜놓은 여성들에 앙심

"두고 보자. 복수하고 말 거야." 지난 해 8월 말 윤모(29) 씨는 이를 깨물었다. 평소 좋아했던 박모(여) 씨에게 용기를 내 사귀자고 했지만 거절당한 것. 집으로 돌아온 윤 씨, 박 씨의 싸이월드 미니홈피를 뒤져 20여 장의 사진을 다운로드했다. '창녀 박xx'라는 제목을 단 뒤, 주소와 전화번호, 직업 등의 개인정보를 적은 파일을 만들었다. "한 번 빠지면 헤어 나오지 못할 정도……, 처음에 잘 꼬셔 둠. 화끈하게 즐길 수 있음"이라는 설명도 달았다. 그리곤 한 온라인 파일 공유 사이트에 파일을 올렸다. 좋아했던 여자를 하루아침에 온라인 성매매 여성으로 만들었다. 윤 씨의 복수는 여기서 끝나지 않았다. 박 씨 이외에도 자신을 퇴짜 놓은 35명 여성들의 개인정보도 함께 올렸다. "남자관계가 복잡함. 많이 밝힘" 등의 설명도 붙였다.

그러나 윤 씨의 어이없는 복수극은 곧 막을 내렸다. 남성들의 성매매 전화에 시달리던 여성들이 경찰에 신고한 것. 서울남부지법 형사6단독 박성규(朴晟圭) 판사는 2일 윤 씨에게 이례적으로 징역 1년 6개월의 실형을 선고했다. 재판부는 판결문에서 "윤 씨가 인터넷에 적은 내용이 매우 악의적이고 불량해 피해자들에게 회복하기 힘든 손해를 입힐 수 있다"며 "정보화 사회에서 익명성을 이용해 이런 손해를 가하는 범죄에 대해 예방의 차원에서 엄벌할 필요성이 있는 점 등을 참작해 실형을 선고한다"고 밝혔다.(조선일보, 2006.8.3.)

위의 내용만으로는 잘 알 수는 없지만, 윤모 씨라는 남자는 맨 처음엔 순수하게 박모 씨라는 여자를 무척 사랑했다고 볼 수 있다. 그런데 그는 어머니 같은 여자를 찾아 끝없이 떠돈 사람이라고도 볼 수 있다. 그런 점에서 윤모 씨는 전형적인 나르시스의 후예로서, 맨 처음에는 나쁜 마음으로 여자를 사랑한 것이 아니다. 이제 나르시스에 대한 다음 이야기에 더 귀를 기울여보자.

나르시스는 물을 마시려고 몸을 구부리다가 수면에 비친 제 모습을 보았다. 그는 수면에 비친 제 모습을 샘 안에서 사는 아름다운 요정 곧 수선(水仙)의 모습이라고 생각했다. 나르시스는 그만 그 모습에 반해 버려 그 곳을 떠날 수 없었다. 그러다 그는 수선에게 하소연했다.

"아름다운 이여, 어째서 나를 피하는 것이지요? 내 얼굴이 그대를 물러서게 할 만큼 못 생긴 것은 아닐 텐데요. 요정이란 요정은 모두 나를 사랑하고, 그대 역시 내게 무관심한 것은 아닌 것 같은데, 내가 손을 내밀면 그대도 손을 내밀고, 내가 웃으면 그대도 웃으며 내가 하는 대로 따라 하지 않았나요." 나르시스의 눈물이 수면 위로 떨어져 그림자를 출렁이게 했다. 이윽고 그 그림자가 수면을 떠나자 그가 부르짖었다. "그대로 있어 주어요. 부탁이니 그대로 있어 주어요. 손을 대어서는 안 된다면, 그대를 바라보고 있게라도 해 주어요."

이런 식으로 가슴을 불태우다 나르시스는 마침내 죽고 말았다.

황순원의 『소나기』에서, "소년은 두 손으로 물속의 얼굴을 움키었다. 몇 번이고 움키었다."는 것처럼, 나르시스가 본 물 속에 비친 그림자를 바라보았다는 제 그림자란 무엇인가? 그것은 나르시스가 자신의 내면에 있는 여성적 요소인 '아니마'를 가리킨다고 볼 수 있다. 나르시스는 이런 자신의 아니마를 본 후부터 자신의 아니마(anima)와 일치하는 여자, 어쩌면 어머니의 모습을 꼭 닮은 여자만을 찾고 있었던 것이라고 볼 수 있다. 고로 그는 아무리 예쁜 '에코'라 하더라도 그의 눈에 들어올 리가 없는 것이다. 오로지 나르시스는 물속에서 찾은 아니마적 영상을 향해 앞만 보고 살아간 사람이다. 그러나 나르시스의 그런 행동은 남으로부터 오해를 사, 복수를 당하고 말았다. 이를 보면 사랑은 상당한 기술을 요하는 것으로, 예나 지금이나 사랑은 아무나 하는 것이 아닌 듯하다.

본래 신화에 대하여는 '내용'과 '형식'에 대하여 관심을 갖게 되는, 두 가지 경우로 나누어 볼 수 있는데, 내용에 관심을 둔 근대의 신화론자들은 이런 이야기 속에 어떤 진실이 감추어져 있는가를 알아내려고 노력했다고 한다. 이러할 때 자연히 신화는 우의적(寓意的) 해석의 대상이 된다. 그리하여 뭍 요정들의 사랑을 모두 마다한 결과 후일 수선화가 되었다는 이 이야기는 나르시스처럼 남의 말에 귀를 기울이지 않고 앞만 보고 달려가는 자아도취(자기애)에 빠진 자가, 그로 인해 파멸에 이르게 된다는 도덕적 진리를 전하는 이야기라고 볼 수 있다.

2) 나르시스트 : 성격적 결함이 있는 사람

우리 주변에는 세상 살아가는 일을 폭넓게 생각하지 못하고, 마치 터널 저쪽 끝만을 보고 돌진해 가는 사람처럼, 외곬으로만 생각하고 살아가는 사람을 볼 수 있다. 특히 전문직을 가진 사람들은 자기가 생각하는 바가 가장 올바르고 확실한 것이라 믿기 때문에, 다른 어떤 것에 흔들리지 않는 심리가 강하게 작용하기 쉽다. 이런 사람은 어떤 일에 대한 집중력이나 추진력은 대단하나, 남을 배려하는 면이 부족하여 대인관계를 원만히 이루어 내지 못한다는 흠이 있다고 한다. 우리는 이런 사람을 가리켜 나르시즘에 빠진 사람이라고 부른다.

그런데 이런 나르시스트는 소설 속에서 자주 볼 수 있다. 이청준의 『과녁』에 등장하는 석주호 검사는 그의 신분에 어울리게 머리가 명석하고, 갖가지 취미와 교양까지 착실하게 쌓아 왔으며, 누구에게든 지고서는 못 배길 만큼 출세의 야심을 갖고 있으면서 사회생활에 필요한 겸손을 조심스럽게 몸에 익혀 온, 정말 빈틈이 없는 사람이다. 이런 인물은 이문열의 『그해 겨울』이나 정미경의 『내 아들의 연인』에서도 찾아볼 수 있다.

『과녁』의 핵심은 교양을 갖춘 인물이라도 그답지 않은 행동을 보여 주는 데 있다. 석주호는 지방 검찰청의 검사로 부임한 지 한 달쯤 되어, 활터를 우연히 찾아내 활쏘기를 배우려고 맘먹는다. 그것은 고상한 취미를 즐기는 사람이라는 인상을 남에게 줄 수 있는 동시에, 돈내기 바둑밖에 할 줄 모르는 그 지방 유지들 앞에서 자신의 멋진 실력을 과시하여 위신을 세워 보겠다는 야심이 있었기 때문이리라. 그러나 이러한 목적을 갖고 시작한 일이 쉽게 이루어지지 않는다. 즉 활을 배우려는 석주호 검사와 활터의 주인인 황 노인 사이에 갈등이 야기되는데, 바로 이 문제를 우리는 주목해야 한다. 우선 석주호가 맨 처음에 활터를 찾아갔을 때 주인인 황 노인과의 사이에 어떤 대화가 오갔는가를 보자.

> "제가 한 번 쏘아볼까요?"
> 주호는 약간 긴장하며 물었다. 노인이 걱정스러운 듯 그를 쳐다보았다.
> "너무 쉽게 활을 잡는 게 아닙니다."
> 못마땅한 어조였다. 그러나 내친김이다.
> "잘 쏠 수 있을 것 같습니다. 당수를 해서 팔 힘이 있어요."
> 주호는 한 번 더 청해 보았다. 그리고는 자신도 모르게 팔을 쓰다듬었다. 노인이 그것을 힐끗 스쳐보았다.
> "당수가 뭔진 잘 모르지만 장작 빠개는 힘으로 활을 쏘는 건 아니라오."
> 퉁명스러운 목소리였다. 그러나 노인은 주호에게 활을 건네주었다.
>
> ― 이청준의 『과녁』에서

이 장면이 활 쏘는 사람의 자질을 테스트하는 첫 면접시험에 해당하는 것이었다면, 석주호는 분명히 벌써 불합격이란 판정을 받고 말았을 것이다. 위에서 보듯이 석주호 검사처럼 이 세상의 많은 사람들 중에는 자아도취에 빠져 교만하게 살아가는 사람을 많이 본다. 이런 사람은 대개 남을 업신여기며, 남의 말에 귀를 기울이지 않는다. 예술가나 전문 직종에 종사하는 사람들에서 흔히 볼 수 있는 타입이다.

3) 자기 실현의 길

분석심리학자인 C. 융의 표현을 빌리면, 나르시스트는 자기의 아니마(anima)나 페르조나(persona) 때문에 건강한 자아를 이루어 가지 못한 불행한 사람이다. C. 융이 어린아이의 아니마는 제일 먼저 어머니에게 투사된다고 말했듯이, 이 세상에 태어난 남자 아이는 대개 엄마를 제일 좋아하다가 차츰 여선생님이나 탤런트 같은 다른 여자로 사랑의 대상을 옮겨간다. 이 어머니에의 집착에서 벗어날 때 진정한 자아를 성장시킬 수 있는 것이다.

그런데 나르시스트가 비극을 맞는 것은 바로 자기의 아니마를 투사시켰던 어머니나, 어머니를 닮은 여자만을 찾는 데 너무 집착했기 때문이다. 첫사랑에 목을 매는 사람들을 오늘날에도 흔히 볼 수 있는데, 어디에도 존재하지 않는 내 눈에 꼭 드는 사람만 고집할 것이 아니라, 여러 여자와 어울리면서 그 중에서 나와 가장 잘 맞는다고 생각되는 여자 하나를 나의 반쪽으로 맞이하게 되는 것이다.

인간은 누구나 영화배우처럼 자아실현을 위해 다양하게 꾸민 얼굴을 갖고 다양한 활동을 하면서 살아가는 것이다. 분석심리학자 C. 융에 의하면 인간의 정신구조는 순수자아(self)와 현실자아(ego)로 구성되어 있다. 인간이 심적으로 갈등을 겪게 되는 것도 이처럼 두 개의 나로 살아가는 존재이기 때문이다.

좀 더 부연해서 설명하면, 페르소나를 갖고 다양한 얼굴로 '나'를 꾸며 잘 살아가다 보면 본의 아니게 '순수한 나', 즉 '내가 되려고 하는 나'와 거리가 멀어질 수가 있다. 말하자면 정치적 외부 압력이나, 자신의 능력 부족, 판단의 오류 등으로 '나다운 나', '내가 되려고 하는 나'의 길을 걸을 수 없는 경우가 생긴다. 이처럼 내가 가야 할 나의 길을 포기할 경우 사람들은 나를 두고 '배신자', '비겁한 자', '거짓말쟁이'라고 말할 것인데, 『무진기행』의 '나'가 무진을 떠나면서 부끄러움을 느끼는 것도 이 때문이다. 『무진기행』의 '나'처럼, 양심의 가책이나 부끄러움을 느끼는 '나'로 전락하게 되면, 우울증과 같은 신경성 장애의 원인이 되기도 한다.

그렇다면 이런 삶을 그냥 지속해 나갈 것인가, 아니면 태도를 바꾸어 본래의 나다운 삶으로 돌아갈까 결정을 지어야 한다. 신경숙의 『풍금이 있던 자리』의 주인공인 '나'가 부모가 계신 고향를 찾게 된 이유는 지금 결혼하려는 이 남자와의 관계 때문에 생긴 '내적 갈등' 때문이다. 이 소설의 주인공인 '나'는 가면을 쓴 채, 현실자아(ego)로 살아가려던 사람이지만, 갈등 끝에 태도를 바꾸어 그 사람과의 결혼을 포기하는데, 보통 사람이 이러한 결정을 내기란 참으로 힘든 것이다. 이것을 흔히 '자기 동일성 회복'이라고 부른다. 사람에 따라서는 『무진기행』의 '나(윤희중)'처럼 순수자아의 길을 포기하고 현실자아의 길을 택할 수도 있지만, 아마 이런 사람은 더 두꺼운 가면을 쓰지 않으면 안 될 것이다.

이청준의 『가면의 꿈』에서 주인공 '명식'이란 법관이 자살하고 만 것은 '자기 동일성의 상실'로 인해 우울증에 빠졌기 때문이다. 그는 자신의 얼굴을 변장하고 외출하는 기벽(奇癖)이 있었는데, 그것은 자신의 거짓 얼굴을 내놓고 다닐 수 없어서, 가면으로 가려야만 마음이 편안해질 수 있었기 때문이다.

'명식'은 법관이란 점에서 누구보다 옳고 그름을 정확히 판별해 내야 한다. 그러나 그는 정치적 외부 압력을 많이 받을 수도 있다. 다시 말해서 그 자리에 있는 '나'는 누구보다 법을 지켜야 하는 공인이므로 주체성을 잃지 않고 남들이 그리고 사회가 요구하는 대로 행동해야 한다. 그렇지 못할 때 배신자, 비겁한 자라는 오명을 피할 수 없게 되므로, 자기가 가야 할 길에서 벗어나지 말아야 한다는 강박에서 자유로울 수가 없었을 것이다.

'명식'은 결국 상반된 두 개의 욕망, 즉 가면을 쓴 현실자아(ego)로 살아갈 것인가, 아니면 자기 길을 지켜 가는 순수자아(self)로 살 것인가의 기로에서 누구보다 고민을 많이 했던 사람이다. 보통 사람은 둘 중에 하나를 곧바로 선택함으로써 고민에서 쉽게 벗어날 수 있었겠지만, '명식'은 법관이란 점에서 남들처럼 포기와 선택에서 자유로울 수가 없어 고통을 더 겪을 수밖에 없었다고 본다. 다시 말해서 '명식'은 현실자아와 순수자아와의 분열을 통합시킬 수가 없어서 끝내 자살하고 만 것이라고 볼 수 있다.

3. 현대소설과 기호체계

프랑스의 언어학자인 소쉬르(Ferdinand de Saussure)나 롤랑 바르트(R. Barte) 같은 기호학자[16)]가 볼 때, 이 세상은 온통 기호들로 가득 차 있다고 생각할 것이다. 도로에는 구부러진 길만이 아니라, 각종의 위험을 알리는 기호들로 가득 차 있고, 모든 차량들은 빨간색, 푸른색, 노란색들을 보고 잘도 가거나 멈춰서고 돌아간다. 그리고 결혼식장에 가면 온통 빨간색과 푸른색으로 장식되어 있다. 본래 청사초롱의 두 색은 남자와 여자를 상징한다. 이는 남녀의 결혼을 양(陽)과 음(陰)의 결합으로 본 데에서 나온 것인데, 이런 오랜 한국 사람들의 문화를 잘 모르는 외국인은 한국 사람들이 사용하는 이 색채의 뜻을 잘 모를 수 있다. 지붕이 뾰죽뾰죽한 성당(聖堂)은 그냥 보기 좋게 지은 건물이 아니고 특별한 의미를 지닌 하나의 조형물인데, 가톨릭 신자가 아닌 일반인들은 그 뜻을 몰라 그냥 아주 이상한 건축물로만 보는 것과 같다.

어느 나라에 가든 신호등이 있는데, 푸른색이나 빨간색은 약속이나 한 듯, 각각 '통과'와 '정지'를 나타낸다. 이를 기호학자들은 '상징'이란 말 대신 '기호'라고 불렀다. 그리고 빨간색이나 푸른색 표시를 기표(記標,

16) 시대적으로 구조주의에서 기호학이 나왔다고 볼 수 있는데, 사람들이 '구조주의가 무엇이냐'고 물었을 때, 구조주의자 레비스트로스 같은 사람은 짧게 말해서, "구조주의란 변하지 않는 '관계' 속에서 변하는 '요소'를 살피는 것이다"라고 말했다. 이처럼 기호학이란 말은 변하지 않는 '관계' 속에서 변하는 '요소'를 기호로 표시하여 사물을 살피기를 선호하는 사람들이 붙인 이름이다.

signifiant)라 부르고, 그것이 의미하는 '정지'나 '통과'를 기의(記意, signifiê)라고 했다. 그러니까 하나의 기호란 기표(記標)와 기의(記意)가 결합된 것으로, 외국인은 이 '청사초롱'의 빨간색과 푸른색이 각각 무엇을 뜻하는지를 전혀 모르고 있는 것이다. 이는 일반인이 성당 앞에 서면 그 건물을 왜 그렇게 지었는지를 모르는 것과 같다. 이 건물을 하나의 기호체계로 본다면 우리는 기표가 뜻하는 기의를 모른 채 건물 모양만 바라보고 있는 것이다.

기호학자들은 하나의 문학 텍스트도 이 같은 기표(signifiant)와 기의(signifiê)로 결합된 하나의 기호체계로 보려고 한다. 소설에서는 낱말이나 어구가 하나의 기호로 다루어지기도 하지만, 한 토막의 사건이나 하나의 에피소드를 하나의 기호로 다루어지기도 한다.

1) 마을갔던 아버지가 언제 돌아왔는지,

"윤초시댁두 말이 아니어, 그 많은 전답을 다 팔아버리구, 대대루 살아오든 집마저 남의 손에 넘기드니, 또 악상꺼지 당하는 걸 보면……."

남폿불 밑에서 바느질감을 안고 있던 어머니가,

"증손이라곤 기집애 그 애 하나뿐이었지요?"

"그렇지. 사내애 둘 있든 건 어려서 잃구……."

"어쩌믄 그렇게 자식복이 없을까."

"글쎄 말이지. 이번 앤 꽤 여러 날 앓는 걸 약두 변변히 못써 봤다드군. 지금 같애서는 윤초시댁두 대가 끊긴 셈이지…… 그런데 참 이번 기집애는 어린것이 여간 잔망스럽지가 않어. 글쎄 죽기 전에 이런 말을 했다지 않어? 자기가 죽거든 자기 입은 옷을 꼭 그대루 입혀서 묻어달라구……."

— 황순원의 『소나기』에서

2) 저, 저만큼, 집이 보이는데, 저는, 집으로 바로 들어가질 못하고, 송두리째 텅 빈 것 같은 마을을 한 바퀴 돌고도…… 또 들어가질 못하고……서성대다가 시끄러운 새소리를 들었어요. 미루나무를 올려다보니 부부일까? 두 마리의 까치가, 참으로 부지런히 둥지를……둥지를 틀고 있었어요. 오래 바라보았습니

다. 둘이 서로 번갈아 가며 부지런히 나뭇잎이며 가지들을 물어 나르는 것을.
— 신경숙의 『풍금이 있던 자리』에서

사건 1)에서 소녀가 죽을 때, "자기가 죽거든 자기 입은 옷을 꼭 그대로 입혀서 묻어 달라구…"라고 말했던 것은 오로지 소녀와 소년만이 아는 비밀, 즉 거기에는 '소녀도 소년을 무척 사랑했다'는 사실을 드러내 준 표현으로서, 어쩌면 죽은 영문학자인 이태동 교수의 지적처럼, 작가는 독자에게 이 한마디 말을 하기 위해 지금까지 그 긴 이야기를 전개해 왔다고도 볼 수 있다.

사건 2)에서도 주인공 '나'는 단순히 집을 짓고 있는 까치를 바라보고 있는 것이 아니라, 함께 미국으로 도망가 살자고 말한 남자를 보고 있는 것이다. 신경숙의 『풍금이 있던 자리』를 보면, 결혼을 앞둔 여자가 둥지를 짓고 있는 까치부부를 바라보는 장면이 나오는데, 지금 이 여자는 과연 그 남자가 저 까치부부처럼 자기와 함께 열심히 살아갈 수 있을까에 대하여 심각한 의문을 던지고 있다고 보아야 한다. 뒤에 가서 밝혀지지만 이 여자는 결국 미국에 도망 가 함께 살자는 그 남자의 요구를 받아들이지 않기로 한, 아주 어려운 결단을 내렸다. 따라서 까치를 바라보는 주인공인 '나'의 행위는 등가성의 원리에 지배를 받고 있는, 매우 중대한 의미를 드러내 주는 하나의 기표인 셈이다.

이제 다음의 1), 2), 3)의 글을 또 보자.

1) 그들은 신호등을 건너려 하고 있다. 지루했을까. 신호가 바뀌기를 기다리는 어느 순간 유가 슬몃 처녀의 종아리를 발로 찬다. 처녀도 유와 똑같이 유의 종아리를 발로 찬다. 유가 손으로 처녀의 엉덩일 쥐어박는다. 처녀도 유의 엉덩일 손으로 쥐어박는다. … (중략) … 그러는 사이 신호등이 바뀐다. 그들은 서로의 가방을 얼른 집어 들고 손을 잡고 신호등을 건넌다. 길을 건넌 뒤 너

와 내가 터뜨리던 웃음.

— 신경숙의 『딸기밭』에서

2) 아버지가 곁눈질로 내 패를 흘깃거렸다. 나도 화투장을 움켜쥔 채 단단히 진을 친 아버지의 것을 넘겨다보았다. 굳이 넘겨다 볼 것까지도 없었다. 뒷면만을 보아도 무슨 패인지 환하게 알 수 있는 것이다.… (중략) …

나는 풀썩 던지듯 붉은 싸리 다섯 끗을 먹었다.

"칠띠를 하겠구나."

이제 하난 걸요. 어디 맘대로 되나요. 든 게 없는 걸요."

하지만 단풍을 깨뜨리고 아버지가 들고 있는 목단 청 띠를 내놓게 해야지, 그런 대로 삼약을 깨든가 아니면 해야 한다는 계산으로 머릿속은 바빴다.

— 오정희의 『저녁의 게임』에서

3) "아래층에서 반상회를 했거든요. 끝나고 나오는데 옆집 여자가 자기 집에 가서 차 한 잔 하고 가라고 하더라구요. 그 집, 정신이 하나도 없어요."

"그래?"

"현관에서부터 그래요. 우산꽂이에다 편지꽂이, 열쇠 거는 고리……거실에도 소파는 소파대로 스툴과 흔들의자까지 있고, 코너장, 홈 바, 뭐가 뭔지 모르게 가구로 꽉 차 있어요. 보온밥통에까지 온갖 덮개를 씌워 놓았고 벽에도 빈곳이 하나도 없더라구요. 등공예품, 빵꽃, 지점토 인형, 온갖 취미 강좌에 다 다녔나 봐요."

"집 꾸미기를 좋아하나 보지?"

나는 리모컨을 찾아 텔레비전을 켰다.

— 은희경의 『아내의 상자』에서

위의 글 1)은 권태를 잊기 위해, 한시도 가만히 있지 못하는 아이들의 모습을, 2)는 저녁을 마친 후에 긴 시간을 빨리 보내기 위해 매달리는 부녀의 모습을, 3)은 매일 반복되는 하루의 시간을 빨리 보내기 위해 온갖 취미 활동을 즐기는 이웃 여자를 보여주는데, 이들처럼 반복되는 지루한 시간을 빨리 보내고자 발버둥치고 있는 모습들을 1), 2), 3)은 보여주고 있다. 즉 이런 행동들은 모두 상이한 것이지만, 그러나 그것들은 모두 동일한 의미를 지닌 것임을 알 수 있다.

이상에서 보듯이, 문학 작품은 독특한 하나의 의미 체계를 이루고 있다. 오늘날 하나의 텍스트가 표현의 차원인 담론[기표]과 내용의 차원인 스토리[기의]로 짜여진다는 것은 구조주의 시학의 기본적인 인식이다. 그러므로 소설 작품의 해독은 그 소설 작품의 전체적 체계 안에서 개별 기호들의 의미를 파악함으로써 가능해진다.

4. 소설의 표면구조와 심층구조

소설의 유형에 대한 이해를 쌓고자 할 때, 소설의 표면구조(surface structure)와 심층구조(deep structure)에 대한 이해를 좀 해야 된다. 다시 말해서 우리는 소설을 읽을 때 '표면구조'만 보지 말고 '심층구조'를 볼 줄 알아야 한다.

황순원의 『소나기』에서, 소년이 소녀의 요구에 따라 망설임 없이 산에 오르기로 한 일은 그가 대단한 어려운 결단을 내린 것으로, 이는 결국 소년이 소녀로부터 '바보 촌놈'이라는 소리를 더 듣지 않으려고 취한 '용감한' 행동들인데, 그 후 소년은 소녀보다 더 신나게 산에 오르는 들길을 힘차게 걸었을 뿐만 아니라, 소녀가 갖고 싶어 하는 꽃을 꺾기 위해 용감하게 벼랑에 올랐고, 소녀가 맵고 지리다며 소년이 뽑아준 무를 버리자 그도 먹던 무를 소녀보다 더 멀리 던져버렸으며, 소녀라면 죽었다 다시 깨어나도 절대로 할 수 없는 소잔등에 오르는 일을 그는 가볍게 올라 풀피리를 불었으며, 소녀가 무섭다며 못 건너는 개울을 거뜬히 소녀를 업어 건너 준 일 등은 각기 다른 행동들이지만, 이 모두는 소년이 자신의 '용감성'을 소녀에게 보여주어, 자기가 결코 '바보'가 아님을 보여준 행동들이다.

프랑스의 구조주의자들이 이처럼 소년이 보여준 각기 다른 행동들이 사실 동일한 의미를 지닌 것임을 바로 이해하기 위해서는 소설의 표면구조만 보지 말고 심층구조를 알아야 한다고 말했던 것이다.

예를 하나 더 들어보자. 우리 교실에 열 사람이 앉아 있다고 하자. 이 열 사람은 분명히 얼굴, 헤어스타일, 성(姓) 씨나 이름이 다른 사람들이다. 그런데 이 열 사람의 얼굴을 모두 엑스레이 촬영을 해서 나타난 형상을 보면, 다 똑같은 골격을 가진 자들임을 알 수 있을 것이다. 아마 이 골격이 같기에 이들을 모두 '사람'이라고 하지, 만일 골격이 다르다면 그를 '사람'이라 부르지 않고 개나 돼지 같은 '동물'이라고 불러야 할 것이다. 그러니까 여기 앉아 있는 열 사람은 모두 같은 골격, 즉 같은 심층구조에 살이 조금씩 달리 붙어 있어서, 즉 표면구조가 달라서 각각 다른 사람이라 불리게 된 것이다.

이처럼 작품의 표면만 보면 다 다른 작품으로 보일지 모르지만, 한 작품의 골격, 즉 '심층구조'를 살피면, 이 세상의 소설들을 다 달리 보지 않게 된다. 우리 속담에 '도랑치고 가재 잡는다'는 말이 있듯이, 일석이조(一石二鳥)의 효과, 즉 처음 알기에는 좀 어렵겠지만 소설적 골격이 같은데 살을 달리 붙인 것임을 알게 되면, 우리는 이것들을 하나로 보게 되어, 이 세상의 많은 소설들을 읽거나 쓰기도 훨씬 쉬울 것이다.

한 아이가 태어났을 때, 우리는 새 아이의 탄생을 축하하고 반가워한다. 그러나 그 새 아이는 이미 이 세상에 존재하는 인간들과 동일한 골격을 가진 아이이지, 자기가 맘대로 주물러 만든 아이가 아니다. 우리가 하나의 작품을 만들 때도, 이 세상의 어느 잘 쓴 소설의 골격을 가진 소설처럼 써야지, 골격이 다르면 그걸 잘 쓴 소설이라고 말할 수 없다. 작품을 퇴고(推敲)한다는 것은 점차 이 세상에 존재하는 좋은 작품처럼, 골격을 같게 하거나 같은 골격에 살을 달리 붙여 가는 것을 가리킨다.

이처럼 이 세상의 수많은 작품들은 골격은 같되, 살을 달리 붙여 존재하게 되는 것이다. 우리는 김유정의 『동백꽃』이나 전상국의 『외등』, 서하진의 『농담』은 모두 이른바 '분규발생 과정형(abcd…)'으로, 이를 <도 A>처럼 그려볼 수 있어서, 그것들을 비교 대조해 가며 더 잘 읽을 수 있다.

<도 A>

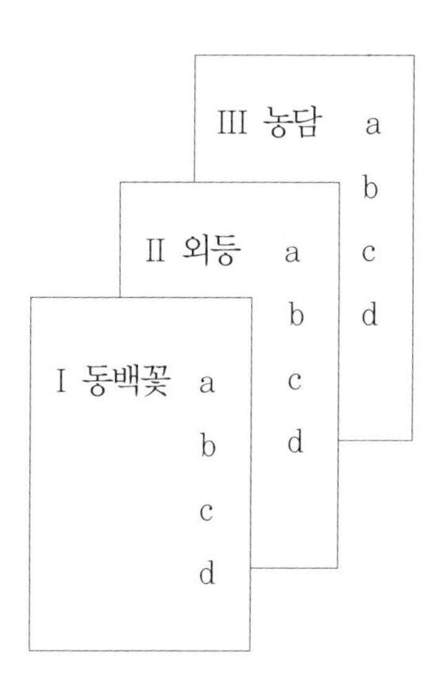

<도 A>에서 보듯, 위의 세 작품은 표면구조만 보면 모두 다른 소설들이지만, 같은 심층구조를 갖고 있으므로 동일한 원리로 읽게 되어, 그 이해를 빨리 할 수 있다. 이를 다른 소설들로만 보는 눈을 가진 사람은 소설이 어떻게 씌어지는가를 영영 모르거나, 소설의 지식을 넓혀 갈 수 없는 사람이 되고 말 것이다. 이 밖에 전상국의 『우상의 눈물』, 이문열의 『우리들의 일그러진 영웅』, 박완서의 『꼭두각시의 꿈』, 공선옥의 『타관사람』, 한창훈의 『올 라인 네코』 등은 모두『동백꽃』과 같은 심층구조를 가진 동일한 소설들인 것이다. 다시 말해서 누구나 이런 심층구조를 이용해 소설 한 편을 쓸 때, 이야기 구조가 튼튼하고 좋은 소설을 쓸 수 있었던 것이다.

창작을 꿈꾸는 자에게 필사(筆寫)를 권하는데, 필사는 바로 이런 심층구조를 어느 정도 알고 난 뒤에 해야 효과가 있지, 그냥 보고 베끼는 식의

필사는 부질없는 짓이다. 결국 창작이란 이 세상에 있는 어느 소설처럼 써야지 그냥 내 맘대로 쓰는 것이 아니란 점에서, 창작도 결국 일종의 모방이라고 말할 수 있다. 노스럽 프라이가 "시는 시인처럼 태어나는 것이지 마구 만들어내는 것이 아니다.(Poems, like poets, are born, not made.)"라고 말했듯이, 소설 창작의 꿈을 갖고 있는 사람은 심층구조를 보아 이 세상에 어떤 유형의 소설들이 있는지를 먼저 알고, 그런 소설들처럼 쓸 때 좋은 소설을 썼다는 소리를 들을 수 있을 것이다. 이 세상에 수많은 작품이 있지만 김승옥의『무진기행』, 최인훈의『웃음소리』, 이문열의『그해 겨울』, 은희경의『그녀의 세 번째 남자』, 박완서의『겨울 나들이』, 신경숙의『풍금이 있던 자리』, 윤대녕의『천지간』, 권지예의『뱀장어 스튜』, 정미경의『나의 피투성이 연인』 같은 소설들은 미망(迷妄)에서 각성에 이르는, 다시 말해서 정체성을 상실한 사람이 다시 그것을 회복하게 된 것과 같은 심층구조를 갖고 있는 소설들이라고 보는 것도 이 때문이요,『무진기행』을 잘 읽을 줄 알면『나의 피투성이 연인』도 잘 읽을 수 있어야 한다는 말과 같다.

5. 통합체와 계열체의 이야기

소설은 정체성(identity)을 상실한 사람이 그 회복을 이루어 가는 긴 과정을 보여주는 글이라고 볼 때, 가로로 뻗어가는 이야기를 한 줄로 이어 놓는다면, 아마 그 길이가 여러 마일(mile)이 될 것이다. 김유정의 『동백꽃』처럼, 점순이가 자신의 욕망을 성공적으로 잘 이루어낸 가로로 뻗어가는 이 긴 과정의 이야기를 프랑스의 기호학자들은 통합체(syntagme)라 불렀다. 그런데 현대소설은 점차 이 통합체를 이루는 사건만이 아니라, 그 중간에 다른 일들이 많이 들어와 이 통합체의 흐름을 가로막거나 지연시켜 버려 내가 지금 읽고 있는 이야기의 본 줄거리를 잊게까지 한다. 이런 이야기들을 계열체(paradime)라고 불렀는데, 다시 말해서 현대소설은 이런 통합체와 계열체의 결합으로 이야기가 더 길어진 셈이다.

그 예로 김승옥의 『무진기행』의 줄거리는 ① 서울에 살고 있는 '나(윤희중)'가 광주역에서 내려 시외버스를 이용해 고향인 무진에 내려와, ② 밤에 동창생 조(趙)의 집에서 '하인숙'이란 여자를 만나게 되고, ③ 이튿날 조의 사무실에 들렀다가, 방죽에서 자살한 술집 여자를 보았으며, ④ 서울 아내의 전보를 받은 '나'는 하인숙에게 보낼 편지를 밤새워 썼지만 그냥 찢어버린 채 급히 서울로 돌아온다는 이야기다.

이렇게 『무진기행』은 네 개의 작은 이야기가 모여 긴 통합체를 이루고 있는데, 이 이야기가 더 길어진 이유는 이런 통합체 속에 여러 계열체의 이야기가 들어와 있기 때문이다. 즉 '나'는 광주역전에서 미친 여자를 목격하게 되는데, 그 미친 여자를 두고 벌어진 일들이 길게 서술되다가, 무진행 버스 안에서 무진에 대한 이런저런 이야기를 엿듣는 중에 갑자기 무진의 '안개'에 대한 생각이 떠올라 안개 묘사가 길게 나온다. 그리고 동창생 조(趙)의 집에서 하인숙이란 음악 선생을 만났는데, 이튿날 방죽을 걷다가 하인숙을 연상케 하는 자살한 술집 여자에 대한 이야기가 길게 나오다가, 하인숙에게 남길 편지를 찢어버린 채 부끄러움을 느끼며 서울로 급히 돌아오는데, 이런 계열체의 이야기들은 통합체의 흐름을 중단 · 지연시켜서 본래 이야기의 줄거리를 잊게까지 한다.

현대소설은 그 이야기 형태가 많이 달라졌다. 이효석의 『메밀꽃 필 무렵』에서 보는 것처럼, 종래의 소설이 가로로 뻗어가는 통합체의 이야기가 주로 서술되었지만, 『무진기행』에서는 이제 본래의 줄거리와는 직접 관련이 없는 것처럼 보이는 요소, 즉 세로로 뻗어가는 여러 계열체의 이야기들이 길게 서술되는 형태를 보이고 있어서, 그 이야기 전체가 길어지고 복잡해졌다.

이처럼 현대소설은 이제 통합체를 이루는 과정의 이야기보다 계열체를 이루는 이야기 요소들에 더 관심을 기울여, 본 줄거리조차 파악이 어려워졌다. 그리고 작가의 재능은 통합체보다 계열체를 이루는 잡다한 요소들을 얼마큼 이야기 속에 잘 끌어들이느냐에 달려 있다고 말하게 되었다.

이제 창작을 꿈꾸는 자는 통합체를 이루는 사건들의 나열보다, 계열체를 이루는 요소들을 더 잘 끌어들여야 된다. 이제 『무진기행』의 주인공은 광주역에 나와서 미친 여자를 보았다고만 말하지 말고, 거기서 그녀를 둘러싸고 일어나는 행동들을 세밀히 말할 때, 디테일 묘사를 잘 했다는 소리를 들을 수 있는 것이다. 그리고 사람들이 자살한 술집 여자를 빙 둘러싼 채 구경만 하고 서 있었다고만 말하지 말고, 그 여자가 입고 있는 빨간 스웨터, 그리고 흰 스커트, 흰 손수건, 흰 고무신, 흰 양말 등을 자세히 묘사해, 색채 이미지를 통해 자살한 술집여자의 속마음까지를 잘 드러내 주어야 한다. 특히 이 소설은 주인공의 내면을 잘 드러내 주는 '안개'의 낯설은 묘사가 이 소설의 가치를 훨씬 높여주고 있다는 점을 독자는 잘 알아야 한다.

이제 정미경의 『나의 피투성이 연인』을 읽어보도록 하자. 이 소설은 서술자이며 주인공인 '나(아내, 이유선)'가 '나'의 이야기를 들려주고 있는데, 소설 속에 나타나 있는 '나'의 이야기는 ① 오래된 시계→ ② 남아 있는 날들→ ③ 아직은 힘들지 않아→ ④ 외상 후 스트레스 증후군 → ⑤ M이니까→ ⑥ 검은 사진 속에 남은 풍경들→ ⑦ 배란통→ ⑧ 나의 피투성이 연인 순으로 나타나 있어서, 즉 일어난 사건의 순서가 뒤바뀌어져 있어서 『무진기행』에 비해 그 줄거리 파악이 매우 어렵다. 고로 독자가 줄거리를 제대로 알 수 있으려면, 통합체를 이루는 이 슈제트(2차 이야기)를 갖고 파불라(1차 이야기)를 재구성해봐야 한다.

본래 정미경의 『나의 피투성이 연인』이란 소설의 이야기는, 유명한 작가였던 남편이 한밤중에 호텔 근처에서 교통사고로 피투성인 채로 병원에 실려가 죽었는데, 사람들은 그의 죽음을 두고 남편의 생전 업적을 기리는 말보다 그 늦은 시각에 그런 곳에서 사고를 낸 일을 두고 '불륜사'냐 '사고사'냐를 놓고 더 왈가왈부하기에 이른다. 이때 '나'는 출판업을 하는 한 낯선 남편의 선배로부터 소설가인 '남편(남주현)'의 유고집을 발간하자는 제의를 받았다. '나'는 죽은 남편을 위해서라도 그 유고집의 출판을 서둘러야겠지만, 선배의 조언대로 죽은 남편의 컴퓨터를 뒤져 글을 찾아 읽어보게 되었다. 이때 그것들 중 어느 것은 남의 글을 인용한 것 같지만, 어느 것은 직접 경험한 일들을 적어 놓은 듯하여, 그것들은 아내의 질투심을 자극하여 심한 스트레스를 받지 않을 수 없어, '외상 후 스트레스 증후군'이란 진단을 받고 피부과에서 치료를 받게 된다. 게다가 지금 '나'는 경제적으로 어려움을 겪으며 바쁘게 살아가고 있는데, 혼자 집을 지키고 있는 딸애로부터, 엄마는 눈물도 흘릴 줄 모르는 '사이보그' 같다는 소리를 듣고 큰 충격을 받는다. '나'는 스키 보드를 타는 아이를 보거나, 남편과 함께 전등사에 갔던 옛일을 회상하면서, 딸이나 남편을 위해서라도 이제 결코 유고집을 발간하지 않기로 한다는 이야기로 요약해볼 수 있다. 그런데 이런 파불라를 접하지 않고, 이 낯선 이야기, 즉 사건의 순서가 뒤바뀐 슈제트를 접하게 될 때, 그 줄거리 파악이 쉽지 않아 독자들이 퍽 어려워하는 것 같다. 독자가 이를 제대로 파악하기 위해서는 상당한 상상력이 필요한데, 아마도 위의 슈제트(①~⑧)를 갖고 파불라를 한번 재구성해 보거나, 박완서의 『겨울 나그네』나 은희경의 『그녀의 세 번째 남자』처럼, a)떠나고-b)경험하고-c)돌아오는 양식을 현대소설가들이 어떻게 자기 창작에 이용하고 있는가를 다시 한 번 생각해 보면, 이 소설은 남편의 유고집 발간을 두고 '내적 갈등'을 겪는 '나(아내)'의 '내면세계'를 잘 드러낸 소설이라는 것을 잘 알 수 있다.

이제 소설은 통합체만 보지 말고 계열체를 잘 살펴야 그 인과관계를 잘 알 수 있다. 그런 얘기를 설득력 있게 하자니 자연히 통합체의 이야기에 여러 계열체의 이야기가 들어와서 이야기가 길어진 것이지, 공연히 길어진 것이 아니다. 정미경의 『나의 피투성이 연인』에는 쓸데없는 부분이 하나도 없다. 그런 점에서 이 소설을 잘 읽어서, 이 소설을 소설 창작의 본보기로 삼아주길 바라며, 남편에 대한 '나(아내)'의 굳건한 믿음을 보는 듯하여 "진정한 사랑이 있는 곳에 지나친 수다는 없다"는 세르반테스의 말을 새삼 떠오르게 한다.

찾아보기

ㅇ

ㅈ

ㅊ

ㅋ

이상우(李尙祐)

서울대학교 사범대학 국어교육과
명지대학교 대학원 박사과정(문학박사)
현재 명지대학교 문예창작학과 명예교수

• 저서
『문학개론(공저)』
『현대소설의 원형을 찾아서』
『문예비평의 이론과 실제(공저)』
『욕망의 서사에 비친 우리들의 초상 1, 2』
『소설창작의 이론과 실제』
『문학의 원형(역서)』
『소설이라는 언어예술의 세계』
『소설창작, 이걸 알고 쓰자』

현대소설론 강의

초판 1쇄 인쇄 2019년 8월 30일
초판 1쇄 발행 2019년 9월 6일

지은이 이상우
펴낸이 이대현

편　집 홍혜정 | **디자인** 최선주 | **마케팅** 박태훈 안현진
펴낸곳 도서출판 역락 | **등록** 1999년 4월 19일 제303-2002-000014호
주소 서울시 서초구 동광로46길 6-6(반포4동 577-25) 문창빌딩 2층(우06589)
전화 02-3409-2060(편집부), 2058(영업부) | **팩시밀리** 02-3409-2059
홈페이지 www.youkrackbooks.com | **e-mail** youkrack@hanmail.net

ISBN 979-11-6244-409-2 93810

▪ 정가는 표지에 있습니다.
▪ 잘못된 책은 교환해 드립니다.

이 도서의 국립중앙도서관 출판예정도서목록(CIP)은 서지정보유통지원시스템 홈페이지(http://seoji.nl.go.kr)와 국가자료종합목록 구축시스템(http://kolis-net.nl.go.kr)에서 이용하실 수 있습니다.(CIP제어번호: CIP2019034249)